나는 왜 SF를 쓰는가

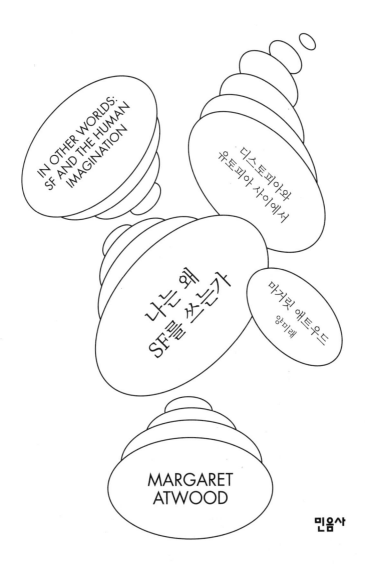

IN OTHER WORLDS:
SF AND THE HUMAN
IMAGINATION

디스토피아와
유토피아 사이에서

나는 왜
SF를 쓰는가

마거릿 애트우드
양미래

MARGARET
ATWOOD

민음사

목차

다섯 편의 헌정 단편소설

부록

어슐러 K. 르 귄에게

나는 열 살에 작가였던 나를 기억할 수 있고
언젠가 여든 살의 작가가 될 나를 기대하는
쉰세 살의 작가다.[1]

옥타비아 버틀러

『나는 왜 SF를 쓰는가』는 SF 목록을 나열한 카탈로그
도, SF에 관한 거창한 이론도, SF를 중점적으로 다룬 문학
사도 아니다. 한 편의 학술논문도 아니다. 결정적이고, 철
저하고, 정통적인 무언가가 아니다. 어떤 전문 교육기관에
서 발표한 자료도, 어떤 지식 체계를 공적으로 대변하는 인
물이 내놓은 결과물도 아니다. 『나는 왜 SF를 쓰는가』는
내가 한 명의 독자이자 작가로서 하나의 혹은 여러 개의 문
학 양식이나 그와 관련된 각종 하위 양식과 평생에 걸쳐 맺
어온 관계를 탐험한 기록이다.

"평생에 걸친" 관계라고 말한 이유는 내가 어릴 적 처음

으로 써낸 작품이 SF라는 약자에 들어맞는 글이었기 때문이다. 어느 시대에든 아이들이라면 으레 그러했듯이, 나 또한 다른 세상을 창조해 내는 발명가였다. 여섯 살 혹은 일고여덟 살 무렵에 내가 구상했던 세상은 여러모로 빈약했지만, 지금 이 지구상에 절대 존재하지 않을 법한, SF의 가장 두드러진 특징을 보여준다고 할 만한 모습을 갖추고 있었다. 그때 나는 『딕과 제인(Dick and Jane)』[2] 같은 책에는 그다지 관심이 없었다. 진저리 날 만큼 지루하고 색채가 없는 캐릭터들을 나로서는 납득할 수 없었다. 나는 토성이 더 구미에 맞았고, 그보다 더 기상천외한 다른 왕국들이 마음에 들었다. 왜 그랬던 것인지는 모르겠지만, 스폿과 퍼프[3] 같은 캐릭터보다는 머리가 일곱 개 달린 식인 해양 생물이 나에게는 더 그럴싸해 보였다.

첫사랑은 마치 저승에서 찾아온 망령처럼 기존과는 다른 모습으로 돌아온다. 워즈워스의 말을 빌리자면 여자에게 어머니라는 존재가 자신이 낳은 아이의 모습으로 돌아오는 것처럼. 나는 지금까지 (다 지나고 생각해 보니 기쁜 일인데) 그 누구도 사회학적 리얼리즘 소설로 분류하지 않을 만한 장편소설을 세 권 집필했다. 『시녀 이야기』와 『오릭스와 크레이크』, 『홍수의 해』가 바로 그것들이다. 이 소설들은 '과학소설(science fiction)'인가? 심심찮게 그런 질문을 받는다. 물론 질문이 아니라 당신은 어리석은 바보다, 속물이다, 장르를 배반한 작가다 하는 식의 혹평을 들을 때도 있다. 내 작품들이 조지 오웰의 『1984』 같은 소설임에도 SF라고 부르지 않았다는 이유로 말이다. 그런데 『1984』가 레이 브래드버리의 『화성연대기』만큼이나 'SF'적인 작품일까? 이렇다 저렇다 대답할 수는 있을 것이다. 하지만 나는 말을 삼키고, 두 작품의 차이가 침묵 속에 존재하도록 내버려 두고자 한다.

각자가 고수하는 용어나 문학의 세부 분류에 따라 대답은 천차만별이다. 지난 2008년, 나이 차가 꽤 나는 젊은 기자와 'SF'를 주제로 대화를 나눈 적이 있다. 《뉴 사이언티스트(New Scientist)》와 한 인터뷰에서인데, 그때 나는 "SF의 유행이 끝나 가고 있는 걸까요?"라는 질문에 대답해야 했다. 그런데 그 질문을 받은 순간, 나는 그에 대해 어떤 대답도 내놓을 수 없다는 사실을 깨닫고 말았다. SF라는 용어가 최근에는 어떤 의미로 쓰이는지조차 제대로 파악하지 못하고 있어서였다. 'SF'라는 용어는 SF인 것과 아닌 것을 명확하게 구별해 주는, 실제로 어떤 담장으로 구획이 된 울 같은 개념인 걸까? 아니면 서점 직원들이 어느 정도 정확하게, 혹은 적어도 책이 잘 팔릴 수 있는 방식으로 도서를 비치할 수 있도록 해주는 분류상의 개념에 불과한 걸까? 빳빳한 검은색이나 은색 표지에 칠흑처럼 어두운 불길이나 휘황찬란한 행성이 수놓여 있으면 'SF'가 되는 건가? 드래건과 만티코어, 화산이나 원자 구름이 그려진 배경, 촉수가 달린 식물들, 히에로니무스 보스(Hieronymus Bosch)[4]의 작품이 떠오르는 풍경이 그려져 있으면 되나? 실제 과학에 기반한 요소가 하나라도 들어가 있거나 몸에 딱 달라붙는 의상이 등장하면 그것만으로도 충분할까? 내가 보기에 이런 의문들은 여전히 미결 상태인 것 같았다.

나보다 훨씬 젊었던 그 기자(랜디라고 칭하겠다. 실제 그의 이름이 랜디이기도 했고)도 'SF'에 대해 어떤 고정불변의 정의를 갖고 있던 것은 아니었다. 그러나 그는 어떤 책을 보면 그 책이 SF인지 아닌지를 단번에 알아차렸다. 어느 정도는 말이다. 당시 《뉴 사이언티스트》에 실린 나의 답변은 이러했다. "다른 사람들도 비슷할 것 같은데, 랜디 씨가 생각하는 SF에는 일단 지구가 아닌 행성들이 존재하고, 그 행성에는 드래건이 살고 있을 수도 있고 그렇지 않을 수도 있군요. 테이블이 저절로 움직인다거나 사물들이 삐걱거린다거나 하는 수준을 넘어서서, 자기 모습을 자유자재로 바꾸는 사람이라든가 동공이 없거나 붉은 눈알을 가진 사람, 혹은 살아 있지 않은 무언가가 사람의 몸을 지배하는 굉장히 초자연적인 현상이 나오고요."[5] 만일 내가 직접 그런 유형의 SF를 쓴다 해도, 평범하고 흔해 빠진 악령들, 신들림 현상, 뱀파이어와 늑대 인간처럼 각자의 문학적 혈통과 분류 체계를 가진 요소들은 제외할 테지만 민간 신앙에서 유래했다기보다는 외계의 존재에 가까운 "바디 스내처"와 "포드 피플"[6], 겨드랑이에서 자라나는 머리통은 등장시킬 것이다.

내가 《뉴 사이언티스트》 인터뷰에서 발언한 내용을 보면 알 수 있듯이, 랜디가 생각하는 SF에는 당연히 우주선, 미치광이 과학자, 처참하게 망해 버린 실험 같은 것이 등장한다. 전기톱 살인마처럼 단순하고 평범한 공포의 대상은 찾아볼 수 없다. 랜디도 나도, 그런 사람은 길거리를 걷다가도 얼마든지 마주칠 수 있다고 생각했다. 길거리를 걷다가 마주칠 가능성이 전혀 없을 정도는 되어야 SF에 등장할 수 있는 법이다. 랜디는 책 표지에 우주 풍경이 그려져 있는지, 겉싸개는 가죽이나 은박 재질로 되어 있는지 등의 기준에 따라 SF를 분류했는데, 그러고 보면 SF 책 표지는 이러저러할 것이라는 나의 추측도 완전히 엉뚱하기만 한 것은 아니었다. 내 지인의 아이가 이런 말을 한 적이 있다. "우유처럼 생겼고, 우유 맛이 난다면, 그건 100퍼센트 우유예요!" 그러니 SF처럼 생겼고, SF 맛이 난다면, 그건 100퍼센트 SF인 것이다!

뭐, 100퍼센트까지는 아닐지 몰라도 대강 그 정도로. 그 정도까지 못 된대도 어느 정도로는. 책 표지는 오해를 불러일으키기 쉬우니, 그렇다고 해두자. 내 초기 작품인 『먹을 수 있는 여자』와 『떠오름』의 문고판 표지는 분홍색 배경에 금색 소용돌이 문양이 새겨져 있었고, 타원형의 액자 안에 여자와 남자의 머리 실루엣이 마치 밸런타인데이 카드처럼 들어가 있었다. 그때 그 표지만 보고 할리퀸 로맨스나 그에 버금가는 내용을 예상했다가 결혼식도 없이 끝나는 결말 앞에 눈물을 흘리며 책을 내팽개쳐 버린 독자들이 얼마나 많았을까?

구소련 시절에도 비슷한 일이 있었다. 1989년에 장벽[7]이 무너지기가 무섭게, 한때 두 세계를 나누었던 장벽 사이로 포르노물이 쏟아져 들어가기 시작했다. 그전까지 포르노물은 끝없이 출간되는 고전 시리즈와 '읽어두면 도움이 되는' 작품들에 대한 선호에 밀려 배제되어 있었지만, 금단의 열매는 욕망을 부추기는 법인 데다가 그 무렵 사람들은 톨스토이 작품을 이미 한 번도 아닌 여러 번씩 읽은 상태였다. 그리하여 진지한 문학 작품을 출간해 온 출판사들 사정도 급격히 어려워졌고, 결과적으로 수많은 구소련 연방국에서 『도둑 신부』가 출간되었다. 아주 좋게 말하면 기만적이고, 아주 나쁘게 말하면 유로트래시(Eurotrash)[8]같은 외설적인 난장판을 그대로 옮긴 듯한 표지를 입은 상태로. 그때 커다란 가슴이 드러나는 검정색 새틴 소재 옷차림의 지니아를 보고 구석에서 한 손으로 뜨거운 시간을 보내기를 기대했다가 "또 속은 거야? 에라이!" 하며 숨 가쁜 저주를 퍼붓고 책을 쓰레기통에 던져버린 레인코트 차림의 남성들은 또 얼마나 많았을까? 소설 속에서 지니아가 하는 행동은 우리가 단지 짐작만 해볼 수 있는, 어떤 보이지 않는 곳에서 벌어지는 성적 마법일 뿐이었으니 말이다.

여하간 책 표지와 그 표지가 암시하는 장르 덕분에 독자들을 (본의 아니게) 두 번이나 우롱한 나이지만 다시 그러고 싶지는 않다. 내가 하고 싶은 일은 이야기로 가득한 나만의 작은 가게에서 우주 생명체들이 등장하는 책을 판매하는 것이다. 그럴 수만 있다면 그렇게 할 것이다. 우주 생명체는, 어쨌든 간에, 내 어린 시절의 첫사랑이었으니까. 하지만 나에게 우주 생명체를 만들어낼 능력이 없는 이상 독자들을 거짓말로 꾀어내서는 페이지를 넘길 때마다 정신없이 추리에 몰두하게끔(지노어의 도마뱀 인간[9]은 대체 어디에 있는 거지?) 만들고 싶지는 않다. 그렇게 해서 남는 것은 결국 실망뿐이니까.

* * *

내가 SF 세계 혹은 SF 세계들과 맺어온 관계를 탐구해 보고자 하는 이 욕망에는 사실 직접적인 계기가 있다. 2009년에 나는 또 다른 종류의 '다른 세상'을, 어떤 미래에 존재할 행성을 탐구하는 연작 중 두 번째 작품인 『홍수의 해』를 발표했다. (미래(the future)가 아닌 어떤 미래(a future)라고 말한 이유는 미래란 알려지지 않은 것이기 때문이다. 미래(the future)란 지금이라는 순간으로부터 각자 다른 방향으로 뻗어 나간 무수한 길들이 종국에 모이게 되는 지점이다.)

『홍수의 해』는 같은 혈통을 공유하는 소설 『오릭스와 크레이크』와 더불어, SF와 판타지 문학을 다스리는 군주 어슐러 K. 르 귄의 서평[10]으로 다뤄진 적이 있다. 르 귄이 2009년 《가디언》에 발표한 그 서평의 첫 문단은 몸에 딱 달라붙는 의상과 외계 행성들로 구성된 공동체에 상당한 논란을 불러일으켰는데, 어찌나 격한 논란이었던지 내가 낭독회를 열 때면 질의응답 시간마다 여지없이 누군가가 찾아와 상심한 말투로 묻곤 했다. 어째서 내 자식들을 소금 광산에 팔아넘겨 버리듯이 SF라는 용어를 저버렸느냐고.

논란의 원인이 된 르 귄의 문장은 다음과 같았다.

내 생각에 마거릿 애트우드의 『시녀 이야기』와 『오릭스와 크레이크』, 『홍수의 해』는 전부 현재의 시류와 사건을 두고 상상력을 발휘하여 절반은 예언이고 절반은 풍자인 어떤 머지않은 미래를 추정한다는 점에서 SF가 무엇인지를 보여 주는 본보기적인 작품이다. 그러나 애트우드는 자신의 그 어떤 작품도 SF라고 불리기를 원치 않는다. 그는 최근에 출간한 탁월한 에세이집 『움직이는 표적들(Moving Targets)』에서 자신의 소설에서 벌어지는 모든 일은 실현 가능하며,

심지어 이미 실현되었을 수도 있고, 그 점에서 "현재 실현될 수 없는 일들이 벌어지는 소설"인 SF에 해당하지 않는다고 말한다. 애트우드가 SF에 대해 내린 이 제한적인 정의는 자신의 소설이 편협한 독자와 평론가, 문학상 관계자들 사이에서 아직까지 외면받고 있는 장르로 평가절하당하지 않도록 보호하는 장치인 듯하다. 문학 차별주의자들이 자신을 문학계의 게토로 밀어 넣어 버리는 것을 원치 않는 것이다.

내가 내 작품을 SF가 아닌 다른 용어로 부르고자 한 진짜 이유는, 사실 르 귄이 생각했던 이유가 아니었다. (만일 문학상 수상이 나의 일순위 목표였고 SF로 문학상을 수상한다는 것이 불가능한 일이었다면, 애초에 SF를 쓰지 않기로 마음먹었을 것이다.) 내가 생각하는 'SF'는 촉수가 달린 흡혈 화성인들이 금속으로 만들어진 원통을 타고 지구를 침공하는(현실에서 일어날 법하지 않은) 허버트 조지 웰스의 『우주 전쟁』과 동일한 뿌리를 공유하는 작품들이다. 반면, 쥘 베른의 소설에서처럼 잠수함이 등장한다든가, 풍선을 타고 여행을 떠난다든가, 오늘날에는 실현될 수 있지만 작가가 그 소설을 쓸 당시에는 온전히 실현되지 않았던 이야기는 내 관점에서 '사변소설(speculative fiction)'에 해당한다. 그리고 내 작품은 전자보다는 후자에 가깝다. 화성인이 등장하지 않으니까. 혹시라도 오해를 살까 봐 덧붙이자면, 그건 내가 화성인을 좋아하지 않아서가 아니다. 단지 화성인이 등장하는 소설을 집필하는 일은 내 역량을 벗어나는 일이어서 그렇다. 아무리 진지하게 임한다 해도, 내가 만들어 내는 화성인은 어떻게 보나 어설프기 그지없을 것이다.

그런데 2010년 가을에 성사된 르 귄과의 공개 토론[11] 자리에서 나는 르 귄이 말한 'SF'가 (내가 생각하는) 현실에서 실제로 일어날 수 있는 '사변소설'을 가리킨다는 사실을 깨닫게 되었다. 비록 르 귄은 나와 달리 현실에서 도저히 일어날 수 없는 일들을 ('SF'가 아닌) '판타지'로 분류했지만 말이다. 각자의 의견에 비추어 보면, 르 귄의 관점에서 (또한 내 관점에서도) 드래건이 등장하는 소설은 판타지에 속한다. 영화 「스타워즈」나 텔레비전 시리즈 「스타트렉」의 에피소드 중 상당수도 마찬가지다. 그러나 르 귄의 관점에서 볼 때 메리 셸리의 『프랑켄슈타인』은 'SF'에 해당할 것이다. 전기를 이용하면 죽어 있는 생명을 실제로 살려낼 수 있을지도 모른다는 저자의 생각과 그런 생각을 뒷받침하는 근거에 기반한 작품이기 때문이다. 그렇다면 『우주 전쟁』은 어디에 속할까? 『우주 전쟁』이 출간될 당시의 사람들이 화성에 지적생명체가 살고 있을지도 모른다고 생각했고 상상해 볼 수 있는 미래에 시간여행이 가능할지도 모른다고 믿었다는 점을 고려하면, 『우주 전쟁』은 르 귄이 정의하는 'SF'로 분류해야 할 것이다. 혹은 적어도 SF적인 작품으로 말이다. 정리해 보면 르 귄이 정의하는 'SF'는 내 관점에서 '사변소설'에 해당하며, 르 귄이 생각하는 '판타지'에는 내가 생각하는 'SF'의 일부가 포함될 수 있다. 정리해 보자면 그렇다. 완벽하지는 않더라도, 어느 정도는. 사실 문학에서 장르의 경계는 점점 더 불분명해지고 있는 데다가, 서로 아무렇지도 않게 이 장르에서 저 장르로 넘나들기도 한다.

용어의 유연성, 문학 장르 간 교환, 장르 간의 왕래 등은 (막연하게 정의된) SF 세계에 오래전부터 나타난 현상이다. 일례로, 저명한 SF 작가 브루스 스털링은 1989년에 출간한 에세이 「슬립스트림(Slipstream)」[12]에서 당시 SF의 입지에 유감을 표하고 SF를 단순히 하나의 '범주'로 만들어 버린 작가와 출판사들을 나무라기도 했다. 그가 말한 '범주'란 "자생적으로 이윤을 창출하는 권력구조를 갖추고 있음에도 불구하고 기존 영토에 귀속되어 있어 서점 책장의 일부분에만 지분을 가진 것"으로, "내적 정체성, 일관성 있는 미학적 특징, 일련의 개념적 지침, 혹은 이른바 관념을 통해 결합된 하나의 스펙트럼"을 지칭하는 '장르'와 구별된다.

스털링이 정의한 슬립스트림[13] 용어의 의미는 아래와 같다. 내 짐작이지만, 그는 엄밀한 의미의 SF가 만들어낸 기류에 슬립스트림이 편승하는 것처럼 보인다는 사실을 염두에 두었던 것 같다.

내가 설명하고자 하는 대상은, 아직 '범주'는 아니지만 새롭게 부상하고 있는 어떤 '장르'처럼 보이는 무언가이다. 이는 SF라는 '범주'도 아니고, SF라는 '장르'도 아니다. 그보다는 합의된 현실에 단호하게 반기를 드는 현대적인 유형의 글쓰기에 가깝다. 이는 판타지스러우며, 때로는 비현실적이고 때로는 사변적이지만, 그렇다고 어느 하나를 철저하게 고수하지는 않는다. 고전적인 과학소설처럼 '경이감'을 유발하거나 체계적인 추론을 이끌어내는 것을 목표로 하지도 않는다. 대신 독자에게 굉장히 낯선 감정을 불러일으키는 유형의 글이다. 어느 정도의 감수성을 지니고 있다면 20세기 후반이라는 시기를 살아가는 도중 생경한 감정을 느끼게 될 것처럼 말이다.

스털링이 제시한 슬립스트림 소설 목록은 케이시 애커, 마틴 에이미스, 살만 루슈디, 주제 사라마구, 커트 보니것 등 대체로 '진지한' 작가로 간주되는 이들을 비롯해 무척이나 다양한 작가의 광범위한 작품을 포괄한다. 그런 작품들이 갖는 공통점은 소설에서 일어나는 사건들이 실제로는 일어났을 법하지 않다는 것이다. 앞선 시대에 '슬립스트림'이라고 간주할 만한 작품들(헤로도토스가 들려주는 외발 인간과 대형 개미에 대한 이야기나 유니콘과 드래건, 인어에 관한 중세 전설 등을 말하는데)은 전부 '나그네의 허풍'이라는 표제

아래 묶였을지도 모른다. 그 후에는 『어린이의 이상한 뿔피리(Des Knaben Wunderhorn)』[14]처럼 기막히고 기괴한 이야기로 구성된 선집으로 묶였을 테고, 그보다 더 시간이 지난 후에는 M. R. 제임스나 H. P. 러브크래프트, R. L. 스티븐슨의 작품에 있을 법한 '믿을 수 없는 끔찍한 이야기'로 분류됐을 것이다.

그러나 틀림없이 이 모든 이야기는 전부 같은 우물의 심연에서 길어 올린 것들이다. 우리의 일상 세계와 분리된, 상상 속의 다른 세상 말이다. 영적 세계로 향하는 문을 통과하거나 알려진 것과 알려지지 않은 것을 나누는 문턱을 넘어서서 다른 시간, 다른 차원을 상상한 결과물. SF, 사변소설, 검과 마법의 판타지, 슬립스트림 소설. 이 모든 이야기는 '놀라운 이야기'라는 커다란 하나의 우산 아래에 놓여 있을지도 모른다.

* * *

이 책은 총 3부로 구성되어 있다. 1부 「다른 세상에서」는 주로 나의 개인사라고 할 만한 이야기로 구성되어 있다. 이 1부는 세 개의 장으로 세분화되어 있으며, 도입부에는 내가 2010년 가을 조지아주 애틀랜타의 에모리 대학교에서 한 엘먼 강연 내용이 담겨 있다. 첫 장 「공중을 나는 토끼들」은 내가 어릴 적 SF나 슈퍼히어로와 맺은 관계에서부터 쫄쫄이 옷이라든가, 초자연적인 태생이라든가, 이중 정체성이라든가, 공중을 나는 능력이라든가 하는 슈퍼히어로적 특성들에 내재된 심오한 기원을 탐구한다. 둘째 장 「불타는 가시덤불」은 내가 대학생 시절에 관심을 가졌던 분야 즉 SF보다 앞서 있었으며 후대 SF에 영향을 끼친 고대 미신에 관한 것이다. 또한, 리얼리즘 소설과 그 외 소설 간의 차이점, 각 소설이 가진 긍정적 기능과 부정적 기능에 대한 사유도 담겨 있다.

셋째 장 「살벌한 지도 제작」에서는 미완성으로 남은 나의 박사논문 일부, 즉 '형이상학적 로맨스'라는 표제로 엮었던 19세기 및 20세기 초반 소설들을 다룬다. '형이상학적 로맨스' 소설들을 연구 대상으로 삼았던 이유는 초자연적인 힘을 가진 여성 인물들, 그 인물들이 살았던 왕국들, 그들이 대표했던 자연을 바라보는 워즈워스적 관점과 다원적 관점의 불화와 같은 요소들이 강렬한 호기심을 불러일으켜서였다. 그런 주제들을 탐구하는 과정에서 나는 빅토리아 시대의 비현실주의자들 및 전통적 글쓰기를 유지해 온 이들이 특히나 좋아했던 유토피아와 디스토피아도 만날 수 있었다. 「살벌한 지도 제작」은 그런 문학적 전통과 맞닿아 있다고도 볼 수 있는 나의 세 장편소설 또한 다룬다.

2부 「SF에 관한 비평들」에는 내가 지난 수년간 SF 작품들에 대해 써온 글이 수록되어 있다. 어떤 글은 비평이고, 어떤 글은 책에 대한 서문이며, 어떤 글은 라디오 방송에서 한 발언을 옮긴 것이다. 그런 특정 SF 작품들을 어떤 기준으로 선택한 것인지 궁금해할 독자들이 있을지도 모르겠다. 그런데 정확하게 말하자면, 나는 그 작품들을 선택하지 않았다. 어떤 작품 관련이든 누군가가 나에게 청탁을 해왔고, 그 제안을 거절할 수 없었을 뿐이다.

3부 「다섯 편의 헌정 단편소설」에는 내가 쓴 짤막한 SF 이야기들이 묶여 있다. 여기에 실린 작품들은 지난 수십 년 동안 써낸 글 중에서 선별한 것인데, 각각 SF라는 점을 알아차릴 수 있을 만한 문화적 '밈'을 내포하고 있다. 앞쪽에 수록된 네 편은 독립적인 초단편 소설이며, 마지막 한 편 「아어아의 복숭아 여자들」은 『눈먼 암살자』에서 부분 발췌한 것으로 소위 SF 황금기 초반에 펄프 잡지[15]용 SF 작품을 써낸 작가가 등장인물 중 하나로 등장한다.

이 책은 이런 책이다. 어린아이로서, 청소년으로서, 한때는 학생이자 연구자로서, 비평가이자 평론가로서, 그리고 마침내는 작가로서 SF와 다소 복잡하게 얽혀온 나의 개인사에 관한 책.

애트우드가 그린 「강철 버니와 점박이 버니(미스치프랜드에서의 전쟁)」
© Margaret Atwood

애트우드가 만든 종이 인형들.
© Margaret Atwood

* * *

그런데 SF를 읽고, SF를 쓰고, SF와 관계를 맺는 행위, 더욱 거친 창조의 바다에 더욱 거칠게 휘몰아친 그 폭풍들은 전부 어디에서부터 시작된 걸까? 사람들이 작가에게 궁금해하는 점도 바로 이런 부분이다. 무엇에서 영감을 받으셨나요? 어떤 계기로 글을 쓰기 시작하신 건가요? 이런 질문을 하는 사람들은 "그냥 어쩌다 보니 하게 됐어요." 라든가 "무엇에 사로잡혔던 건지는 모르겠네요."라는 식의 설명에 절대 만족하지 않는다. 그들은 구체적인 계기를 듣고 싶어 한다.

그래서 지금 한번 말해 보려 한다.

어린아이였던 1944~1945년 겨울 수생마리 지역에 위치한 오래된 저택에 잠시 머무는 동안, 나는 아침이면 누구보다 일찍 일어나서는 한기가 감돌지만 널찍한 다락방에 올라가 어린아이 특유의 자기중심적인 희열에 찬 상태로 팅커토이[16] 막대기와 실뭉치를 이용해 이상한 집과 사람 비스름한 것을 만들곤 했다. 그때 정말 만들고 싶었던 것은 장난감 상자에 그려져 있던 풍차였지만 내가 가진 팅커토이 세트에는 풍차를 만드는 데 필요한 부품들이 없었고, 제2차 세계대전 중이었던 만큼 그 부품들을 얻게 될 가능성은 희박했다.

어떤 사람들은 성인이 되어 하는 예술은 어린 시절에 갖지 못했던 것들에 대한 갈망을 채워준다고 말한다. 그 말이 사실인지 아닌지, 나는 잘 모르겠다. 내가 그 어린 시절에 풍차를 만들 수 있었다 해도 지금처럼 작가가 되었을까? 지금처럼 SF를 쓰는 작가가 되었을까? 그 누구도 정답을 알 수는 없는 질문이지만, 생각을 해볼 수는 있다.

세월이 흘러 이제 내 앞에는 (심하게 변형된 형태의) 풍차가 놓여 있다. 내가 이 풍차 덕분에 느낄 수 있었던 즐거움을 부디 독자분들도 만끽할 수 있기를 바란다.

다른 세상에서

SF와 인간의 상상력

공중을 나는 토끼들
: 머나먼 우주에 거주하는 생명체들

새처럼 앞뒤로 퍼덕거리는 동작을 하지 않았음에도 소년은 날개의 부력으로 이미 공중에 떠 있었고, 머리 위로 펼쳐진 날개는 소년의 노력 여부와는 무관하게 그를 안정적으로 공중에 띄워놓고 있는 듯했다.

에드워드 불워 리턴,
『차세대 종(The Coming Race)』[17]에서

지금까지 나는 샤먼과 설화 속 영웅에 대해, 모든 욕구가 마술적으로 충족되는 영역으로 도피할 수 있게 해주는, 가벼움으로 승화된 궁핍에 대해 말했다.

이탈로 칼비노,
『새천년을 위한 여섯 가지 메모(Six Memos for the New Millenium)』 중 「가벼움(Lightness)」에서

우리가 의식의 영역으로 끌어들이지 않는 것은 우리 삶

다른 세상에서

에서 운명으로 등장한다.

칼 구스타프 융[18]

내가 사람들이 대체로 SF라고 분류할 만한 '현대판 놀라운 이야기'의 세계에 진입했던 건 어린아이였을 때다. 나는 성장기의 대부분을 숲이 우거진 캐나다 북부 지역에서 보냈고, 우리 가족은 그곳에서 무수한 봄과 여름과 가을을 함께했다. 문화 시설이라든가 사람이 만든 무언가를 접할 기회는 제한적이었다. 전자제품, 난방 시설, 수세식 화장실, 학교, 식료품 가게는 물론 텔레비전도 없었고, 라디오 방송이라고는 단파로 송출되는 러시아 방송이 유일했으며, 영화관, 극장, 도서관도 없었다. 하지만 책은 무수히 많았다. 과학 교과서에서부터 탐정소설에 이르기까지 범위도 다양했고 그 사이로 분류할 만한 모든 책이 있었다. 어린 내가 읽기에 부적절한 책도 있었을지 모르지만, 읽어서는 안 된다고 제지받은 책은 한 권도 없었다.

글을 일찍이 깨우친 나는 연재 만화도 읽을 수 있었다. 그런데 그것이 가능했던 이유는 나를 위해 시간을 내어 큰 소리로 책을 읽어줄 사람이 아무도 없어서였다. 당시에는 신문에 실린 연재 만화들을 '퍼니 페이퍼스'라고 불렀지만 실제로 대다수의 연재 만화는 우습기는커녕, 어마어마하게 길쭉한 담배 홀더를 쓰는 일명 '드래건 레이디'라는 팜 파탈을 내세운 「테리와 해적들(Terry and the Pirates)」이나, 이상하리만치 초현실적인 「고아 소녀 애니(Little Orphan Annie)」(애 눈은 어디 갔지?[19])처럼 무척이나 극적이었다. 퍼니 페이퍼스를 읽던 어린 시절의 내 머릿속에는 수많은 질문이 떠올랐고, 그중 일부는 아직도 해결되지 않은 상태로 남아 있다. 마술사 맨드레이크[20]가 "최면을 거는 몸짓"을 했을 때, 정확히 어떤 일이 일어났던 걸까? 눈꽃 공주[21]는 왜 한쪽 귀에 콜리플라워를 달고 다녔던 걸까? 아니, 콜리플라워가 아니었다면 그건 대체 뭐였을까?

어린 시절 나는 만화 독자였을 뿐만 아니라 작가이기도 했고, 그림도 많이 그렸다. 그림 그리기와 독서는 숲속에서 즐길 수 있는 주요 오락거리였고, 특히 비가 오면 더욱 그랬다. 당시에 내가 쓰거나 그렸던 것들 대부분은 어떻게 봐도 자연과 어우러지는 구석이 없었고, 그 점에서 보면 나는 보통 아이들과 다르지 않았다. 8세 미만의 아이들은 이를테면 안락한 실내 인테리어나 목가적인 풍경을 담은 그림보다 말하는 동물, 공룡, 거인을 비롯해 (요정이든, 천사든, 외계인이든) 공중을 나는 이런저런 형태의 로봇 인간에게 훨씬 쉽게 마음을 빼앗긴다. 학교에서는 아이들에게 "꽃을 그려보세요."라는 과제를 주곤 했고 그때의 꽃은 튤립이나 수선화를 의미했지만, 나를 비롯한 아이들이 진짜로 그리고 싶었던 종류의 꽃은 파리지옥에 훨씬 가깝되 단지 크기가 조금 더 크고, 아직도 무언가를 소화하고 있는 여러 개의 팔을 갖고 있으며, 각각의 팔에서 다리들이 삐져나와 있는 모양새의 꽃이었다.

최근에는 내 한창때 작품들[22]을 살펴보다가 자연적인 것과는 거리가 멀었던 나의 초기 성향을, 혹은 그 시절로부터 아직까지 살아남은 무언가를 재발견했다. 방금 말한 "한창때 작품들"이란 윌리엄 블레이크나 존 키츠 같은 작가들이 조숙한 십 대 시절에 남긴 시가 아니라 내가 예닐곱 살 무렵이던 1940년대 중반에 만든 작품들을 가리킨다. 그리고 그 중심에는 나의 슈퍼히어로, 즉 공중을 나는 토끼들이 있었다. 블루 버니와 화이트 버니라는 이름을 가진 그 토끼들은, 유서 깊은 기술인 '던지기'를 통해 추진력을 얻어 실제로 공중을 나는 진짜 봉제 인형에 상상력이 부족했던 나의 작명 실력을 더해 탄생시킨 슈퍼히어로였다. 그러나 머지않아 그 가냘픈 영웅들은 강철 버니와 점박이 버니라는 더욱 강인한 생명체로 진화했고, 강철 버니와 점박이 버니는 한결 전통적인 슈퍼히어로에 가깝게 망토의 힘을 빌려 날았다. 강철 버니의 망토에는 금속 막대기들이 달려 있었고, 점박이 버니의 망토에는 점박이 무늬가 있었다. 그때까지만 해도 모든 것이 간단명료했다.

나의 슈퍼히어로 토끼들은 오빠가 만든 훨씬 화려한 생명체를 어설프게 모방한 결과물이었다. 공중을 나는 토끼, 공중을 나는 외계 토끼를 발명해 낸 사람은 사실 내가 아니라 오빠였다. 오빠가 발명한 토끼들은 이동 수단에다 가 선진 기술까지(우주선이라든가, 비행기라든가, 무기류라든 가, 그야말로 모든 것을) 갖추고 있었고, 사악한 여우라는 숙 적뿐만 아니라 로봇, 식인 식물, 치명적인 다른 동물들과도 전투를 벌였다. 오빠의 토끼들이 사는 행성의 명칭은 버니 랜드였고, 내가 만든 더욱 신비로운 서식지의 명칭은 미스 치프랜드(Mischiefland)[23]였다. 가만, 내가 미스치프랜드 라는 이름을 짓게 된 이유는 무엇이었을까?

미스치프랜드에 사는 토끼들은 무질서한 생활을 했다. 또한 토끼들은 풍선을 타고 날아다녔는데, 제2차 세계대 전 동안에는 그런 비행법이 불가능했기 때문에 상당히 매 력적이라고 생각했다. 그 당시에 읽은 『오즈의 마법사』[24]에 서도 마법사가 거대한 열기구에 달린 바구니를 써서 하늘 로 날아올랐다. 나는 토끼들뿐만 아니라 토끼들이 기르는 반려 고양이들도 그런 방식으로 공중에 뜨도록 만들었다. (고양이를 기를 수 있게 되기를 갈망했지만 그럴 수 없었기에 나 대 신 토끼들이 고양이를 여러 마리 길렀다.) 토끼들은 전시(戰時) 에는 물론이고 전후 이어진 침체기에도 여전히 귀하고 가 치 있는 식품이었던 아이스크림콘만 먹고 살았다. 게다가 마술도 부렸다. 정확하게는, 망토의 힘을 빌려 공중에서 수 없이 빙빙 도는 마술이었다. 가끔씩 으스스하게 씨익 웃으

다른 세상에서

면서 권총에서 총알을 빼내기도 했지만, 총을 쏘거나 범죄자들을 쫓거나 세상을 구원하는 종류의 일에는 간혹가다 기웃거리기만 할 정도였다. 겉보기에 대체로는 그저 재미를 보고 사람들을 골려주고 싶어 했다.

공중에 뜨는 망토, 초능력, 지구 이외의 다른 행성들. 나와 비슷한 시기를 살았던 아이들은 그런 것들에 대한 지식을 대체 어디에서 습득했던 걸까? 어느 정도는 당시에 접할 수 있었던 초창기 연재 만화의 슈퍼히어로들로부터 얻었을 것이다. 그중에서도 유명한 슈퍼히어로들을 들자면, 우주여행이나 로봇과 관련해서는 플래시 고든을, 강력한 체력과 초능력과 망토 비행 측면에서는 슈퍼맨과 캡틴 마블, 그리고 필멸의 존재인 데다가 아무런 기능도 없는(건물 벽을 타고 다닐 때마다 적잖이 걸리적거렸을 것이 분명한) 망토를 두르고 다니기는 하나 나약하고 어리석은 제2의 정체성이 변장의 역할을 수행한다는 점에서 캡틴 마블이나 슈퍼맨과 유사한 배트맨을 꼽을 수 있을 것이다. (참고로 내가 떠올린 캡틴 마블은 풋내기 방송 진행자 빌리 뱃슨, 슈퍼맨은 안경을 쓴 리포터 클라크 켄트, 배트맨은 스모킹 재킷을 입고 빈둥거리는 재력가 브루스 웨인이다.)

이 슈퍼히어로들이 (『오즈의 마법사』, 약간의 그리스 신화, 태양계에 관한 작은 책 한 권과 더불어) 우리가 어린 시절에 품었던 중요한 발상들의 근원을 이루었을 것이다. 태양계에 관한 책 자체는 지루했지만, 한 가지 짚고 넘어가자면 내가 어렸을 때는 행성들에 대해 알려진 바가 상대적으로 적어서 각각의 행성에 외계 생명체가 살고 있을 가능성이 여전히 열려 있었다. 당시 사람들은 인간과 비슷하지만 눈은 하나이고 손가락은 세 개인 적대적인 외계인들이나, 잠복해 있다가 면도날처럼 날카로운 이빨로 배를 갈라 창자를 비워 내는 고약한 습성을 가진 동물들, 전기 광선이나 가스를 쏴서 인간을 죽일 수 있는 물고기들, 독성이 있는 가시나 알뿌리, 채찍 같은 촉수, 급속 소화가 가능한 장기를 가진 식물들에 대단히 심취해 있었다. 아버지는 곤충학자였고 여러모로 자연주의자이기도 했던 터라, 나와 오빠와 여동생은 현미경으로 들여다본 연못 속 생물의 모습을 비롯해 다양한 과학적인 그림들을 실컷 접할 수 있었다. 그렇게 접했던 장면들이 우리가 생각한 화성인과 금성인과 해왕성인과 토성인의 모습에 반영되었을 수도 있다.

변장술에 관해 말하자면, 오빠나 내가 만든 토끼들은 변장의 필요성을 거의 느끼지 못했다. 키도 작고 어렸던 그때의 우리는 우리 자신이 빌리 뱃슨[25]이었고, 우리가 갖고 있던 어린아이로서의 자아를 공중을 나는 토끼에 투사하는 것만으로도 변장은 충분히 했다고 생각해서였던 듯하다.

그런데 퍼니 페이퍼스에 실린 슈퍼히어로들을 창조한 이들은 애초에 어떻게 그런 발상을 할 수 있었던 걸까? 이

다른 세상에서

애트우드가 그린 「(풍선을 타고) 공중을 나는 토끼들」
© Margaret Atwood

제 와 생각해 보니 궁금해지는 부분이다. 무에서는 아무것도 생기지 않는 법이지 않나. 과연 초창기 슈퍼히어로들은 누구의 후손이었을까? 분명 핵심적인 유전자 풀이 일부 있기는 했다. 이를테면, 슈퍼맨은 K, Z, Y, X, Q처럼 특이한 알파벳으로 가득한 1930년대 SF의 자식임이 (어느 정도는) 분명한, 크립톤 행성에서 온 존재였다.

캡틴 마블이 외우는 주문 '샤잠(SHAZAM)'은 고전적인 신들의 이름 여러 개와 비고전적인 존재의 명칭 하나에서, 즉 솔로몬(Solomon), 헤라클레스(Hercules), 아틀라스(Atlas), 제우스(Zeus), 아킬레우스(Achilles), 머큐리(Mercury)에서 첫 알파벳을 따와 만든 단어이므로 어느 정도는 고대 신화를 통해 우리에게 온 존재라고 할 수 있다. 사실 캡틴 마블의 스승인 마법사 샤자모(Shazamo)는 호메로스의 『오뒷세이아』에서 인간을 돼지로 바꿔버리는 능력을 지닌 여성 마법사 키르케와 가까운 사이이기도 했다. 캡틴 마블의 별명 '빨간 치즈 덩이(Big Red Cheese)[26]'를 지어낸 이들도 틀림없이 내가 어린 시절에 읽었던 책들을 읽었을 것이다. (원더우먼도 같은 혈통을 공유한다. 원더우먼은 순결과 은 활로 상징되는 사냥의 신 디아나[27]와 연관성을 가지며, 디아나가 당기는 활시위는 분명 (우리가 다 알고 있는 그!) 원더우먼의 강력한 올가미가 되었을 것이다. 원더우먼의 또 다른 자아인 다이애나 프린스[28]는 젊은 시절(정확하게는 1940년대 만화책 상에

다른 세상에서

서) 연인 스티브 트레버에게 키스를 받을 때마다 급격히 힘을 잃는다. '디아나 신'의 특성 중 하나가 순결인 탓이다.)

한편, 배트맨은 오로지 기술만으로 탄생한 슈퍼히어로다. 배트맨은 완전한 인간이고 그렇기에 안타깝게도 필멸의 존재이지만, 범죄에 맞서 싸울 때면 박쥐 모양의 다양한 기계와 장치를 동원해 힘을 얻는다. 배트맨과 가장 잘 어울리는 현대 잡지를 꼽자면 《이상한 이야기(Weird Tales)》가 아니라 《파퓰러 메카닉스(Popular Mechanics)》일 것이다. 또한 배트맨은 (스타일 및 장식적 측면에서) 슈퍼히어로 중 가장 미래적이다. 최초로 구현되었던 고담시는 초현대적인 도시의 모습을 갖추고 있었고, 아르데코[29]의 영향을 받았다는 점도 확연히 드러났다.

지구 이외의 행성 같은 것을 다루는 SF, 신화, 현대 기술은 전부 서로 밀접하게 관련되어 있다. 그중 신화는 초현대보다는 고대에 가깝다 보니 SF나 현대 기술과 언뜻 어울리지 않는 것처럼 보일 수도 있지만, 원더우먼이나 캡틴 마블의 사례에서 알 수 있듯 실제로는 전혀 겉돌지 않는다.

사실 초창기 만화 속 슈퍼히어로들이 지닌 가장 주목할 만한 특징들, 또 귀와 꼬리만 빼면 이 슈퍼히어로들과 상당히 유사한 공중을 나는 토끼들의 특징들은 인간의 문학사와 문화사에 깊게 뿌리내리고 있으며, 어쩌면 인간의 정신 그 자체에 기원을 두고 있을지도 모른다.

다른 세상

다른 세상과 외계 생명체는 어디에서 왔을까? 어째서 아이들은 툭하면 실내화 속도 아닌 침대 밑에 무시무시한 무언가가 잠복하고 있을까 봐 겁을 먹을까? 침대 밑 괴물은 인간이 동굴 속 호랑이들에게 쫓겨 다니던 선사시대로부터 이어진 일종의 원형(原型)인 걸까, 아니면 또 다른 무언가일까? 아이들이 숟가락이나 돌 같은 무생물도 자신들처럼 생각을 할 수 있고, 좋은 의도든 나쁜 의도든 갖고 있다고 믿는 이유는 무엇일까? 이 세 가지 의문들은 서로 연관되어 있을까?

최근 생물학자들은 나와 다른 존재의 시각에서 상황을 바라보는 능력에 상당한 관심을 기울이고 있으며, 특히 프란스 드 발(Frans de Waal)은 『공감의 시대』[30]라는 저서를 통해 이 문제를 다루었다. 그동안 나와 다른 존재의 관점에서 삶을 상상할 수 있는 생명체는 인간이 유일하다고 간주되는 경향이 있었다. 그러나 실상을 들여다보면, 별로 그런 것 같지는 않다. 코끼리와 침팬지는 자신과 다른 존재의 관점을 상상할 수 있다. 하지만 원숭이는 그렇지 않다. '자아'에 대한 감각을 지니고 있는 존재만이 다른 존재의 관점을 상상할 수 있는 것인지도 모른다. 어떤 존재가 자아감을 갖고 있는지를 확인하는 한 가지 방법은 거울을 이용하는 것이다. 동물들이 거울에 비친 모습을 보고 그것이 자신이라는 사실을 인식할 수 있을까? 이를 확인해 보고자 했던 흥미로운 실험들에서는 코끼리들 앞에 코끼리 크기만 한 거울들을 세워둔 다음, 촉각이라는 변수를 제외하기 위해 코끼리들의 머리 한쪽에는 눈으로 확인할 수 있는 자국을 남기고 다른 쪽에는 눈에 보이지 않는 자국을 남겼다. 코끼리가 거울에 비친 머리 한쪽의 자국을 발견하고 자신의 코로 그 실제 자국을 만진다면, 거울에 반사된 모습이 '자기 자신'임을 확실히 알고 있다고 판단할 수 있는 것이다. 그러나 많은 경우, 코끼리들은 거울에 비친 모습이 자기 자신임을 깨닫기 전에 먼저 거울 뒷면부터 살펴볼 것이다. 그리고 이는 인간 어린이의 경우에도 마찬가지일 것이다.

당신이 자신의 모습을 머릿속에 그릴 수(상상할 수) 있다면, 당신은 다른 존재의 모습도 머릿속에 그릴 수(상상할 수) 있다. 또한, 그런 존재가 당신이 소속된 세상을 어떻게 바라볼지도 상상할 수 있다. 당신 자신의 모습을 외부의 시각에서 볼 수 있는 것이다. 당신이 상상한 존재의 관점에서 볼 때, 당신은 사랑하는 소중한 사람 또는 친구가 될 만한 사람처럼 보일 수도 있고, 맛있는 저녁거리나 철천지원수처럼 보일 수도 있다. 침대 밑에 무엇이 있을지 상상해 보는 아이들 또한 자신이 그 보이지 않는 생명체에게 어떻게 보일지를, 대개는 먹잇감이 되는 장면을 상상한다. 그러니 아이들에게 "너 참 먹음직스럽게 생겼구나!" 하는 식으로 말하는 것은 그리 좋은 생각이 아닐 수 있다. 감정이입 능력이 부족하고 장난기 많은 고양이 같은 아이라면 그런 말을 들어도 개의치 않을 테지만, 평범하고 어리숙한 아이라면 분명 자지러지는 반응을 보일 테니까.

H. G. 웰스의 『우주 전쟁』이 이루어낸 눈부신 혁신 중 하나는 별 볼 일 없는 우리 인간이 인간보다 훨씬 우월한, 마치 신과 같은 지적 생명체에게 어떤 모습으로 보일지를 명료하게 표현해 냈다는 점에 있다. 웰스가 『우주 전쟁』을 저술한 시점에서부터 지금에 이르기까지, 우리는 그와 동일한 계통의 이야기들을 무수히 접했다. 혹은 셰익스피어가 썼듯이, 화성보다는 어쩐지 조금 가깝다고 여겨지는 신에 관한 이야기들을 말이다. "신들에게 우리는 짓궂은 애들한테 붙잡힌 파리 같은 존재에 불과해. / 신들은 우리를 장난삼아 죽이지."[31]

＊ ＊ ＊

낯선 거주민들이 살아가는 다른 세상에 관한 이야기는 인간의 신화와 문학 속에 수두룩하게 존재한다. 정식으로 출간된 적은 없으나 아이들이 스스로 고안해 낸 모든 상상의 나라를 다 합쳐보면 실제로 존재하는 장소보다 훨씬 많은 상상의 장소들이 존재할지도 모른다. 우리가 (좋든 나쁘든) 죽음 이후에 당도하는 장소든, 신이나 초자연적 존재들이 사는 집이든, 잃어버린 문명사회든, 아주 머나먼 은하수에 있는 행성들이든 전부 한 가지 공통점을 갖고 있다. 바로 지금 여기에 존재하지 않는다는 사실이다. 그런 장소들은 아주 오래전에 존재했거나, 아주 멀리 떨어져 있을 것이다. '미래'라는 모호한 지역에 있을지도 모른다. 우리가 살아가고 있는 시공간과는 '또 다른 차원'에 부동산을 점유하고 있을지도 모른다. 그동안 우리는 습관적으로 인간 이외의 존재들이 다른 어디에선가 나타나 인간이 살고 있는 거실에 별안간 모습을 드러낼 수는 있어도 자신들이 떠나온 세계 전체를 질질 끌고 나타날 수는 없다고 생각했던 것 같다. 반면에 인간은 찬장이나 우주의 웜홀을 통해 인간과 다른 존재들의 영역으로 손쉽게 이동할 수 있다고도 말이다. 이렇게 인간이 다른 존재와 조우하는 내용을 다룬 이야기에는 항상 어떤 방식으로든 이동이 수반된다.[32] '그곳'에서 '이곳'으로 무언가 혹은 누군가가 이동해 오거나, 인간이 '이곳'에서 '그곳'으로 이동하는 식이다. 그러고 보면 포털, 관문, 중간역, 각종 이동수단은 물론이고, 고대 신화에는 동굴 입구와 불의 전차도 등장하지 않았던가.

상상의 장소 — 저녁 식탁에 놓인 돼지고기 덩어리와는 달리 즉각적으로 구체적인 모습을 떠올릴 수 없는 어딘가 — 를 머릿속에 그려낼 수 있는 인간의 능력은 삶의 아주 초기 단계에 발현된다. 처음에는(영유아기에는) 무언가가 눈에서 멀어지면 마음에서도 멀어진다. 눈에 보이지 않는 대상은 그야말로 어디론가 사라져버렸다가 나중에 다시 나타나는 것이다. 장막 뒤로 사라진 고무보트가 어디에도 없는 것이 아니라 아직 어딘가에 있다는 사실을 이해하기까지는 시간이 좀 걸리게 마련이다.

어떤 사물이 정말로 소멸해 버린 것이 아니라 다른 장소로 가버린 것이라는 생각을 한 번이라도 하게 되면, 그때부터는 그 생각을 완전히 떨쳐버리기가 쉽지 않다. 그렇다면 '여기'에 존재했다가 갑자기 여기에 존재하지 않게 되었다는 식의 생각이, 바로 사후 세계와 순간이동 같은 개념을 가능하게 한 기원인 걸까? 「스타트렉」에서 사람들을 원격 이동시키는 스코티의 능력은 어린 시절 까꿍 놀이를 했던 고무보트가 여전히 제자리에 남아 있다는 깨달음에서 비롯한 것일까? 죽음 이후에 영적 세계에서 부유 중인 할아버지는 지금 우리에게 연락을 취해 보려고 애쓰고 계시는 걸까? 자아가 어디에도 존재하지 않게 된다고 상상하는 일은 몹시 어려운 일이니, 우리도 죽음 이후에는 돌아가신 할아버지처럼 영적 세계에서 부유하게 될까? 확실한 사실은, 죽은 자는 무덤이 아닌 어딘가로 간다는 것이다. 언제는 영혼의 무게를 재기 위해 이집트의 사후 세계로 갔고, 언제는 시들지 않는 수선화 밭으로 갔고, 언제는 하늘로 올라가 별자리가 되었고, 언제는 천국이라 불리는 물리적인 장소로 갔다. 이제는 크립톤 행성이나 이티(E.T.)가 향한 어딘가로도, 어디로든 갈 수 있다. 그럼 수선화 밭과 크립톤 행성은 같은 장소나 마찬가지일까?[33]

다른 세상에 접근하는 방법 중 하나는 메소포타미아의 지하 세계에서부터 이집트의 사후 세계, 명왕성의 세계, 기독교의 지옥과 천국, 토머스 모어 경의 유토피아, 후이늠[34]과 모로 박사의 섬을 비롯해 종국에는 행성 X, 게센[35], 치론[36]에까지 이르는 문학적 계보를 추적해 보는 것일 수도 있다. 그런데 다른 세상이라는 것이 여러 문화권에 존재했던 만큼, 각각을 들여다보면 서로 다른 문학적, 문화적 계보를 발견하게 된다. 가만, 이렇게 변연계와 신피질을 통해 다른 세상을 만들어내는 인간의 경향이, 말하자면 공감 능력처럼, 인간의 상상력을 이루는 본질적인 속성일 수도 있을까?

의상

옛날 옛적의 초인적 존재들은 천사처럼 가운을 입거나 악마처럼 아무것도 입지 않았지만, 20세기의 슈퍼히어로들은 한층 최신 패션에 가까운 의상을 입는다. 이들이 입는, 착 달라붙는 전신 쫄쫄이 위로 동체에는 수영복을 덧입고 큼직하고 화려한 벨트를 차고 종아리를 반쯤 덮는 부츠를 신는 복장은 세기가 바뀌기 전의 구닥다리 서커스 복장 특히 줄타기 곡예사와 괴력을 발휘하는 장사들의 복장에서 유래했을 가능성이 크다. (세상이 돌고 돌더니 흥미롭게도 요즘에는 WWW 프로 레슬링 스타들이 만화 주인공과 유사한 의상, 초창기의 근육질 쇼맨들처럼 복근을 노출하는 형형색색의 의상을 입는다.)

망토는 라파엘 전파 예술에서 중요하게 다루어졌는데 그러므로 그런 형상들을 만든 이들에게 익숙했을 기사(騎士)들로부터 유래했을 수 있고, 더욱 근접한 시기에서 찾자면 무대 마술사들로부터 영감을 받았을 수도 있다. 더 직접적인 사례로는 뱀파이어들이 요즘처럼 햇빛 아래에서나 사랑의 젊은 꿈 속에서 찬란한 빛[37]을 발하기보다는 매우 불쾌한 악취를 풍기던 시절의 흑백영화 「드라큘라」에서 드라큘라로 분했던 벨라 루고시(Bela Lugosi)를 그대로 모방한 것이었을 수도 있다. 투명 망토의 경우에는 옛 설화에 등장한 바 있고, H. G. 웰스의 『투명 인간』에서 현대 과학이 발명한 의상으로서 재조명받았으며, 조앤 K. 롤링의 『해리 포터』에서는 본래의 마술적인 형태로 재등장했고, 윌리엄 깁슨의 『뉴로맨서(Newromancer)』에서는 새로운 종류의 변장 소재가 되었다. 그런데 1940년대 초반의 만화 슈퍼히어로들 중에는 투명 망토[38]를 입은 인물이 한 명도 없었다. 짐작해 보건대, 당시에는 투명 인간의 모습을 구현하는 작업이 어려워서였을지도 모른다. (그나마 투명 망토에 가까웠던 것을 떠올려 본다면 점선으로 표현된 원더우먼의 투명 비행기 정도일 것이다.)

가면은 슈퍼히어로의 필수품이 아니었다. 슈퍼맨도, 캡틴 마블도, 완전히 다른 신체를 가진 존재로 변신할 수 있었기 때문에 가면처럼 정체성을 감춰줄 무언가를 필요로 하지 않았다. (마치 건조된 젤 산타클로스를 물에 넣으면 일어나는 일처럼, 공중전화 박스 안에서 리포터 복장을 벗어버리면 그 즉시 원래보다 훨씬 건장하고 근육질인 몸이 되는 클라크 켄트의 능력은 아직까지도 충분히 해명된 적이 없다.) 한편, 배트맨이 쓴 가면은 코메디아 델라르테[39]나 정체를 숨긴 기사 아이반호[40]를 통해 이어져 내려온 것일 수 있다. 아니면 (태생이 훨씬 악한) 오페라의 유령이나, 20세기 초반에 등장한 가면 쓴 프랑스 악당 팡토마스(Fantômas)로부터 물려받은 것일 수도 있다. 가면을 쓰고 활동하는 만화책 속 평범한 도둑들을 모방했을 가능성도 있다. 어떻든 배트맨이 필멸의 존재였고 원래의 몸을 다른 몸으로 바꿀 수 없었다는 점을 고려하면, 그에게 가면이 왜 필요했는지 이해가 간다.

각각의 옷(이라고 할까, 의상이자 예복)은 물론 역사가 길다. 대학 졸업식 같은 행사 때의 의상은 우리에게도 친숙하다. 두건 달린 옷이나 모자, 가운 등을 착용하면 평소와 다른 존재가 된다. 교황 임명식에서는 신임 교황이 사람들이 보는 앞에서 어부의 반지를 수여받는데, 그 반지는 일반인 신분으로는 결코 갖지 못할 어마어마한 영적 힘을 부여받는다는 상징적 의미를 갖는다. (오래전부터 반지에는 특별한 능력이 있었다. 리하르트 바그너가 작곡한 오페라 「니벨룽의 반지」는 물론이고 반지를 언급할 때 결코 빼놓을 수 없는 J. R. R. 톨킨의 『반지의 제왕』처럼 초기의 전통을 이은 작품들뿐만 아니라, 『천일야화』에서 마신을 불러내는 마법 반지가 대표적인 사례에 해당한다.) 대관식에 등장하는 마법의 물건은 왕관과 왕홀[41]이다. 한때 왕이 그가 통치하는 왕국을 상징한다고 여겨졌듯이, 왕관과 왕홀은 왕의 역할을 상징한다. 더 먼 과거로 거슬러 올라갈수록, 누군가가 착용했거나 휴대했던 물건들은 훨씬 더 중요한 의미를 가진다. 고대 이집트나 수메르 시대처럼 왕이 신격화되었던 시기에는 남자든 여자든 입는 옷과 예복이 거의 동일했다. 나 자신이 곧 역할이고, 역할이 곧 의복과 장식이던 시기였다. 의복과 장식은 단순히 착용하는 물건이라기보다는 머무르는 장소에 가까웠다.

　우리에게 알려진 가장 오래된 시라고 할 만한 메소포타미아의 시 「이난나의 지옥 여정」을 떠올려 보자. 이 시에서 생명의 신 이난나는 죽음의 신인 언니 에레슈키갈을 대면

하고자 지하 세계로 내려간다. 이난나는 지하 세계에서의 여정에서 살아남기 위해 특별한 샌들이며 일곱 가지 휘장이며 버려진 왕관, 여왕의 가발, 기다란 막대, 수많은 보석, 가슴에 다는 장식 두 개, 황금 반지, 얼굴 분장용 도구 몇 가지, 군주의 가운 등 어마어마한 양의 신비롭고 강력한 물건들을 몸에 걸친다. 그러나 지하 세계의 법칙에 따라 이난나는 몸에 걸친 것들을 하나씩 벗어야 했고(벗은 후 가지고 갈 수도 없었다.) 그리하여 모든 보호용 장신구를 잃고 나체 상태가 된다. 결과적으로 이난나는 지하 세계에서 죽음을 맞이하고, 이난나의 사체는 벽에 매달리고 만다. 이렇듯 모든 존재는 약점을 가지고 있다. 모든 아킬레우스에게는 발뒤꿈치가, 모든 슈퍼맨에게는 특별한 힘을 무효로 만들어 버리는 크립토나이트 물질이 존재하는 법이다.

「이난나의 지옥 여정」은 어느 정도 행복한 결말로 마무리된다. 생명과 번식의 신인 이난나의 입장에서 죽음의 땅에 머무른다는 것은 재앙과도 같은 일이었을 것이다. 그런데 생명수를 가져가 이난나를 부활시키려고 해도, 필멸의 존재를 지하 세계로 보낼 수는 없다. 지하 세계로 진입한 필멸의 존재는 죽음을 피할 수 없기 때문이다. 이에 엔키 신은 자신의 손톱 밑에 낀 때로 인간이 아닌 두 존재를 만들어 저승으로 내려보낸다. 그리고 그 덕분에 우리 인간은 (말하자면) 골렘[42]의 조상들을, 생명을 얻어 살아 움직이는 조각상들을, 종국에는 로봇들을 가질 수 있게 된 것이기도 하다. 비록 이난나가 지상 세계로 복귀할 때 예복도 전부 되찾아 온다는 내용을 찾아볼 수는 없지만, 시의 후반부에 이난나가 다시 권위의 왕관을 쓰는 대목이 나오는 점을 고려하면 분명 그랬을 것이다.

특별 의상, 부적, 강화된 권력 사이에 존재하는 이러한 연관성은 과연 메소포타미아와 비교했을 때 얼마나 더 오래되었을까? 정확하게는 알 수 없어도 훨씬 오래되었을 것이다. 구석기 시대 동굴 벽화에 그려진 몇 안 되는 인간의 모습 중 일부는 사실 반(半)인의 형상을 하고 있는데, 그런 반인들은 샤먼이었던 것으로 간주된다. 샤먼들이 동물처럼 생각하고, 동물들의 행방을 결정짓고, 굶주린 부족에게 동물의 몸통을 제공해 줄 능력을 갖추기 위해 동물들의 가죽과 뿔을 몸에 두르고 스스로 반인반수가 되었던 것이다.

주술적인 힘은 의복과 의식을 통해 구현된다. 수렵 채집 시기의 샤먼들은 왕궁이나 신전에 머물지 않고 공동체와 더불어 살았다. 그들은 일상의 대부분을 보통 사람들과 다를 바 없이 보냈지만, 필요한 순간이 찾아오면 공동체를 위해 마술적인 제2의 자아로 변신했다. 이와 같은 샤먼의 변신은 서구 문명의 영향을 받기 이전의 시기를 배경으로 한 호주 원주민 영화 「열 척의 카누」에서 확인할 수 있다. 영화 속에 등장하는 샤먼의 경우, 주술적인 힘이 필요해지

면 수풀 뒤로 갔다가 온몸에 물감이 칠해진 상태로 나타난
다. 마법을 부릴 준비를 마친 것이다. 일상적 자아와 제2의
자아가 결합된 이중 인간으로서의 샤먼은 비범한 방식으
로 강력한 힘을 발휘하며, 눈에 보이는 공간과 보이지 않는
공간 사이를 이동하는 능력도 갖추게 된다. 캡틴 마블과 마
찬가지로 샤먼이 하고 있는 특별한 치장은 그가 제2의 의
식 상태에 있음을 보여주는 신호로 기능한다.

이중 정체성

슈퍼히어로의 이중성도 상당히 긴 계보를 갖고 있다.
그러나 슈퍼히어로들의 직계 조상들은 만화책이 등장하기
바로 직전의 시기에 대거 밀집해 있다.

19세기 소설은 이중 정체성으로 가득 차 있고, 사실
19세기 오페라와 발레도 마찬가지다. 「백조의 호수」에도
화이트 스완과 블랙 스완이 등장하지 않던가. 루이스 스티
븐슨이 창조한 지킬 박사, 그리고 지킬보다 더 작고, 더 젊
고, 털은 더 많고, 더 고약한 제2의 정체성 하이드도 그렇
고, 오스카 와일드의 도리언 그레이와 노쇠하고 타락한 그
의 초상이며, 에드거 앨런 포의 윌리엄 윌슨[43]과 그를 조롱
하지만 쌍둥이처럼 닮은 동명의 윌리엄 윌슨도 잘 알려져

있는 문학적 사례에 해당한다. 혹자들은 이렇게 선과 악이 짝을 이루는 방식이 적어도 어느 정도는 실존 인물들의 삶에 뿌리를 두고 있을지도 모른다고 추측한다. 예컨대, 범죄를 주모하는 은밀한 생활을 이어가는 동시에 도둑을 잡는 일도 했던 조너선 와일드[44]나, 존경받는 신사이지만 자정이면 악행을 일삼았던 에든버러의 디컨 브로디[45]가 스티븐슨에게 영감을 주었을 수도 있다는 말이다.

그러나 방금 언급한 제2의 자아들은 모두 악인에 속한다. 이들과 달리 강인하고 고결한 영웅으로서의 모습을 감춰주는 나약하고 하찮은 제2의 자아(클라크 켄트와 슈퍼맨 같은)를 찾아보자면, 낮에는 한참 동안 겉치장에만 몰두하지만 밤에는 강인한 구출자로 활약하는 스칼렛 핌퍼넬[46]이나, 알렉상드르 뒤마의 『몬테크리스토 백작』에서 권선징악을 위하여 (별난 영국 귀족의 이름을 비롯해) 여러 개의 가명으로 활동하는 주인공도 들 수 있을 것이다. 뛰어난 지적 능력으로 범행의 단서를 샅샅이 찾아내면서 범죄자를 쫓은 셜록 홈즈의 경우, 흔히 허약하고 다정한 나이 든 성직자나 실직한 마부 등 실제 본인보다 부족해 보이는 인물로 변장하는 데 달인이었다.

1940년대의 슈퍼히어로들은 '평범한' 제2의 자아로 변장하기만 한 것이 아니라 한 명 혹은 두 명의 강적을 상대하기도 해야 했다. 칼 융은 자신이 그린 정신의 지도 중 상당 부분이 문학과 예술에 바탕을 두고 있다고 공공연하게 밝힌 바 있다. 이를테면 융의 '그림자' — 자아의 어두운 면 — 이론은 「호프만의 이야기(The Tales of Hoffmann)」[47]나 지금까지 언급한 '이중' 서사들과 아주 많은 공통점을 갖고 있다. 둘로 분리된 삶을 살아가면서 선과 악 사이의 전투에 참여한 만화책 속 등장인물도 융이 제시한 그림자의 특성들을 가지고 있었을 것이다. 여러 슈퍼히어로 중에서도 배트맨은 사실상 거의 완벽한 사례에 해당한다.

융의 세계관에서 보면, 배트맨이 맞서 싸우는 세 명의 숙적은 분명 브루스 웨인이 받아들이지 못한 자기 자신의 일부가 투사된 대상일 것이다. (한편, 블레이크의 관점에서 보면 배트맨의 숙적 가운데 남자 둘은 배트맨의 유령(Spectres)이고, 여자는 배트맨의 발산(Emanation)이리라.) 웨인은 여성적인 요소와 충돌한다. 웨인은 확고한 독신주의자이며, 평생 로이스 레인처럼 자신의 감정을 자극하는 매력적인 여자와 관계를 맺어본 적이 없는 인물이다. 그런데 웨인이 자주 언쟁을 벌이는 우아하고 매혹적인 캣우먼은 융의 관점에서 볼 때 웨인의 "어두운 아니마"[48]를 상징하는 인물일 수밖에 없다. 배트맨과 캣우먼 사이에서 오고가는 좀처럼 해소되지 않는 수많은 감정은 어린아이도 눈치챌 수 있을 정도로 강렬하다.

악한 광대의 외양을 하고 가학적인 놀이를 즐기는 조커는 변장과 농담을 향한 배트맨의 관심이 악의적인 형태로 구현된 배트맨의 융적 그림자다. 그런데 조커 말고도 또 다른 그림자 악당이 있다. 바로 자본주의자 중심의 시대 만화를 연상시키는 의상에다가 허리에는 각반을 차고, 입에는 파이프를 물고, 머리에는 실크해트를 착용한 펭귄이다. 단어 세 개를 조합해서 지어낸, 한물간 재벌의 허세와 인위성이 묻어나는 영어 이름 오스왈드 체스터필드 코블팟(Oswald Chesterfield Cobblepot)을 가명으로 사용하기까지 하는 이자는 부패한 한량 브루스 웨인이 가진 '사치스러운' 측면을 대변한다.

여기에 더해 웨인의 후계자인 로빈, 기적의 소년[49]도 살펴보아야 한다. 웨인은 게이였을까? 아니, 꿈에도 그럴 일은 없다. 신화주의자들의 관점에서 보면 로빈은 셰익스피어의 퍽[50]과 에어리얼[51] 같은 정령이다.('로빈'이 '울새'라는 새 이름이기도 하다는 점에 주목하면 로빈과 공기의 연관성을 발견할 수 있다.) 로빈에게 주어진 역할은 자비로운 스승이자 책략가인 배트맨이 계획을 실현할 수 있도록 조력하는 것이다. 그런데 융의 시각에서 보면 로빈은 (절대 자라지 않는) 피터 팬과 같은 인물로, 웨인의 내면에 억압되어 있는 어린아이를 상징한다. 다들 기억하고 있겠지만, 웨인은 아주 어렸을 때 부모님이 살해당하는 사건을 겪어야 했고, 그 경험은 그

다른 세상에서

의 정서 발달을 저해했다.

만화책 속 슈퍼히어로들을 본격적으로 분석해 보면 이와 같은 종류의 건초 한 줌 혹은 잡동사니 같은 정보를 얻을 수 있다. 또한, 이 슈퍼히어로들과 융을 호프만의 마법 안경[52]을 통해 들여다보면, 그들 모두 동일한 신화를 구성하는 일부분으로 볼 수 있게 된다.

그러나 주요 독자인 아이들의 관점에서 보면 로빈은 우리와 다를 바 없는 존재다. 우리에게도 가면과 망토가 있었다면, 그것들을 착용하고 아무도 우리가 누구인지 모른다는 착각 속에 날뛰고 다닐 수 있었다면, 그리고 (이게 무엇보다 좋은 부분인데) 잠잘 시간이 한참 지날 때까지 깨어서 애틋하게 꿈꾸던 어른들 세상에서 벌어지는 일들에 가담할 수 있었다면, 우리도 로빈과 같은 존재가 되었을 테니 말이다.

비행

배트맨은 하늘을 날 수 없었다. 내가 배트맨에게 별다른 감흥을 얻지 못했던 이유는 바로 그 점과 연관되어 있었을지도 모른다. 슈퍼히어로를 그리는 꼬마 만화가로서의 어린 시절에 나의 관심을 최대로 사로잡았던 슈퍼히어로의 자질은 (그림을 기준으로 판단할 때) 비행이었기 때문이다.

내가 창조한 미스치프랜드에서는 거의 모든 것이 공중에 떠다녔다. 그때 나는 왜 그렇게 공중에 떠다니는 생명체에 심취했을까? 가만, 슈퍼히어로의 창조주들은 왜 그토록 비행에 골몰했던 걸까?

비행에 대한 관심은 세계 곳곳에 퍼져 있는 듯하다. 내가 최근에 알게 된 한 슈퍼히어로의 이름은 (슈퍼히어로라고 하기에 소소하기는 하지만) 키드니 보이, 말하자면 신장(腎臟) 소년이다. 인터넷 마이크로 블로그 서비스인 트위터에서 키드니 보이를 발견한 나는 그 필명에 강한 호기심을 느낀 나머지 특별한 능력과 매력적인 단어로 채워진 슈퍼히어로용 의상을 내 나름대로 제작해 주었다. 키드니 보이의 경우, 현실 세계에서는 신장 질환 전문의라는 다소 괴짜 같은 제2의 자아를 갖고 있다. 그는 내게 말하기를 마법 같은 능력을 갖고 싶다고, 그 능력으로 투석 환자들의 몸에 완벽하게 이식되는 새로운 신장을 만들어주고 싶다고 했다. 그리고 혹시라도 그것이 불가능하다면 "공중을 나는 무언가"를 갖게 해줄 수 있느냐고 물었다.

결론을 말해 주자면, 나는 키드니 보이가 원하는 모든 것을 제공해 주었다. 보라색 신장으로 된 헬멧이며, 한 치의 실수도 용납하지 않는 마법 메스며, 환자들이 바랐던 새로운 신장을 만들어낼 수 있을 뿐만 아니라 그 신장이 아무런 절개술도 필요로 하지 않고 손쉽게 환자의 몸속으로 들어가도록 할 수 있는 마법의 주문("신장아 바뀌어라, 얍!")에다가, 화룡점정으로 "공중을 나는 무언가"까지.

개체 발생은 계통 발생을 반복한다[53]던데, 키드니 보이와 나는 비행에 대한 관심을 유전적으로 물려받은 걸까? 비행에 대한 관심은 우리의 유전자에 새겨진, 혹은 리처드 도킨스를 통해 유명해진 밈(자기복제를 하고, 돌연변이가 되고, 다른 밈들과 겨루면서 세대를 걸쳐 전수되는 주제나 생각 혹은 모티프)이 전파된 결과물이었을까? 무엇이 사실이든 간에, 날개의 도움을 받든 그렇지 않든, 하늘을 날 수 있는 능력을 갖춘 신발이나 망토, 말[馬], 카펫, 풍선, 공기역학적으로 만들어진 신장 등이 기나긴 역사를 갖고 있다는 사실은 결코 우연이 아니다.

슈퍼히어로나 신이 보유한 날아다니는 능력은 무엇의 전조일까? 이때의 날아다니는 능력이란 비행기나 헬리콥터처럼 더욱 빠르고 효율적으로 움직이는 실제 운송수단과는 무관하며, 실제적으로든 암시적으로든 지구상에서 떠오를 수 있는 날개를 갖고 있고 한 장소에서 다른 장소로 미끄러지듯 수월하게 이동할 수 있는 능력을 말한다. 이 능력은 신체의 한계와 인간이 힘겹게 짊어지고 있는 궁극적인 필멸이라는 죽음의 무게를 뛰어넘는 것과 관련되어 있다. 어느 오래된 포크 송은 "내가 천사의 날개를 갖고 있다면 이 교도소의 담장 위로 날아갈 텐데……"[54]라고 말하며

「키드니 보이」
© Margaret Atwood

애달파한다. 우리에게는 날개가 없다. 하지만 항상 날개를
갖고 싶어 했던 것 같다.

언뜻 생각하기에 날개는 무조건 좋은 것처럼 보일 수도
있다. 그런데 사실, 인간이 아닌 존재가 날개를 달고 있다
면 그건 일종의 비상 신호로 보아야 한다.

예컨대 앞에서 언급한 메소포타미아 신화 속 생명과 성
(性)의 신 이난나는 날개를 가진 존재로 묘사되는데, 이난
나는 확실히 누구도 엮이고 싶어 하지 않았을 법한 존재였
다. 이난나와 이난나가 후에 현현한 존재인 이슈타르(『길가
메시 서사시』에 등장한다.)는 지상에서 지하 세계, 지상에서
천상을 오가며 곳곳에 유랑했으며, 필멸의 운명을 지닌 인
간 남자를 유혹해 비극적인 운명을 맞이하게 만든 행동으
로도 잘 알려져 있다. 이슈타르가 길가메시에게 남편이 되
어달라고 청혼하자 길가메시는 이슈타르가 죽였거나, 고
문했거나, 늑대 혹은 난쟁이로 만들어버린 이전 연인들의
이름을 죽 나열하기도 한다.

그리스인들에게는 전령 신이 둘이었다. 도덕적으로 중
립적인 존재이자 금색 날개를 가진 이리스 신과 심부름꾼
역할을 수행했던 헤르메스 신이다. (그리하여 1940년대 벨
(Bell)사는 전화번호부에 헤르메스를 특유의 날개 달린 헬멧과 샌
들을 신은 곱슬머리의 잘생긴 남자로 그리되, 그의 복부에 두꺼운
전화선을 다소곳이 감는 식으로 현대적인 색채를 가미했다.) 헤르

메스는 여행의 신이기도 한데 혼령(魂靈)들을 지하 세계로 안내하기도 하는 터라, 그와의 동행은 항상 상서로운 일만은 아니었다. 한편, 승리의 신으로 간주되지만 더 정확하게는 승리의 소식을 전하는 신에 가까웠던 니케[55]도 전령 신이었다. 그리고 니케 역시 날개를 갖고 있었다. 그러나 우리 모두 알다시피, 어느 한쪽의 승리는 항상 다른 쪽의 패배를 뜻하는 법이다.

유대 기독교 전통에서는 신의 영역에서 온 전령들을 천사(angels)라고 부르는데, 이는 그리스어로 메신저, 즉 전령을 의미하는 말이다. 히브리어로 '천사'를 가리키는 단어 역시 마찬가지로 '전령'이라는 의미를 갖고 있다. 성경에서는 천사들이 날개를 갖고 있지 않은 모습으로 묘사될 때가 많다. 「이사야서」 6장에는 날개가 있는 치품천사가 나오고 신약 성서에 나오는 일부 천사들도 비행 능력이나 순간 이동 능력을 갖추고 있음이 분명하게 드러나기는 하지만, 대부분의 천사는 인간의 모습으로 등장한다. 추후에 예술 작품으로 구현된 모습을 살펴보면 날개가 두 개인 천사들은 니케나 이리스의 날개를 슬쩍 모방해서 표현된 것일 가능성이 크고, 어린 천사들의 모습은 사랑의 신 에로스를 참고했을 가능성이 농후하다. 그러나 날개가 있든 없든, 천사들은 전령이라는 역할의 골치 아픈 본질을 명백하게 보여준다. 고향 마을이 불과 유황에 의해 파괴될 것이라는 소

다른 세상에서

식이나, 결혼도 하지 않았고 성관계 경험도 없는데 곧 임신하게 될 것이라는 소식이 과연 유쾌하게 들릴 수 있을까? 르네상스 시대에 그려진 성모 마리아의 얼굴은 대체로 환희가 아닌 근심 어린 표정을 짓고 있다. 이리스 신이든 헤르메스 신이든 유대 기독교의 천사든, 어떤 전령이 오든 가져오는 게 좋은 소식일 수도 있지만 나쁜 소식일 수도 있었으니 그럴 만도 하다.

이렇듯 신적인 존재가 하늘을 날 수 있다는 사실만으로 반드시 그 존재를 신뢰해야 하는 것은 아니다. 신탁을 전하는 사제 오라클의 말처럼, 공중을 나는 존재들이 가져오는 소식은 매우 애매모호할 때가 많다.

변신과 속임수

날개의 도움으로 날아다니는 전령 헤르메스는 전령의 신이었을 뿐만 아니라 도둑의 신, 거짓의 신, 장난의 신이기도 했다. 인간이 아니면서 공중을 나는 존재들에게는 이외에도 흥미로운 구석이 있다. 이상한 유머 감각을 갖고 있다든가, 인간을 현혹하고 인간에게 장난을 치는 행위에서 즐거움을 얻는 것처럼 보인다든가 하는 것이 그렇다. 셰익스피어의 희극 속에 등장하는, 인간이 아니면서 공중을 나는 존재는 앞서 언급했던 『한여름 밤의 꿈』의 펙과 『템페스트』의 에어리얼이 있다. 펙과 에어리얼은 둘 다 명령을 따르는 전령으로, 각각 오베론과 프로스페로의 명령을 전하고 계획을 수행하는 역할을 한다. 그리고 두 전령 모두 변장의 달인이자 장난꾸러기이다. 그렇다면 펙과 에어리얼은 장난을 일삼는 것으로 악명이 높은 사랑의 신이자 비너스의 전령이었던 날개 달린 에로스(혹은 큐피드)와 같은 혈통인 걸까? 오늘날 큐피드는 초콜릿 상자들을 가지고 다니지만, 과거에는 인간에게 쓰라린 욕망의 화살을 쏜 다음 그들이 욕정과 강박적인 갈망으로 미쳐가는 모습을 보며 웃곤 했다. 『천일야화』에 나오는 정령들도 하늘을 날아다니고 강력한 힘을 갖고 있으며 마법 이외의 수단으로는 통제하기 어렵다는 점에서 『오즈의 마법사』에 등장하는 날개 달린 원숭이들과 유사한 전령이자 심부름꾼이었다. 영국 설화에서 도덕성이 의심되는 요정들도 혈통이 같다고 봐도 될 정도의 유사성을 공유한다. 즉, 이들도 변장을 하고 사람들을 속이는 행위에서 가장 큰 자부심을 느끼는 것처럼 보인다. 펙은 이러한 혈통을 지닌 존재들 중에서도 독보적인데, 그는 걸상으로 변신한 다음 누군가가 앉으려고 하는 순간 잽싸게 사라져버리는 장난을 치면서 커다란 즐거움을 느낀다. 펙이 즐기는 주된 오락은 안 그래도 바보 같은 인간들을 더한 웃음거리로 만드는 것이다.

생각해 보면, 이런 식의 장난에 대한 애호는 초기 만화 책 속 슈퍼히어로들도 갖고 있다. 대체로 어설픈 장난꾸러기들은 아니었지만, 그들의 변신은 분명 속임수와 관련되어 있었다. 클라크 켄트가 진짜 슈퍼맨이라는 사실을, 슈퍼맨이 클라크 켄트라는 사실을 그 누구도 알 수 없었으니 말이다. 어린 독자들이 가장 흥미를 갖는 사건은 아가씨를 구출하는 일도, 파괴될 위기에 처한 고담시를 구하는 일도, 심지어는 악당들과 푹! 퍽! 팡! 하며 육탄전을 벌이는 일도 아니고 바로 변신이 일어나는 순간이다. 먼저, 약골 같아 보이거나 다리를 저는 안경 낀 신문팔이 소년이 자기 역할에서 기대되는 모든 굴욕적인 요소를 다 갖춘 상태로 등장했다가 변장 도구들을 전부 떼어 내자마자, 마치 페도[56]의 익살극에서 남편이 갑자기 옷장 밖으로 튀어나오듯이 강인한 진짜 영웅의 모습으로 변신하는 것이다. 어린 시절 우리의 마음을 진정으로 사로잡았던 것은 남들이 모르는 나만의 비밀을 품고서 모두를 속일 수도 있다는 생각, 길거리를 거니는 만화책 속 사람들처럼 조금의 의심도 품지 않는 어른들 틈에서 활보할 수 있다는 생각, 즉 어른들을 깜짝 놀라게 만들 수 있는 힘을 남몰래 얻게 될 수도 있다는 생각이었다.

이런 분야에서는 1940년대 슈퍼히어로인 플라스틱 맨이 챔피언이다. 플라스틱 맨이 가진 초능력은 자유자재로 늘어나는 것이었다. 몸이 플라스틱이었던(어쩌다 화학물질을 뒤집어쓴 탓인데, 이 점에서 신을 어머니로 두어 스틱스강에 잠겼던 아킬레우스의 현대판에 해당한다.[57]) 그는 몸의 형태를 바꾸어 램프든 재떨이든, 일상의 모든 물건이 될 수 있어서 사기꾼과 깡패들이 꾸미는 계략을 전부 엿들은 다음 순식간에 튀어 나와 모습을 드러내어 마치 긴 고무줄처럼 온몸으로 친친 악당들을 휘감았다. 플라스틱 맨은 모든 슈퍼히어로 중에서도 가장 교묘하고 재치 있으면서도 가장 폭력적이지 않은, 오베론보다는 퍽에 가까운, 일종의 재미있는 파티용 장난감 같은 슈퍼히어로였던 듯싶다.

변장술에 마음을 빼앗기는 현상도 역사가 오래되었다. 신들은 눈에 띄지 않으면서 인간들 사이를 걸어 다니기 위해 자주 인간의 모습으로 둔갑했다. (신들의 이러한 습관은 추후에 설화 속 술탄이나 왕, 심지어는 가장 널리 알려진 성 베드로를 비롯한 성자들이 이어받았다.) 문학 작품 속에서 최초로 자의식을 갖고 변장을 하는 인물이랄까, 내가 아는 선에서 신이 아닌 최초의 변신자는 『오뒷세이아』의 교활한 영웅 오뒷세우스다. 오뒷세우스는 수년간 자기 궁전을 떠나 살았다가, 수많은 불손한 젊은 남자들이 자기 가축들을 다 먹어버리고 자기 시녀들을 강간하고 자기 아내에게 구혼을 하는 일들이 벌어지고 있을 때에야 거지 행색을 하고 돌아온다. 오뒷세우스가 다른 누구도 제대로 다룰 수 없는 마법 무기인

다른 세상에서

자신의 슈퍼 활에 시위를 걸어 당기며 남왕의 역할로 복귀해서는 그 자리에 있던 구혼자들을 모두 참혹하게 죽여버렸을 때 그들이 얼마나 놀랐을지 상상해 보라. 그런 오뒷세우스에게 특별한 관심을 보인 신은 지적 능력과 순발력 있는 재치를 가치 있게 여긴 아테네와, 우리의 오랜 친구 같은 존재이자 책략과 장난에 능한 사기의 신 헤르메스였다.

그럼 이제 내가 예닐곱 살 무렵에 그림으로 그리고 이야기로 만들었던 공중을 나는 토끼 이야기로 다시 돌아와 보자. 내 토끼들이 살았던 행성이 왜 미스치프랜드라는 이름을 얻게 되었는지, 그 시절에는 나조차도 몰랐던 그 이유를 이제는 모두 이해했을 것이다. 내가 미스치프랜드라는 이름을 붙였던 이유는 많은 예술가들이 말하듯 당시에는 그저 그게 옳다고 느껴져서였다. 풍선, 비행, 초능력, 미스치프. 이 모든 것은 항상 함께했다. 비록 길게 늘어진 귀와 솜털 같은 흰 꼬리를 가진 슈퍼히어로는 내 토끼들이 유일했을 테지만 말이다.

애트우드가 그린 『블루 버니』 만화책 표지

© Margaret Atwood

불타는 가시덤불

: 천국과 지옥이 행성 X로 옮겨간 이유

그 발굴물들은 아메르-카[58] 8대 왕조 시기에 널리 퍼져 있던 종교적 신념을 담고 있다. 각양각색 — 검정, 빨강, 노랑 — 으로 위험을 알리는 그것들은 사람들이 번제 제물을 바쳤던 신비로운 신 라이스(Rayss)와 어떤 식으로든 연관되어 있는 불가사의한 주문(呪文)임에 틀림없다.

스타니스와프 렘, 『욕조에서 발견한 회고록
(Memoirs Found in a Bathtub)』[59]에서

(SF는) 본질적으로 신화를 향해 나아가는 경향이 강한 로맨스의 한 양식이다.

노스럽 프라이, 『비평의 해부
(Anatomy of Criticism)』[60]에서

슈퍼히어로를 창조하고 공중을 나는 토끼에 심취했던 시절은 여덟 살을 기점으로 막을 내렸다. 아홉 살, 열 살 무

렵에는 한밤중 이불 속에서 손전등을 밝히며 책을 읽는 습관을 갖게 되었고, 시간이 흐를수록 모험담은 물론이고 다양한 종류의 만화책에도 깊이 몰두했다. 낮에는 시리얼 상자, 공용 화장실에 새겨진 낙서, 《리더스 다이제스트》, 잡지 광고, 만약을 대비해 구비해 둔 취미 분야의 서적들, 옥외 광고판, 버려진 종이 등 근방에서 접할 수 있는 온갖 텍스트를 읽었다. 어쩌면 독자들은 이 얘기를 듣고 내가 진중함과는 거리가 먼 사람이라거나 잡식성 취향을 가지고 여기저기 들쑤셔 보기를 즐기는 사람이라고 판단할지도 모르겠다. 혹시라도 전형적인 19세기 정원에서 산책할 기회와 쓰레기로 가득 찬 누군가의 다락방을 뒤적거려 볼 기회가 동시에 주어진다면 나는 아마도 후자를 택할 것이다. 항상 그러지는 않겠지만, 자주 그럴 것이다.

될성부른 나무는 떡잎부터 알아본다고들 하니, 내가 가진 떡잎이라 할 만한 것들은 무엇이었는지도 말해 보아야 할 것 같다. 성인이 되어 작가의 길을 가는 이들이 궁극적으로 써내는 작품 가운데 적어도 일부는, 확실히 각자가 어린 시절에 탐독했던 책들로 촉발된 결과물인 측면이 있다.

우리 가족이 살았던 집에는 후기 빅토리아 시대와 에드워드 시대의 비자연주의적인 특이한 책들, 이를테면 호르헤 루이스 보르헤스와 20세기 중반 라틴아메리카에서 부상한 '마술적 리얼리즘' 작가들 중 상당수를 즐겁게 했던 책들이 손만 뻗으면 닿을 정도로 사방에 가득했다. 열한 살에서 열두 살 무렵에는 오싹한 이야기의 대가인 M. R. 제임스의 작품[61]과 (『우주 전쟁』, 『모로 박사의 섬』, 『투명 인간』, 『눈먼 자들의 나라』를 비롯한) H. G. 웰스의 모든 환상소설을 탐독했다. 공룡과 원시인이 대거 등장하는 아서 코난 도일의 『잃어버린 세계』도 좋아했고, 한때 대단한 인기를 누린 헨리 라이더 해거드의 『솔로몬 왕의 보물』, 『앨런 쿼터메인』, 『그녀』를 비롯해 대체로 어깨를 드러낸 채 권의 자락을 펄럭이는 아름다운 여왕들이 지배하는 여러 잃어버린 문명들 이야기도 무척이나 마음에 들어 했던 데다가, 《소년 연감(Boy's Own Annual)》 잡지에 나오는 모험담이라면 손에 잡히는 대로 읽었다.

셜록 홈즈에 흠뻑 빠졌던 건 구태여 말할 필요도 없고, 이왕 말이 나온 김에 언급하자면 대실 해밋[62]의 탐정 샘 스페이드와 레이먼드 챈들러의 탐정 필립 말로에도 매료되었다. 책에 묘사된 외투나 트렌치코트, 뒷골목, 앙다문 턱도 제각기 훌륭했고, 이 남성 탐정들 중에서 여성을 본질적인 차원에서 존중한 인물이 한 명도 없었다는 사실도 그 당시 나에게는 조금도 신경에 거슬리지 않았으니 그건 그들이 상대한 여자들이 대개 금발이었고 나는 금발이 아니어서였다.

SF 소설도 많이 읽었다. 고등학교에 진학한 후부터는 존 윌리엄스의 1951년작 『트리피드의 날』과 1957년작 『미드위치의 뻐꾸기들』에 열중했다. 레이 브래드버리의 작품도 보이는 족족 구해서 탐독했고, 1950년대였기에 『화성 연대기』와 『화씨 451』 모두 읽을 수 있었다.

나는 이런 책들을 주로 숙제를 해야 하는 시간에 읽었다. 사실 나는 이중생활을, 아니 어떤 때에는 삼중생활까지 이어갔다. 당시에는 고급문학(highbrow), 중급문학(middlebrow), 대중문학(lowbrow) 같은 용어가 많이 쓰였는데(이 비유적 표현은 네안데르탈인의 이마가 점점 넓어진다는 생각에 바탕을 두고 있다.), 내 취향은 모든 너비의 이마를 포괄했던 것 같고, 그랬다는 사실이 나를 혼란스럽게 하지는 않았다. 학교 수업 시간에는 여러 작품 중에서도 특히 셰익스피어(1년에 희곡 한두 편)와 낭만주의 시인, 빅토리아 시대 시인의 작품을 읽어야 했다. 고등학교 5년 동안에는 조지 엘리엇, 찰스 디킨스, 토머스 하디의 소설을 두 편씩 의무로 읽어야 했고, 읽기에 더해 철두철미하게 공부까지 해야 했다. 말하자면 한낮은 진중한 넓은 이마에 바치는 시간이었다. 그러나 하교 후면 나는 이마를 좁히고 『도노반의 뇌』, 『크라켄의 각성』[63] 같은 책을 읽으면서 죄의식이 동반된 은밀한 쾌락에 빠져들었다.

대학에 진학해서도 똑같은 패턴이 지속되었다. 다만

나의 현실 도피 영역이 더 이상 좁아질 수 없을 만큼 좁아진 이마에 가닿는 수준으로까지, 두 편이 연속 상영되는 B급 SF 영화를 포괄하는 데까지 확장되었다. 「플라이(The Fly)」[64]는 처음 개봉했을 때 보았고, 주인공의 몸이 점점 커져 거의 투명하다시피 빤히 보이게 되는 「50피트 여인의 습격(Attack of the 50-Foot Woman)」[65]과 「죽지 않는 머리(The Head That Wouldn't Die)」를 비롯해 그 시절에 위협적이라고 여겨진 대부분의 존재에 걸맞게 촉수가 달린, 우주 공간에서 찾아온 거대한 눈알이 등장하고 그게 실제 모습을 드러내면 그 지나간 자리에 선명한 트랙터 자국이 남던 영화 「기어 다니는 눈알(The Creeping Eye)」도 보았다. 이런 영화를 보는 와중에도 나는 넓은 이마를 가진 부류의 사람처럼 가장하며 앵글로색슨 시대의 문학에서부터 T.S. 엘리엇에 이르는 영문학과 18세기 및 19세기 프랑스 문학의 세계를 헤쳐 나갔고, 잉마르 베리만의 영화와 누벨바그 영화[66]도 보러 다녔다.

그러다 보니 『베오울프』[67]와 「기어 다니는 눈알」이 공유하는 몇 가지 공통점도 내 시선을 완전히 피해 가지는 못했다. 『베오울프』와 「기어 다니는 눈알」에는 공통적으로 괴물이 등장했다. 피도 나왔다. 영웅도 있었다. 반면에 제인 오스틴의 작품 속 여자 주인공들은 말하는 두개골이 아니라 돈 때문에 걱정했고[68], 보바리 부인은 모양을 프랑켄슈타인 약혼자같이 매만진 머리가 산 채로 잘려 종 모양 유리 덮개 안에 보관된 일은 없어도 과소비로 인해 죽고 말았다. 혹시 자극적이고 괴물이 들끓는 먼 옛날의 이야기들, 지금은 가치를 매길 수 없을 정도로 귀중한 문학의 정전(正傳)이 된 이야기들이 자극적이고 괴물이 들끓어 쓰레기라고 정평이 난 현재의 이야기들과 떼려야 뗄 수 없이 연관되어 있는 것은 아닐까?

사람들은 어떤 이유로 이런 놀라운 이야기를 말하거나 쓰는 걸까? 더 보편적인 차원의 질문을 던져보자면, 사람들은 도대체 왜 이야기를 말하거나 쓰는 걸까? 이야기의 기원은 무엇이었을까? 이야기가 우리의 삶에서 이루고자 하는 목적은 무엇일까? 이야기는 양육 과정에서 얻게 된 결과(아이 적에 주변 어른들로부터 습득한 것)인 걸까, 아니면 '견본' 양식이 머릿속에 붙박이처럼 내장되어 있다가 언젠가 해당 부분을 자극하는 버튼이 켜지면 이야기가 반(半)자동적으로 생성되는 걸까?

여기서 질문을 더 심화해 보자. 이야기는 인간의 상상력을 자유롭게 해방해 주는 걸까, 아니면 정숙한 여자의 미덕에 관한 빅토리아 시대의 수많은 기독교 통속 소설처럼 '바람직한 행동'이라는 사슬에 옭아매 버리는 걸까? 서사는 사회를 통제하기 위한 수단일까, 아니면 사회적 통제로부터 벗어나기 위한 수단일까? '이야기'를 '거짓말'의 동의

어로 쓰는 것이 정당하다고 할 수 있을까? 정당하다고 한다면, 거짓말 중에는 필요한 거짓말도 있는 걸까? 우리는, 예컨대 가족 서사나 극적인 사연 같은 자기만의 이야기를 재현할 것을 강요당하는 노예일까? 이야기는 낙천적인 사고를 통해 삶을 더 나은 방향으로 이끌어 나가도록 해주는가, 아니면 비관적인 사고를 통해 비극적인 실패라는 불행한 결말로 치닫게 하는가? 이야기는 고대에 존재한 수사들을 구체화하고 인간의 원초적인 의식을 거행하는 수단인가? 이야기는 인간이 공유하는 인간성의 모체를 이루는 필수불가결한 요소인가? 우리는 이야기를 통해 능력을 과시하거나, 안일한 독자들을 동요하게 만들거나, 통치자들에게 아첨을 하거나, 스토리텔링의 왕 셰에라자드처럼 목숨을 구하는가? 이야기는 이 세상에 존재하는 다양한 사회들의, 혹은 정체(政體)를 확립하느라 진통을 겪는 야심 찬 국가든 타국에 대한 지배를 정당화하려는 제국주의 국가든 자국의 소멸을 애통해하는 쇠락하는 국가든 그런 다양한 국가들의 기반인가? 지극히 오래된 상징들로 구성된 고대 문화든 정신적 보석(寶石)을 좇아 최근에야 형성된 문화든, 이야기는 그러한 문화와 불가분의 관계를 맺고 있는가?

아니면 이야기는 늙은 여자들이 시골집 벽난로 주변에 모여앉아 늘어놓는 실없는 이야기와 같이 시간 때우기이거나, 젊은 여자들이 따분한 일상 속에 등받이를 젖힐 수 있

다른 세상에서

는 19세기풍 긴 의자에 기대어 탐욕스럽게 읽어대는 감상적이고 선정적인 소설 내지 엔터테인먼트 산업에서 하찮은 취급을 받는 텔레비전 시리즈 속편과도 같이, 본질적으로 시시한 것일까? 그리고 한 가지 더. 이야기의 기반이 되는 튼튼한 밑바탕과 시시하고 유희적인 오락은 서로 양립할 수 없는 걸까?

이 일련의 질문에 대해서는 여러 해 동안, 사실상 수천 년 동안 다양한 답변이 제시되어 왔고 각 답변의 차이를 둘러싸고 많은 지성인들이 문자 그대로 머리를 굴리면서 공개적인 토론도 했다. 어떤 작가가 자신의 이야기에서 아우구스투스 황제를 신성한 존재로 묘사하는지, 아브라함이 하갈과 이스마엘을 사막으로 추방해 버린다고 묘사하는지 아니면 반대로 이스마엘을 아브라함의 아들이자 공동 상속자로 내세우는지는 한때 일부 장소에서는 그의 작가 생활 지속 여부를 결정짓는 매우 중요한 요소였다. 17세기 뉴잉글랜드에서는 이야기에서 마녀를 다룰 때 마녀의 존재 자체를 인정하는지 아니면 부인하는지 여부가 작가의 건강에 영구불변의 영향을 미치기도 했다. 중세 유럽에서는 신이 이야기 속에 삼위일체의 존재로 등장하는지, 단 하나의 독립적인 존재로 등장하는지, 아니면 좋은 신과 나쁜 신이라는 두 신이 등장하는지가 그야말로 걷잡을 수 없는 불처럼 시급한 문제였다. 구체적인 유형이 어떻든, 정통성을 띤 이야기들은 언제나 경쟁 상대를 제거하려고 하기 마련이다.

이야기와 각 이야기에 부여되는 의의는 급변할 수도 있다. 세일럼 마녀재판이 시행되고 그에 따라 많은 이들이 죽음을 맞이한 시점으로부터 5년이 지나자, 마녀재판을 부추겼던 뉴잉글랜드의 판사와 성직자들은 공개적으로 회개했다. 그중 한 사람은 "악마는 실로 우리들 사이에 있었지만, 우리가 생각했던 모습과 달랐습니다."라고 말하기도 했다. 어제까지만 해도 정의의 이름으로 비난받던 악당이 오늘은 순교자가 될 수도 있고, 정반대의 상황이 벌어질 수도 있다. 모든 것은 이야기에 따라 달라진다. 그러나 이야기 자체는 어떤 종류의 이야기든지 간에 항상 우리 곁에 있으며, 시간의 흐름 속에서 쉼 없이 이동하고 변한다.

우리는 이야기와 이야기의 기원, 이야기의 목적을 치열하게 고찰하는 시대에 살고 있다. 데니스 더튼(Denis Dutton)은 『예술 본능』[69]이라는 책에서 예술이(더불어 종교를 향한 충동이) 우리의 유전자에 암호화되어 있다는 생각을 제시한다. 더튼의 견해에 따르면, 예술적 역량은 인간종이 수렵 채집꾼이었던 홍적세[70]에 약 200만 년 동안 필요에 따라 습득하고 진화시킨 적응의 산물일 수 있다. 그리고 예술이 이런 식으로 인간에 의해 '선택'될 수 있으려면 수천 년의 세월 동안 인간이 간과할 수 없는 혜택들을 제공해

다른 세상에서

야 했을 터이니, 말하자면 노래, 춤, 이미지 구상, 그리고 우리가 다루고자 하는 스토리텔링 능력을 발휘할 수 있었던 사람들은 그렇지 않은 사람들보다 생존할 가능성이 높았을 것이다. 어느 정도는 말이 되는 이야기다. 할아버지께서 어쩌다 악어에게 잡아먹히셨는지를 아이들에게 말해줄 수 있다면, 그 이야기를 들은 아이들은 강이 굽어지는 장소에서 할아버지와 같은 운명에 처할 위험을 더 높은 확률로 피할 수 있을 것이다. 물론, 아이들이 이야기를 듣고 있었다는 전제하의 이야기지만.

우리가 확인할 수 있는 범위에서만 보자면 그와 같은 수천 년의 시간 동안에는 지금 '종교'로 간주되는 것, 즉 사원 등 예배를 드리기 위한 특별한 장소와 일련의 추상적인 교리들을 갖춘 신학이 전혀 존재하지 않았다. 그 대신 모든 것이 영혼이나 본질을 갖고 있다고 여겨져 눈에 보이지 않는 세계, 신비로운 세계에 대한 믿음은 모든 생명체 안에 통합되어 있었다. 그러므로 당시에는 어떤 생명체의 어떤 행동이든 우리가 살고 있는 세속적이고 서구화된 현대 사회에서는 도저히 상상할 수조차 없을 정도로 지극히 중요하게 간주되었을 것이다. 그러나 다채롭고 경이로웠을 그런 세계관 또한 온갖 두려움, 경계를 넘어서고 신성을 모독하고 금기를 깨는 데 대한 두려움을 품고 있었을 터이고 신과 괴물 사이에는 아주 가느다란 선 하나만 존재했을 것이다.

그런 세계관의 흔적은 초기 문학에 남아 우리에게까지 전해졌다. 그리스 신화는 인간이 신에 의해 동물이나 새, 나무와 같은 자연적 존재로 변하거나, 반대로 그런 자연적 존재들이 인간에게 말을 걸거나 인간과 의사소통하는 이야기로 가득 차 있다. 또 주목할 만한 점은 「출애굽기」에서 신이 모세에게 나타날 때 인간의 모습이 아닌 저 유명한 불타는 가시덤불(불이 붙었으나 타지 않는 가시덤불)에서 들려오는 음성으로 등장한다는 것이다. 이때 가시덤불은 신의 물리적인 형태가 아니라 천사 혹은 전령에 해당하며, 「출애굽기」의 서술자는 신을 가두거나 제약하는 방식으로 묘사하지 않기 위해 심혈을 기울인다. 얼마나 신성하고, 얼마나 잘 타고, 얼마나 말이 많든 간에 가시덤불 같은 물리적 대상에 갇힌다든가 제약을 받는 신은 파괴 가능한 신일 수도 있기 때문이다.

그런 가시덤불이 하는 말은 무엇일까? 가시덤불은 이런저런 말보다도, 이름을 묻는 질문에 "나는 스스로 있는 자이니라."[71]라고 대답한다. 신은 명사와 동사가 결합한 일종의 동명사이며, 불이 붙었지만 타지 않는 가시덤불은 묘하게도 소크라테스 이전 철학자 헤라클레이토스의 선견지명과 닮아 있다. 헤라클레이토스가 생각한 만물의 근원은 물리적인 대상이 아닌 과정으로서의 불이었다.

어쨌거나 유독 이렇게 불길한 분위기 속에서 덤불

의 음성을 듣는 것은 제인 오스틴의 소설 속 주인공이라면 경험하지 않았을 법한 일이다. 앤 래드클리프(Ann Radcliffe)[72]의 고딕 소설에서는 일어날 법하지만, 그것도 어떤 사악한 백작이 덤불 속에 숨어 있어야만 가능하다. 하지만 동화 또는 『이상한 나라의 앨리스』 같은 '우화'나 어떤 불운한 젊은 여자가 신에 의해 묘목이나 기타 식물로 변하는 그리스 신화에서는 쉽게 일어날 수 있다. 물론 행성 X에서는 별다른 노력 없이도 일어날 수 있다.

＊＊＊

모든 신화는 이야기이지만, 모든 이야기가 신화인 것은 아니다. 신화는 이야기 중에서도 특별한 위치를 점하고 있다.

신화에 대해, 아니면 상당히 오래되었고 대단한 중요성을 지닌 이야기들 및 그런 이야기의 본질과 양식에 대해 생각하면 1950년대 후반이라는 시기에 토론토 대학교라는 장소에서 했던 대학 생활이 떠오른다. 당시에는 저명한 인류학자이자 《엑스플로레이션스(Explorations)》 잡지의 공동 편집자였던 에드먼드 카펜터(Edmund Carpenter)가 막대한 영향력을 발휘하고 있었다. 카펜터의 동료 마셜 매클루언(Marshall McLuhan) 또한 머지않아 미디어와 커뮤 니케이션 분야의 걸출한 학자가 되었다. 매클루언의 첫 저작 『기계 신부(The Mechanical Bride)』는 광고와 만화책에 담긴 신화적, 정신적 요소를 분석했는데, 기존 광고들을 복제한 일러스트를 넣는 바람에 고체 비누 조각을 생산하는 회사 등에서 제기한 저작권 침해 문제로 시장에서 퇴출당했다. 그러나 원한다면 매클루언의 지하실에서 『기계 신부』를 구할 수 있었고, 나 역시 그렇게 해서 책을 손에 넣었다. 시리얼 상자며, 잡지 광고며, 만화책에도 관심이 있던 나에게 매클루언의 책은 물론 매력이 넘쳤다.

그 시절 문학계에는 제3의 인물이 부상하며 존재감을 발휘하고 있었다. 바로 노스럽 프라이였다. 프라이는 내가 다니던 토론토 대학교 빅토리아 칼리지에서 강의했다. 나는 그의 강의를 절반만('스펜서와 밀턴' 중에서 밀턴만) 들었고 당시에 내가 학생으로서 쓰고 있던 글에 프라이가 직접적인 영향을 미치진 않았으나, 그는 문학 산업과 문명이 맺고 있는 중요한 관계를 강조함으로써 문학 산업의 가치를 입증해 보였다. 프라이는 넓디넓은 이마에서부터 좁디좁은 이마에 이르기까지 세 가지 층위의 문학을 전부 섭렵하는 독자로서 남들보다 유리한 이점을 갖고 있었고, 나에게는 그 사실이 더없이 기뻤다. 내가 좋아하는 종류의 읽을거리를 읽는 행위가 지적인 행위로 받아들여진다는 말을 들으면, 어떻든 늘 사기가 진작되는 법이니까.

다른 세상에서

당시에 프라이는 학계의 관심을 단번에 사로잡은 두 권의 비평서를 출간한 상태였다. 윌리엄 블레이크가 자칭 '예언'이라 한 장편 서사시를 연구한『무서운 균형(Fearful Symmetry)』과, 문학 작품들을 서로 중복되고 맞물리는 다양한 특성들에 따라 분류할 수 있도록 일련의 문학 양식을 제시한 일종의 원대한 프로젝트『비평의 해부』였다. 이『비평의 해부』가 중점적으로 다룬 대상이 바로 신화다.

프라이는 해마다 '문학으로서의 성경'이라는 유명한 성경 강의를 진행했고, 학생들은 수 킬로미터 떨어진 지역에서도 그 강의를 들으러 가곤 했다. 언제는 한 학생이 프라이에게 이렇게 물었다. "성경이 신화라고 말씀하시는 건가요?" 그러자 프라이가 대답했다. "그래요.. 제가 하는 말이 그겁니다."

그런데 프라이가 말한 "신화"의 의미는 무엇이었을까? 신화에 대한 프라이의 관심은 이야기 양식에 관한 흥미에서 비롯되었으며 또 문학 작품뿐 아니라 가능하다면 인간의 상상력 자체가 구조화되는 방식에 대해서도 알고 싶은 마음에서 생겨난 것이었다. 프라이의 강의는 당시 독자들이 공통적으로 경험했던 혼란, 이를테면 장르나 수사와 관련된 혼란을 일부나마 말끔히 해소해 주었다. 사과를 먹으면서 어떤 훌륭하다고 칭찬할 만한 스테이크의 품질을 기대해 봐야 아무런 의미가 없다고 일침을 놓기도 했다.

'신화'와 그것이 구조화되는 패턴을 다룬 프라이의 이론을 아주 간략하게나마 설명해 본다면 다음과 같다. 그리스 신화에는 황금의 시대, 은의 시대, 청동의 시대, 철의 시대라는 네 가지 시대가 존재한다. 이 각각의 시대는 봄, 여름, 가을, 겨울을 비롯해 (프라이가 말하는) 이야기의 네 가지 핵심 유형과도 맞물린다. 로맨스(봄)에서는 임무를 부여받은 영웅이 여정을 떠나 드래건을 죽인 다음 여인을 구한다. 희극(여름)에서는 야박하고 고리타분한 노인의 방해로 인해 영웅과 여인이 서로 떨어지게 되지만, 우여곡절을 겪은 끝에 결국 둘은 결혼을 한다. 비극(가을)에서는 높은 권력과 명망을 잃게 된 주인공이 죽음을 맞이하거나 망명 신세에 처한다. 아이러니(겨울)에서는 꽁꽁 얼어버린 세계의 범상치 않은 노인들이 난롯불 주변에 둘러앉아 이야기를 들려준다. 그런데 이상하게도, 이 노인들이 들려주는 이야기는 보통 마지막에 로맨스로, 즉 임무를 부여받은 영웅이 여정을 떠나 드래건을 죽인 다음 여인을 구하는 유형으로 판명난다. 그리고 이로써 이야기의 순환은 처음부터 다시 시작한다.

　　원형으로 순환하며 계절[73]의 흐름을 따르는 이 같은 패턴 이외에, 출발 시점, 중간 여정, 최종 결말로 구성된 선형적인 패턴도 존재한다. 서구 문화권에서 이 선형적인 패턴은 창조로 시작해 계시로 마무리되는 기독교 성경에 가장 완전한 방식으로 구현되어 있다. 계시록은 보통 네 명의 기사와 전염병, 화염 등이 등장하고 세상은 끔찍한 파멸이라는 종말을 맞이하는 '종말론'으로 간주된다. 그런데 사실 그 말이 그 말이다. '종말론'은 모든 것이 분명해지고 모든 것이 드러나는 계시의 순간이다. 기독교 성경에서는 창조 이후에 타락이 뒤따르는데, 이 타락은 영원한 낙원으로부터 죽음이 존재하는 시공간의 연속체로 급격히 굴러떨어지는 추락일 수도 있고, 제임스 조이스 『율리시스』의 스티븐 더들러스가 남긴 "역사는 내가 깨어나려고 애쓰고 있는 악몽"이라는 말마따나 악몽일 수도 있다.

창조와 계시 사이에 존재하는 수많은 이야기들은 삶과 죽음, 예수의 재림과 승천에 이어, 최종적으로는 종말과 최후의 심판을 거쳐 새로운 예루살렘이라 불리는 (보통 바빌론이나 로마와 동일시되는 해로운 사회와 반대되는) 완벽한 천국의 사회가 도래하는 것으로 막을 내린다. 그리고 이 이야기들은 신화의 순환적인 구조에서와 달리 다시 시작되지 않고 막을 내리는 순간 끝나 버린다. 아마도 무언가가 완벽하게 마무리되면 아무것도 바뀔 수 없기 때문일 것이다. "영원히 언제까지나(forever and ever)"라는 문구는 시간이 끝을 맞이했음을 의미한다.

프라이는 긍정적인 (혹은 신성한) 원형과 부정적인 (혹은 악마 같은) 원형이라는 두 가지 원형에 대해서도 탐구한다.

(프라이가 다루는 원형의 범위는 구체적으로 유대 기독교 및 유대 기독교 관련 문화에 한정되지만, 어떤 이야기 유형이든 이러한 긍정적-부정적 쌍에서 파생한 것처럼 보인다.) 예컨대 낙원에는 생명의 나무와 그와 반대되는 죽음의 나무, 즉 십자가가 존재한다. 또한 한쪽에 성찬으로 상징되는 생명의 양식과 생명의 물이 있으면 이들의 부정적 유형, 즉 창세기에서 선악과로 상징되는 죽음의 양식과 성경에서 대체로 바다로 상징되는 죽음의 물도 존재하며, 계시록에 "바다도 다시 있지 않더라."라는 구절이 등장하는 이유도 바로 이 때문이다. 평화로운 왕국이나 낙원으로서의 자연에는 늑대와 어린 양이 함께 누워 있는 반면 짐승들이 울부짖는 황야의 자연에는 자칼들이 폐허가 된 주거지들을 드나들며, 이는 흔히 성경에서 일종의 저주로 상기된다.

이처럼 서로 상반되는 일련의 쌍들을 보면 한 극단에는 우리에게 즐거움을 가져다주리라고 예상되는 모든 것이 모여 있는 천국의 영역이 있고, 다른 극단에는 사악하고 고통스러운 모든 것을 결합해 놓은 지옥의 영역이 존재한다. 인간의 삶은 이 양극단의 가운데에, 서사 민요와 『반지의 제왕』 모두에 등장하는 활기찬 중간계에서 펼쳐지며 모든 유형의 문학 작품에 존재하는 서사적 줄거리는 양극단 중 한쪽으로 흐르는 방향성을 보여준다. 인간이 천국에서 속세로 혹은 속세에서 지옥으로 이동하는 하강의 서사도 존재하고, 감옥에서 석방되는 서사처럼 인간이 지옥에서 속세로 혹은 속세에서 천국으로 이동하는 상승의 서사도 존재한다. 하강의 서사는 사랑하는 사람과 이별함, 재난, 투옥, 고문, 생명을 모방하는 기계, 패배, 비인간화, 죽음 등을 특징으로 하며, 상승의 서사에서는 사랑하는 사람과 재회함, 고래 배 속으로부터의 탈출, 치유, 더없이 자애로운 모습의 자연, 풍요로운 삶, 탄생 혹은 부활 등이 특징적으로 나타난다.

앞서 언급했듯이 프라이의 주된 관심사는 문학 비평이었고, 신화는 문학 작품을 구성하는 구조적 요소로서 그의 관심을 사로잡았다. 프라이가 이야기의 의미로 사용한 신화에는 진실이나 거짓에 대한 가치판단이 조금도 내포되어 있지 않았다. 신화는 단지 특정 유형의 이야기였다. 특정 문화에 존재하는 신화들은 그 문화에서 진지하게 받아들이는 이야기, 즉 해당 문화의 정체성을 이루는 핵심으로 간주되는 이야기다. 그렇기에 1950년대 후반에 끊임없이 들었던 캐나다 문화에는 신화가 없다는 지적은 캐나다인들에게 심각한 문제였다. 가수가 되기 이전에 시인이었던 레너드 코헨의 첫 시집 제목은 『신화를 비교해 봅시다(Let Us Compare Mythologies)』였다. 실로 시대를 반영한 제목이었다.

물론 어떤 문화에서든 신화가 유일한 종류의 이야기

인 것은 아니다. 예를 들어, 누구도 그 자체로 진실일 것이라고는 기대하지 않는 농담도 이야기에 해당한다. 「여우와 포도」, 「선한 사마리아인」 같은 비유담이나 우화도 있다. 이와 같은 이야기들은 교훈을 주고자 하는 목적을 갖고 있는데, 그 교훈은 포도를 먹고 싶어 하는 여우나 선한 사마리아인이 실제로 존재하는가의 여부와는 무관하다. 그러므로 "옛날 옛적에 ~이/가 있었다."라는 문장으로 시작하는 이야기와 "~이/가 있었다."라는 문장으로 시작하는 이야기는 어느 정도 다를 수밖에 없다. 설화도 이야기이지만, 진짜 알라딘이나 춤추는 열두 공주의 존재를 믿어야 한다고 느끼는 사람은 거의 없다. 죽은 자의 물건을 사는 조 영감[74], 길 건너 사는 스미스 부인 또는 제니퍼 로페즈에 관한 일화들도 듣게 되지만, 그것들은 소문이다. 우리는 그들이 (존재하므로) 진짜라는 사실을 알고 있지만, 그들에 관한 이야기가 얼마나 흥미진진하든 우리가 (영혼이라 부르는) 내적 본질에 대해 느끼는 감정에는 그다지 영향을 미치지 않는다.

역사 ― 대체로 명백한 사실에 기반한 과거에 대한 이야기 ― 도 존재한다.(우리는 이카루스 같은 존재가 실제로 있었는지는 알지 못하지만, 헨리 8세의 존재에 대해서는 꽤 확신한다.) 역사에 해당하는 이야기들은 상당히 진지하게 다루어진다. 사람들은 역사를 두고 언쟁도 벌이는데, 특히 자기가

다른 세상에서

속한 집단이나 국가와 관련된 역사를 다룰 때면 더 그렇다. 그런 역사는 이 세상에서 그들이 점하고 있는 위치를 평가하는 방식에 실제적인 영향을 미치기 때문이다. 과거에 우리는 좋은 사람이었던가? 우리는 그렇다고 말해 주는 사람들을 좋아한다. 과거에 우리는 나쁜 사람이었나? 우리는 분명 그렇지 않았기를 바란다. 혹시라도 못된 행동을 했다면 왜 그랬던 걸까? 자만에 빠져서 그랬을까, 아니면 어떤 꿍꿍이를 가진 사람에게 현혹돼서 그랬을까? 우리가 한 행동은 선의에서 비롯한 것이었을까, 아니면 냉소에 기반한 것이었을까? 우리는 과거에 했던 행동을 바탕으로 현재의 행동을 평가하므로 진실을 알 필요가 있다. 그렇게 알아가는 과정이 위험할 수도 있고, 심지어는 우리가(우리 각자가) 문제시되는 사건들이 발생한 시점으로부터 몇 년이나 몇십 년이 지난 후에 태어났을 수도 있지만 말이다. 역사에는 언제나 무언가의 성패가 달려 있다. 우리는 역사에 대한 설명이 우리 자신에 대한 설명이라고 생각하기 때문에 '우리의' 역사를 이런 식으로 설명하는 것이 참인지 저런 식으로 설명하는 것이 참인지는 실로 중요한 문제다. 제1차 세계대전이나 제2차 세계대전이 벌어졌을 때 혹은 히로시마에 원자폭탄이 떨어졌을 때 '우리가' 실제로 존재했는가는 신경 쓸 필요가 없는 부분이다. 모든 사람은 확장 가능성이 충분한 자아 이미지(ego-image)를 갖고 있으며, 자신이 소속되어 있거나 소유한 신체, 가족, 집, 자가용, 도시, 주(州)에 머물지 않고 국가와 과거와 현재를 뛰어넘는 수준으로까지 자아를 확장한다. 이는 신화와 관련된 또 다른 특성이기도 하다. 신화는 대상 독자들을 한데 모으고 경계선을 긋는다. 무리를 하나의 집단으로 만드는 것이다.

* * *

고대 신화는 역사 이전에 존재했고, 한때는 역사라고 간주되었다. 중요한 사건들을 사실적으로 담아낸 기록으로 여겨졌던 것이다. 또한 신화의 이와 같은 다양한 특징이 SF에 나타나는 경우도 많았다는 점에서, SF와 신화가 공통적으로 다루는 중요한 사안들을 살펴보는 것도 유용할 수 있다. 아래에는 SF와 신화 모두에서 제기될 수 있는 질문들이 제시되어 있는데, 몇몇 질문에 대한 답변은 이미 신화에서 제시하기도 했다.

세상은 어디에서 왔는가?

기원 신화를 거칠게 요약해 보면, 세상이 일종의 성행위를 통해 생성되었다고 보는 신화(세상은 알에서 부화했고 어머니 대지와 아버지 하늘이 성교를 했다.), 세상이 어떤 틀을 통해 주조되었다고 보는 신화(수중 동물 또는 새가 물속으로 뛰어들어 진흙을 가져왔고 세상은 그 진흙으로 만들어졌다.), "빛이 있으라.[75]"라는 신의 말씀처럼 노래나 춤 혹은 말[言]에 의해 존재하게 되었다는 신화로 나눌 수 있다. 여러 신화 중에서도 내가 아끼는 것은 마야의 창조 신화다. 마야의 창조 신화에 따르면, 신들이 세상을 창조하고 처음 했던 일은 걱정이었다. 그것도 많이. 신들은 걱정했고, 걱정했으며, 또 걱정했다. 그 신들의 마음에 나도 공감한다.

인간은 어디에서 왔는가?

인간은 먼지 또는 늑골로 만들어졌다. 인간은 돌멩이에서 왔다. 인간은 알에서 부화했다. 어머니 대지가 인간을 낳았다. 신들이 인간을 장난감과 노예로 삼기 위해 창조했다. 인간은 쿠키처럼 구워졌다.

'우리'의 조상은 어디에서 왔나?

용의 이빨[76]에서. 조개에서. 태양신의 후손이다. 기타 등등.

어째서 좋은 사람들에게 나쁜 일이 생기는 것인가?

신과 사탄이 욥을 두고 내기를 해서. 아트레우스 가문이 저주를 받아서. 인간을 시험대에 올려보기 위해서. 신은 당신이 사랑하는 대상을 꾸짖으시므로. 기타 등등.

더 골치 아픈 질문은 바로 이것이다. 어째서 나쁜 사람들에게 좋은 일이 생기는 건가?

그렇다. 어째서 사악한 자들이 번영을 누리는 것이란 말인가? 신화에서는 악한 자들이 추후에 응당한 대가를 치르게 될 것이라고, 필요하다면 사후 세계에서라도 그렇게 될 것이라고 장담하며 이 의문을 해소하려 할 때도 있지만, 상황은 그런 말보다 훨씬 더 애매모호할 때가 많다. 신께서는 알고 계신다는 답변도 있다. 분명 어떤 이유든 존재하기는 하겠지만, 우리에게 그 이유는 그저 희미하게 보이기만 할 뿐, 무엇인지 알 수가 없다.

올바른 행동은 무엇인가?

이 질문에 대한 답변은 수두룩하다. 생활방식과 관련해서는 신발에서부터 무언가를 착용하는 몸의 부위, 머리 모양, 금기시되거나 축제용으로 섭취되거나 신성하다고 여겨지는 음식에 이르기까지 범위가 다양하며, 윤리 측면에서도 많은 선택지가 존재한다. 신화는 일상생활에서 따를 지침으로 삼기에는 의미가 불분명하다. 우리는 좋은 행동은 보상받고 나쁜 행동은 처벌받기를, 살인과 절도와 거짓과 사기가 대부분의 인간 사회에서처럼 이야기 속에서도 따가운 눈총을 받기를 바란다. 그러나 신화에서는 항상 그런 일만 벌어지지는 않는다.

신들은 무엇을 원하는가? 혹은 일신론을 따른다면, 신은 무엇을 원하는가?

이 질문에 대한 대답도 많이로 태어나기, 콩팥 지방 태우기, 무한한 헌신과 복종 수행하기, 엉뚱한 사람과 잠자리 갖지 않기, 살해당한 아버지를 위한 복수로 어머니 살해하

다른 세상에서

기 등 실로 광범위하다. 이 점은 신들이 가진 문제를 보여주기도 한다. 신들은 진퇴양난의, 이러지도 저러지도 못할 상황을 조장하는 데 능한 데다가 사람을 미치게 만들 정도로 애매모호한 태도를 취한다. 신들은 명확한 지시를 내리지도 않고, 본인들에 대한 이야기에 걸맞게 행동하지도 않는다.

여자와 남자 사이의 올바른 관계는 무엇인가?

서로 다른 성별 간의 고단한 관계를 다룬 각양각색의 여러 신화(용맹한 풋내기 남신들이 괴물처럼 거대한 여신들을 난도질한다거나, 불멸의 존재들이 여자들을 강간한다거나, 필멸의 인간들이 여신의 유혹에 넘어갔다가 처절한 실패를 맛보게 된다거나, 남신들이 수호 드래건들을 죽인 다음 여성 사제들을 빼돌린다거나, 여성 반신(半神)들이 부정한 남자들에게 복수를 한다거나, 여자들이 사과를 먹는 바람에 남자들이 낙원을 잃게 되었다거나)들에 비추어 보면 이성 관계는 불안정한 토대에 놓여 있는 듯하다. 또한 대부분의 신화에서는 젠더 간의 갈등을 다룬 이야기나 각 젠더가 영향력을 발휘하는 영역을 분리한 이야기(밤과 달의 여신은 아르테미스, 낮과 태양의 남신은 아폴로)가 중심을 이루는 것처럼 보인다. 모차르트의 오페라 「마술피리」에 등장하는 밤의 여왕과 태양의 이미지는 아무런 이유 없이 하늘에서 뚝 떨어진 것이 아니다.

* * *

    문자를 사용하기 이전의 사회에서 신화가 그토록 보편적으로 나타날 수 있었던 이유는 무엇일까? 어떤 논평가들은 신화를 인간에게 필연적으로 주어진 문법으로 간주한다. 그러면서 인간이 과거 시제와 미래 시제를 만들어낸 존재라면, 게다가 (바로 호모사피엔스가 그러하듯) 질문을 던질 수 있는 존재라면, 뇌에서 창의력을 담당하는 부위가 머지않아 기원의 시작점과 최종 목적지를 발견해 낼 것이라고 본다. 비록 뇌가 찾아내는 진실이 순환적인 파괴와 우주의 재창조라 할지라도.

    초기 신화는 글쓰기가 가능해지기 전부터 존재했지만, 글을 읽고 쓰는 능력이 확산되자 오랜 구술 신화들은 곧바로 새로운 전달 수단을 통해 흡수되었다. 즉, 처음에는 단순히 문자로 기록되었다가(『일리아스』는 문자로 존재하기에 앞서 구전되었다고 한다.), 나중에는 베르길리우스[77]의 『아이네이스』처럼 모방되었다. 그러나 신화가 진실에 기반한 이야기라고 생각했던 사람들이 그 믿음을 저버리기 시작하면서 '믿지 않으면 죽게 되는' 신학 체계들과 '행하지 않으면 저주받게 되는' 의식(儀式)들도 더 이상 신화를 근거로 삼지 않게 되고, '예술'은 예배식, 의식, 성상(聖像)과 분리되어 버린다. 이에 신화는 숨겨진 구조적 원칙 혹은 근본적으로 알

                    다른 세상에서

레고리[78]나 장식으로서의 역할을 수행하는 예술 작품의 소재가 되기 시작한다.

우리는 이 오랜 신학 체계들과 의식들을 습관적으로 또는 위안을 얻으려는 목적으로 반복할 수도 있고, 다양한 방식으로 재해석할 수도 있지만, 그와 동시에 새로운 신화를 만들어내는 것도 가능하다. 마르크스주의와 마르크스주의의 사촌 격인 기독교 사회주의는 신(新)미신적인 체계였다. 이 체계를 이루는 패턴은 기독교에서와 마찬가지로 선형적이었지만, 신의 원대한 계획에 따라 역사를 대체해 버렸다. 그 역사는 마치 신처럼, 올바른 편 즉 이쪽으로 오라고 당신을 채근하는 편에 서 있기만 하면 필연적으로 모습을 드러내 당신을 정당화해 줄 존재였다. 그러니 수차례의 난관을 극복하고 나면 새로운 예루살렘과 상당히 흡사한, 모든 불평등과 고통이 제거되는 새로운 유토피아가 부상할 것이었다. 윌리엄 모리스는 자신이 생각한 불가피한 미래의 사회주의적 신화를 다음과 같이 설파하기도 했다.

오라, 그리하여 우리가 어리석은 짓을 관두고 안락과 휴식을 취하게 하라.

좋은 시절이 최고의 순간을 불러올 때까지는 오로지 명분만이 의미를 가지니.

오라, 누구도 패할 수 없는 이 유일한 전투에 가담하라.

시들고 죽게 될지언정 전투에서는 승리를 거머쥘 테니.

아! 오라, 온갖 어리석은 짓은 관두고, 적어도 우리가 아는 진실을 위해.

여명과 그날이 오고 있다는, 깃발이 전진하고 있다는 진실을 위해.

「그날이 오고 있다(The Day Is Coming)」

과학 또한 새로운 신화 체계를 만들어냈다. (여기에서 말하는 '신화'는 진실이나 거짓에 대한 암시와는 무관하며, 인간의 자기 이해에 핵심적인 이야기를 의미한다.) 예컨대 우주가 빅뱅과 함께 시작되었다는 새로운 창조 신화였다. 지구는 빅뱅 이후에 우주 먼지를 통해 만들어졌다는 신화. 그렇다면 빅뱅 이전에는 무엇이 있었나? 특이점이 있었다. 그렇다면 그 특이점은 무엇인가? 아직은 모른다.

인간의 기원에 관한 새로운 신화도 있다. 인간은 진화의 힘이라고 불리는 것을 통해 생겨났으며, 그 진화의 힘은 인간 이전(pre-human)의 생명체에서 기인했다는 신화다. 그렇다면 무엇이 진화의 법칙을 만들어냈나? 생명이었다. 그렇다면 생명은 어디에서 왔나? 확실히는 알 수 없지만, 알아내기 위해 노력 중이다. 우리는 왜 지구에 있는 것인가? 딱히 이렇다 할 이유는 없다. 우리가 올바르게 행동해야 하는 이유는 무엇인가? 가장 그럴듯한 이유는, 홍적

다른 세상에서

세에 일반적이었던 소규모 집단의 채집 생활이 남자들이 항시 서로를 죽이려 들지 말아야, 남자들이 다른 남자들의 짝들과 성교를 하려 하지 않아야 한층 원활히 이루어졌다는 것일 것이다. 그렇다면 여자와 남자의 관계는 어떠한가? 뇌 측정 결과, 페로몬, 인류학적 증거들을 비롯해 그야말로 온갖 것을 동원해 현재도 연구 중이며, 머지않아 사랑에 빠지는 현상을 설명할 수학 공식을 도출해 낼 수 있기를 바라고 있다. 신 혹은 신들을 향한 믿음은 어떻게 설명할 것인가? 음, 물론 대부분의 문화에 그런 것이 존재하기는 한다. 그런 믿음은 진화를 통해 적응한 결과일지도 모른다. 마스터플랜을 갖고 있는 어떤 막강한 존재가 내 편에 서 있다고 생각하면 생존 가능성이 높아질지도 모를 일이다. 하지만 그 이외에 더 대단한 이유는 없을 수도 있다.

이야기로서의 과학적 뮈토스[79](mythos)는 우리에게 그리 큰 위안이 되지 않는다. 과학적 뮈토스가 지금까지 열광적인 인기를 끌 수 없었던 이유는 바로 이 부분 때문일지도 모른다. 인간은 자신에게 중요한 역할이 주어지는 이야기, 인간의 신비로움과 존엄을 어느 정도 보존해 주는 이야기, 인간이 진정으로 도움이 필요할 때 손만 뻗으면 도움을 얻을 수 있다는 사실을 암시하는 이야기를 선호한다. 지구라는 행성에 존재하는 인간을 과학적인 시각으로 담아낸 이야기는 물리적 측면에서 진실일 가능성이 농후하지만,

우리는 그런 이야기를 그다지 좋아하지 않는다. 마음에 담아두고 싶을 만큼 사랑스럽지 않으니까. 그런 이야기 속에는 샤워를 하면서 흥얼거릴 수 있는 멜로디가 많지 않다.

＊＊＊

　　종합해 보면 신화는 각 문화의 핵심을 이루는 이야기이고, 사람들은 신화를 진지하게 받아들이다 못해 신화를 중심으로 의례적·감정적 생활을 조직하며, 심지어는 신화를 두고 전쟁을 벌일 수도 있다. 그러다 신화에 반복적으로 등장하는 진리와 현실에 관한 핵심적인 진술들을 사람들이 더 이상 완전한 진실로 믿을 수 없게 되면, 신화는 지하로 숨어든다. 그러나 그다음에는 다른 외피를 둘러쓰고 변장한 모습으로 등장한다. 예술이라든가, 정치적 이념이라는 모습으로.

　　혹은 「아바타」 같은 영화로. 혹은 『어둠의 왼손』 같은 책으로. 신화에서 다루는 모든 질문은 SF를 통해서도 다루어졌다. 사실 이러한 문학 양식과 하위 양식들이 메타신학적 시학의 『실낙원』, 메타신학적 우화의 『천로역정』, 확장된 신학을 바탕으로 다른 세상을 구축한 윌리엄 블레이크의 기나긴 '예언들' 이후에 문학계에서 버려진 신화의 영역을 포괄하고 있는지와 관련해서는 논쟁의 여지가 있다.

　　　　　　　　　　　　　　다른 세상에서

구체적인 내용으로 들어가기에 앞서, 과학소설이라는 용어의 역사를 간략하게나마 설명하고자 한다. '과학소설 (science fiction)'은 언뜻 상호 배타적인 듯한 두 가지 용어의 결합체다. 상호 배타적이라고 말한 이유는 (지식을 의미하는 라틴어 스시엔티아(scientia)에서 유래한) 과학(science)은 입증 가능한 사실들과 관련된 것으로 간주되는 한편, ('주조하다', '고안하다', '가장하다'라는 의미를 가진 라틴어 동사 핑게레(fingere)에서 유래한) 소설(fiction)은 발명된 무언가를 가리키기 때문이다. 이렇게 과학소설을 구성하는 과학과 소설은 흔히 서로를 상쇄한다고 간주된다. 그래서 과학소설이라 불리는 책들은 사실에 기반한 예측을 소설의 형태로 (이야기, 인물, 발명이라는 요소를 통해) 전달하는 이야기로 여겨질 수도 있다. 독자가 우주여행이나 나노기술을 본격적으로 파고들고 싶어 하지 않는 한 말이다. 한편, W. C. 필즈가 골프를 두고 "망쳐버린 좋은 산책"이라고 말했던 것처럼, 과학소설은 겉보기에 미래적인 외양을 띠고 있을 뿐 보브와 캐럴과 테드와 앨리스[80] 간의 사회적이고 성적인 상호작용을 그려내야 할 때조차 비주류 괴짜들만 이해할 수 있는 요소들을 지나치게 많이 가미해 놓은 허구적인 서사로 간주될 수도 있다.

(가장 넓은 의미에서) 과학소설계의 조부(祖父)라 할 만한 인물이자 『해저 2만 리』 등의 작품을 저술한 작가인 쥘 베

른은 가능성의 영역 안에 존재하는 기계류(예컨대, 잠수함)에 제약되어 있던 본인과 달리, 현실에 존재할 수 없는 것이 분명한 다른 기계류(예컨대, 타임머신)를 창조한 H. G. 웰스의 자유분방함에 적잖은 충격을 받기도 했다. 그런 웰스를 두고 대단히 못마땅해하며 "발명을 하다니!"라는 말을 했다고도 전해진다. 그런데 꼭 짚고 넘어가야 할 사실이 있다. 쥘 베른 역시 발명을 했다는 것이다. 비록 웰스만큼 과감하지는 않았지만.

　　안구 돌출형 괴물들과 황동 브래지어를 입은 여자들의 황금기였던 1930년대 미국에서 과학소설이라는 용어가 널리 사용되기 전까지만 해도, 웰스의『우주 전쟁』같은 소설들은 과학로맨스(scientific romances)라고 불렸다. 과학소설과 과학로맨스라는 두 용어 모두에서 '과학'은 수식어 역할을 하고 있다. 명사는 '소설'과 '로맨스'이고, 그중에서도 소설은 광범한 영역을 포괄한다.

　　20세기 중반에 이르러 사람들은 장편 산문소설이면 모두 관습적으로 '노블(novel)'이라 칭했는데 그중에서도 현실적으로 묘사된 사회적 환경 속의 개개인을 다루는 특정 유형의 장편 산문소설을 노블로 판단하기 시작했다. 이러한 관행은 (자신의 창작물이 실화에 기반한 저널리즘으로 읽히게 만들려고 했던) 대니얼 디포의 작품과 함께 부상해 18세기와 19세기 초반에는 새뮤얼 리처드슨, 패니 버니, 제인 오스틴의 작품을 통해 이어져 왔으며 19세기 중후반에 조지 엘리엇, 찰스 디킨스, 플로베르, 톨스토이 등 수많은 작가들에 의해 발전된 것이다.

그런 유형의 장편 산문소설 즉 노블은 구사일생을 반복하며 다른 이들에게 총질을 해대는 '납작한' 인물보다는, 우리가 '깊이'라고 부르는 것을 더 많이 갖고 있는 소위 '입체적인' 인물(복잡한 심리, 특유의 분위기, 자기성찰이 두드러지는 인물)을 등장시키는 경우에 질적으로 우수하다는 평가를 받는다. 노블의 기준에 맞지 않는 작품은 전부 '장르소설'이라는, 노블보다 근엄함이 부족해 보이는 영역으로 욱여넣어지며 이에 따라 스파이 스릴러, 범죄소설, 모험소설, 초자연적 소설, 과학소설 같은 것들은 각각 얼마나 훌륭한 작품인지와는 무관하게 이를테면 피상적이라고 간주되는 방식으로 재미를 보는 비행(卑行)으로 치부된다. 장르소설로 분류되는 작품들은 적어도 어느 정도는 기존에 없던 것을 만들어낸다. 그리고 우리 모두 그 사실을 알고 있다. 즉, 그런 작품들은 우연의 일치라든가, 초자연적 현상이라든가, 액션이나 모험 같은 것이 존재해서는 안 될 (물론 어떤 일이든 발생할 수 있는 전쟁을 다룬 모험소설이 아닌 이상의 이야기지만) 실생활 이야기가 아니며, 그런 점에서 신빙성은 보장되지 않는다고 말이다.

엄밀한 의미의 노블은 늘 특정 유형의 진실 — 인간 본성에 관한 진실이랄까, 침실에서가 아니면 옷을 다 꼭꼭 챙겨 입는 사람들이 실제로 어떻게 행동하는가에 관한 진실 — 을 그린다고 주장한다. 즉, 관찰 가능한 사회적 조건하에서의 진실이다. 한편 '장르'는 이와는 다른 의도를 품고 있다고 간주된다. 장르는 독자들이 판에 박힌 매일의 일상 속에서 저지른 실수를 거듭 상기시키는 대신, 유희를 가져다준다. 리얼리즘 노블을 쓰는 작가들에게는 달갑지 않은 일이겠지만, 대부분의 독자들은 유희를 좋아한다. 조지 기싱의 걸작 『신(新) 삼류 문인의 거리』에는 가난에 허덕이는 작가가 등장하는데, 그 인물은 극중에서 자신의 실제 생활을 현실적으로 그려낸 소설 『식료품 장수 베일리』가 실패작이 되자 자살을 한다. 『신(新) 삼류문인의 거리』는 해거드의 『그녀』 같은 모험로맨스 소설과 웰스의 과학로맨스 소설들이 대대적인 열풍을 일으키던 시기에 출간되었고, 『식료품 장수 베일리』는 그것이 실제 소설이었다면 당대 평론가와 독자들로부터 외면받았을 법한 작품이었다. 혹시라도 오늘날에는 그런 일이 벌어질 수 없다는 생각이 든다면, 얀 마텔의 『파이 이야기』(순수한 모험로맨스다.)와 댄 브라운의 『다빈치 코드』를 비롯해, 스테디셀러가 된 앤 라이스의 뱀파이어물, 『트와일라잇』 시리즈, 오드리 니페네거의 『시간 여행자의 아내』 같은 작품들의 판매 부수를 확인해 보시라. 이 작품들은 전부 엄밀한 의미의 리얼리즘 소설이라기보다는 로맨스에 가깝다.

리얼리즘 노블의 배경은 중간계이고, 중간계의 중간 지대에는 대체로 중산층이 자리하고 있으며, 여자 주인공과 남자 주인공은 일반적으로 바람직하다고 간주되는 규범에서 벗어나지 않는다. 출판사나 독자들이 흔히 말하듯, "우리는 그런 사람들을 좋아한다." 물론 그런 바람직한 규범들을 기괴한 방식으로 변형한 경우들도 다양하게 찾아볼 수 있지만, 그렇다고 해도 말을 할 줄 아는 악랄한 조개라든가 늑대인간이라든가 우주에서 온 외계 생명체가 아니라 연민을 자아내는 성격상의 결함 또는 이상한 장애를 가졌거나 무일푼 신세이거나 한 인간의 모습을 하고 있게 마련이다. 지금껏 실현된 적 없는 사회 조직을 도입한다 하더라도 유토피아나 디스토피아에서처럼 극적으로 구현하기보다는 등장인물 간의 대화를 통해 언급하거나 인물의 일기 또는 공상을 통해 드러내는 방식을 취한다.

엄밀한 의미의 노블 속 중심인물은 부모와 친척이라는 존재를 통해 도입부에서부터 사회적 공간에 자리 잡는다. 그런 부모나 친척이 보잘것없는 사람이거나 이미 죽은 상태여도 상관없다. 또한 모험담에서는 중심인물이 아무 맥락도 없이 완전한 성인으로 등장할 가능성이 높지만(셜록 홈즈에게는 부모가 없다.), 엄밀한 의미의 노블 속 인물에게는 과거가, 역사가 있다. 그 과거는 인물이 갖고 있는 내적 문제나 갈등을 어느 정도 설명해 주는 장치로 기능하여, 그 인물이 충분한 입체성을 갖출 수 있도록 해준다. 이러한 유형의 소설은 의식적으로 깨어 있는 상태를 다루기 때문에 어떤 인물이 절지동물로 변한다 해도 그런 일은 악몽에서만 벌어진다.

「코」에서처럼 어떤 남자의 코가 얼굴에서 떨어져 나와 정부 관료로서 독립적인 삶을 살아가게 되거나, 『변신』에서처럼 그레고리라는 남자가 어느 날 아침 잠에서 깨어나 벌레가 된 자신의 모습을 발견하게 되는 일이 벌어지는 걸작들은 니콜라이 고골과 프란츠 카프카 같은 환상소설 작가들의 손에 달려 있다. (그레고리가 변신한 벌레가 무엇이었는지를 다루는 문학 연구들도 있다. 나는 개인적으로 딱정벌렛과보다는 그리맛과에 가까울 것이라고 생각한다.)

이렇듯 모든 산문소설이 엄밀한 의미의 리얼리즘에 부합하는 노블인 것은 아니다. 노블이 아닌 산문소설도 존재할 수 있다. 『천로역정』은 산문이자 소설이지만, '노블'로 집필된 작품은 아니다. 『천로역정』이 쓰였을 당시에는 엄밀한 의미의 리얼리즘 노블 같은 범주가 존재하지도 않았다. 『천로역정』은 기독교적 삶의 단계들에 관한 알레고리와 결합된 로맨스(주인공의 모험에 관한 이야기)다. (로맨스는 과학소설의 효시 중 하나이지만 그렇게 인식되는 경우는 많지 않다.) 엄밀한 의미의 노블이 아닌 산문소설은 이게 다가 아니다. 참

다른 세상에서

회록도 있고, 논문집도 있다. 메니피아식 풍자[81] 혹은 분석
도 있다. 장편 우화도 있다. 그렇다면 『돈키호테』는 정확히
어떤 소설로 분류할 수 있을까? 『모비딕』은? 『돈키호테』
와 『모비딕』 모두 이야기 혹은 이야기를 담고 있는 작품이
기는 하지만, 노블이라 할 수 있을까? 사실 산문소설을 멀
찌감치 떨어진 곳에서 바라볼수록, 전체적인 모습을 조망
할수록, 19세기에 받아들여진 진정한 의미의 '노블'이라 부
를 만한 작품은 점점 줄어든다.

　너새니얼 호손은 자신의 소설을 노블과 구별하기 위해
의도적으로 '로맨스'라고 칭했다. 아마 호손은 로맨스라는
양식이 노블이라는 양식보다는 확실히 어떤 패턴을 직조
해 내는 경향이 있음을 염두에 두고 있었을 것이다. 가령,
월터 스콧의 『아이반호』나 페니모어 쿠퍼의 로맨스에서 금
발의 여성 인물과 흑갈색 머리를 한 다른 여성 인물이 대비
되는 것처럼 말이다. 프랑스어는 단편소설을 각각 '이야기
(the tale)'와 '소식(the news)'을 의미하는 두 가지 용어(콩
테(conte)와 누벨(nouvelle))[82]로 지칭하는데, 이는 꽤 유용
한 구별 방식이다. 먼저, '이야기'는 무엇이든 배경으로 삼
을 수 있으며, 리얼리즘 노블에서는 진입할 수 없는 영역으
로 (정신의 지하실과 다락방으로, 즉 리얼리즘 노블에서라면 오로
지 꿈이나 환상이라는 매개를 통해서만 등장했을 것들이 실제적
인 형태를 갖추고 지상에 존재할 수 있는 곳으로) 들어갈 수도 있

다. 그러나 '소식'은 우리와 관련된 소식, 즉 '일상생활'에 존재하는 일상적인 소식을 가리킨다. 예컨대, 자동차 충돌과 조난 사고를 알리는 소식은 있을 수 있지만, 프랑켄슈타인의 괴물에 대한 소식이 존재할 가능성은 적다. 단, '일상생활' 속 누군가가 어떻게 해서든 실제로 그런 괴물을 창조해 내기 전까지만이지만.

물론 소설도 우리에게 각양각색의 소식을 가져다줄 수 있다. 예이츠의 황금 나이팅게일[83]처럼 "과거와 현재와 미래"[84]에 대해 말해 줄 수도 있는 것이다. 미래에 관해서라면 무시무시한 경고를 보내는 신문기사 형식을 취함으로써 선거에서 저 자식에게 표를 던지라든가, 댐을 지으라든가, 폭탄을 투하하라든가, 탄소를 태우라든가, 곧 모든 것이 엉망진창이 될 거라든가 하는 소식을 전할 수도 있는데, 이러한 신문기사에서 다루는 범위는 관찰이 가능한 요소들로 한정된다. 테니슨이 19세기에 쓴 시 「록슬리 홀(Locksley Hall)」은 다른 무엇보다도 비행기 시대를 예견한 듯하고 그 시에는 "인간의 눈에 보이지 않을 만큼 머나먼 미래로 뛰어들어"라는 시행도 들어 있지만, 실제로 그런 식으로 미래를 내다볼 있는 사람은 아무도 없다. 세상에는 너무나 많은 변수가 존재하기 때문에 미래를 정확히 예측하는 일은 불가능하다. 그러나 미래로 싹틀 씨앗이 담겨 있는 현재로 뛰어드는 것은 가능하다. 『뉴로맨서』의 작가이자 사이

다른 세상에서

버펑크의 대가인 윌리엄 깁슨이 말했듯, "미래는 이미 우리 곁에 있다. 단지 산만하게 흩어져 있을 뿐이다." 그러므로 당신은 어린 양 한 마리를 보면서 그동안 쌓아온 경험을 근거로 삼아 "앞으로 어떤 예기치 못한 사건이 벌어지지 않는 한 이 어린 양은 (a) 큰 양이 되거나 (b) 저녁거리가 될 것." 이라고 예견하는 기사를 낼 수도 있다. 그러나 그렇게만 쓴다면, (c) 뉴욕을 짓밟아 버릴 거대한 털북숭이 괴물이 될 가능성은 배제하게 된다.

그런데 당신이 쓴 미래에 관한 글이 미래를 예견하는 기사가 아닐 경우, 사람들은 그 글을 과학소설 또는 사변소설이라고 부를 가능성이 높다. 지금까지 살펴본 바와 같이, 과학소설이나 사변소설이라는 용어는 가변적이다. 어떤 사람은 사변소설을 과학소설 및 과학소설이 결합된 모든 양식의 소설(과학소설 판타지 등)을 아우르는 상위 개념으로 사용하고, 어떤 사람들은 정반대의 의미로 사용한다. SF 소설은 물론 머릿속으로 상상한 평행 현실이나 오래전의 현실, 머나먼 행성을 배경으로 삼을 수 있다. 그런데 이 장소들 사이에는 공통점이 존재한다. 바로 존재하지 않는다는 사실이다. 그리고 이 비존재성은 리얼리즘 노블 속의 보브와 캐럴과 테드와 앨리스 들이 존재하지 않는다는 의미가 아니라, 색다른 질서가 존재한다는 의미를 갖는다.

'노블'에서 대체로 불가능하다고 간주되는 것들 중에

서, SF 서사에서는 가능한 것들도 있다.

예컨대, SF 서사는 새롭게 부상하는 과학기술이 불러올 결과들을 전적으로 실현 가능한 현상처럼 생생하게 묘사하고 탐구할 수 있다. 우리는 어딘가에 숨겨져 있던 비밀을 의도치 않게 밝혀내거나, 돌이킬 수 없는 일을 자초하거나, 판도라의 상자를 열어 전염병을 퍼뜨리는 일이라면 언제나 능숙하게 해냈다. 단지 원상 복구에 미숙했을 뿐이다. 그런 이야기를 한층 어두운 색채로 담아내면 괴테의 「마법사의 제자」 같은 작품이 된다. 스승의 마법을 흉내 내 마법을 부리지만 멈추게 할 방법은 모르는 제자의 이야기 말이다. 이보다 더 암울한 서사를 가진 이야기들을 참고해 본다면, 그런 제자에게 약간의 감시를 붙이는 것이 필요할지를 판단하는 데 도움이 될 수도 있다.

한편, SF 서사는 인간이라는 외피를 쓴 존재를 인간이라고는 볼 수 없는 수준으로까지 밀어붙여 봄으로써 인간이 된다는 것의 의미에 담긴 본질과 한계를 매우 노골적인 방식으로 분석할 수도 있다. 차페크의 『R. U. R.』[85]에 나오는 로봇들은 인간이라 할 수 있을까? 자기가 가진 권리의 정당성을 훌륭히 입증해 내는 로봇들 말이다. 아이라 레빈의 스텝포드 유부녀들[86]은? 그들은 인간일까? 「블레이드 러너」의 복제인간들은? 『모로 박사의 섬』에 등장하는 동물인간들은?

이들은 두려움 혹은 오싹함을 불러일으키는 유사인간에 해당한다. 그런데 유사인간은 보다 호의적인 모습으로 등장해 인간과 유사인간의 차이를 이해하고 파악하는 데 도움을 줄 수도 있다. 소설에 등장하는 그런 인물들 ―「스타트렉」의 데이터, 존 윈덤의 『번데기들』에 나오는 다재다능한 돌연변이들, 러셀 호반의 『리들리 워커』속 리들리 워커, 『화성연대기』의 화성인들, 옥타비아 버틀러의 오안칼리(Oankali)족 등 ― 은 전형적인 모습의 인간과는 다를 수도 있지만 공감 어린 시선을 자아낸다.

SF 서사는 기존의 사회 조직을 재배치할 경우 어떤 현상이 나타날지를 보여주는 방식으로 그 속내를 파헤쳐볼 수도 있다. 이와 관련해서는 주로 젠더 구조를 재고하기 위한 방법의 일환으로 SF 서사가 활용된다. 샬럿 퍼킨스 길먼의 『허랜드(Herland)』, 존 윈덤의 『그가 하는 것을 보라(Consider Her Ways)』[87], W. H. 허드슨의 『크리스털 시대(A Crystal Age)』, 조애나 러스의 작품들, 셰리 테퍼의 『여자들의 나라로 향하는 문(The Gate to Women's Country)』을 비롯해 어슐러 K. 르 귄의 많은 작품들이 그런 목적을 공유하고 있다.

그러나 SF에는 '경제적 SF'라고 부를 만한 하위 장르도 다양하게 존재한다. 신용카드의 도래를 예측한 에드워드 벨러미의 산업 로맨스 『뒤돌아보며(Looking

Backward)』도, 윌리엄 모리스의 사회주의 소설 『유토피아에서 온 소식(News from Nowhere)』도 그에 해당한다. 이 작품들은 여성의 의상을 재디자인하는 방식(더 섹시하게 혹은 덜 섹시하게)이나 식탁에 음식을 올리는 방식(음식을 더 많이 혹은 더 적게 올리거나, 더 맛있는 혹은 더 맛없는 음식 올리기) 등의 측면에서 차이가 날 수도 있지만, 둘 다 상품의 생산과 유통 및 다양한 사회 계층 간 경제적 이익의 분배를 핵심 주제로 다루고 있다.

이 점에서 보면, 작가들은 현 정권과 본인이 속한 사회의 제도들을 비판하고 싶으나 공공연하게 비판할 경우 위험한 혹은 치명적인 결과를 맞닥뜨리게 될 수도 있을 때 일종의 반(半)위장이나 표면적 장식으로서 SF 형식을 활용하는 것일 수 있다. 빅 브라더의 도래를 예견한 초기 볼셰비키 중 한 사람인 예브게니 자먀찐(Yevgeny Zamyatin)은 바로 그런 목적으로 SF를 활용해 『우리들(We)』을 집필했으며, 매카시 시절의 주디스 메릴(Judith Merril)[88]과 동시대 동료 작가들은 미 정부에 대한 반대 의사를 노골적으로 표현할 경우 보복을 면치 못하리라고 생각해 SF를 집필했다.[89]

마지막으로, SF 서사는 그 어떤 인간도 지금껏 가보지 못했거나 앞으로도 영영 가닿지 못할 영역으로 대담히 진입함으로써 인간 상상력의 외피를 샅샅이 탐험해 볼 수 있다. 우주선이 등장하는 것도, 『환상여행』[90]에서 인간의 몸속을 탐험하는 것도, 윌리엄 깁슨의 작품에서 우주선을 타고 여행을 떠나는 것도, 영화 「매트릭스」에서 두 현실 사이를 오가는 것도 바로 그로 인한 결과다. 참고로 마지막으로 언급한 「매트릭스」는 기독교적 알레고리가 배음으로 깔려 있는 모험로맨스에 해당하며, 그 점에서 『오만과 편견』보다는 『천로역정』과 밀접한 연관성을 가진다.

SF는 이렇게 곳곳을 탐험하는 과정에서 인간과 우주의 관계를 묘사하는 패턴들을 만들어낼 수도 있다. 그러면서 우리를 종교의 영역으로 인도했다가, 궁극적으로는 형이상학과 신학에(신과 영혼과 악마의 성질, 우주의 기원, 사회를 구성하는 인간 혹은 개별 존재의 기원, 갈망했거나 두려워했던 정신적 풍경이나 지평, 정신적 적(敵)의 본질 등에) 사로잡히게 만들어버리는 것이다. 그러나 다시 한번 말하지만, 이러한 현상은 소설적 리얼리즘이라는 틀 속에서라면 대화나 몽상, 이야기 속 이야기, 환각, 꿈 등을 통해서만 구현될 수 있다.

나는 SF가 『실낙원』의 뒤를 이어 신학과 관련된 현상을 합리적인 차원에서 복제하고 있다는 점에 최초로 주목한 사람이라고 할 수 없다. SF라는 형식은 단테의 『신곡』처럼 신학 교리를 설파하기 위한 방법으로도 빈번하게 활용되었다. 특히 인간의 타락, 원죄, 구원의 가능성을 다채로운 방식으로 구현한 C. S. 루이스의 우주 3부작 『침묵의 행성 밖에서』,『페렐란드라』,『그 가공할 힘』을 떠올릴 수 있지만, 지금은 이 외에도 수많은 작품이 존재한다.「스타워즈」같은 영화에 흐르는 종교적 울림도 더없이 명백한 증거다.

서구의 비교적 최근 건국 신화, 한때는 우리에게 필수 불가결한 핵심 이야기였던 유대 기독교 시대의 건국 신화들이 지구에서 행성 X로 이주해 간 이유는 무엇일까? 짐작해 보건대, 하나의 사회로서 우리가 더는 해묵은 종교적 집기에 믿음을 품고 있지 않기 때문, 그런 것을 깨어 있는 '현실적인' 삶 속으로 받아들일 만큼까지 믿지는 않기 때문일 것이다. 만약 당신이 악마와 대화를 나누고 그 사실을 고백한다면, 말뚝에 묶여 화형을 당하는 대신 정신과 병동에 입원하게 될 수 있다. 증권 중개인들에 관한 소설 속에서 날개가 달린 초자연적인 생명체와 말을 하는 가시덤불을 동시에 만나게 될 가능성은, 그 증권 중개인들이 환각제를 복용하지 않는 한 희박하다. 그러나 그런 초자연적인 생명체들에게 행성 X는 그야말로 제집과 같다.

천국과 지옥이, 혹은 천국과 지옥의 거주민들이 관습적으로 취했던 겉모습 가운데 적어도 일부가 행성 X로 옮겨간 이유도 바로 이 때문이다. 다른 수많은 신과 영웅들도 행성 X로 이주했다. 이곳에서와는 달리 그곳에서는 받아들여질 수 있다는 이유로, 보유 기술도 바꾸었다. 행성 X에

다른 세상에서

서라면 그들은 그럴듯한 이야기(행성 X라는 세계의 기준에 비추어 볼 때 그렇다는 의미다.)에 등장할 수 있다. 게다가 그들이 행성 X에 있다면, 우리 중 상당수는 그들과 기꺼이 관계를 맺으려 할 것이다. 일부 이론가들이 말하듯, 그들 같은 존재를 만들어낸 원형적 패턴이 우리의 깊은 내적 자아 속에 여전히 존재하기 때문이다.

살벌한 지도 제작

: 유스토피아로 가는 길

이른바 장소란 불안정한 엄호부대를 갖춘 안정적인 공간을 가리킨다.

리베카 솔닛, 『무한한 도시: 샌프란시스코 지도책
(Infinite City: A San Francisco Atlas)』에서

제2차 세계대전 이후, 유토피아는 더 이상 세상 물정 모르는 천진난만함과 동의어가 아니었다. 유토피아는 위험했다. 그로부터 수십 년이 지나고 새로운 세기와 새로운 새천년이 찾아온 지금, 진지한 유토피아적 사고와 진지한 유토피아주의자들은 기껏해야 타다 남은 불씨에 불과하며, 유토피아 군단이 맞닥뜨린 실패는 마치 최선의 행동 방침이란 그 행동을 진압하는 것일 수도 있다고, 불씨를 완전히 꺼버리는 것일 수도 있다고 암시하는 듯하다.

J. C. 홀먼, 『유토피아에서(In Utopia)』에서

다른 세상에서

유토피아와 디스토피아를 다루는 이 장에는 내가 유토피아와 디스토피아에 관한 글을 쓰고 있었다는 사실을 알아차린 시점, 그리고 (그로부터 수년 후) 나만의 방식으로 유토피아와 디스토피아에 관해 무언가를 써보려고 시도하게 된 계기가 담겨 있다. 나는 유토피아와 디스토피아, 상상속의 완벽한 사회와 그와 정반대되는 사회를 결합해 유스토피아(ustopia)라는 용어를 만들었다. 유토피아에는 디스토피아에 잠재되어 있는 측면이, 디스토피아에는 유토피아에 잠재되어 있는 측면이 포함되어 있다고 생각해서였다.

이 장의 제목을 읽은 독자들은 어쩌면 "살벌한"이라는 표현을 보고 유스토피아라는 동전의 앞면이랄까 디스토피아적인 면을, 즉 온갖 불쾌한 일들이 파다한 세계만을 떠올리게 될 수도 있다. 대부분의 유토피아도 조금만 삐딱하게 바라보면 — 완벽함에 대한 높은 기준을 충족하지 못하는 이들의 입장에서 보면 — 디스토피아 못지않게 살벌함에도 불구하고 말이다. 어떻든 이에 대해 더 부연하기에 앞서, 이 장의 제목을 이루는 또 다른 표현인 지도 제작(cartography) 먼저 살펴보고자 한다.

지도 제작은 지도를 그리는 작업을 의미하고, 인간의 뇌는 다른 무엇보다도 지도를 제작하는 개체다. 인간의 뇌뿐만 아니라, 뇌를 가진 다른 동물들의 뇌도 마찬가지다.

그뿐 아니라, 중추신경계가 전혀 존재하지 않는 흐물흐물한 점균류도 주변 공간의 '지도를 그려' (예컨대) 맛있는 먹이로 향하는 지름길을 탐색한다.(점균류는 오트밀을 좋아한다.) 인간은 갓난아기 시절부터, 땅바닥에 기어 다닐 수 있게 되는 즉시 주변 환경에 대한 지도를 뇌의 신경 경로에 입력하며, 이와 반대로 주변 환경에 자기만의 경로와 흔적도 남기고, 이름도 부여하고, 권리도 행사한다. 달팽이도 자신이 지나간 자리에 흔적을 남긴다. 비버도, 나무를 긁는 곰도, 소화전에 영역 표시를 하는 개도 마찬가지이며, 우리 인간도 지극히 인간다운 방식으로 흔적을 남긴다. 인간은 맛있는 음식을 손에 넣기 위한 최단 경로를 찾는 일에 관해서라면 점균류 못지않게 능숙하다. 인간이라면 점균류처럼 오트밀을 택하지는 않겠지만 말이다.

모든 지도에는 알려진 영역과 알려지지 않은 영역 사이의 경계, 즉 변두리가 존재한다. 옛 중세 시대나 초기 르네상스 시대의 지도를 살펴보면, 변두리의 바깥 부분에 바다뱀과 머리가 무수히 많이 달린 히드라 같은 괴물이 그려져 있다. 어린아이들의 침대 밑에 괴물들이 사는 이유는 이불 속에 있을 때에는 침대 밑을 볼 수 없기 때문이다. 대부분의 사람들이 어둠을 무서워하는 이유도 이와 같다. 미지에 대한 두려움 때문이다. 알려진 것은 유한하고, 알려지지 않은 것은 무한하다. 알려지지 않은 것 안에는 무엇이든 잠복

다른 세상에서

해 있을 수 있다. 『베오울프』에 등장하는 괴물 그렌델[91]은 존 가드너가 『베오울프』를 그렌델의 시각에서 다시 쓴 『그렌델』에서 "지구의 가장자리를 떠도는 존재", "이 세상의 기이한 벽을 타고 거니는 존재"로 지칭된다. 괴물이 사는 곳은 바로 그런 곳이다. 변두리. 경계. 또한 괴물은 인간 의식의 변두리에도, 말하자면 해가 떠 있는 낮과 안정적인 시간 속에도 산다. 고야가 1799년에 남긴 수수께끼 같은 판화 「이성이 잠들면 괴물이 깨어난다」가 암시하듯이, 괴물은 우리가 "잠들어" 있거나 어떤 식으로든 무언가에 도취되어 있을 때 우리의 시야를 완전히 장악해 버린다.

인간이 지도의 변두리라든가, 침대 밑이라든가, 모험로맨스 유형의 이야기(형식 면에서 이와 유사한 이야기)에 괴물을 이토록 빈번하게 등장시키는 이유는 무엇일까? 로베르토 칼라소(Roberto Calasso)가 『카드모스와 하르모니아의 결혼』에 담은 지혜로운 통찰처럼, 영웅은 전투를 통해 영웅으로서의 자질을 검증받아야 하므로 괴물을 필요로 하지만 괴물은 어떤 경우에도 영웅을 전혀 필요로 하지 않는다. 그러다가 괴물이 죽으면 영웅도 죽고, 그들의 자리는 이미 알려진 세계를 그린 빳빳한 지도와 도시 계획으로 채워진다. 이때 그 빳빳한 지도에 가려져 있었거나 변두리로 밀려나 보이지 않았던 그림자의 세계에서는 영웅을 위해 끊임없이 재탄생하는 괴물들이 자기들보다 수적으로 훨씬 우세한 영웅들(형사, 스파이, 경찰관, 비밀 요원 등)과 전투를 벌이고 있을지도 모른다.

지도의 변두리, 우리의 시야에서 벗어나 있고 알려진 세계 너머에 있는 영역은 유토피아를 다룬 초기 작가들이 이야기의 배경으로 삼은 장소이기도 했다. 중세 시대에는 완벽한 사회가 사후 세계가 아니면 1000년, 2000년이 지난 세계에나 도래할 수 있다고 간주되었고, 그렇다 보니 유토피아에 대한 구상도 그리 많지 않았다. 1930년대 세계 산업노동자 연맹 조합원들이 부른 포크송 가사에 있었듯이 "죽어서 하늘나라에 가면 파이가 있을 거야."라는 식이었다. 건물 벽은 파이로, 지붕은 케이크로 만들어져 있고 무절제한 성행위와 게으름과 폭식이 모두에게 허용된 소위 '게으름뱅이의 천국(The Land of Cockaigne)'이라는 실재하지 않는 장소가 낙원이랍시고 있기는 했지만, 그건 누가 봐도 영락없는 '바보의 낙원'[92]이었다.

그러나 르네상스가 도래하고 근대 초기가 본격적으로 시작되면서 유토피아도 다시 성행했다. 후대에 막대한 영향을 미친 플라톤의 아틀란티스와 아서왕 이야기 속 아발론 섬 같은 유토피아들은 토머스 모어의 『유토피아』속 유토피아처럼 보통 실제 지도상에서는 가 닿을 수 없는 섬에 위치해 있었다. 그런 유토피아는 셰익스피어 『템페스트』의 무인도에서도 찾아볼 수 있다. 바로 인자한 노(老)대신

곤잘로가 설명하는 황금시대[93] 사회다. 그곳에서는 모두가 무위도식하고, 모두가 왕명에 따라 자유롭고 평등(여기에는 약간의 모순이 있다.)하며, 범죄나 전쟁은 존재하지 않는다. (원주민 캘리밴의 시각에서 볼 때『템페스트』에 잠복해 있는 디스토피아는 황금시대 사회와 물리적으로 동일한 위치에 있다.) 조너선 스위프트의『걸리버 여행기』에 묘사된 유토피아들은 희극적이고 풍자적이기는 해도 예외 없이 전부 섬에 자리해 있으며, 허구의 세계를 유랑하며 이야기를 전하는 항해사 르뮤얼 걸리버는 일찍이 모어의『유토피아』에서 라파엘 선장이 지도를 보여주었던 것처럼 각각의 유토피아에 대해 진짜 같은 지도를 제시한다.

그러나 현실의 지도 제작이 바다에서 기존에 '발견된 바 없는' 영역을 채워 버리자 섬은 후보지에서 제외되었고, 유토피아-디스토피아는 더욱 미지인 영역으로 떠밀려 나갔다. 처음에는 지하로, 그다음에는 언덕 아래에 숨어 있는 요정의 나라 같은 익숙한 장소로 갔다가, 톨킨의 작품과 톨킨이 참고한 설화에서 볼 수 있는 죽은 자들의 세계와 산의 우두머리 난쟁이들이 사는 세계 등지로 이동했다. (지하 세계 또한 루이스 캐럴의『이상한 나라의 앨리스』를 비롯해 19세기에 지어진 다양한 땅속 나라와 요정의 나라[94]가 선택한 미지의 세계다.) 불워 리턴의『차세대 종』과 쥘 베른의『지구 속 여행』과 같은 동굴 속 모험담은 선사시대로부터 살아남은 짐승들과 거대한 양치식물로 가득한 지각 아래의 광활한 공동에서 펼쳐졌다.

그러다가 지질학자들이 지구의 내부 구조를 온전히 설명해 내자 유스토피아는 미개척 내륙 지역으로 이동했고, 그곳에서 헨리 라이더 해거드 『그녀』의 잃어버린 도시 코르, 제임스 힐턴 『잃어버린 지평선』의 샹그릴라, H. G. 웰스 「눈먼 자들의 나라」 등이 탄생했다. 그러나 그 내륙 지역 역시 더 이상 개척이 불가능할 만큼 빈틈없이 채워졌고, 유스토피아는 또다시 다른 장소로 이동해야 했다.

한동안은 태양계에 존재하는 다른 행성들이 물망에 올랐지만, 화성과 금성과 달은 사람들이 그곳에 실제로 무엇이 존재하는지를 알게 된 순간, 그러니까 지적 생명체가 전혀 존재하지 않는다는 사실을 알게 된 순간 후보지에서 제외되고 말았다. 유스토피아가 마지막으로 당도한 곳은 태양계와 아주 멀리 떨어진 우주 공간, 혹은 평행 우주, 혹은 모든 흔적이 완전히 사라졌을 만큼 오래된 과거, 혹은 마찬가지로 미지의 영역인 미래였다.

앞서 「불타는 가시덤불」 장에서는 신학 교리의 기초에 대한 인간의 믿음이 약해지자 천사와 악마 같은 존재를 지구상의 현실적인 서사 속에서 합리화시킬 수 없어졌고, 그리하여 신학에서 탄생한 문학적 후손들이 우주 공간으로 이동해 갔다고 말한 바 있다. 그런데 이러한 이주는 부동산 문제가 초래한 결과였을 수도 있다. 우리는 미지의 공간을 인간이라는 존재의 것들로, 인간과 인간의 이름과 인간의 도로와 인간의 지도로 채워 넣었다. 우리는 그런 공간을 말끔하게 정돈하고, 고급스러운 지역으로 정비하고, 가로등도 세웠다. 그리고 이로 인해 우리의 상상 속 통제 불능의 난잡한, 언제나 반쯤 그늘진 곳에서 살아가는 보헤미안들은 다른 장소를 찾아 이동해야 했던 것이다.

지도에는 단지 공간만 있는 것이 아니다. 지도에는 시간도 있다. 지도는 냉동 상태에서 펼쳐지는 여정이다. 이 여정은 우리가 가보았던 장소나 우리가 학습한 역사 같은 과거로부터의 여정일 수도 있다.(화살표로 뒤덮인 지도 없이 제2차 세계대전을 이해할 수 있는 사람이 있을까?) 어쩌면 GPS 기능이 탑재된 핸드폰에서 '경로' 버튼을 눌러 가장 가까이에 있는 유기농 커피숍을 찾아갈 수 있게 해주는 현재의 여정일 수도 있다. 혹은, 다음 휴가철이 오면 그토록 가고 싶었던 섬까지 어떻게 이동할지, 이동 시간은 얼마나 걸릴지, 그섬에 머무는 동안 어디에 갈지, 어떻게 집으로 돌아올지를 구상하면서 도움을 얻는 미래로의 여정일 수도 있다.

내면으로의 허구적인(가상의 장소에서 펼쳐지는) 여정을 떠날 때에도 지도는 우리와 함께 이동한다. 생각해 보면 시골 저택의 미스터리 살인사건을 다룬 1930년대 책 표지에는 하나같이 서재, 온실, 하인의 방이 표시된 지도가 새겨져 있었고, 르 귄의 어스시 3부작과 톨킨의『반지의 제왕』을 비롯해 정말이지 수많은 책에 지도가 실려 있었다. 실제로 정말 많았다. 전쟁이나 살인사건(전략적인 계획 구상이 필요하고 적 혹은 침략자가 목표물을 좇아 이동해야 하는 사건이라면 무엇이든)이 벌어지기라도 하면, 독자뿐만 아니라 작가도 해당 상황을 머릿속에 그려볼 수 있도록 일종의 규칙처럼 지도를 제공하는 듯하다.

특히 가상의 공간에 대해 쓰는 작가들을 비롯해 실제로 꽤 많은 작가들이 지도 제작자의 입장에서 사고하는 것처럼 보이기도 한다. 현실에 존재하는 도시, 그것도 잘 알려진 도시에 대해 쓰는 경우에는 지도가 이미 존재하기 때문에 독자가 찾아볼 수 있지만, 미지의 장소를 다루는 경우에는 상황이 다르다.『보물섬』은 스티븐슨이 집에서 아들을 즐겁게 해주려고 지도 하나를 그려주었던 일을 계기로 시작되었다.[95] 땅에 묻힌 보물과 몇몇 중요한 장소들을 대강 스케치해 본 스티븐슨은 그제야 이야기를 제대로 구상해 보기 시작했고, 그렇게『보물섬』의 여정은 해적 빌리 본스가 죽고 난 후 그의 상자에서 발견된 것과 정확히 같은 지도에서 출발했다.

유스토피아는 근본적으로 여기가 아닌 다른 곳에 존재하기 때문에 거의 항상 두 차례의 여정을 수반한다. 처음 여정에서는 이야기 전달자가 다른 장소로 이동하고, 다음 여정에서는 이야기 전달자가 원래 장소로 복귀해 우리에게 이야기를 전해 주는 식이다. 그렇다 보니 유스토피아를 구상하는 작가는 늘 이동 수단을 생각해 내야 한다. 유토피아가 섬에 있으면 처음 여정은 간단히 항해로 진행할수 있고, 다음 여정은 배를 이용한 구조로 해결할 수 있다. 유토피아를 향해 지하로 떠나는 여정이라면 터널, 밧줄, 구멍을 통한 추락, 갑자기 무너지는 돌담 등이 필요하며, 지하에서 돌아오는 여정에는 운, 기는 자세로 동굴 벽 타기, 탈출 경로를 아는 동물 따라가기,[96] 아리아드네의 실[97] 같은 수단이 있어야 한다. 유토피아가 우주 공간에 있으면 우주선은 필수품이다.

공간의 이동이 아닌 시간의 이동을 필요로 하는 미래로의 여정에서는 구닥다리 수법인 '꿈에서 보는 환영'을 쓸수 있다. 일종의 정신적인 순간이동이다. 아니면 타임머신같은 장치를 쓰든가, 잠자는 숲속의 미녀나 립 밴 윙클이경험한 긴긴 잠 등의 설정에 얼마든지 기댈 수 있다.(긴긴 잠이라는 설정은 『뒤돌아보며』와 『크리스털 시대』 둘 다에서 활용되며, 『크리스털 시대』에서 독자에게 시간 여행 이야기를 들려주는 전달자는 어딘가에 머리를 쾅 부딪히고 정신을 잃었다가 먼 미래에서, 짤막한 나무뿌리들로 보기 좋게 뒤덮인 상태로 깨어난다.)우디 앨런이 자신의 영화 「슬리퍼(Sleeper)」에서 은박지로몸을 감싼 채 냉동고에서 기어 나오는 장면은 바로 이 관습적인 설정을 풍자한 것이다.

처음부터 이야기의 배경을 '미래'로 확실히 설정해 두면 작가들은 이동과 연관된 사건이나 그 과정을 들려주는 '전달자'의 존재를 마음 편히 무시하고 독자들을 곧바로 본론으로 끌고 갈 수 있다. 이를테면 『1984』는 "화창하고 쌀쌀한 4월의 어느 날이었다."라는 문장으로 시작해서 "괘종시계는 13시를 알렸다."라는 문장으로 이어진다. 『1984』에도 '전달자'가 존재하기는 하지만, 사람이 아닌 두 가지 텍스트다. 바로 집권 여당이 금서로 지정한 책과, 집권 여당 최대의 적 임마누엘 골드스타인(실제로 존재할 수도, 존재하지 않을 수도 있는 인물)이 저술한 『과두적 집단주의의 이론과 실제』다. 그리고 엄밀한 의미의 소설이 끝나고 나서 읽게 되는 통제 수단으로서의 언어에 관한 에세이 「신어의 원리」도 전달자 역할을 한다. 어떤 미지의 전달자가 우리가 존재하는 시간으로 건너와 『1984』 속 상황이 어떻게 흘러갔는지를 알려주는 수단은, 내가 생각할 때, 바로 이 「신어의 원리」다.

올더스 헉슬리의 『멋진 신세계』에서는 극중 '야만인'이 '전달자'의 역할을 수행한다. 고도의 기술로 조직화된 유토피아의 외부 출신으로서 야만인이 견지하고 있는 삶에 대한 관점은 독자들의 관점과, 최소한 『멋진 신세계』가 저술된 1930년대 독자들의 관점과 상당히 유사해 보일 수도 있

다른 세상에서

다. 사실상 '야만인'은 쾌활하기 그지없는 미랜더와 정체를 숨긴 프로스페로를 바라보는 비극적 인물 캘리밴[98]과 같다. 향수 냄새를 풍기고 피임을 하면서 자유성애를 즐기는 소녀들, 그리고 대체로 눈에는 띄지 않지만 구성원들을 보호하고자 배후에서 사회를 진두지휘하고 통제하는 조종자들을 지켜보는 것이다.

당연한 일이지만 전달자라는 존재와 전달자가 전하는 메시지는 전달 수단을 필요로 한다. 추측이기는 하지만 SF만큼, 특히 유스토피아를 다룬 SF만큼 정보 시스템을 깊게 다룬 장르는 없을 것이다. 그동안 다양한 작가들이 다양한 수단을 활용했다. 로빈슨 크루소의 문학적 후손들이 미래의 누군가가 읽어주기를 바라며 남긴 메모와 일기도 있고, 구리 원통[99]에서 발견된 이상한 원고들도 있고, 금속으로 제작된 책과 크리스털로 만든 암호화 시스템, 판독이 필요한 상형문자도 있다. 극복해야 할 언어 장벽도 있고, 대대적인 기억상실과 정보 손실을 초래하는 재앙(예컨대 스타니스와프 렘의『욕조에서 발견된 회고록』은 종이를 먹는 어떤 나노바이오 형체에 의해 전 세계가 붕괴되는 상황을 가정하는데, 이로 인해 전 세계의 도서관이 불탄 것과 동일한 결과가 나타난다.)도 존재한다.

어떤 작가들은 메시지 전달 시스템에 대한 언급을 생략해 버리고 곧바로 3인칭 서술로 설명하거나, 해명을 기다리는 독자를 위해 소설 속 화자의 입을 빌리기도 한다. 그러나 유스토피아를 집필하는 작가라면 어디에 있는가, 어느 시점에 있는가, 그리고 (지도와 관련해) 어떤 형태인가라는 세 가지 필수 질문에 답해야만 한다. 유스토피아가 지도에 표시할 수 있는 곳이라고 믿기 어렵다면, 우리 독자들은 마음속의 불신을 선뜻 제쳐두려 하지 않을 것이기 때문이다.

* * *

나는 일찌감치 지도의 세계에 발을 디뎠지만, 전적으로 자발적인 선택에 의한 것은 아니었다. 나의 오빠 해럴드는 아무도 못 말릴 지도 제작자였다. 오빠는 나에게 힌트를 따라 길을 찾아가는 지도도 만들어주었고, 다른 행성에 존재하는 다양한 가상 공간의 지도도 그려주었다. 오빠가 지도에 구현한 땅들은 게임 「세컨드 라이프」의 가상현실 공간에 매물로 나오는 부동산처럼 대체로 섬이었다. 섬은 가변적인 경계를 가진 국가보다 더 쉽게 이해하고 규정할 수 있으니 그럴 만했다. 해왕성과 금성의 지도를 그릴 때는 습관적으로 그때 우리 가족이 살고 있던 섬의 모양을 따라 그렸고, 모든 만(灣)과 늪, 곶, 반도, 연안의 섬에 이름도 붙였다. 장소들에 이름을 붙이고 나면, 희한하게도 각 장소까지

가는 법을 찾기가 수월했다.

작명은 물론 기억을 돕기 위한 장치다. 어떤 장소에 이름을 붙이면 그 장소에 대한 최초의 지도를 얻게 된다. 물리적인 지도는 내면의 신경 지도를 겉으로 볼 수 있는 형태로 구현해 낸 것일 뿐이다. 그림으로 그리든가, 또는 캐나다 북부 이누이트족 같으면 카약이 전복되어도 물 위에 떠다닐 수 있도록 나무 조각에다 3차원 형태로 새겨 넣기도 했다. 한편, 비상한 뇌를 가진 천재들을 보면 알 수 있듯이 뇌는 써먹을수록 더 커진다. 도시의 지도를 머리로 외우고 어려운 시험을 통과해야만 정식 기사가 될 수 있는 런던 택시기사들의 뇌를 연구했더니 지도 그리기를 담당하는 영역(공간에 대한 방향감각 및 시각화와 관련된 부위들)이 다른 사람들의 뇌에서보다 크기도 훨씬 크고 밀도도 높았다고 한다.

대부분의 경우 유스토피아는 지도상에 표시할 수 있는 위치일 뿐만 아니라, 모든 유형의 문학에 존재하는 마음의 상태이기도 하다. 말로의 희곡 「포스터스 박사」 속 메피스토펠레스는 지옥이 단지 물리적인 장소에 불과한 것이 아니라고 말한다. 메피스토펠레스는 "바로 여기가 지옥이고, 내가 그곳을 벗어난 것도 아니오."[100]라며 다음과 같이 말한다.[101]

지옥은 한계가 없을 뿐만 아니라, 어느 한 곳에
국한되어 있지 않으니, 우리가 있는 곳이 지옥이오.
또 지옥이 있는 곳에 우리는 늘 있게 마련이라오.[102]

이보다 조금 낙관적인 태도는 밀턴의 『실낙원』에서 찾아볼 수 있다.

…… 그러면 그대 이 낙원을 떠나도
싫지 않을 것이니, 더욱 행복한 낙원을
그대 마음속에 갖게 되리라.[103]

문학에서는 모든 풍경이 제각기 다른 마음의 상태에 해당하지만, 모든 마음의 상태는 하나의 풍경으로 묘사될 수도 있다. 이는 유스토피아에서도 마찬가지다.

* * *

나는 어쩌다 나만의 유스토피아를, 정확히 말하자면 어디에든 있으나 어디에도 없으니 장소는 아니지만, 지도에 그릴 수 있는 위치를 갖고 있으면서 동시에 마음의 상태이기도 한 유스토피아를 창조하게 된 걸까?
내가 떠난 여정은 간접적인 여정이었다. 작가가 되겠다

다른 세상에서

고 결심했던 것은 즉흥적으로 꽤나 형편없는 시를 써내고 서는 스스로 꽤 괜찮다고 생각했던 열여섯 살 때였다. 당시 나는 12학년에 재학 중이었고, 주변에서 본보기로 삼을 만 한 전업 작가는 찾아볼 수 없었다. 어떻게 하면 작가가 될 수 있는지에 대해 아는 것도 없고 감도 못 잡고 있었지만, 작가 생활을 시작하면 적어도 처음에는 본업을 따로 갖고 있을 필요가 있다는 점은 확실히 알고 있었다. 나처럼 낙관 적인 사람마저도 일거에 베스트셀러 작가로 대성하리라는 기대는 품을 수 없었던 것이다.

나와 같은 세대에 속한 사람들은 학교에서 글쓰기를 해 보기는 했지만 에세이 형식의 글이나 문법과 작문을 배우 는 정도에 그쳤다. 소설과 시를 많이 읽기는 했어도, 소설과 시 쓰기가 권장되지는 않았다. 뮤즈에 사로잡히는 경험이 라도 한다면 그 결과물을 졸업 앨범에 실을 수는 있었지만, 그건 조금의 부끄러움도 없어야만 할 수 있는 일이었다.

나는 몇 차례 잘못된 길로 방황한 후에 (다행히 내 머릿 속에서만 일어난 일이었다.) 아무튼 대학에 입학했다. (진정한 로맨스를 써서 자립하겠노라며 느닷없이 광기 어린 결심을 품어도 보았다. 당시의 로맨스들은 신발가게에 안정적인 일자리를 얻은 남 자가 아닌 오토바이를 타고 다니는 남자와 어떤 소녀가 그릇된 사 랑에 빠지게 된다는 이야기를 비롯해 기본적으로 『폭풍의 언덕』을 변형한 유형들이었기 때문에 나도 충분히 쉽게 해낼 수 있을 것 같았다. 하지만 나는 그럴 수 없는 사람이라는 사실을 깨닫고 말았다. 어떤 유형의 글을 쓰든, 어떻게든 그 글을 스스로 믿지 않으면 설득력을 갖출 수 없는 법이다.)

기자가 되어볼까 하는 생각도 잠깐이나마 했다. 그러나 실제로 기자였던 육촌(우리 부모님이 신문 기자 생활로 빠질 생각은 그만두고 공부를 계속해 나가게끔 날 유도하기 위해 이 육촌을 끌어다 대셨다.)이 나에게 여성 기자들은 여성 독자를 노린 기사와 부고만 작성한다고 말해 주었고, 거만하고 보헤미안스러운 자아를 갖고 있던 그때의 나는 두려움에 움찔하고 말았다.

대학에는 별 탈 없이 입학했다. 그러나 4년 동안 고급 영문학[104]을 공부하고 나니 그다음에는 무얼 하고 살아야 하는가에 관한 시급한 문제가 대두했다. 그때쯤 나는 이 이상 보헤미안일 순 없겠다 할 상태로, 이미 커피숍에 가서 그때까지도 형편없었던 내 자작시를 읽는 사람이 되어 있었다. 그래서 런던, 아니 어쩌면 파리로 가야겠다고, 그래서 바퀴벌레가 우글거리는 다락방에서 단단한 빵 껍질이나 갉아 먹으며 대작을 써야겠다고, 그리고 정말 그럴 마음이 생긴다면 압생트를 마시면서 집필을 해야겠다고 생각했다. 그러나 자비로운 주변 어른들이 또다시 나를 막아 세우면서 하버드 대학에 장학금을 신청하라고 부추겼다. 그러면 다락방에서 벌벌 떨며 글을 쓰기보다 더 많이 쓸 수 있을 거라고 그분들은 장담했다. 그리고 어찌 됐든 졸업하면 일자리는 보장이 될 테니, 그러면 대학교수들이 즐긴다고 들 하는 길고 한가한 여름 방학 동안 불후의 명작을 써낼 수 있을 거라고 했다.

그래서 나는 압생트는 조금 미뤄두기로 결정했고, 그 장학금을 받았으며, 머지않아 조상들의 땅 즉 어느 정도 는 청교도적인 뉴잉글랜드 땅을 밟았다. 그곳에서 나는 1961년부터 빅토리아 시대 문학을 연구하기 시작했다. 누 구든 나에게 에드워드 리어의 시 「발가락 없는 포블(The Pobble Who Has No Toes)」에 함축된 프로이트적 요소들 에 대해 묻는다면, 장황하고 현학적인 답변을 듣게 될 것이 다. 그 시가 등장한 시기는 리턴 스트레이치, T. S. 엘리엇 같은 모더니스트들이 퍼부었던 멸시로부터 빅토리아 문학 이 회복의 움직임을 보이기 시작한 때였다. 1800년대 후반 에 유행했던 라파엘 전파 미술품들이 현대의 그림엽서에 새겨지는 신격화도 누리지 못한 채 포그 박물관의 밀실에 처박혀 있던 때이자, 오스카 와일드가 찰스 디킨스에 대해 남긴 말("어린 넬의 죽음에 대해 읽고도 웃지 않을 수 있는 사람은 틀림없이 냉혈한일 것이다.")이 문학계의 일반적 견해이던 때 이기도 했다. 진지하면서도 정통을 잇는 연구 대상은 존 던 같은 형이상학파 시인이나, 웹스터와 말로 같은 현대판 셰 익스피어 시인들이었다. 그러나 나는 언제나 정통적인 쪽과는 거리가 멀었다.

　나는 빅토리아 시대 문학뿐만 아니라 '미국 문학과 문명'이라는 과목도 수강했는데 필수 종합시험을 치르기 전에 채워 두어야 할 나의 '빈틈'이 거기에 있다는 말을 들어서였다. 불행하게도, 수업 중에 코튼 매더(Cotton Mather)[105]나 존 윈스럽(John Winthrop)[106]이나 마이클 위글스워스(Michael Wigglesworth)[107]의 시 「운명의 날(The Day of Doom)」에 대해서는 별다른 얘기를 듣지 못했다. 하지만 내 빈틈은 얼마 지나지 않아 채워졌다. 나에게 세일럼 마녀재판과 영적 증거[108]의 규칙에 대해 물어보라, 더욱 장황하고 훨씬 현학적인 답변을 듣게 될 것이다.

　구석구석 기웃거리기의 상습범이었던 나에게 문학사의 변두리를 이리저리 방황하는 일은 언제나 즐거웠다. 비록 모든 현대시가 소장되어 있는 라몬트 도서관에는 여자라는 이유로 출입할 수 없었지만,[109] 악마학(demonology)에 관해 기대할 만한 모든 자료가 있는 와이드너 도서관 서고가 그 벌충이 되었다. 와이드너 도서관 서고에는 다른 곳에서라면 기대할 수조차 없는, 심지어는 오늘날 인터넷에서도 찾을 수 없는 정체불명의 책들이 수두룩했고, 나는 나와 전혀 관련 없는 것들에 대해 읽으며 수많은 시간을 느긋하게 허비했다. 와이드너 도서관의 서고는 내가 학교 과제를 회피하며 시간을 보냈던, 책으로 가득 찬 부모님 댁의

지하실을 훨씬 거대한 규모로 확대해 놓은 장소 같았다.

무사히 구술시험을 통과한 후에는 논문 주제를 정해야 했다. 어찌나 어마어마한 임무였던지! 논문이라면 자고로 지금까지 누구도 건드리지 않은 주제를 다루어야 했는데, 주요 작가들을 떠올려 보면 그런 주제는 도무지 존재할 것 같지 않았다.

지금에 와서 생각해 보면, 어릴 때부터 고전에 속하지 않는 문학 작품들을 읽었던 경험이 도움이 되었던 것 같다. 처음에는 서정 소설 『녹색의 장원』을 쓴 W. H. 허드슨을 연구해 보는 것이 가치 있으리라고 생각했다. 『녹색의 장원』에 나오는 신비로운 소녀 리마로 말하자면 어떤 인류학적 집단에 속하는지는 알 수 없으나 새나 동물과 대화를 나누는 능력을 갖고 있으며, 결국에는 적대 관계에 있는 부족에 의해 거대한 생명의 나무에서 화형을 당하는 인물이다. 그런데 나는 곧 연구 범위를 확대해, 초기 스코틀랜드 작가인 조지 맥도널드(여러 작품 중에서도 『북풍의 뒤편에서』로 어린 시절의 나를 사로잡았던[110]의 저자다.)에서부터 헨리 라이더 해거드의 대단히 영향력 있는 작품인 『그녀』를 거쳐 C. S. 루이스와 J. R. R. 톨킨의 비현실적 산문소설에 이르는 문학적 계보를 따라가기 시작했다. 한 가지 사실을 짚고 넘어가자면, 당시 학계에서 존경의 대상이 되었던 분들 중에 그런 유형의 글쓰기나 'SF'를 비롯해, 판타지와 유스토피아처럼 그에 관련된 문학 양식이며 하위 양식에 조금이라도 관심을 둔 사람은 아무도 없었다. 루이스와 톨킨은 학계 출신이었지만 작가가 된 이후에 학계에 다시 받아들여진 일은 없었고, 그래서 나는 혼자였다. 하지만 마셜 매클루언이 남긴 "당신이 가지고 떠날 수 있는 모든 것은 예술이다."라는 유명한 격언이 여전한 울림을 주고 있었기에 그 격언을 박사 논문에도 적용하지 않을 이유는 전혀 없다고 판단했다.

내가 연구 대상으로 삼은 작품들에는 인간이 아닌 존재들이 등장했고, 기원 측면에서나 숨은 의미 측면에서나 본질적으로 신학적인 주제를 다루었기 때문에 논문 제목은 「영국 형이상학적 로맨스」라고 정했다. 한때 누군가는 그런 작품들을 써낼 수 있는 작가란 더 이상 가톨릭교도라고는 볼 수 없지만 그렇다고 엄밀히 개신교도인 것도 아닌 영국 성공회교도들뿐이라고 말한 적도 있다.[111] 영국 성공회교도들이 "실재적 임재" 즉 성찬 시에 빵과 포도주가 살과 피로 바뀐다는 신비로운 변화의 사실성을 포기하고 그 것을 상징으로 바꾸었을 때, 그건 형이상학으로 갔다는 말이었다.

어떤 사람들은 판타지 유형의 글을 쓰는 행위를 섹슈얼리티에 관한 명시적 언급이 검열되던 시대에서 비롯한 억압의 결과라고 간주했다. 이 억압이 낳은 부산물 중 하나가 요정 그림을 향한 빅토리아 시대 사람들의 불건전한 집착이었는데, 가령 티타니아[112]와 그 일행들이 대왕 버섯 근처에서 즐거운 한때를 보내는 장면들이 기본적으로 의도했던 바는 고지식한 사람들의 눈총을 슬쩍 피해 벌거벗고 난잡하게 노는 사람들을 담아낸다는 데 있었다. 난잡한 파티 장면은, 완전히 벗었거나 반쯤 벗은 사람들의 신체를 아주 작게 축소하고 나비의 날개를 달아주기만 하면, 표면적으로는 수용될 수 있었다.[113] 최근 한 영국인 친구는 나에게 "난 요정을 좋아하지 않아."라면서 "얄밉고 조그맣고 분홍분홍한 데다가 꼬물거리잖아!"라고 말했다. 그건 사실이다. 빅토리아 시대에 그려진 요정의 상당수는 실제로 조그맣고 꼬물거렸다. 그중에 분홍분홍하기보다는 파랑파랑한 요정도 있기는 했지만 말이다. 하지만 다른 존재들은 신에 가깝게 묘사되었다. 머리칼에 윤기가 흐르고 속이 훤히 비치는 하늘하늘한 휘장 같은 것을 두르고 있으며 요정계 남왕에게는 거의 눈길 한 번 주지 않는 요정계 여왕들과, 내 논문에서 순식간에 무대 정중앙을 차지해 버린 실제보다 커다란 여왕벌 같은 여성 인물들 사이에서 공통점을 발견할 사람도 있을 것이다.

내가 연구한 '형이상학적 로맨스'에 등장한 강인한 여성 인물들은 신은 아니었지만, 그렇다고 평범한 여성 인간인 것도 아니었다. 그렇다면 원더우먼의 증조할머니 격인 그 인물들은 어떤 존재였던 걸까? 이 의문이 떠오른 시점부터 나는 수면시간을 제외한 모든 시간을 연구에 갖다 바치기 시작했다. 그리고 논문을 두 부분으로 나누었다. 첫 부분의 주제는 '자연의 힘'으로, 강인한 초자연적인 여성 인물의 두 부류를 분석했다. 선한 부류에는 "자연은 자연을 향한 사랑을 결코 배신하지 않는다."라는 워즈워스적인 자연신이, 악하거나 도덕적으로 모호한 부류에는 다윈적인 자연신 또는 인정사정 봐주지 않는 변종이 속했다. 조지 맥도널드의 『북풍의 뒤편에서』에 등장하는, 나이는 많지만 외모는 동안인 할머니 같은 인물(맥도널드는 은총 같은 기독교적 알레고리를 염두에 두었을 것이다.)은 내가 볼 때 '선한' 부류의 전형이었고, 해거드의 『그녀』 속 '그녀'는 그리 악하지는 않지만 무도덕적인 다윈적 부류를 대표했다.

두 번째 부분의 주제는 '힘의 본질'로, 서로 다른 유형의 사회를 위의 두 가지 여성 인물 부류와 연관 지어 분석하는 일에 집중했다. 이를테면 '선한' 사회는 호빗처럼 쾌활한 농업 전문가들이나 『반지의 제왕』의 갈라드리엘이 이끄는 엘프족의 숲속 생활을 연상케 하는 사회였고, '악한' 사회는 오크족은 물론 여타 고약한 존재들이 가득한 도저히 동조할 수 없는 독재 사회에다가 고도로 산업화되고 오염된 사회까지 포괄하는 사회였다. 이와 같은 악한 사회들은 자연과 자연 속 생명체, 특히 나무를 파괴하기 때문에 『반

　　　　　　　　　　다른 세상에서

지의 제왕』에서 나무 엔트들이 복수를 하는 장면은 우리에게 더할 나위 없는 만족감을 주기도 한다. (물론『오즈의 마법사』에서부터『해리 포터』시리즈에까지 이르는 많은 허구적 세계에서와 마찬가지로, 톨킨의 작품에도 적대적인 나무가 등장한다.)

그리하여 나는 영화「아바타」를 보러 갔을 때 내가 어떤 세계로 진입한 것인지 정확히 파악할 수 있었다. 나는 (a) 빛을 발하는 거대한 식물들과 귀는 큼지막하고 옷은 다 벗다시피 한 인간들 등등이 등장하는 왕립 미술원 주최 '빅토리아 시대의 요정 회화'[114] 전시회에 와 있었고, 또 (b) '생명의 나무'를 불태우는 죄악, 초자연적인 여성 인물들, 사악한 기계공, 삼림 파괴자를 비롯한 온갖 것들을 망라한 내 1960년대 논문 속에 들어와 있기도 했다.

1969~1970년 무렵 소설 출간과 영화 시나리오 집필에 시간을 할애하게 되면서, 논문은 결국 완성 못 했다. 그러나 당시에 나 말고는 아무도 관심을 두지 않았던 잘 알려지지 않은 책들을 훑어보는 동안 정말이지 무수히 많은 유토피아를 발견할 수 있었다. 19세기, 특히 19세기 후반에는 유토피아가 여기저기 넘쳐났던지라, 길버트와 설리번[115]이「유토피아 주식회사(Utopia Limited)」라는 패러디 오페레타를 쓰기도 했다. 또한 나는 점점 어두워지고 더욱더 섬뜩해져 가는, 세기 전환기 즈음부터 시작되었으나 20세기가 본격적으로 진전해 가면서(진전한다는 것이 적절한 표현

이라면) 가속도가 붙은 디스토피아들도 발견할 수 있었다.

그런데 이런 변화의 원인은 무엇이었을까? 19세기는 다양한 기술적, 과학적, 의학적 발전이 급속하게 이루어진 시기였다. 하수도와 위생 시설도 개선되었고, 석탄산 등을 활용한 소독, 마취, 예방 접종도 가능해졌으며, 운송업과 제조업도 발전을 이루었다. 미래는 쭉 점점 더 장밋빛으로 되어갈 것처럼, 혹은 테니슨의 서사시 「록슬리 홀」속 열정적이고 젊은 이상주의자의 "이 위대한 세계가 영원토록 낭랑히 울리는 변화의 홈을 타고 돌게 하라."라는 말이 실현될 것처럼 보였다.(테니슨은 기차에서 영감을 받아 이러한 비유를 썼는데 유심히 살펴보지 않은 탓에 선로가 우묵하게 패여 있는 줄로만 알았다.[116])

19세기에 부상한 낙관적 유토피아는 윌리엄 코베트, 카를 마르크스 같은 다양한 급진적 사회주의 사상가와 찰스 킹슬리, 존 러스킨 같은 기독교 사회주의자들로부터도 영감을 받았다. 당시에는 사회가 조직되는 방식이 바뀌기만 한다면 인류는 완벽에 가까운 존재가 되리라는 진심 어린 믿음을 품고 있는 이들이 여전히 많았다. 유토피아를 써낸 작가들도(사회주의 공예 작품 같은 윌리엄 모리스의『유토피아에서 온 소식』이나 에드워드 벨러미가 그려낸 기술적으로 진보한 유토피아『뒤돌아보며』등) 자신이 주변에서 목격한 불평등, 사회적 부정의, 죄악, 불결함, 질병, 난잡함을 인류가 극

다른 세상에서

복할 수 있다고 진심으로 생각했다. 그들이 구상한 유토피아는 여성용 잡지에서 봤을 법한 변신 전후 사진과 닮아 있다. 변신 전에는 후줄근하고 생기 없고 지친 사람에 불과했을지라도, 세련된 헤어스타일과 매력을 한껏 끌어 올려주는 옷들, 한층 건강한 식단을 제공받고 아이섀도까지 솜씨 좋게 바르면, 짜잔! 생긋 미소 지은, 생기 넘치는, 한층 요염한 분위기를 띤 완전히 다른 사람이 되어버리는 것이다! (단, 그 완전히 다른 사람의 미소가 지나치게 오싹하다면 조심하라, 변신은 했어도 아직 디스토피아일 수도 있다. 「스텝포드 와이브스」에서 "무엇을 도와드릴까요?"라고 묻는 여자들처럼, 로봇일지 모른다.)

이러한 문학적 유토피아와 더불어, 19세기에는 수백에 이르는 실제 유토피아 즉 새로운 공동체 집단들도 탄생했다. 핀란드 사회주의자들이 캐나다 서부 해안에 세운 식민지를 비롯해, 세계 공용어가 세계 평화를 가져올 것이라고 생각했던 에스페란토어 구사자들, 복잡한 형태의 일부다처제를 실천하다가 식기 생산 회사로 변모한 오나이다 공동체가 그 사례에 해당한다. 이들이 선조로 삼은 대상은 후에 한결 근엄한 자세를 취하면서 오트밀과 교도소 개혁에 몰입하기 전까지는 간간이 교회 모임에 흔적을 남기곤 했던 문제적 이교 집단 퀘이커 교도들에서부터 (성관계를 금지했고, 묘하게도 자체 소멸한) 셰이커 교도들, 메노파, 아미시파

에까지 이른다.

　17세기 뉴잉글랜드에 정착한 청교도들도 처음에는 유토피아주의자였다. 어느 전 미국 대통령[117]이 발언한 적이 있어 익숙하게 들릴 수도 있는 "언덕 위의 도시, 모든 국가를 비추는 빛"이라는 구절은 사실 17세기에 존 윈스럽을 통해 처음 미국에 전해졌으며, 「이사야서」에서 예수 그리스도의 설교 형태로 전해지는 유토피아에 관한 고무적인 예언에 바탕을 두고 있다. 뉴잉글랜드 식민지 개척자들은 뉴잉글랜드를 현실에 구현되는 '신의 도시'로 간주했고, 다른 많은 유토피아 사례에서와 마찬가지로 모든 것을 처음부터 다시 시작해 이번에는 제대로 해내고야 말겠다는 포부를 품고 있었다. 그러나 호손이 지적했듯이, 식민지에 처음으로 지어진 공공시설은 교도소와 교수대였다. 유토피아의 이면에 존재하는 디스토피아를 인정한 셈이었다.

　19세기의 문학적 유토피아들은 종교적 구조에는 덜 주목하고 물질적 개선에 더 집중했지만, 20세기에 들어서는 유토피아가 발하는 물질적 광채와 영적인 광채 모두 확연히 희미해지고 말았다. 그럼에도 불구하고 제1차 세계대전 이전의 에드워드 시대가 화려한 광휘를 뿜어냈을 때에는 예술의 세계에서 유토피아주의가 눈부시게 부상했으며, 이는 오늘날 '유토피아적 모더니즘'이라고 통칭되고 있다. 유토피아적 모더니즘이라는 우산 속을 들여다보면, 이탈리아 미래파, 바우하우스, 데 스테일(De Stijl), 러시아 구성주의 등 기존의 관념과 관습을 전복하고 자기만의 새롭고도 개선된 관념과 관습을 세우고자 했던 모든 것을 발견하게 된다.

유토피아의 관점에서 보면 유토피아적으로 보이는 것들 가운데, 우리의 관점에서 보면 디스토피아적인 것들도 존재한다. 사실 유토피아들은 번번이 폭력을 찬양하며, 정치적 유토피아뿐만 아니라 문학적 유토피아의 사고방식 속에서도 되풀이되는 모티프를 들먹인다. 멋진 신(新)질서는 전쟁과 혼돈의 결과로 생겨날 때가 많다고 말이다.

그러다가 실제 전쟁이, 제1차 세계대전이 발발하자 세상은 확실히 바뀌었지만 끔찍한 대가를 치러야 했다. 그리고 이렇게 변화는 일어났으나 개선되지는 않은 전후 세계 속에서, 몇몇 사회는 유토피아적 사회공학을 대규모로 실현해 볼 기회를 거머쥐었다. 그중 가장 주목할 만한 사례는 레닌과 스탈린 치하의 소비에트 사회주의 연방 공화국과 히틀러 치하의 독일이었다. 그런데 이 각각의 사회가 맞이한 결과는 전례 없는 유혈 사태와 유토피아가 되었어야 할 시스템의 최종적인 붕괴였다.

행여나 이런 일에 가담한 사상가들이 공산주의자와 파시스트들뿐이었다고 생각하는 일이 없도록 짚고 넘어가자면, 실패한 유토피아 목록에는 상대적으로 덜 알려진 도

전자들도 상당수 포함되어 있다. 1920년대와 1930년대에 헨리 포드가 세웠던 '자본주의자와 노동자의 낙원'도 그목록에 이름을 올린다. 그 낙원은 창립자의 이름을 따서 '포드랜디아(Fordlandia)'라고 불렸는데, 최근 그렉 그랜딘 (Greg Grandin)이 사실에 기반해 쓴 전기 『포드랜디아』와 에두아르도 스기글리아(Eduardo Sguiglia)의 소설 『포드랜디아』[118]의 주제가 되기도 했다. 브라질의 오지에 위치해 있던 포드랜디아에서는 행복한 노동자들이 헨리 포드의 포드사를 위해 타이어 제작용 고무나무를 길러야 했다. 그런데 도시 계획이라든가, 경영진을 위한 수영장 건설이라든가, 어쩌면 모든 직원을 진두지휘하여 그들을 자기처럼 술은 입에도 대지 않는 존재로 만들고자 했던 포드의 노력에도 불구하고, 혹은 그러한 노력으로 인해, 포드랜디아는 부패와 낭비와 죄악과 스네이크바이트[119]와 열대성 질환과 폭력과 반란의 홍수 속에 금세 와해하고 말았다.

우리가 천국을 향해 손을 뻗을 때, 그 천국이 사회주의적이든, 자본주의적이든, 심지어는 종교적이더라도 걸핏하면 지옥을 초래하게 되는 이유는 무엇일까? 왜인지는 나도 잘 모르겠지만, 그런 일이 벌어지고 있는 것이 사실이다. 어쩌면 인간이라는 존재가 전부 제각각이어서 그런 것인지도 모른다. 누군가가 일생일대의 계획을 구상해 냈는데 사람들이 그 계획에 공감하지 않거나 협조하지 않으려 하면, 어떤 일이 벌어지는가? 그 사람들을 프로크루스테스 (Procrustes)[120]의 침대에 눕힌 다음 사지를 늘여버리거나 땅바닥에 구멍을 뚫고 묻어버리는 일들은 참으로 비일비재하게 발생한다. 20세기가 진행되는 동안에는 이러한 사지 늘이기와 구멍 뚫기, 삽질하기가 너무도 빈번하게 발생한 탓에, 문학은 물론 그 어디에서도 유토피아 건설을 신뢰하기가 어려웠다. 그와 동시에 무시무시한 사회를, 변신 후의 행복한 얼굴의 이면에 자리한 변신 전의 조잡한 얼굴 정도가 아니라 우리에게 점점 가까이 다가올지도 모를 끔찍한 미래를 그려내는 일은 훨씬 쉬워졌다. 20세기 중후반 작가들, 그리고 21세기 초반의 작가들이 상상하는 미래 사회는 빛보다는 어둠에 훨씬 더 가까울 것이다.

＊＊＊

지금부터는 이 장 곳곳에서 언급한 유스토피아라는 용어에 대해 부연하려 한다. 다들 알고 있겠지만 '유토피아'는 토머스 모어가 쓴 동명의 책에서 유래했는데, 모어의 유토피아는 '어디에도 없는 곳' 혹은 '좋은 곳' 혹은 '어디에도 없지만 좋은 곳'이라는 의미로 해석될 수 있다. 어떤 이들은 모어의 『유토피아』가 농담에 지나지 않는다고 생각한다. 인간의 타락한 본성이 허락지 않기에, 유토피아는 존재할 수 없다는 말이다. 그럼에도 모어가 제시한 유토피아라는 용어는 받아들여졌고, 지금은 일반적으로 이상적인 사회 혹은 그와 유사한 무언가를 나타낼 때 쓰이고 있다. 유토피아가 꾀하는 바는 전쟁, 사회적 불평등, 빈곤, 기근, 젠더 불평등, 평발 등 인간을 괴롭히는 해악들을 없애는 것이다. (19세기 유토피아 속 사람들 특히 여자들은 작가가 생각한 현실보다 항상 외모도 더 출중했다.)

디스토피아는 보통 유토피아와 반대되는 모습으로 그려진다. 디스토피아는 더할 나위 없이 바람직한 장소가 아니라 더할 나위 없이 해로운 장소이며, 그곳에는 고통과 압제, 온갖 것들에 대한 억압이 존재한다. 어떤 책들은 햄릿이 "자, 보십시오. 이 그림, 그리고 이쪽 그림을."[121]이라고 말하는 것과 유사하게 유토피아와 디스토피아 둘 다를, 고귀하고 고결한 장소와 타락하고 잔인한 장소 둘 다를 보여준다. 극과 극의 장소를.

그러나 수박의 겉을 조금만 더 깊게 핥아보면, 내 생각이지만, 음양의 패턴에 더 가까운 무언가를 보게 된다. 이 세계가 악당들이 정복하기 이전의 형태로 존재하기만 한다면 각각의 유토피아 안에 디스토피아가 숨어 있고 각각의 디스토피아 안에 유토피아가 숨어 있는 모습을 보게 될 것이다. 심지어 지금까지 창조된 디스토피아 중에서 시종일관 음울하기로는 타의 추종을 불허하는 오웰의 『1984』

에도 비록 최소한의 수준으로이기는 하나 골동품 유리 문진과 개울 옆 숲속의 작은 공터라는 형태의 유토피아가 존재한다. 한편, 토머스 모어 이래로 만들어진 유토피아에는 규칙을 따르지 않거나 따르지 않으려 하는 변절자에 대한 방책, 즉 교도소, 노예제, 추방, 배제 혹은 처형과 같은 조항이 예외 없이 마련되어 있다.

＊＊＊

선한 사회와 악한 사회에 관한 장들이 수록된 '형이상학적 로맨스' 논문을 단념한 시점으로부터 40년이 지나, 내가 직접 써낸 유스토피아 장편소설이 현재 세 권이다. 『시녀 이야기』, 『오릭스와 크레이크』, 그리고 『홍수의 해』[122].

리얼리즘 소설을 쓰던 내가 디스토피아 소설로, 말하자면 탈선을 한 이유는 무엇이었을까? SF나 탐정소설을 쓰는 일부 '문학' 작가들이 그리 비난을 받듯 나도 슬럼 탐방을 하고 있었던 걸까? 인간의 마음은 불가해한 영역이기는 하지만, 유스토피아 소설을 쓰던 시기의 나는 어떤 생각을 갖고 있었던 것인지 한번 기억을 되새겨 보려 한다.

먼저, 『시녀 이야기』부터. 과연 나는 어떤 계기로 『시녀이야기』를 구상하게 됐던 걸까? 그전까지는 리얼리즘 유형의 소설을 썼고, 『시녀 이야기』 같은 작품은 한번도 써본

적이 없었다. 유스토피아를 다루는 것은 위험한 일이었다. 하지만 일종의 도전이자 유혹이기도 했는데, 유스토피아 형식을 연구하고 그와 관련된 방대한 사례를 읽다 보면 자기도 모르는 사이에 직접 구상해 보고 싶다는 은밀한 갈망을 자주 품게 되기 때문이다.

집필을 시작한 건 몇 차례 습작을 거친 후, 1984년 봄 베를린에서였다. 당시 베를린 장벽에 둘러싸여 시민들이 당연하게도 밀실 공포증을 느끼던 상황에 서베를린에서는 해외 예술가들의 방문을 장려하는 프로그램을 시행했고, 나는 그 덕분에 독일 학술교류처로부터 연구비를 지원받을 수 있었다. 나는 베를린에 머무는 동안 폴란드, 체코슬로바키아뿐만 아니라 동베를린도 방문했고, 그러면서 (유토피아 체제여야 했을) 전체주의 체제 속 삶의 정취를 몇 차례 직접 체험했다. 토론토로 돌아오자마자 집필에 더 박차를 가해, 예술실기학 석사과정 학과장으로 부임한 1985년 봄 앨라배마주의 터스컬루사에서 소설을 완성했다. 터스컬루사와 앨라배마주는 민주주의라는 또 다른 유형의 정취를 비롯해, 상당히 억압적인 사회적 관습과 태도도 갖추고 있었다. (그곳에서 "자전거 타지 마세요."라는 말을 듣기도 했다. "자전거를 타고 있으면 공산주의자인 줄 알고 도로에서 내쫓을 거예요.")

『시녀 이야기』를 집필하는 동안 나는 마치 강의 빙판

위에서 미끄럼을 타듯, 몹시 흥분되면서도 금방이라도 넘어질 것 같은 이상한 기분을 느꼈다. 이 빙판은 얼마나 얇은 거지? 내가 얼마나 멀리 갈 수 있을까? 지금 나는 얼마나 심각한 곤경에 처해 있는 걸까? 강물에 빠지기라도 하면 그 안에서는 무얼 보게 될까? 이런 질문들은 이야기의 구조나 전개와 관련해 작가로서 던져보는 당연한 의문이었다. 그리고 무엇보다 중요한 질문, 모든 작가가 장 하나를 마무리 지을 때마다 자문하게 되는 질문은 바로 이것이었다. 누가 이걸 믿어주기는 할까? (여기에서의 믿음은 문자 그대로의 믿음을 의미하지 않는다. 소설은 책 표지에서부터 지어낸 이야기를 담고 있음을 인정한다. 내가 말하는 믿음은 '계속 읽어볼 만큼 흡인력 있고 그럴듯해 보이는 이야기'인지에 관한 것이다.)

작가로서 묻게 되는 이러한 질문에는 한층 보편적인 다른 질문도 반영되어 있다. 소위 '해방된' 현대 서구 여자들이 밟고 서 있는 이 빙판은 얼마나 얇은 걸까? 이 여자들은 얼마나 멀리 갈 수 있을까? 이 여자들은 얼마나 심각한 곤경에 처해 있는 걸까? 이 여자들이 강물에 빠지기라도 하면 그 안에서는 무얼 보게 될까?

질문은 계속 이어진다. 전체주의가 미국을 장악하는 상황을 그려내려면 어떻게 해야 할까? 그런 국가의 정부는 어떤 형태를 취하고, 어떤 깃발을 내 걸까? 사람들이 그동안 힘겹게 얻어낸 시민으로서의 자유를 '안보'와 맞바꾸면서 포기하는 수준에까지 이르려면, 대체 어느 정도의 사회적 불안이 존재해야 할까? 또한 우리가 아는 대부분의 전체주의 국가들이 어떤 식으로든 생식의 문제를 통제하려 한(산아 제한과 출산 장려를 비롯해, 누가 누구와 결혼할 수 있으며 누가 아이를 소유하는지를 구체적으로 명시하는 조치들을 한) 사실을 고려한다면, 이런 상황이 여자들에게는 어떤 현실로 구체화될까?

한 가지 더, 사람들은 어떤 옷을 입고 다닐까? 유스토피아는 항상 옷 입히기에 관심을 둔다. 우리가 지금 입고 있는 것보다 덜 입히려 들거나(빅토리아 시대에 인기 있었던 대로), 아니면 우리가 지금 입고 있는 것보다 더 입히려 든다. 그리고 옷 입히기에 대한 간섭은 주로 여자들에게 가해진다. 사회가 여자들의 신체 부위를 노출시켰다가 감춰버렸다가 하기를 꾸준히 반복한다는 의미다. (어쩌면 단순히 흥미를 유지하기 위한 전략일지도 모른다. "그거 봤지? 이젠 못 봐."라면서. "그거"라는 것이 가리키는 부위도 수없이 바꿔가면서. 여성의 매끈한 발목이 그토록 유혹적이었던 이유는 과연 뭘까?)

『시녀 이야기』를 집필할 때 따랐던 규칙은 간단했다. 역사상 인간이 언젠가 어딘가에서 이미 해본 적이 없는 일이나, 인간이 그런 일을 수행함에 있어서 이미 동원해 보지 않은 수단은 넣지 않는다는 것이었다. 『시녀 이야기』에 등장하는 시체 매달기조차 선례를 바탕으로 삽입한 부분이다. 시체 매달기는 일찍이 영국에서 자행된 적 있고, 집단 돌팔매 처형은 아직도 몇몇 국가에서 행해진다. 그보다 더 먼 과거를 들여다보면, 마이나데스 신들이 디오니소스를 찬양하던 도중 광기에 사로잡힌 나머지 사람들을 맨손으로 갈가리 찢어 죽였다는 이야기도 있다.(모두가 가담해 버리면, 책임은 어느 한 개인에게 부과되지는 않는 법이다.) 문학 작품에서 선례를 찾고자 한다면 더 오래전으로 갈 필요도 없이 에밀 졸라의 『제르미날』[123]을 살펴보면 된다. 『제르미날』에 묘사된 한 사건에서는 마을 탄광의 여성 인부들이 그들을 성적으로 착취해 왔던 남성 상점 주인의 시체에서 성기를 잘라낸 다음 그 덩어리를 막대 끝에 꽂은 상태로 행진하듯 큰길로 내닫는다. 이보다는 덜 적나라하지만 여전히 충격적인 또 다른 선례는 셜리 잭슨의 단편소설 「제비뽑기」[124]다.(나는 십 대 시절 이 작품이 발표되자마자 읽고 오싹한 감동을 받았다.)

한편, 『시녀 이야기』에서 여자들이 얼굴을 감싸는 데 사용하는 가리개를 두고 그동안 기독교(수녀들이 착용하는 머리 가리개) 혹은 이슬람(여자들이 착용하는 부르카)과 관련되어 있다는 등 다양한 해석이 제기되었다. 진실을 말해 주자면, 그 가리개는 특정 종교를 염두에 두고 만든 의상은 아니다. 실제 디자인에 영감을 준 것은 어린 시절에 봤던 싱크대 세제 통 '올드 더치 클렌저'에 새겨진 그림이었는데,

물론 그 세제 통도 기독교나 이슬람처럼 오래되기는 했다. 하지만 낯선 남자들이 얼굴을 흘낏 쳐다보지 못하도록 보닛과 베일로 얼굴을 가렸던 중세 빅토리아 사람들은 그런 의상이 그리 특이하다고 생각하지 않았을 것이다.

나는 『시녀 이야기』의 서두에 세 가지 구절을 인용했다. 첫 번째 구절은 「창세기」 30장 1~3절로 야곱의 두 부인이 여자 노예들을 이용해 자기 대신 아이를 갖게 하는 내용이 담겨 있는데, 무척이나 다양하게 해석되는 이 구절의 모든 말을 독자들이 문자 그대로 받아들일 때 발생할 수 있는 위험을 경고하고자 실은 것이었다. 두 번째 구절[125]은 조너선 스위프트의 『겸손한 제안(A Modest Proposal)』에서 발췌한 것으로, 정색하는 얼굴로 던지는 풍자적인 발언(스위프트가 아일랜드 아이들을 돈을 받고 팔거나 먹어버리면 당대 아일랜드의 극심한 빈곤을 완화할 수 있을 것이라고 제안했던 것 같은)은 아무런 대책도 되지 못한다는 사실을 일깨우고자 했다. 세 번째 구절("사막에는 '돌을 먹지 말라'고 쓴 표지판이 없다.")은 인간에 관한 단순한 진실 하나를 담고 있는 수피 격언으로, 모든 금지 조치는 인간의 욕망을 부정하는 데에서 비롯하기 때문에 인간이 금지하지 않는 행동은 좌우간 어떤 인간도 하고 싶어 하지 않을 행동이라는 메시지를 담고 있다.

『시녀 이야기』는 1985년 가을 캐나다에서 출간되었

다른 세상에서

고, 미국과 영국에서는 1986년 봄에 출간되었다. 출간 초기에 영국 비평가들은 『시녀 이야기』를 일종의 경고보다는 흥미로운 이야기로 받아들였다. 올리버 크롬웰과 청교도 공화국을 이미 경험해 본 이들이었기에 그런 상황이 재현되는 것에 조금의 두려움도 갖지 않았던 것 같다. 캐나다 독자들은 캐나다인 특유의 불안한 기색을 보이며 "여기에서도 그런 일이 벌어질 수 있을까요?"라고 물었다. 미국에서는 메리 매카시가 《뉴욕타임스》에 서평을 남겼는데, 『시녀 이야기』에는 상상력이 결여되어 있는 데다가 자신이 생각하기에 미국처럼 세속적인 사회에서는 어차피 전혀 일어날 법하지 않은 이야기라며 대체로 부정적인 견해를 피력했다. 그러나 지진의 전조를 예민하게 감지하는 미국 서부 해안 지역에서는 각 토크쇼의 전화교환기 불빛이 라스베이거스처럼 반짝거렸고, 누군가는 베니스 비치의 방조제에 "『시녀 이야기』는 이미 이곳에 있다!"라는 그라피티를 남겨 놓기도 했다.

이미 그곳에 있었던 것은 아니었다. 그 정도로는, 그 당시에는, 아니었다. 1990년대에 한동안은 정말 그런 일이 벌어지는 일은 없겠거니 생각하기도 했다. 하지만 지금은 다시 의구심이 든다. 최근 미국 사회는 반민주적이고 억압적인 정권이 권력 구조를 장악할 수 있는 조건에 훨씬 더 가까워졌다. 『시녀 이야기』가 출간되고 5년 정도가 지났을 무렵 소비에트 연방은 와해되었고, 서구 사회는 자화자찬하며 쇼핑을 즐겼으며, 전문가들은 역사의 종말을 선포했다. 마치 『1984』와 『멋진 신세계』 간에 벌어진 경주 즉 공포에 의한 통제 대(對) 조건화와 소비를 통한 통제에서 후자가 승리를 거두고, 『시녀 이야기』의 세계는 뒤로 물러나는 것 같았다. 그러나 지금의 미국은 두 차례의 소모적인 전쟁과 금융 붕괴로 쇠약해졌고, 자유민주주의라는 기본 바탕에 대한 신뢰도 잃고 있는 듯하다. 9·11 테러 이후에는 헛기침 한 번 내뱉어 볼 겨를도 없이 순식간에 애국법(Patriot Act)[126]이 통과되고, 영국 시민들은 국가로부터 그전까지는 상상할 수조차 없었던 수준의 감시를 받게 되는 상황에 동의했다.

적대 관계에 있는 국가들이 서로의 조직과 방법을 모방하는 경향이 있다는 것은 자명한 이치이다. 식민지화가 진행되던 시절에는 어느 국가나 식민지 한 군데쯤은 갖고 싶어 했다. 미국이 원자폭탄을 보유하고 있다는 사실은 미국처럼 원자폭탄을 보유하고 싶다는 욕망을 소련에 심어주기도 했다. 소련은 거대한 관료주의적 중앙집권국가였고, 그 시절에는 미국도 마찬가지였다. 그렇다면 좀처럼 수그러들 줄 모르는 종교적 광신주의에 맞서고 있는 지금의 미국은 앞으로 어떤 방식을 취하게 될까? 머지않아 종파만 다를 뿐 똑같이 종교적 광신주의에 해당하는 태도를 취하면

서 그에 맞는 규칙을 제정하려 할까? 그러다가 그 광신주의
에 존재하는 보다 억압적인 요소들이 승리를 쟁취하면 본
래의 청교도 신권정치 체제로 돌아가서는 『시녀 이야기』에
등장하는 모든 것을 의상만 제외하고 전부 다 우리에게 안
겨주려 하게 될까?

앞서 나는 디스토피아에는 약간의 유토피아가 포함되
어 있고, 유토피아에는 약간의 디스토피아가 포함되어 있
다고 언급했다. 그럼 『시녀 이야기』에 숨어 있는 그 약간의
유토피아는 무엇일까? 『시녀 이야기』에는 두 개의 유토피
아가 있다. 하나는 과거(우리의 현재다.)에 존재한다. 다른 하
나는 중심 서사 뒷부분에 주해 형식으로 실린 미래에 존재
한다. 이 주해는 길리어드(『시녀 이야기』의 전제국가)가 종말
을 맞이하여 학회와 학술 논문용 주제가 되어버린 미래를
그리고 있다. 나는 유스토피아 사회가 사라질 때 벌어지는
일이 바로 이런 것이라고 생각한다. 종말을 맞이한 유스토
피아 사회는 천국으로 가지 않고, 논문 주제가 된다.

* * *

나는 『시녀 이야기』를 출간한 시점으로부터 약 18년
동안 유스토피아 소설을 쓰지 않다가 2003년에 『오릭스
와 크레이크』를 발표했다. 『오릭스와 크레이크』는 세계가

테크노크라시[127]와 무정부 체제라는 두 가지 형태로 쪼개진 이후 거의 모든 인간종이 몰살되는 상황을 다룬다는 점에서 디스토피아적이다. 그리고 언제나 그렇듯, 『오릭스와 크레이크』에도 유토피아를 담아내려는 약간의 시도가 존재한다. 유전자 조작에 의해 탄생했기에 호모사피엔스사피엔스를 괴롭히는 질병에 시달릴 일이 전혀 없는 유사 인간 집단을 통해서 말이다. 유사 인간들은 설계자들이다. 그런데 설계에 가담하는 이라면 누구든 (지금 우리가 이 책을 통해서 하고 있듯이) 이 질문들에 대해 생각해 보아야 한다. 어느 정도의 신체 개조가 이루어져야 개조된 인간들이 더 이상 인간이 아닌 존재가 되나? 인간 존재의 핵심을 이루는 특성들은 무엇인가? 인간이라는 존재는 과연 얼마나 대단한 창조물인 건가? 인간이 인간이라는 창조물을 만드는 창조주가 되어버린 현재, 과연 어떤 부류의 창조물을 없애버려야 하나?

유사 인간들은 나라면 소지하지 않으려고 할 만한 부속물들을 갖고 다닌다. 신체에 내장된 살충제, 자동으로 피부에 발리는 자외선 방지 크림, 토끼처럼 풀을 소화할 수 있는 능력 같은 것들이다. 그들에게는 실로 일종의 개량이라고 볼 만한 형질도 있지만, 우리 대부분은 그런 것을 갖게 해준다 해도 달갑게 받아들이지 않을 것이다. 예컨대, 유사 인간들은 계절에 따라 짝짓기를 한다. 짝짓기 철이 되면 마치 개코원숭이처럼 신체의 특정 부위들이 파랗게 변하므로 연애 거절이라든가 데이트 강간 같은 것은 더 이상 발생하지 않는다. 게다가 그들은 글을 읽을 수 없기 때문에 온갖 해로운 이념들로 인해 골치 아프게 될 일도 없다.

『오릭스와 크레이크』에는 유전자 조작으로 탄생한 다른 생명체들도 등장한다. 가령 닭고기옹이(Chickie Nobs)는 유전자 조작 닭으로, 하나의 개체에서 다리와 날개와 가슴이 여러 개씩 자란다. 머리도 없고 단지 윗부분에 영양소 섭취를 위한 구멍만 갖고 있을 뿐이라, 동물권 운동가들이 제기할 문제도 해결해 준다. 닭고기옹이의 창조자들이 말하듯, "뇌가 없으면 고통도 없다."(『오릭스와 크레이크』가 출간된 이래로 닭고기옹이 해법과 관련해 장족의 발전이 이루어졌다. 비록 아직 우리가 먹는 소시지에는 들어 있지 않겠지만, 실험실 배양 고기가 현실이 된 것이다.)

『오릭스와 크레이크』와 같은 혈통을 공유하는 소설 『홍수의 해』는 2009년에 출간되었다. 원래 제목은 『신의 정원사들(God's Gardeners)』이었는데 영국 출판사는 이를 흔쾌히 받아들였지만 미국과 캐나다 출판사는 극우 극단주의 계열의 책으로 간주될지도 모른다며 반대했으니, 신이라는 단어가 얼마나 철저히 강탈을 당한 건지 알 만하다. 그 후로 캐나다 출판사는 반겼지만 미국 출판사는 히피스러운 뉴에이지 사이비 같다고 했던 '뱀의 지혜'라든가,

영국 출판사가 "본머스에 위치한 퇴직자 전용 거주시설 이름"처럼 들린다고 한 '에덴 절벽' 등 많은 제목이 후보로 제시되었다. 책 제목이란『먹을 수 있는 여자』처럼 단도직입적이든가 아니면 결단을 내리기가 매우 어렵든가인데,『홍수의 해』는 후자에 해당했다.

『홍수의 해』는『오릭스와 크레이크』의 세계를 다른 관점에서 탐구한다.『오릭스와 크레이크』에서 주인공 지미/눈사람이 성장하는 장소는 특권 계급이 거주하는 고립지인 반면,『홍수의 해』는 그러한 고립지의 외부 공간, 사회 계층의 밑바닥을 배경으로 펼쳐진다. 대재앙 이전의 플롯이 전개되는 마을에서는 (이제 사설 회사로 흡수된) 보안경찰 요원들이 순찰을 돌지도 않고 주민들이 범죄조직과 무정부 상태의 폭력을 당하도록 내버려 둔다. 그러나『홍수의 해』에도 디스토피아 안에 내재된 유토피아가 존재하며, 그 유토피아는 신의 정원사들, 즉 만물에 깃든 성스러운 요소에 헌신하는 소규모 환경주의 종교 집단을 통해 대표된다. 이 집단의 구성원들은 빈민가의 옥상에서 채소를 재배하고, 신성한 찬송가를 부른다. 또한 핸드폰과 컴퓨터 같은 첨단기기를 통해 감시를 당할 수도 있다며 그런 통신 장치를 기피하는데, 이는 전적으로 사실이기도 하다.

『오릭스와 크레이크』와『홍수의 해』는 동일한 시대를 다루고 있다는 점에서, 한 작품을 다른 작품의 속편 혹은

다른 세상에서

후속편이라고 볼 수 없다. 그보다는 둘 다 하나의 동일한 작품을 구성하는 장(章)들에 가깝다. 『오릭스와 크레이크』와 『홍수의 해』가 '종말론적' 소설로 묘사될 때도 간혹 있지만, 진정한 종말론에서는 지구상의 모든 것이 파괴되는 반면 두 작품에서 완전히 전멸하는, 혹은 대부분이 말살되는 대상은 인간종이 유일하다. 또한 대격변과 같은 사건 이후에 살아남는 것이 '디스토피아'인 것은 아니다. 디스토피아가 존재하려면 하나의 사회를 구성할 수 있을 정도로 많은 수의 사람이 필요하기 때문이다. 그런데 대격변 이후에도 살아남은 자들에 대해서는 신화 속에도 무수히 많은 선례가 존재한다. 말하자면, 전멸적인 힘을 가진 홍수로 인해 (그리스 신화의 데우칼리온이나 길가메시 서사시의 우트나피쉬팀처럼) 오로지 한 사람만 혹은 노아와 노아의 가족처럼 소규모 집단만 살아남은 신화들이 그렇다. 그렇다면 『오릭스와 크레이크』와 『홍수의 해』에서 기존의 인간을 대체할 신인류의 소규모 유토피아, 즉 유전자 조작으로 탄생해 평화를 누리고 조화롭게 성생활을 하는 신인류의 작디작은 유토피아에 가해지는 디스토피아적 위협은 바로 그런 생존자들인 걸까? 어떤 작품에 대해서든 최종적인 발언권을 가진 사람은 언제나 작가보다는 독자이므로, 이 질문에 대한 답은 여러분에게 맡기겠다.

***

　그동안 『오릭스와 크레이크』와 『홍수의 해』를 쓰게 한 '영감'과 두 작품에 구현된 세계와 관련해 참 많은 질문을 받았다. 물론 소설마다 가족 이야기, 신문 기사 스크랩, 작가의 개인사와 관련된 사건과 같은 직접적인 계기가 있으며 『오릭스와 크레이크』와 『홍수의 해』도 마찬가지였다. 기후 변화의 영향에 대한 우려는 로마 클럽[128]이 이 세상에 벌어지고 있는 일을 정확하게 예측한 1972년까지 거슬러 올라가므로 무척이나 오랫동안 내 곁에 있던 것이나, 그것이 『오릭스와 크레이크』를 쓰기 시작한 2001년 봄에 신문 1면 머리기사를 차지했던 것은 아니다. 『시녀 이야기』를 집필할 시점에는 그때까지 저장해 둔 리서치 결과물 폴더가 무수히 쌓여 있었다. 『오릭스와 크레이크』와 『시녀 이야기』 모두 허클베리 핀이 "부풀려졌다."라고 할 만한 내용들을 담고 있기는 하지만, 아무런 근거 없이 쓴 내용은 한 군데도 없다.

　그러니 이런저런 과학 논문이나, 이런저런 뉴스 기사 혹은 잡지 기사, 이런저런 실제 사건 등을 구체적으로 언급할 수는 있지만, 그런 자료들이 실제로 스토리텔링을 하고자 하는 충동을 부추기는 것은 아니다. 나는 스토리텔링이란 미완의 작업, 시간이 흐를수록 점점 많은 이들이 자문하게 되는 질문들을 통해 구현되는 작업이라고 생각하는 편이다. 이를테면 사람들은 이런 질문을 던진다. 대체 우리는 이 행성을 얼마나 망가뜨려 버린 걸까? 인간의 내면을 얼마나 깊이 파헤쳐 볼 수 있을까? 종 전체가 자기 구원을 위해 애쓰는 상황이 실제로 벌어진다면 그건 과연 어떤 모습일까? 한 가지 더. 유토피아적 사고는 대체 어디로 사라져버렸을까? 이 질문을 던지게 되는 이유는 유토피아적 사고란 절대 완전히 사라지지 않기 때문이다. 인간은 너무나 희망에 차 있는 종이므로, 그런 건 불가능하다. '좋음'이란 것이 있는 한, 언제나 '나쁨'이라는 쌍둥이가 존재할지 모르나 인간에게는 '더 좋음'이라는 다른 쌍둥이도 있다.

『오릭스와 크레이크』에서 내가 흥미롭게 생각하는 부분은 유토피아를 촉진하는 요소가 어떤 새로운 형태의 사회 조직이라든가 집단적인 세뇌나 영혼 조작을 가능케 하는 프로그램이 아니라 바로 인간의 신체 속에 주입되어 있다는 점이다. 신인류 크레이커들이 뼛속부터 품행이 올바른 이유는 법률 제도나 정부 혹은 어떤 위협 때문이 아니고 본디 그런 존재여서이다. 크레이커들에게 다른 선택지는 없다. 그리고 현실 세계에서 유스토피아가 나아가고 있는 방향도 이와 유사한 것 같다. 즉, 인간은 유전자 공학을 통해서 유전병이라든가 추함이라든가 정신질환이라든가 노화 등으로부터 벗어날 수 있게 될 것이고, 그리고 또…….

누가 알겠는가? 가능성은 무한하거늘. 혹은 그렇다고들 하지 않던가. 완벽해진 인간의 신체(그리고 정신도)라는 유토피아적 상상을 해본다면, 그 이면에 숨겨져 있을 자그마한 디스토피아는 무엇일까? 답은 시간이 지나면 알게 될 것이다.

역사적으로 유스토피아는 행복한 이야기였던 적이 없다. 크나큰 기대는 몇 번이고 거듭해서 내동댕이쳐졌다. 더할 나위 없이 좋은 의도로 행해진 일들은 사실상 지옥으로 향하는 포장도로를 내는 결과를 낳았다. 그럼 우리는 실수를 바로잡거나, 재난을 불러일으켰던 방향을 반대로 바꾸거나, 불결한 소굴을 정화하거나, 많은 이들의 삶에 존재하는 온갖 비참함을 개선하려는 시도를 애초에 하지도 말아야 하는 걸까? 물론 그건 아니다. 우리가 실제로 어떤 행동을 하건, 유지보수 작업과 사소한 개선에 힘쓰지 않는다면 상황은 무척이나 빠른 속도로 비탈길을 내달리게 될 것이다. 그러므로 당연히 우리는 힘이 닿는 한, 상황을 개선하기 위해 노력해야 한다. 하지만 상황을 완벽하게 만들고자 하는 노력은, 특히 우리 자신을 완벽하게 하려는 노력은 하지 말아야 할지도 모른다. 그런 노력은 우리를 공동묘지행 길로 이끄는 듯하니까.

우리는 우리 자신, 불완전한 그대로의 우리 자신에게 꼼짝없이 매여 있지만, 최선을 다해야만 한다. 나 자신이

다른 세상에서

실생활에서 유스토피아로 향하는 길을 밟아 가도록, 할 수
있는 한 준비하는 것이다.

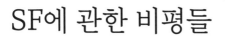

SF에 관한 비평들

들어가며

SF를 비롯해 SF 관련 주제를 중심으로 과거에 기고한 글들을 훑어보다가, 내가 기억하는 시점보다도 훨씬 일찍부터 SF에 관한 글을 적잖이 써왔다는 사실을 알게 되었다. 그중에서도 처음으로 기고한 비평문은 헨리 라이더 해거드의 『그녀』에 대해 1965년에 발표한 글[129]이었다.

이 장에는 1976년에 출간된 마지 피어시의 『시간의 경계에 선 여자』에 관한 비평문의 발췌본을 가장 먼저 싣기로 했다. 내가 『시녀 이야기』를 쓰기 최소 9년 전부터 유토피아/디스토피아 글쓰기 관련 문제들에 대해 심사숙고하고 있었다는 점이 여실히 드러나는 글이기 때문이다. 이밖에 다른 아홉 편의 비평문은 『그녀』에 부치는 서문에서부터 조너선 스위프트의 『걸리버 여행기』 제3권에 나오는 과학 아카데미에 대한 고찰까지, 독재 정부의 유형에서부터 인간 유전공학에 이르는 모든 것을 조금씩 다룬다.

중복되거나 반복되는 일부 내용을 삭제하기 위해 약간

의 수정을 가하기는 했지만, 그런 부분을 제외한 나머지는
처음 발표했을 당시의 내용과 동일하다.

마지 피어시의
『시간의 경계에 선 여자』

지금까지 읽었던 『시간의 경계에 선 여자』에 관한 비평문 중에서 이 책의 장르라도 제대로 알아본 글은 하나도 없었던 것 같다. 대부분은 『시간의 경계에 선 여자』를 리얼리즘 소설로 간주했는데, 소설의 도입부만 보면 확실히 리얼리즘 소설 같기는 하다. 초반 몇 페이지에 묘사되어 있는 서른일곱 살 라틴계 생활보호 대상자 콘수엘로(코니)의 과거와 실생활은 언뜻 보기에 실제 현실 같다. 코니는 한 아이의 엄마인데, 남편으로부터 버림받은 후 시각장애를 가진 소매치기 흑인 남자와 친분을 쌓았다가 그가 사망하자 우울감에 빠져 실수로 딸의 손목을 부러뜨린다. 이 사건으로 인해 정신병원에 입원하면서 정부에 아이도 빼앗기고 만다. 마약중독 상태에다가 성매매에 동원되는 조카 돌리만이 유일하게 코니 곁에 남아 있지만, 코니는 돌리를 보호하려다가 돌리의 포주의 코를 부러뜨리는 바람에 또다시 정신병원에 끌려간다. 이 시점 후부터 소설은 정신병원 "내

부"(한 차례의 탈출 시도와 한 번의 외출은 있다.)에서 펼쳐지는
데, 정신병원에서의 삶을 그려낸 대목을 읽다 보면 가학적
인 의사들과 무신경한 보조원들에 의해 코니가 미쳐버릴
수밖에 없겠다고 생각하게 된다. 무력감을 심는 약과 녹말
가루뿐인 식사와 혹독한 시련이 줄줄이 이어지는 생활이
몹시도 고통스럽고 불쾌감을 자아내는 데다가 에밀 졸라
를 방불케 하는 사실적인 묘사로 포착되어 있는 터라, 돈이
든 영향력이든 그 무엇도 없이 뉴욕 정신병원에서 살아가
는 생활이 너무도 실감 나게, 음울하게 전해져 온다.

그런데 코니가 다시 정신병원에 입원하기 전부터, 루시
엔테라는 이름을 가진 이상한 생명체가 코니를 방문하기
시작한다. 루시엔테의 정체는 미래로부터 온 방문자로 밝
혀지는데, 루시엔테가 젊은 남자라고 생각했던 코니는 그
가 사실 여자였음을 알게 되는 순간 깜짝 놀란다. 루시엔테
는 코니의 마음과 접촉함으로써 코니가 그의 미래 세계에,
즉 루시엔테의 세계에 있다고 생각할 수 있도록 해주는 존
재다. 코니는 루시엔테의 머나먼 미래 세계로 여행을 떠나
며, 당연한 일이지만 독자 역시 코니와 함께 여행을 떠나게
된다.

어떤 비평가들은 이 여행을 유감스러운 공상, 심지어
는 광기로 인한 환각으로 간주했다. 실로 이 소설 전체의 가
치를 깎아내리는 해석이었다. 코니가 미친 상태였다면 정

신병원에서 탈출하고자 분투했던 코니의 행동은 피어시가 의도한 바와는 완전히 다른 시선으로 바라볼 수밖에 없게 되며, 의사와 포주와 무신경한 가족이 코니에게 냉담하게 굴었던 행동은 어느 정도 정당화되고 만다. 코니를 미친 사람으로 간주하지는 않은 다른 비평가들은 루시엔테와 그의 동료들의 존재가 'SF'에나 등장하는 시간 낭비에 불과한 설정이므로 사회적 리얼리즘 소설에 넣기에는 적절하지 않다고 평가했다. 그러나 피어시는 그렇게 어리석은 작가가 아니다. 리얼리즘 소설을 쓰려고 했다면 그런 소설을 썼을 것이다. 『시간의 경계에 선 여자』는 유토피아 소설이라는 양식의 미덕과 결점을 모두 갖고 있는 유토피아 소설이며, 비평가들이 성가시다고 했던 부분들의 상당수는 작가보다는 장르가 가진 고유한 특성에 해당한다.

여기서 내가 말하는 유토피아 소설은 모리스의 『유토피아에서 온 소식』, 벨러미의 『뒤돌아보며』, 허드슨의 『크리스털 시대』를 비롯해, 윈덤의 『그가 하는 것을 보라』까지 포괄하는 작품들을 의미한다. 이 작품들은 톨킨의 소설처럼 플롯을 중심으로 한 비현실 판타지와는 많이 다르며, 'SF'의 요소를 일부 공유할 수는 있지만 'SF'라는 범주로 묶이기에는 범위가 지나치게 방대하다. 이 작품들로 말할 것 같으면, 억압적인 현대 사회에서 미래 사회로 일종의 관광 기자 같은 특사를 보내, 현대보다 개선된 그곳의 상황을 확인하고 보고하도록 만든다. 교훈적인 약의 쓴맛을 덜어 주기 위해 대체로 일종의 정사를 끼워 넣기는 하지만 어느 영웅의 모험을 따라가는 이야기는 아니다. 작품 속의 진정한 영웅은 미래 사회다. 독자의 임무는 시간 여행자와 동행하여, 한결같이 예의 바른 주민들에게 의구심을 품고 당황스러운 면면들에 대해 투덜거리면서 이모저모를 비교해 보는 것이다. 이런 이야기가 갖고 있는 도덕적 의도는 우리가 처해 있는 바람직하지 않은 상태가 필연적이지 않다는 점을 지적하는 것에 있다. 다른 방식으로 상상할 수 있다면, 다른 방식으로 해내는 것도 가능하다고 말이다.

그리하여 『시간의 경계에 선 여자』에서는 여행자와 여행가이드인 코니와 루시엔테가 소설이라는 맥락 속에서 부득이하게 장황해진 대화를 나누며 그들이 속한 사회의 일상적인 작동 방식을 파헤쳐 나간다. 하수 처리 방식은? 산아 제한은? 생태는? 교육은? 『시간의 경계에 선 여자』 같은 책에서는 항상 이런 주제를 다루는 대화가 등장하는데, 피어시는 더없이 인간적이면서도 다소 불평이 많은 여행자와 가끔씩 버럭 화를 내는 여행 가이드를 통해 이 작업을 훌륭히 해냈다. 피어시가 그려낸 미래 세계는 정신적 차원에서 보면 모리스의 작품과 가장 유사할 수도 있다. 경제 단위는 마을이며, 각각의 마을은 아메리칸 원주민, 미국계 흑인, (교외 지역의 와스프 즉 앵글로색슨계 백인 신교도는 제외한) 유럽계 유대인 등 오늘날 소수집단으로 간주될 만한 민족의 특색을 간직하고 있다. 그러나 마을마다 인종은 다양하게 섞여 있고, 모든 성별은 동등하며, 생태적 균형도 갖춰져 있다. 남자들이 권력을 포기한 것에 대해 후회하지 않도록 여자들은 출산을 "포기"했으며, 아이들은 다소 달라진 견습생 제도에 따라 공동 교육에 가까운 교육을 받는다. 선진 생체자기제어 장치도 수두룩하고 '케너'라는 장치를 통한 즉각적인 의사소통도 가능한데, 찝찝하게도 이 케너는 딕 트레이시[130]가 쓰는 '손목시계형 통신 단말기' 같은 우스꽝스러운 물건을 연상케 한다. 하지만 공동으로 이용하는 "먹을거리 집"도 존재하고, 또 하나 내가 개인적으로 다행스럽게 여기는 부분인데, 식기세척기도 있다.

유토피아를 읽는 행위는 중독성이 강하다. 어느새 나는 추호의 의심도 없이 받아들일 수 있을 만큼 완벽하게 기술된 전기 충격 치료법에 관한 대목이며, 매터포이세트 거주민들의 모유 수유 방식(여자와 남자 모두 마음껏 할 수 있으며, 남자들은 호르몬 주사를 맞는다.)에 대해 넌지시 알려주는 정신병원 면회 시간에 관한 대목이며, 모성(자연이 수용할 수 있는 수준과 균형을 이루는 방식으로 시험관 아기를 출생시키고, "어머니"들은 선출하며, 청소년 시기에 분리 의식을 갖는다.), 범죄자(교도관이 되고 싶어 하는 사람이 없으므로 교정이 어려운 범죄자는 처형한다.), 심지어는 양배추에 뿌리덮개를 할 때 사용하는 재료를 다룬 대목까지 열독하고 있었다. 유토피아를 쓰는 행위 또한 중독성이 강하다. 더욱이 피어시는 가능한 모든 세부사항을 처음부터 끝까지 빠짐없이 넣고, 바로잡고, 독자가 확실히 이해할 수 있도록 다소 지나치다 싶을 만큼 상당한 노력을 기울인다.

유토피아를 건설하는 작가들 앞에는 무수한 위험이 도사리고 있다. 그중 한 가지는 유토피아 거주민들이 약간은 위선적이고 설교하려 드는 사람처럼 보이는 현상이 왠지 모르게 불가피하다는 점과 관련되어 있다. 토머스 모어 때부터 줄곧 그래왔다. 게다가 모든 유토피아는 완벽한 세상이라면 결국 따분할 거라는 독자들의 은밀한 확신에도 시달리기 마련이며, 이에 피어시는 축제, 의식, 근사한 옷, 구속받지 않는 성교에 관한 희망적인 서술을 통해 조심스레 분위기를 띄우려고 했다. 물론 유토피아에도 각종 문제가 있지만, 유토피아 거주민들은 위원회라든가, 비난하고 불평하는 시간이라는 성격에 참으로 걸맞은 명칭을 가진 "응어리 풀이"를 통해 그런 문제를 처리해 나간다. 이런 설정 중에 다소 과한 부분도 있기는 하다. 특히 엉뚱하다는 느낌을 전혀 주지 않으면서 고양이와 인간 사이의 대화를 묘사하기란 어려운 일이며, 유토피아에 사는 아이들을 귀엽지도 건방지지도 않은 모습으로 그려내는 것도 좀처럼 쉽지 않다. 그러나 피어시가 자기만의 유토피아를 위해 고안해

낸 언어는 천근만근 무거운 순간들뿐만 아니라 예상치 못한 지극한 행복도 담아낸다. 유토피아에서 전해져 오는 메시지 중 일부는 이상한 감동을 안겨주기까지 할 정도다. 그리고 그런 진한 울림은 한편으로는 인간적인 만남과 사랑을 향한 코니의 갈망으로부터, 다른 한편으로는 유토피아 거주민들과 코니가 잃게 된 아이, 연인, 친구들 사이에 존재하는 유사성으로부터 솟아오른다. 매터포이세트라는 유토피아는 그곳이 지닌 외적인 미덕들을 전부 무색하게 만들 만한 하나의 내적인 미덕도 갖고 있다. 바로 그곳이 코니가 사랑받는 유일한 장소라는 것이다.

그런데 피어시는 일부 문제들은 회피한다. 유토피아 거주민들이 자기들의 역사를 코니에게 알려주지 않으려 하는 바람에 독자도 이 모든 일이 대체 어떻게 벌어지게 된 것인지 알 도리가 없다. 유토피아 거주민들은 적과 전쟁을 벌이기도 하지만, 독자는 이 전쟁에 대해서도 딱히 알 수가 없다. 그리고 그들은 자신들은 "바로 그" 미래가 아니라 단지 하나의 가능한 미래일 뿐이며, "깜박 사라져버리지" 않으려면 (이 표현이 『피터팬』의 팅커벨이 부활한 것처럼 들리지는 않기를 바란다.) 현재라는 시간 속에서 살아가는 코니의 도움이 필요하다고 말한다. 그러다 어느 시점이 되면, 코니는 여자들은 흰개미 같은 존재가 되고 공기는 심하게 오염되어 하늘조차 바라볼 수 없는 또 다른 미래 — 우리 모두가

SF에 관한 비평들

전심전력을 다하지 않는다면 맞닥뜨리게 될지도 모르는 세상 — 를 우연히 마주하게 된다.

매터포이세트는 코니를 자극하고 부추기지만, 이는 능력이 제한되어 있을 수밖에 없는 가엾은 코니에게 혼란만 불러일으킨다. 코니는 악독한 정신병원 의사 몇 명을 살해하는 결말을 맞이하며, 애매모호한 후반부의 전개 때문에 독자는 매터포이세트가 결국 피해망상적인 판타지였을지도 모르겠다는 뒤숭숭한 감정을 느끼게 된다. 이런 해석을 반박할 수 있게 해주는 유일한 근거는 코니가 그런 유토피아적 비전을 품을 만큼 교육을 받은 사람은 아니라는 점이다.

『시간의 경계에 선 여자』는 미국 사회가 달라진다면 어떤 방식으로 작동하게 될 것인가에 대해 피어시가 스스로 묻고 답하는 기나긴 내적 대화와도 같다. 참으로 희한한 점은 진지한 유토피아 작품의 경우, 풍자적이거나 오락적인 유토피아 작품과는 대조적으로, 작가들이 두 가지 이상의 유토피아를 구상해 내는 일이 도통 없는 듯하다는 것이다. 짐작하건대, 그런 유토피아는 문학적 감각보다는 도덕적 감각으로 기어이 써내는 결과물이어서일지도 모른다.

헨리 라이더 해거드의

『그녀』

헨리 라이더 해거드의 유명한 소설 『그녀』를 처음 읽었을 때, 나는 이 소설이 그토록 유명한 소설인지 몰랐다. 때는 1950년대였고, 나는 십 대였으며, 『그녀』는 우리 집 지하실에 꽂혀 있는 수많은 책들 중 한 권일 뿐이었다. 그때 아버지는 어느샌가 호르헤 루이스 보르헤스의 작품처럼 줄거리는 거침없고 분위기는 기묘한 19세기 소설들에 매료되어 계셨다. 그로 인해 원래는 숙제를 하는 공간이었던 그 지하실에서 나는 러디어드 키플링과 코난 도일의 작품을 비롯해 『드라큘라』와 『프랑켄슈타인』, 로버트 루이스 스티븐슨과 H. G. 웰스에 더해 헨리 라이더 해거드의 작품까지 모조리 읽어버렸다. 우선 모험과 터널과 잃어버린 보물이 나오는 『솔로몬 왕의 보물』을 읽었고, 그다음에는 모험과 터널과 잃어버린 문명이 나오는 『앨런 쿼터메인』을 읽었다. 그러고 나서는 『그녀』를 읽었다.

당시에는 그런 책들과 관련된 사회문화적인 맥락에 대

해 아무것도 몰랐다. 당시라 함은 대영제국이 지도에 분홍색[131]으로 표시돼 있고 "제국주의와 식민주의"에 아직 유독 부정적인 비판은 제기되지 않았으며 "성차별주의자"라는 비난은 먼 미래의 일이던 때다. 나는 위대한 문학과 그렇지 않은 문학을 구별하지도 않았다. 그저 읽기를 좋아했을 따름이다. 조각난 옛 질그릇에 새겨진 어떤 불가사의한 비문으로 시작하는 책이라면 뭐든 좋았고, 『그녀』도 그런 책이었다. 내가 읽은 판본의 표지에는 질그릇의 모습이 그림도 아닌 실제 사진으로 붙어 있어서 소설 내용에 설득력을 더했다. (그 질그릇은 해거드의 처제가 주문 제작한 것이었다. 『그녀』가 『보물섬』에 견줄 만한 인기를 얻기를 바랐던 해거드는 질그릇이 『보물섬』 도입부에 나오는 해적 지도 같은 기능을 하기를 바랐고, 실제로 그렇게 되었다.)

대부분의 엉뚱한 이야기들은 앞으로 이어질 내용이 믿기 어려울 정도로 엄청나서 선뜻 믿지 못할 수도 있다고, 그래서 유혹적이기도 하고 도전적이기도 할 것이라고 도입부에 먼저 밝힌다. 질그릇에 새겨진 메시지는 정말이지 좀처럼 믿기 어렵지만 『그녀』의 두 주인공, 즉 외모는 준수하나 그리 총명하지는 않은 레오 빈시와 외모는 별로이나 총명한 호레이스 홀리는 그 메시지를 해석한 다음, 레오의 먼 조상을 살해했다고 추정되는 아름다운 불멸의 왕을 찾으러 아프리카로 떠난다. 이들을 움직이는 원동력은 호기심이요, 이들의 목적은 복수다. 무수한 난관을 겪고 흉포한 모계 부족인 아마하가족의 손에 죽을 뻔한 위기도 간신히 넘긴 레오와 홀리는 한때 강성했던 방대한 문명의 폐허와 그와 함께 남은 수많은 미라들을 목격할 뿐만 아니라, 감히 상상해 보았던 것보다도 열 배는 더 아름답고 현명하며 무자비한 모습으로 무덤들 사이에서 살아가는 바로 그 불멸의 왕까지 발견하게 된다.

아마하가족의 왕이자 "절대복종해야 하는 그녀"는 사람들에게 공포를 불어넣기 위해 얇은 천으로 몸을 감싼 채 송장처럼 유유히 돌아다닌다. 그러나 애태우듯이 감질나게 그 얇은 천이 벗겨지면, 감탄을 자아낼 정도의 미인인 데다가 한술 더 떠 "처녀"이기까지 한 여자가 나타난다. "그녀"는 2000년이라는 세월을 살아온 존재다. "그녀"의 본명은 아샤다. "그녀"는 자신이 한때 이집트의 자연의 신 이시스의 여성 사제였다고 주장한다. 그리고 사랑하는 남자를 기다리며 2000년의 세월을 견뎌왔다고 말한다. 아샤가 사랑한 남자는 이시스 신의 남성 사제이자 레오 빈시의 조상인 빼어난 외모의 칼리크라테스인데, 그가 아샤와의 맹세를 어기고 레오의 여성 조상과 달아나 버리자 아샤는 질투심 어린 분노에 휩싸여 그를 살해해 버리고 만다. 그리고 그로부터 2000년 동안, 칼리크라테스가 환생하기를 기다리고 있다. 아샤는 칼리크라테스의 시신을 보존해 별실에

모셔두고 매일 밤 그의 죽음을 애도하기까지 한다. 그런데 사실들을 하나하나 비교해 보니 — 이럴 수가! — 놀라운 진실이 밝혀지는데, 바로 칼리크라테스와 레오 빈시가 동일 인물이라는 것이다.

아샤는 매혹적인 마술로 레오를 굴복시키고, 레오가 성적인 관계를 맺어온 보다 평범한 유형의 여자이자 아샤의 옛 연인 칼리크라테스를 빼앗았던 적의 환생인 유스테인을 해치워 버린 다음, 레오에게 인근 산속 깊은 곳으로 동행할 것을 요구한다. "그녀"는 그곳에서 굉장히 길고 더없이 풍요로운 생명의 비밀을 찾을 수 있다고 말한다. 뿐만 아니라, 레오가 "그녀"만큼 강력해지지 않으면 둘은 하나가 될 수 없고, 레오가 강력해지지 않은 상태로 하나가 될 경우 레오는 (『그녀』의 속편 『아샤: 그녀의 복수』에서처럼) 죽게될 것이라고 덧붙인다. 이에 레오와 "그녀"는 한때 고대의 제국 도시였던 코르(Kôr)의 폐허를 지나 산속으로 향한다. 새로운 생명을 얻기 위해 (해거드 작품에 항상 등장하는 모험과 터널을 통과한 후) 해야 할 일은, 인간으로서는 측량할 수 없을 만큼 무한한 동굴들을 뚫고 가, 시끄럽게 포효하는 불기둥을 향해 발을 내디딘 다음, 바닥이 없는 심연을 건너 출구에 가 닿는 것이다.

이는 바로 "그녀"가 2000년 전에 비상한 힘을 얻은 방법이기도 했다. "그녀"는 망설이고 있는 레오에게 별것 아닌 일임을 보여주기 위해 또 한 번 불기둥으로 향한다. 그런데 이런, 이번에는 상황이 완전히 잘못된 방향으로 어긋나 버리고, "그녀"는 순식간에 늙어빠진 대머리 원숭이로 쪼그라들더니 이내 산산이 조각나 버리고 만다. 속수무책으로 "그녀"를 사랑할 수밖에 없었던 레오와 홀리는 비탄에 잠기고, 다시 돌아올 거라던 "그녀"의 약속을 간직한 채 비틀비틀 문명 세계로 돌아간다.

지하실에서 읽기에 아주 좋은 책이었고, "그녀"가 자신을 한껏 부풀려서 드러내는 방식만 제외하면 더할 나위 없이 만족스러운 독서였다. 『그녀』는 초자연적으로 강력한 힘을 갖게 된 한 여자를 중심에 두었다는 점에서 특이한 책이었다. 그전까지 내가 접해 봤던 "그녀" 같은 여자는 번쩍이는 올가미와 별 모양이 새겨진 팬티를 입은 만화 속 원더우먼이 유일했다. 그러나 아샤와 원더우먼 모두 사랑하는 남자 앞에서는 약해졌고(원더우먼은 남자친구 스티브 트레버와 키스를 하는 순간 마법의 힘을 잃었고, 아샤는 레오가 동참해 주지 않는 한 세계를 정복한다는 미심쩍은 과업에 몰두할 수 없었다.) 당시 열다섯 살에 아직 미숙했던 나는 그런 부분이 너무 감상적인 로맨스 같을 뿐만 아니라 무척이나 우습다고 생각했다. 그 후, 고등학교를 졸업하고 나서는 고상한 취향을 갖게 되었고, 한동안 『그녀』에 대해 잊고 지냈다.

　　　　　SF에 관한 비평들

＊＊＊

한동안이었지, 영원히는 아니었다. 1960년대 초반에 나는 매사추세츠주 케임브리지에서 대학원 생활을 시작했다. 그곳에는 우리 집 지하실을 훨씬 커다란 규모로, 훨씬 정돈된 상태로 확장해 놓은 듯한 와이드너 도서관이 있었고, 위대한 문학임을 인증받지 않은 책을 비롯해 온갖 종류의 책들이 서가에 가득 꽂혀 있었다. 서가 앞에서 긴장이 풀어져 버리면 그 즉시 숙제 따위는 나중에 생각하자 하게 되는 내 몹쓸 습성이 금세 존재감을 발휘했고, 머지않아 나는 라이더 해거드의 작품들 주변에서 코를 킁킁거렸다.

하지만 이번에는 핑곗거리가 있었다. 전공 분야가 19세기 문학이었고 빅토리아 시대의 '유사 여신'들을 찾는 일에 몰두하던 차인데, 해거드가 빅토리아 시대와 무관하다고는 누구도 말할 수 없는 일이었다. 사실상 고고학이 태동한 시대에 살았던 해거드는 사라진 문명에 관심이 많은 아마추어였고, 그런 시대에 살았던 만큼 지도상에 존재하지 않는 오지와 "세상에 드러나지 않은" 원주민들을 만나는 탐험에 매료되어 있었다. 한 개인으로서 해거드는 비록 과거 아프리카 몇몇 지역을 여행한 적은 있어도 전형적인 시골 신사였기 때문에 그의 과열된 상상력이 어디에서 왔는지 헤아려보기란 쉽지 않은 일이었다. 하긴 어쩌면 이처럼 정석적인 영국 기득권층의 자질을 갖추었기에 지적인 분석을 아예 피해 갔던 것일지도 모른다. 해거드는 위대한 대영제국 빅토리아 시대의 무의식에, 사람들의 두려움과 욕망(특히 남자의 두려움과 욕망)이 마치 맹어(盲魚)처럼 어둠 속에 떼 지어 모여 있는 영역에 샘플 채취용 드릴을 곧장 박아 넣을 수 있었다. 혹은 그럴 수 있었다고 다른 누구보다도 헨리 밀러(Henry Miller)[132]가 주장했다.

전부 다 어디에서 온 걸까? 특히 "그녀"라는 인물은, 그 늙었으면서 젊고, 강력하면서도 무력하고, 아름다우면서도 흉측하고, 무덤들 사이에서 살아가며 불멸의 사랑에 집착하고, 자연의 힘과 깊은 관계를 맺게 됨에 따라 생명과 죽음의 힘과도 긴밀히 연결되어 버린 그 인물은 어디에서 온 걸까? 해거드와 그의 형제자매들이 어두운 찬장 안에 있던 어떤 못생긴 봉제 인형을 보고 공포에 사로잡혔다가 그 인형에 "절대복종해야 하는 그녀"라는 이름을 붙여 주었다는 말이 있지만, "그녀"에게는 그 이상의 것들이 있다. 『그녀』는 1887년에, 그러니까 사악하지만 매혹적인 여자에 대한 인기가 최고조에 달했던 시기에 출간되었다. 『그녀』에는 그런 여자들로 이어져온 오랜 전통을 회고하는 측면도 있었다. 아샤의 문학적 여성 선조들 중에는 조지 맥도널드의 "커디"[133] 판타지에 등장하는 외모는 젊지만 나이는

SF에 관한 비평들

많은 초자연적 여자들도 있지만, 빅토리아 시대의 다양한 팜 파탈도 있다. 예컨대, 테니슨의 「왕의 목가」에서 멀린의 마법을 훔치려 드는 비비안, 가브리엘 로제티와 윌리엄 모리스가 시와 그림으로 창조해 낸 라파엘 전파 시대의 유혹적인 여자들, 스윈번이 묘사한 도미나트릭스[134], 이미 늙어버렸음에도 여전히 매혹적인 오페라 「파르지팔(Parsifal)」 속 쿤드리를 비롯해 바그너가 만들어낸 형편없는 여성 인물들, 특히 월터 페이터의 유명한 산문시에 등장하는 모나리자, 즉 자신이 깔고 앉아 있는 바위보다 늙었지만 그럼에도 젊고 사랑스럽고 신비로우며 어떻게 보나 수상쩍은 경험들을 무수히 간직한 여자 등이다.

산드라 길버트와 수전 구바가 1989년에 출간한 공동 저작 『노 맨스 랜드(No Man's Land)』에서 지적했듯이, 이처럼 영향력은 막강하나 위험한 여성 인물을 그려낸 작품들이 지배적인 위치를 점하게 된 이유는 19세기 "여성"의 부상, 여성의 "실체"와 "권리"에 관한 뜨거운 논쟁, 이 논쟁들이 불러일으킨 불안과 환상이라는 배경과 결코 무관하지 않다. 여자들이 언젠가 정치적 권력(분명 천성으로 볼 때 그들에게 맞지 않는 것이지만)을 휘두를 수 있게 된다면, 과연 그 권력을 가지고 무엇을 하게 될까? 아름다운 데다가 성적 매력까지 있는 여자들이라면, 그래서 정치적인 측면에서뿐만 아니라 성적인 측면에서도 공격을 개시할 수 있는 능력을 갖고 있다면, 남자들의 피를 들이마시고, 생명력을 고갈시켜 버린 다음, 굽실대고 다니는 농노로 전락시켜 버리지 않을까? 19세기의 막이 열렸을 때, 워즈워스의 대자연은 "대자연을 향한 사랑의 마음을/결코 배신하지 않을" 유순한 어머니 자연이었다. 그러나 19세기가 막을 내릴 무렵이 되었을 때, 자연은 물론이고 자연과 그토록 단단히 엮여 있던 여자들은 인정사정없이 무자비한 존재, 말하자면 '워즈워스적인 여신'보다는 '다윈적인 여신'에 훨씬 가까운 존재가 되었다. 『그녀』에서 아샤가 자연의 심장부에 위치한 남근의 불기둥에 또 한 번 무단으로 잠입하려 했을 때 상황이 틀어져 버린 것은 오히려 다행스러운 일이었다. 그렇지 않았다면 남자들은 남근 기둥과 쓰라린 작별을 하게 될 수도 있었으니까.

러디어드 키플링은 해거드에게 보낸 편지에 "당신은 비유에 알레고리를 담아내고 알레고리에 비유를 담아내는 비유와 알레고리의 명수이십니다."라고 썼는데, 『그녀』를 이루는 풍경에는 실로 다양한 암시와 언어적 이정표가 산재해 있는 것처럼 보이기도 한다. 예를 들어, "그녀"가 다스리는 종족인 아마하가(Amahagger)족은 노파를 의미하는 '해그(hag)'라는 단어에 사랑을 의미하는 라틴어 어근[135], 그리고 황무지로 추방당한 아브라함의 첩 하갈(Hagar)의 이름을 결합한 명칭이어서 두 여자가 한 남자를 두고 다투는 이야기를 떠올리게 한다. 고대 도시 코르(Kôr)는 심장을 의미하는 프랑스어 '쾨르(coeur)'와 어원이 같은 영어 단어 '핵심(core)'에서 비롯했을 수 있지만, 신체를 가리키는 프랑스어 '코르(corps)', 더 나아가 시체를 의미하는 영어 '코프스(corpse)'의 의미도 품고 있다. "그녀"는 어느 정도는 악몽, 즉 죽음 속의 생명 같은 존재이기 때문이다. "그녀"가 맞이하는, 여자가 원숭이로 변하는 흉측한 결말은 다윈의 진화론이 거꾸로 펼쳐지는 상황을 연상시킬 뿐만 아니라, 심장에 말뚝이 박힌 뱀파이어도 떠올리게 한다. (브램 스토커의 『드라큘라』는 『그녀』 이후에 출간되었지만, 셰리던 르파뉴(Sheridan LeFanu)의 『카르밀라(Carmilla)』를 포함한 다른 많은 뱀파이어 이야기는 『그녀』보다 앞선다.) 이밖에 다른 연상들도 고려하면, 『그녀』의 속편을 써내고 몇 편의 프리퀄도 써보려고 했던 해거드조차 이 작품의 핵심적인 의미를 온전히 해석하지 못했다는 사실을 알 수 있다. "『그녀』는 나조차도 의미를 파악할 수 없었던 거대한 알레고리"였다고 해거드 본인이 말하기도 했다.

해거드는 『그녀』를 백열 같은 열정으로 6주 만에 썼다고 주장했다. "그 이야기는 부실하고 저릿한 내 손이 적을 수 있는 속도보다도 빠르게" 찾아왔다는 해거드의 말은 『그녀』가 최면에 걸린 듯한 무아지경의 상태 혹은 무언가에 홀린 상태에서 탄생한 작품이었음을 암시하기도 한다.

『그녀』는 프로이트와 융의 정신분석이 전성기를 누리던 동안 수없이 연구되고 찬사를 받았으며, 프로이트 학파 쪽에서는 자궁과 남근의 이미지에, 융 학파 쪽에서는 아니마를 상징하는 인물과 관문에 주목했다. 문학 속 원형에 관한 이론의 선구자인 노스럽 프라이는 1975년 저작『세속적 성서: 로맨스의 구조 연구』[136]에서『그녀』에 대해 다음과 같이 서술한다.

셰익스피어『심벨린』을 이루는 주제 중 하나인, 죽어서 매장된 줄 알았던 여주인공이 되살아나는 주제를 통해, 우리는 세상 밑바닥에 존재하는 어머니 대지를 더 가까이에서 일별하는 듯하다. 이후의 로맨스에서도, 라이더 해거드의『그녀』속에서도 그런 인물을 일별하게 된다. 암흑의 대륙 깊은 곳에 파묻힌 아름답고 사악한 여성 지배자. 죽음과 부활이라는 원형과 긴밀한 관계를 맺는 여자. (……) 방부 처리된 미라는 이집트를 연상케 하는데, 이집트는 성경에서 저승으로 내려가는 길목의 역할을 한다는 점에서 단연 죽음과 매장의 땅이기 때문이다.

『그녀』가 의미하려 했던 바가 무엇이었든지 간에, 책이 출간된 즉시 미친 영향은 어마어마했다. 그야말로 모든 사람이, 특히 남자들이 이 책을 읽었고, 남녀노소 할 것 없이

SF에 관한 비평들

당대의 모든 세대와 그 후의 세대도 『그녀』로부터 영향을 받았다. 『그녀』를 바탕으로 제작된 영화도 상당하며, 20세기의 십 대, 이십 대, 삼십 대를 사로잡은 엄청난 분량의 펄프 잡지들은 『그녀』로부터 받은 영감을 품고 있다. 외모는 젊지만 실제로는 늙었거나 이미 죽은 상태일 수도 있는 여자가 나타난다면, 특히 그 여자가 황무지에서 어떤 잃어버린 부족을 통치하고 있으며 넋을 잃게 만들 정도로 매혹적이라면, 당신은 "그녀"의 후손을 보고 있는 것이다.

문학 작가들도 "그녀"의 발밑에 복종하기는 마찬가지였다. 길버트와 구바[137]가 언급했듯이, 콘래드의 『어둠의 심연』은 『그녀』에 상당 부분 빚지고 있다. 늙었음에도 아름다우며 결국에는 산산이 조각나 버리는 여자 주인공이 등장하는 제임스 힐턴의 샹그릴라[138]도 분명 『그녀』와 연관되어 있다. C. S. 루이스도 "그녀"의 힘을 감지했고, 그리하여 감언이설을 하는 아름답고도 사악한 여왕들을 창조해 내기를 즐겼다. 톨킨의 『반지의 제왕』에는 "그녀"가 두 존재로 나뉘어 등장한다. 강력한 힘을 지니고 있지만 선하며 "그녀"와 마찬가지로 '물의 거울'을 갖고 있는 갈라드리엘, 그리고 아주 오래된 동굴에서 남자를 잡아먹으며 살아온 거미로서 이름에서도 "그녀"의 존재가 드러나는 쉴롭(Shelob)이다.

D. H. 로렌스를 비롯해 많은 이들이 그토록 두려워했

던 파괴적인 여성의 의지를 "그녀"가 지닌 사악한 측면과 연관 짓는 것이 그저 어불성설일까?[139] 아샤는 남자의 권력에 도전하는 더없이 초월적인 여자다. 발이 조그맣고 손톱이 분홍색이기는 해도, "그녀"는 뼛속 깊이 반항적인 존재다. 사랑에 발목이 붙잡히는 일만 없었더라도, 자신의 무지막지한 힘을 이용해 기존 문명의 질서를 전복해 버렸을 것이다. 당시의 문명 질서라 함은, 두말할 필요도 없이 '백인 남성 유럽' 중심의 질서였다. 이 점에서 "그녀"가 가진 힘은 (정신적으로나 신체적으로나) 여성의 것이었을 뿐만 아니라, 야만적이고, "어두웠다."

존 모티머의 「베일리의 럼폴(Rumpole of the Bailey)」[140]에서 럼폴이 부엌 세제에 각별한 관심을 갖는 땅딸막한 아내를 "절대복종해야 하는 그녀"로 일컫는 장면을 보게 되었을 즈음, 한때 막강한 힘을 가졌던 인물은 세속화되고 탈신화되어 본래 모습이었을지도 모를 존재로, 농담거리와 헝겊 인형의 집합체 같은 존재로 격하되었다. 그러나 우리는 아샤가 갖고 있던 우월한 힘을, 스스로 환생할 수 있는 그 능력을 결코 잊어서는 안 된다. 크리스토퍼 리[141]가 등장하는 영화의 마지막 장면에서 먼지로 흩어져버렸다가 다음 영화의 첫 장면에서는 다시 형체를 갖추며 등장하는 뱀파이어처럼, "그녀"는 돌아올 수 있다. 돌아오고, 또 돌아올 수 있다.

"그녀"의 귀환이 가능한 이유는, "그녀"는 분명 인간의 상상력을 이루는 영원한 특성을 어떻게든 대변하는 존재이기 때문이다. "그녀"는 신생아실에 누워 있는 거인 같은 존재, 위협적이지만 눈을 뗄 수 없는 존재이자 생명보다 더 위대하고 선한 존재다. 물론, 더 사악할 수도 있다. 그리고 바로 이 점이 "그녀"의 매력이다.

퀸크덤의 퀸: 어슐러 K. 르 귄의 단편집 『세상의 생일』

『세상의 생일』은 어슐러 K. 르 귄의 열 번째 단편집이다. 르 귄은 『세상의 생일』을 통해 어째서 자신이 퀸인지를 재차 증명하는데, 곧 우리는 르 귄의 킹덤에 걸맞은 명칭은 무엇인가 하는 곤란한 문제에 직면하게 된다. 아니, 젠더의 모호성에 관한 르 귄의 꾸준한 관심을 고려한다면 퀸덤이라고 할 만한, 혹은 상이한 것들을 짜 맞추는 작업을 좋아하는 르 귄의 특성을 고려한다면 퀸크덤(quinkdom)이라고 할 만한 그 세계의 명칭은 과연 무엇일까? 잠깐, 르 귄의 퀸크덤은 하나가 아닌 둘이라고 해야 더 적절하려나?

르 귄의 작품은 보통 'SF'라는 상자에 담기지만, 르 귄의 작품을 담기에 'SF'라는 상자는 어딘가 부자연스럽다. 여기저기에서 버려진 것들로 불룩해져 버린 상자이기 때문이다. 사회적 리얼리즘 소설의 패밀리룸에도, 역사소설의 한층 격식 있는 응접실에도, 서구문학이나 고딕문학, 호러, 고딕로맨스, 전쟁소설, 범죄소설, 스파이소설 등으로 분류된 여러 장르에도 안락하게 자리 잡지 못한 모든 이야기가 'SF'라는 상자를 빈틈없이 꽉꽉 채우고 있다. 'SF'는 정통 SF(새롭고 신기한 장치와 이론에 기반한 우주여행, 시간여행, 다른 세상으로 떠나는 사이버 여행을 하는데 종종 외계인도 나온다.), 판타지 SF(드래건은 흔하다. 새로운 장치는 별로 그럴싸하지 않다. 마법 지팡이가 등장할 수도 있다.), 사변소설(기존의 인간사회와 미래에 실현될지도 모를 새로운 형태의 인간사회를 다루는데, 둘 다 지금 우리가 살고 있는 사회보다 훨씬 좋을 수도 있고 나쁠 수도 있다.) 등으로 세분화된다. 그러나 이 각각의 세부 영역을 나누는 얇은 막들은 투과성을 지니고 있으며, 보통 한 막에서 다른 막으로의 삼투 흐름이 발생한다.

* * *

'SF'는 대강 훑어보기만 해도 상당히 오래되었음을 알 수 있는 계보를 갖고 있으며, 그 문학적 조상들 중 일부는 지금도 전폭적인 존경을 받고 있다. 알베르토 망구엘(Alberto Manguel)은 SF와 관련된 수많은 것들을 『인간이 상상한 거의 모든 것에 관한 백과사전(The Dictionary of Imaginary Places)』에 기록하기도 했다. 아틀란티스에 관한 플라톤의 설명, 토머스 모어의 『유토피아』, 조너선 스위프트의 『걸리버 여행기』도 망구엘의 책에 수록돼 있다.

별난 거주민들이 사는 미지의 영역으로 여정을 떠나는 이 야기들은 헤로도토스가 방랑하던 시기만큼이나, 『천일야화』만큼이나, 토머스 라이머[142]만큼이나 오래되었다. 설화, 노르웨이 영웅 전설, 중세 기사의 로맨스 모험담도 SF와 그리 멀지 않은 친척 관계에 있으며, 그동안 『반지의 제왕』이나 『정복자 코난』을 모방한 수백 편의 작품들(조지 맥도널드, 『그녀』의 저자 헨리 라이더 해거드 같은 선구자들과 같은 우물에서 물을 길어 올린 작품들이다.)을 통해 명맥을 이어왔다.

소설 속에서 새로운 기계 장치를 발명한 초기 작가들 중에서는 아마 쥘 베른이 가장 잘 알려진 인물이겠지만, 실제 과학을 접목한 최초의 소설, 즉 최초의 'SF'라 하면, 여러 과학 기술 중에서도 시체를 소생시키는 전기 실험에서 영감을 얻은 메리 셸리의 『프랑켄슈타인』을 꼽을 수 있다. 당시에 셸리가 심취해 있던 관심사들은 지금까지 장르(혹은 장르들)와 함께, 특히 '천국에서 불을 훔친 프로메테우스형 인간은 어떤 대가를 치러야 하는가?'와 같은 구체적인 질문과 함께 이어져와 있다. 사실 일부 논평가들은 신학적 추측을 담고 있는 소설계의 최후의 보고(寶庫)가 'SF'라는 의견을 제시하기도 했다. 천국, 지옥, 날개를 통한 공중 이동은 밀턴 이후로 거의 내팽개쳐지다시피 했고, 그나마 신과 천사와 악마를 닮은 존재들을 계속 발견할 수 있는 인접 공간은 우주 공간이 유일했다. J. R. R. 톨킨의 친구이자 판

SF에 관한 비평들

타지를 쓰는 동료 작가였던 C. S. 루이스는 'SF' 3부작을 구상할 정도로 멀리까지 나아갔는데, 과학은 가볍게만 다루고 주로 신학에 무게를 둔 결과 "우주선"은 장미꽃이 가득 채워진 관이 되었고 이브의 유혹은 먹음직스러운 과일이 풍성한 금성이라는 행성에서 재현되었다.

전통적으로 SF에는 재정비된 인간 사회의 모습도 꾸준히 등장했는데, 그런 설정은 인간이 처한 현재 상황을 비판하고, 보다 쾌적한 대안을 제시하는 등등의 목적을 지니고 있었다. 하수 처리 시설과 교도소 개혁을 자축한 19세기에는 진심 어린 희망으로 가득 찬 사변소설이 수두룩하게 쏟아졌는데, 그런 사변소설의 유행은 길버트와 설리번의 오페레타 「유토피아 주식회사」뿐만 아니라 질병이 곧 범죄고 범죄가 곧 질병인 새뮤엘 버틀러의 『에레혼』 속 사회를 통해서도 풍자의 대상이 되었다.

그러나 19세기의 낙관주의가 20세기 프로크루스테스적인 획일주의에 따른 사회적 혼란(가장 대표적으로 구소련과 제3제국에서 나타났다.)에 자리를 내어주면서, 문학적 유토피아들은 진지한 것이든 냉소적인 것이든 간에 전부 한층 음울한 버전으로 대체되고 말았다. 이렇게 황폐해진 세계를 선견지명을 통해 내다본 작품 중에는 물론 『멋진 신세계』와 『1984』가 단연 널리 알려져 있으며, 카렐 차페크의 『R. U. R.』과 존 윈덤이 풀어놓은 악몽처럼 끔찍한 우화들도 이들의 뒤를 바짝 쫓고 있다.

SF라는 하나의 용어가 이토록 수많은 변종을 전부 감당해야 했다니, 지지리도 난잡하다는 평판까지 얻지는 않았다 해도 어정쩡한 명성만 얻고 말았다니, 참으로 애석할 따름이다. 진실을 말해 주자면, 1920년대와 1930년대에 확산된 SF 덕분에 안구 돌출형 괴물들이 들끓는 위대한 스페이스 오페라가 대거 탄생할 수 있었던 것이고, 잇따라 제작된 영화와 텔레비전 쇼 프로그램들이 상당 부분 의존한 것도 이 구린내 나는 은닉처였던 데다가…… 제작자의 솜씨가 훌륭하기는 했지만, 훌륭했던 것은 그 형식이었을 수도 있고…….

이렇게 진실을 따라가다 보면 르 귄에 닿게 된다. 르 귄의 문학적 자질에 대해서는 의심할 여지가 전혀 없다. 르 귄은 기품 있는 문장, 신중하게 고심하여 설정한 전제, 심리적 통찰, 지적인 인식을 인정받아 전미도서상, 카프카상, 휴고상 5회, 네뷸러상 5회, 뉴베리상, 주피터상, 간달프상을 비롯해 크고 작은 상들을 숱하게 수상했다. 1966년에 『유배 행성』과 『로캐넌의 세계』를 출간하며 작품 활동을 시작한 이래로, 열 권의 단편집뿐만 아니라 열여섯 권의 장편소설을 펴냈다.

르 귄의 작품을 종합적으로 살펴보면 중요한 평행 우주 두 가지를 발견하게 된다. 하나는 정통 과학에 부합하는

(우주선, 세계를 오가는 여행 등이 등장하는) 에큐멘(Ekumen)의 우주고, 다른 하나는 어스시의 세계다. 여기에서 후자는 '판타지'라고 불러야 온당할 것이다. 드래건과 마녀를 비롯해, 심지어는 해리 포터의 호그와트와 아주 멀리 떨어져 있기는 하지만 마법사 학교까지 등장하기 때문이다. 전자인 에큐멘 시리즈는 (아주 광범위한 차원에서 보자면) 인간 본성의 본질을 다룬다고 말할 수도 있을 것이다. 에큐멘 시리즈는 이렇게 묻는다. 인간은 얼마나 멀리까지 나아가고, 그럼에도 여전히 인간일 수 있는가? 인간 존재에 필수불가결한 것은 무엇이고, 불확실한 것은 무엇인가? 한편, 후자인 어스시 시리즈는 (역시나 아주 광범위한 차원에서 말하자면) 현실의 본질, 필멸의 필요성, 그리고 기반을 이루는 언어에 천착한다. (12세 권장 도서로 홍보된 시리즈물에서 다루기에 과한 측면이 있기는 하지만, 그 책임은 마케팅부에 있을 것이다. 어스시 시리즈는 『이상한 나라의 앨리스』처럼 다양한 수준의 독자들에게 말을 건네는 작품이다.)

르 귄의 주된 관심사는 서로 엄격하게 독립된 두 가지 세계로 분리되지 않는다. 당연한 일이다. 르 귄의 두 세계 모두 언어의 활용과 오용에 면밀한 주의를 기울이며, 사회생활 도중에 범한 실수에는 초조해하고 이국적인 관습에는 혼란스러워하는 인물들을 보여주고, 죽음을 걱정한다. 그러나 에큐멘의 우주 속에는 창조물 자체에 내재한 마력을 제외한다면 마법은 존재하지 않는다. 비록 마법보다 훨씬 낯선 이상함이 있지만 말이다.

　작가로서의 르 귄이 지닌 놀라운 면모는 두 세계를 평행 우주로, 그것도 동시에 창조해 냈다는 점에 있다. 어스시 시리즈의 첫 작품인 『어스시의 마법사』는 1968년에 출간되었고, 에큐멘 시리즈의 유명한 고전 『어둠의 왼손』은 1969년에 나왔다. 둘 중 한 권만으로도 장르의 대가라는 명성을 얻고도 남았을 텐데, 두 작품이 한꺼번에 등장한 바람에 사람들은 그가 신비로운 약물을 복용했거나, 창의력을 발휘하게 해주는 이중 관절을 가졌거나, 양손잡이일 거라는 의심을 품었다. 르 귄이 네 번째 작품[143]에서 특정 손을 언급한 데에는 그럴 만한 이유가 있었다. 왼손에 대해 말하기 시작하면, 성경에 함축된 온갖 의미들이 일제히 모여들기 마련이다(왼손은 불길하지만 신에게도 왼손이 있었으니 왼손이 그렇게까지 나쁠 수는 없다. 왼손이 하는 일을 오른손이 알게 한다면? 알게 하지 못할 이유도 없지 않은가? 등등). 언젠가 발터 베냐민이 말했듯, 결정타는 왼손잡이의 왼손에서 나온다.

　르 귄은 첫 소설을 발표한 이래로 36년이 넘는 세월 동안 자신의 주요한 두 가지 소설 영역을 꾸준히 탐구하고, 묘사하고, 각색했다. 그러나 『세상의 생일』에서 두 작품을 제외한 나머지 단편들은 에큐멘 우주와 연결되어 있기 때문에 판타지보다는 SF임을 염두에 두고 읽는 편이 나을 것이다. 에큐멘 시리즈의 밑바탕이 되는 전제는 이렇다. 먼저, 우주에는 거주가 가능한 행성이 다수 존재한다. 옛날 옛적, 지구를 닮은 행성에서 온 우주 여행자들이자 헤인인 (Hanish)이라 불리는 인간이 그 행성들에 "씨를 뿌려 정착"했고, 그로부터 시간이 흘러 혼란이 발생하자 각각의 행성 사회는 외따로 남겨져 서로 다른 계보를 밟아나가게 되었다.

그 후 에큐멘이라는 명칭의 자애로운 연합체가 설립되자 한참 변하기는 했으나 여전히 인간인 그들을, 더 나아가 그들의 인간 사회가 어떻게 되었는지를 확인하기 위해 탐험가들을 파견하게 된다. 이들의 목적은 정복도 아니고, 선교 사업도 아니다. '모빌'이라 불리는 이들 탐험가 혹은 특사에게 부여된 임무는 침략적이지도 않고 지시적이지도 않은 태도로 이해하고 기록하는 것이다. 모빌들은 외계 행성에서의 역할을 수행할 수 있도록 다양한 장치와 '앤서블'이라 불리는 유용한 기기를 제공받는데, 앤서블은 특히 즉각적인 정보 전송을 가능케 해 4차원상의 시간 지연 효과를 상쇄해 준다는 점에서 지금 우리에게 필요한 기술이기도 하다. 게다가 인터넷 기반의 이메일 프로그램과 달리, 앤서블은 충돌 문제를 일으킨 적도 없는 듯하다. 앤서블이 도입된다고 하면 나는 쌍수를 들고 반길 것이다.

$$* * *$$

이쯤에서 르 귄의 어머니는 작가였고, 남편은 역사가였으며, 아버지는 인류학자였다는 사실을 언급해야겠다. 말하자면 르 귄은 자신과 관심사가 잘 맞물리는 사람들에게 둘러싸여 평생을 보냈다. 글쓰기 능력은 분명 어머니로부터 물려받았을 것이다. 남편의 역사적 지식도 틀림없이 상당한 도움이 되었을 것이다. 단, 르 귄의 작품에서 이른바 '역사'라고 할 만한 것을 바꿔버리는 대체로 불쾌한 사건들은 역사와 유사하기는 하나 그 이상인 무언가를 품고 있다. 한편, 아버지의 전공 분야인 인류학은 각별히 조명해볼 필요가 있다.

SF의 '판타지' 쪽 극단이 설화와 신화와 무용담에 큰 빚을 지고 있다면, 'SF' 쪽 극단은 고고학과 인류학의 등장 전부터 등장 후에도 지속 중인 무덤 도굴이나 수탈용 탐사와는 완전히 별개인, 진지한 학문으로서의 고고학과 인류학의 발전에 똑같이 큰 빚을 지고 있다. 1840년대에 레어드가 니네베를 발견[144]했을 때, 과거를 대하는 빅토리아 시대 사람들의 사고방식은 획기적으로 바뀌었다. 사람들은 트로이, 폼페이, 고대 이집트에도 넋을 잃고 매료되었다. 새로운 발견과 추가적인 발굴 덕분에 과거 문명을 대하는 유럽인들의 생각은 재정립되었고, 상상의 문은 활짝 열렸으며, 의상에 대한 선택지는 넓어졌다. 그런 발견과 발굴이 없었다면 다른 결과가 나타났을지도 모를 일이다. 특히 의상이나 성(性)과 관련된 발견이 빅토리아 시대와 20세기 초반의 상상력이 풍부한 작가들을, 전자에는 흥미가 덜했을지언정 후자에 대해서는 무척이나 갈망하던 작가들을 사로잡았다는 점에서 더 그랬을 것 같다.

인류학은 고고학보다 조금 더 늦게 당도했다. 인류학의 도래와 함께, 근대 서구 세계와는 판이하게 다른 외딴 세계의 문화들이 몰살되거나 예속당하는 대신 발견되었으며, 진지하게 받아들여지고 연구되었다. 그쪽 사람들은 우리와 얼마나 닮았고, 우리와 얼마나 다른가? 그 사람들을 이해하는 건 가능한가? 그들이 갖고 있는 건국 신화와 사후 세계에 대한 믿음은 어떠한가? 혼인 문제는 어떤 식으로 처리하나? 친족 체계 같은 건 어떻게 작동하고 있나? 주된 식량으로는 무얼 먹나? (a) 의상과 (b) 성에 관한 부분들은? 의상이나 성과 관련해 (아마도 마거릿 미드[145]처럼 극성맞을 정도로 열성적인 다양한 연구자들이) 발견한 사실에 따르면, 그쪽 사람들은 근대 서구인들보다 (a) 속살을 더 드러내는 편이었고 (b) 더 만족했다고 한다.

인류학자들은 에큐멘의 우주에서 모빌들이 수행해야 할 역할을 거의 동일하게 수행한다(혹은 수행해야 한다). 머나먼 해안을 찾아가고, 지켜보고, 이국적인 사회들을 탐험하며 이해해 보려고 노력하는 것이다. 그런 다음에는 기록을 남기고, 기록을 남긴 다음에는 전송한다. 르 귄은 이런 일과 관련된 요령, 그리고 위험에 대해서도 알고 있다. 현장에서 임무 수행 중인 모빌들은 마치 실제 인류학자들처럼 불신과 오해를 받는다. 정치적 볼모로 이용당하고, 아웃사이더라는 멸시를 받고, 미지의 힘을 갖고 있다는 점에서 두려움의 대상이 된다. 그러나 모빌들은 헌신적인 전문가이자, 훈련받은 관찰자이고, 자기만의 사적인 삶을 가진 인간이기도 하다. 모빌의 존재와 모빌이 전해 주는 이야기가 그럴듯하게 들리는 이유는 바로 이 때문이며, 르 귄이 모빌을 그려내는 방식은 르 귄의 글쓰기 그 자체만큼이나 우리의 마음을 사로잡는다.

＊ ＊ ＊

　르 귄이 『어둠의 왼손』 출간 시점으로부터 7년이 지난 1976년에 작성한 서문과 『세상의 생일』에 실은 서문을 비교해서 읽어보면 유용한 정보를 얻을 수 있다. 『어둠의 왼손』은 게센 혹은 겨울이라 불리는 행성을 배경으로 펼쳐지는데, 게센인은 여자도, 남자도, 자웅동체의 존재도 아니다. 게센인은 고정된 성별을 갖는 대신에 여러 시기를 거친다. 즉 일종의 비(非)발정기인 양성(兩性)의 시기를 거치고 나면 발정기인 유성(唯性)의 시기가 찾아오고, 후자의 기간 동안 각각의 게센인은 상황에 맞는 성별을 갖게 된다. 그렇다 보니 모든 게센인은 일생에 걸쳐 어머니도 될 수 있고 아버지도 될 수 있으며, 피침투자가 되었다가 침투자가 될 수도 있다. 이야기가 본격적으로 시작되면 "왕"은 광기에 사로잡히는 동시에 임신도 한다. 에큐멘에서 온 비게센인 관찰자는 이런 상황을 보며 그저 혼란스러워할 뿐이다.

『어둠의 왼손』은 1970년대 페미니즘이 뜨거운 열기를 발하기 시작한 시기, 젠더 및 젠더 역할 관련 사안을 둘러싼 감정이 극도로 고조된 시기에 발표되었다. 르 귄은 모든 인간이 자웅동체가 되기를 바라고 미래에는 모두가 그렇게 될 것이라고 예견했다며 비난받았고, 반대로 "케메르"라 불리는 발정기에 있는 게센인을 지칭할 때 "그(he)"라는 대명사를 사용했다는 이유로 반(反)페미니스트라고도 비난받았다.

이 점에서 『어둠의 왼손』에 실린 르 귄의 서문은 마음을 어느 정도 개운하게 해주는 구석이 있다. 르 귄은 SF가 단순히 추론만 해야 하는 것도, 현재의 흐름을 받아들인 다음 미래에 투영해야 하는 것도, 결국 논리적인 사고를 통해 예언적인 진실에 도달해야 하는 것도 아니라고 말한다. SF는 물론이고, 다른 어떤 소설도 예언을 할 수는 없다. 변수가 너무 많기 때문이다. 르 귄의 작품은 『프랑켄슈타인』

처럼 일종의 '사고실험'이다. "이렇게 가정해 보자."라는 말로 시작해 하나의 전제를 제시하고, 그다음에 어떤 일이 벌어지는지 지켜보는 것이다. 르 귄은 "그런 방식으로 상상한 이야기라고 해서 근대 소설에 고유하게 나타나는 도덕적 입체성을 배제해야 할 필요는 없으며 (……) 사고와 직관은 실험의 조건이라는 범위 내에서 자유롭게 움직일 수 있는데, 그 실험의 조건이란 사실상 굉장히 방대할 수도 있다."라고 말한다.

르 귄은 사고실험의 목적이 "현실을, 현재의 세계를 묘사"하는 것이라고 말한다. "소설가의 본분은 거짓말을 하는 것이다." 소설가의 거짓말이라 함은, 진실을 우회적으로 전달하고자 소설가가 자기만의 방식으로 해석한 진실이다. 그러므로 르 귄의 작품에 등장하는 자웅동체는 예언도, 처방도 아니고, 단지 묘사일 뿐이다. 은유적으로 말하자면 자웅동체는 모든 인간이 지닌 특징 중 하나일 뿐인 것이다. 르 귄의 신경을 적잖이 긁어놓은 것은 은유는 은유고 픽션은 픽션임을 이해하지 못하는 이들이었다. 그가 기상천외한 팬레터를 산더미처럼 받았으리라는 것은 충분히 짐작이 간다.

『어둠의 왼손』에 비해 『세상의 생일』에 실린 서문은 온화한 편이다. 26년이라는 세월이 흐르는 동안 르 귄은 자기 몫의 전투를 치렀고, SF 지평에서 공고한 입지를 다졌다.

설교적인 면모는 줄이고 솔직한 매력은 배가하면서 약간은 산만하게 굴 여유도 갖게 되었다. 에큐멘의 우주도 이제 르 귄에게는 "낡은 셔츠"처럼 편안해졌다. 그러나 에큐멘의 우주가 한결같으리라고 예상했다면 그건 큰 오산이다. "에큐멘의 연대기는 뜨개질 바구니에서 끄집어낸 새끼 고양이와 흡사하고, 에큐멘의 역사는 대부분 공백으로 이루어져 있다." 이 서문에서 르 귄은 이론보다는 과정을, 각 단편소설의 기원과 스스로 고심해 봐야 했던 문제들을 설명한다. 보통 르 귄은 자신의 작품에 등장하는 세계들을 이런저런 방식으로 꾸며내지 않는다. 그런 세계들 속에서 자신을 발견하고, 그 세계들을 탐구해 나가기 시작할 뿐이다. 그야말로 인류학자처럼 말이다. 르 귄은 이렇게 말한다. "먼저 차이를 만들어 내고 (……) 그다음에는 불타는 듯 맹렬한 인간의 감정이 포물선을 그리며 튀어 올라 그 차이를 메우도록 내버려 둔다. 상상력이 뿜내는 이 곡예가 나를 매혹하며, 다른 무엇도 주지 못할 만족감을 안겨준다."

* * *

『세상의 생일』에 실린 단편소설 중에서 일곱 편은 분량이 짧은 편에 속하고, 한 편은 중편에 적합한 정도다. 앞부분에 실린 여섯 편은 에큐멘 시리즈의 일부, 즉 "낡은 셔츠"

의 씨실과 날실들이다. 비록 르 귄 자신은 확신하지 못하지만 일곱 번째 단편도 아마 이 낡은 셔츠를 이루고 있을 것이다. 여덟 번째 단편은 포괄적이고 공통적인 SF적 '미래'라는 완전히 다른 우주에서 펼쳐진다. 여덟 번째 단편을 제외한 나머지는, 르 귄의 말에 따르면, 대체로 "젠더와 섹슈얼리티의 독특한 체계"와 관련되어 있다.

모든 상상의 세계는 검정 가죽과 촉수가 들어 있든 그렇지 않든, 성에 대한 대책을 갖추어야 한다. 독특한 성적 체계는 SF를 이루는 오랜 모티프 중 하나다. 이를테면 성별을 기준으로 서로 분리된 채 살아가는 샬럿 퍼킨스 길먼의 『허랜드』는 물론이고, 개미 같은 중성의 상태를 다루는 W. H. 허드슨의 『크리스털 시대』, 마찬가지로 개미라는 벌목(目) 곤충을 모델로 삼은 존 윈덤의 『그가 하는 것을 보라』, 완전한 성평등을 구현해 보고자 했던 마지 피어시의 『시간의 경계에 선 여자』도 떠올려 볼 수 있다. (『시간의 경계에 선 여자』에서는 남자들이 모유 수유를 한다. 그런 흐름이 나타나기를 기다려보자.) 그런데 르 귄은 이들보다 더 멀리 나아간다. 『세상의 생일』에 실린 첫 번째 작품인 「카르히데에서 성년이 되기」에서는 독자가 모빌의 시선이 아닌, 이제 막 사춘기에 접어든 어떤 게센인의 시선에서 게센/겨울 행성을 지켜보게 된다. 이 게센인이 처음으로 갖게 되는 성별은 무엇이 될지 궁금해하면서. 이 이야기는 에로틱함과 행복감을 모두 품고 있다. 왜 안 그렇겠는가, 성이라는 것이 언제나 압도적인 위치를 점하든가 아니면 아예 신경 쓸 필요도 없는 것이 되는 세상인데?

남자보다 여자의 수가 압도적인 탓에 성별 불균형이 존재하는 「세그리의 사정」에서는 상황이 그리 유쾌하지만은 않다. 여자들이 모든 것을 관리하고, 여자들끼리 서로 인생의 동반자가 되어 결혼을 한다. 얼마 되지 않는 남자아이들은 여자 어른들 손에 응석받이로 자라지만, 성인이 되면 성(城)에 격리된 채 살아가면서 외모를 가꾸고, 자신의 모습을 과시하고, 공개적인 자리에서 결투를 벌이고, 번식용 동물로 임대되는 생활을 한다. 남자들은 삶에서 그다지 재미를 느끼지 못한다. WWF 프로레슬링 단체에 꼼짝없이, 영원히 갇혀 있는 셈이다.

「선택하지 않은 사랑」과 「산의 방식」은 르 귄이 『내해의 어부』에서 창조한 세계인 행성 오(O)에서 펼쳐진다. 행성 오의 법칙에 따르면, 결혼은 총 네 명이 모여서 해야 하지만 그중에서 한 사람이 성관계를 맺을 수 있는 상대는 두 명뿐이다. 서로 성관계를 가질 수 없는 아침 여자와 아침 남자, 마찬가지로 서로 성관계를 가질 수 없는 저녁 여자와 저녁 남자로 이루어진 사중창단이 결혼을 통해 결성된다. 아침 남자는 저녁 여자를 비롯해 저녁 남자와 성관계를 맺고, 저녁 여자는 아침 남자를 비롯해 아침 여자와 성관계를 맺는다. 이때 인물들은 사중창단을 어떻게 구성할 것인가 하는 문제에 직면하고, 독자와 저자는 인물들이 어떻게 서로에 대한 정조를 지키게 할 것인가, 즉 허용되는 것과 금기시되는 것이 무엇인가 하는 문제에 직면하게 된다. 이를 설명하기 위해 르 귄은 도식까지 그려야 했다. 그러면서 이렇게 말했다. "저는 팽팽한 긴장감이 감도는 정서적 관계들을 만들어내거나 망가뜨려 버리는 복잡한 사회적 관계들에 대해 생각하는 걸 좋아해요."

「고독」은 주흥을 몹시 회의적으로 바라보는 세계를 그린 사색적인 이야기다. 여자들은 "이모 고리"라는 마을에 위치한 각자의 집에서 홀로 살아가며, 바구니를 만들고 정원을 가꾸고 "의식(意識)"하는 비언어적 예술을 실천한다. 오직 아이들만이 집마다 돌아다니면서 구두로 배움을 얻는다. 여자아이들은 성인이 되면 이모 고리로 들어가지만, 남자아이들은 집을 떠나 소년 무리에 소속된 채 황무지에서 근근이 생계를 이어간다. 끝까지 살아남은 남자아이들은 번식이 가능한 성인 남자가 되는데, 이들은 수줍음을 타며 오두막에서 은둔 생활을 하고, 이모 고리로부터 멀리 떨어진 곳에서 경비를 서며, 섹스를 목적으로 "정찰"하는 여자들의 방문을 받는다. 그런데 이와 같은 설정은 영적 차원의 만족은 줄 수 있을지 몰라도 모두의 마음에 들지는 않을 것이다.

＊＊＊

「옛 음악과 여자 노예들」은 르 귄이 미국 남부의 구 플
랜테이션 농장에 방문했던 경험에서 영감을 받아 쓴 작품
인 만큼, 거침없이 정곡을 찌른다. 작품의 배경이 되는 웨렐
행성에서는 노예주의자와 반노예주의자들이 전쟁을 벌이
며, 노예주의자들에게 있어서 섹스란 밭일꾼들을 상대로
저지르는 강간에 불과하다. 중심인물인 웨렐 에큐멘 대사
관의 정보 책임자는 인권을 둘러싼 논쟁을 하다가 심히 곤
란한 상황에 처하기도 한다. 「옛 음악과 여자 노예들」은 SF
가 인간 세계를 묘사한다는 르 귄의 주장을 다른 어떤 작
품보다도 명료하게 입증한다. 웨렐 행성은 내전에 의해 파
괴된 모든 사회를 대변한다. 내전은 어디에서 일어나든, 언
제나 잔혹한 전쟁이다. 때때로 르 귄은 서정적인 글로 감동
을 안겨 주기도 하지만, 불가피한 유혈사태를 회피한 적은
단 한 번도 없다.

표제작 「세상의 생일」의 배경은 고대 이집트가 살짝
반영된 잉카 문명이다. 소설 속 세상에서는 여자와 남자가
결혼하면 신이 된다. 신이라는 신분은 세습되며, 신의 아들
과 딸이 결혼해도 신이 된다. 신은 춤을 추면서 신탁을 하
고, 이를 통해 세상은 매해 다시 태어난다. 통치는 신의 사
제들 혹은 "천사"들이 맡고 있다. 그런데 이렇게 고도로 구

조화된 세상에 어떤 이질적이고도 강렬한 존재가 나타나면서 이 세상을 지탱해 온 신념 체계가 무너져버린다면, 과연 어떤 일이 벌어질까? 어떤 일이 벌어질지는 직접 상상해볼 수도 있고, 『페루 정복(The Conquest of Peru)』[146]을 통해 확인해 볼 수도 있다. 그러나 어떤 일이 벌어지든지 간에, 르 귄이 들려주는 이 정교한 이야기는 기묘하게도 용감하고, 기묘하게도 희망적이다. 세상은 종말을 맞이하지만, 그러고도 세상은 매번, 다시 시작되기 때문이다.

마지막 단편소설 「잃어버린 천국들」에서도 부활의 분위기는 지속된다. 먼저, 장거리 우주 항해가 이어지는 동안 우주선 안에서 여러 세대가 태어나고 죽었다. 새로운 종교도 생겨났는데 그 종교의 신자들은 자신이 지금 실제로 천국에 있다고 믿는다.(정말이라면 천국은 몇몇 사람들이 줄곧 두려워했던 대로 지루한 곳이리라.) 마침내 수 세기 만에 우주선이 목적지에 도달하자, 우주선 거주민들은 "천국"에 남을지, 아니면 완전히 낯선 식물과 동물과 미생물이 존재하는 "흙공"으로 내려갈지를 결정해야 하는 상황에 놓이게 된다. 개인적으로 「잃어버린 천국들」에서 가장 즐겁게 읽었던 대목은 밀실 공포증으로부터의 해방이었다. 나로서는 아무리 애써 보아도 우주선에 남으려는 사람이 있을 거라고는 상상조차 할 수 없었다.

르 귄도 흙공 쪽에 서는 사람이다. 그것도 거기에 그치

SF에 관한 비평들

지 않고, 바로 우리 인간의 흙공 쪽에 서는 사람이다. 르 귄은 무얼 하든지 간에(지적 호기심이 그를 어디로 데려가든, 그가 모티프와 줄거리를 어떤 식으로 뒤틀고 매듭짓고 어떤 생식기를 발명하든 간에) 결코 어떤 지대한 무언가를 향한 존경심을 잃는 법이 없다. 르 귄이 창조한 모든 이야기는, 본인 스스로 말했듯, 인류에 관한 한 편의 이야기에 붙이는 은유들이다. 르 귄이 만들어낸 환상적인 행성들도 각자 얼마나 변장을 하고 있든 결국에는 하나다. 「잃어버린 천국들」, 즉 '실낙원들'이 보여주는 인간의 자연계는 새롭게 발견한 복낙원(Paradise Regained)이자 경이의 왕국이다. 그리고 이 세계에서 전형적인 미국 작가로서 르 귄은 평화적인 왕국(Peaceable Kingdom)을 향한 탐구를 지속해 나간다. 아마도 예수 그리스도가 넌지시 암시했듯이 신의 왕국은 인간의 내면에 있거나, 윌리엄 블레이크가 부연한 것처럼 제대로 들여다본 야생화 한 송이에 있을지도 모른다.

「잃어버린 천국들」, 그리고 단편집 『세상의 생일』은 한 늙은 여자와 다리가 불편한 늙은 남자가 그동안 그들이 살 수 있게 해준 평범한 흙을 기리고 진심으로 숭배하면서 추는 움직임이 최소화된 춤과 함께 막을 내린다. "싱은 몸을 흔들며 자신의 두 맨발을 흙에서 들어 올렸다가 다시 내렸고, 그동안 루이스는 싱의 두 손을 잡은 채 가만히 서 있었다. 둘은 그렇게 함께 춤을 추었다."

아이스크림 반대론: 빌 맥키번의 『이제 그만: 생명공학 시대에 인간으로 살아남기』

빌 맥키번의 『이제 그만』은 강렬하고, 간결하고, 오싹하고, 치밀한 주장으로 짜여 있으며, 가끔은 기상천외하고, 감동적인 선의를 품고 있을 뿐더러 '과학'이 인류를 위해 제시하는 미래의 핵심을 압축적으로 담은 책이다. 저자는 호모사피엔스가 인류에게 이익이 된다고 믿은 방식대로 유전자 조작 식물을 활용함으로써 생물권을 재조정해 온 역사를 다룬 『자연의 종말』과 마라톤에 관한 글 『장거리』를 썼을 뿐 아니라 《뉴요커》,《뉴욕 타임스》,《뉴욕 리뷰오브 북스》,《디 애틀랜틱》 등 다수의 매체에 에세이를 기고한 그 빌 맥키번이다.

글을 통해 드러나는 맥키번은 총명하고 사려 깊은 데 그치지 않고 다정하고 낙관적인 사람 같다. 그는 숲속 걷기를 즐기고, 몸도 무척이나 탄탄하다. 게다가 프로필 사진을 보면 마치 상대방이 쥐고 있는 패를 훤히 아는 사람 같아서 브리지에서 맞붙고 싶지는 않게 생겼다. 말하자면 맥키번

SF에 관한 비평들

은 아이큐가 상위권인 천재 괴짜 협회의 근육파 지부 회원 자격을 갖춘 사람으로, 머지않아 신체 및 두뇌 부위들이 편리한 주문 제작 상품으로 나오게 될 것이라는 말을 그저 아둔해서 이해 못 하는 신기술 반대자로 쉽게 치부해 버릴 수는 없다.

그런 신체 부위들에는 물론 가격이 매겨져 있다. 맞다, 대가를 지불해야 한다. 이런 것에 대한 대가는 전통적으로 영혼이었지만, 뇌 검사 기구로도 찾을 수 없는 그런 너덜너덜해진 신학적 누더기 조각에 힐끗 관심이라도 줄 사람이 이제 어디 있겠는가? 게다가 자, 이 특가 상품은 구성도 특별하다! 과연 사지 않고 배길 수 있을까? 인류가 꿈꿔온 온갖 것들이 전부 들어 있는데.

파우스트도 그런 것을 갖고 싶어 했다. 파우스트 이외의 많은 이들도 갖고 싶어 했다. 영원한 젊음, 신에 견줄 만한 아름다움, 고도의 지능, 찰스 아틀라스[147]의 괴력 같은 힘을. 어린 시절에 만화책 뒷면을 꾸준히 살펴봤던 사람들이라면 그 매력을 안다. 그런 사람들은 당신이 피아노 앞에 앉아도 다시는 비웃지 않을 것이다. 당신이 엑스맨의 손가락과 모차르트의 천재성을 갖게 될 테니 말이다. 그들은 해변에서 감히 당신을 향해 발길질을 하며 얼굴에 모래를 튀기지도 못할 것이다. 당신이 헤라클레스만큼 다부진 몸을 갖게 될 테니까. 당신은 데이트 신청을 거절당하는 수모도 다시는 겪지 않을 것이다. 얼굴에 난 지저분한 블랙헤드 뿐만 아니라 없어져도 상관없는 다른 많은 결함들도 감쪽 같이 사라져버릴 테니까. 이보다는 좀 더 어른스러운 고민 거리들, 가령 죽음에 대해 생각해 보자면 시멘트로 제작된 관에 돈을 쓸 필요도 없을 것이다. 당신이 사랑하는 사람 은 오늘 밤만 무사한 것이 아니라 계속해서, 영원히, 살아 있을 테니까. 물론 당신도 마찬가지다.

서야 할 줄은 오른쪽에 있다. 긴 줄이 될 것이다. (『이 제 그만』에서 언급하는 두 명의 캘리포니아 예술가는 구매 가능 물품이 제시된 안내 책자를 활용해 진 지니스 월드와이드(Gene Genies Worldwide)라는 부티크 가게 형식의 개념 미술 작품을 내놓은 후, 파도처럼 밀려드는 진지한 질문들에 시달려야 했다.) 이미 판매 중일 수도 있는 무언가를 두고 저런 걸 실제로 살 사람은 없을 거라고 생각하는 이들은 환각에 빠져 있는 것이리라. 그런데 이때, 길거리 전도사들이 매는 샌드위치 광고판을 걸친 맥키번이 나타나 모든 사업을 맹비난하면 서 파멸을 예언한다. 그러면 곧 그를 향해 동굴에 사는 원 시인이라거나, 반대를 위한 반대론자라거나, 괜한 시련을 자초하는 사람이라거나 하는 조롱은 말할 것도 없고, 분위 기 파악을 못 한다거나, 초를 친다는 야유가 쏟아질 것이 다. 나노기계들에 의해 세계가 그레이 구 시나리오[148]에 직 면하게 될 것이라며 최근 나노기술을 반대하고 나선 찰스 왕세자와 마찬가지로, 맥키번도 당신과는 상관없는 일이니 쓸데없이 참견하지 말라는 소리를 듣게 될 것이다.

"인류의 일이 내 일이었어."라며 말리[149]의 영혼은 뒤늦게 애통해한다. 그리고 맥키번도 그렇게 말한다. 인류의 일이 자신의 일이라고. 맥키번은 우리 모두의 내면에 자리하고 있는 탐욕스러운 꼬마 스크루지에게 말을 걸면서 이렇게 따져 묻는다. 어째서 더, 더, 더 많이, 지금보다 더 많이 원하면 안 되느냐고.

뭘 더 원한다는 말일까? 그건 잠시 후에 알아보도록 하고, 먼저 옆길로 새서 '더'라는 단어를 살펴보도록 하자. 머릿속에 떠올려 볼 수 있는 '더'의 상징적인 용법은 두 가지다. 첫 번째는 물론, 부패한 직원들로 인해 구빈원에서 굶주리고 있는 올리버 트위스트가 외치는 "더"라는 울림이다. 이 '더'는 '충분하지 않은' 상황에 대한 정당한 반응이다. 이 '더'는 실제적인 도움을 구하는 외침이다. 세상에서 이 '더'에 격분할 수 있는 자는 구빈원의 하급 관리 범블처럼 매정하고 심술궂은 데다 독선적이기까지 한 이들뿐이다. 두 번째 '더'는 험프리 보가트가 연기한 영웅적 인물과 에드워드 G. 로빈슨이 분한 고약한 갱스터가 대단한 결전을 벌이는 영화 「키 라르고」에 등장한다. 갱스터 역의 에드워드는 무엇을 원하느냐는 질문을 받는데, 그는 자신이 무엇을 원하는지 모른다. 그러나 험프리는 알고 있다. 그래서 이렇게 말한다. "저자는 더 원해." 맞다. 그것이 바로 에드워드가 원하는 것이다. 더. 자신이 쓸 수 있는 것보다도 더. 혹은 보다 정확하게는, 자신이 감사해할 수 있는 것보다 더. 에드워드는 그저 축적을, 그저 권력을 위해 자신을 바치는 인물이다. 맥키번은 책에서 '더'의 대안을 제시하는데, 그것은 '덜'이 아니라 '충분하다'이다. '충분하다'가 새겨진 비문(碑文)을 찾자면 "부족하지 않으면 충분한 줄 알라."[150]라는 오랜 속담이 그것일 것이다.

책 제목 '이제 그만'을 제대로 이해해 보면 (맥키번이 암시하듯이) 이미 충분하다는 메시지가 담겨 있다. 우리 인간은, 늘 그렇듯, 이미 허용 가능한 수준의 혁신을 이루어낸 상태일 것이다. 이보다 더한 것은 과하다. 실제로 상당수가 외치고 있는 이 유혹적인 '더'는 점점 더 많은 지식의 나무를 성장시키고 있는데, 나무들이 현대 과학의 풍경을 너무도 빽빽하게 메운 나머지 숲 전체를 볼 수 없을 정도다. 이에 맥키번은 손에 도끼를 들고 숲에 길을 내기로 작정한다. 그런데 어떤 사과를 따고 어떤 사과를 그냥 두어야 하는 걸까? 운명적인 한 입을 베어 물기 전에 우리는 얼마나 골똘히 생각해 보아야 하는 걸까? 그냥 게걸스럽게 먹어 치워 버리면 안 되나? 그런다면 그 동기는 무엇일까? 우리가 신 같은 존재가 되고 싶어서라는 그 진부한 이야기일까? 그런 이야기라면 지금껏 다종다양한 버전으로 읽어봤다.

SF에 관한 비평들

그리고 해피엔딩이었던 적은 한 번도 없었다. 적어도 지금까지는.

* * *

스모가스보드[151] 뷔페 식단만큼이나 각양각색인 인간 개조 방법은 대략 세 가지로 분류된다. 첫 번째는 신장이 약 150센티미터이고 대머리인 부모들이 신장 180센티미터 이상에 긴 금발 머리를 가진 옆집 사람 같은 아이를 낳게 해줄 유전자 변형 또는 유전자 접합이다. 그런 기술이 실현된다면, 글쎄, 온갖 신선한 변명이 만들어질 것이다.("여보, 우리가 선택한 거잖아! 기억하지?") 두 번째는 자기 복제와 물질의 조립 및 분해가 가능한 단일 원자층 수준의 장치를 개발하는 나노기술이다. 나노기술을 이용한 장치들은 치료를 목적으로 인체에 삽입될지도 모른다. 한번 보면 잊을 수 없는 배우 라켈 웰치 같은 인물들을 태운, 영화 「마이크로 결사대」 속 극소형 잠수함처럼 말이다. 세 번째는 인간과 기계를 결합한 인조인간, 즉 사이버네틱스다. 그래도 인조인간이 되면, 적어도 병뚜껑은 딸 수 있을 것이다.

네 번째 방법도 있는데, 아직은 수박 겉핧기 수준이다. 바로 극저온 기술로, 당신의 몸 전체를, 혹은 조금 저렴하게 진행하고 싶다면 머리를 급속냉동한 다음에 불멸로 향하는 노란 벽돌길이 구축될 때까지 냉동 상태를 유지하는 것이다. 마침내 그때가 되면 당신은 해동되어 젊음과 건강을 되찾을 것이고, 머리만 급속냉동하기를 택했다면 당신의 (혹은 다른 사람의) DNA 일부를 이용해 성장시킨 새로운 신체를 갖게 될 것이다. 그렇지만 이런 사업을 아주 조금이라도 신뢰하는 사람은 긴 코트 차림의 수상쩍은 남자들에게 돈을 주고 브루클린 다리를 사면서 만족해하는 이들과 동급이다. 당신의 머리를 관리하는 기업(물론, 기업이지 않겠는가!)은 영원히 지속 가능한 지불능력(기업의 파산은 곧 해동을 의미할 테니)을 갖추고 있어야 할 뿐만 아니라 흠잡을 구석 없이 정직해야 하기 때문이다.

인간의 노력이 투입되는 모든 분야에는 일정수의 사기꾼들이 모여들기 마련인데, 극저온 기술 분야에서는 그런 일이 특히 자연스러운 현상으로 보일 터이다. 사업가들이 당신의 돈을 은행에서 빼돌리거나, 당신을 초기의 젤라틴 상태로 내버려 두거나, 그러고는 정전이 일어났다고 하소연하면서 불쾌한 모양새로 녹아내리고 있는 당신을 쓰레기통에 버려버리거나, 혹은 그나마 양호하게는(낭비하지 않으면 부족할 일도 없을 테고, 주주들은 견실한 손익구조를 기대하기 마련이니) 당신을 고양이 사료로 재활용해 버릴 수도 있을 텐데, 그런 일을 막으려면 어떻게 해야 할까? 이집트 왕들의 미라가 매장된 피라미드들은 동족들이 등을 돌리자마자 샅샅이 약탈당했으며, 지금은 우리의 이런 고민에 주석을 달아주고 있다. 구획별로 값비싼 분양가에 나왔다가 돈의 흐름이 약해지자 무성한 덤불 숲이 되어버린 영원의 정원, 런던 하이게이트 묘지도 마찬가지다.

하지만 맥키번의 열띤 주장은 한결 단정한 편이다. 맥키번은 소설가도 시인도 아니며, 그러므로 악취를 풍기는 중고 심장 가게까지 파고들어 가지는 않는다. 맥키번은 그런 발전을 옹호하는 덜 괴짜스러운 사람들이 일정 수준의 진실성과 정직성은 갖고 있으리라고 가정하며, 인간의 이성적, 윤리적 능력에 직접 호소한다. 그는 우리가 인간 역사와 인간 종을 존중하는 마음으로 행동해야 한다고 믿는다.

맥키번이 가장 먼저 다루는 기술은 유전공학인데, 유전공학이 이미 콩 재배에 적용되고 있는 데다가 '초록색 야광 토끼'와 '거미 염소'가 탄생했다는 점을 고려하면 호모사피엔스에게 적용되는 것도 그리 먼 미래의 일은 아니다. 유전자 접합은 더 완벽한 형태의 인간을 만들고자 하는 영원한 욕구에 대한 현대적인 응답이다. 이를 입증하는 소설이 바로 메리 셸리의 『프랑켄슈타인』이다. 이렇게 인간이 그저 가만히 있지 못하고 어떻게든 뭔가 시도해 볼 수밖에 없는 이유는 한편으로는 그런 기술이 너무나 흥미롭기 때문이고, 또 한편으로는 인간이 자신의 능력을 높이 평가하고 있기 때문인데, 그러려면 괴물을 창조해 버릴 위험도 감수해야 한다.

유전자 접합은 복제 기술에 의존하지만(맥키번은 책에서 이를 구체적으로 설명한다.) 복제와 동일하지는 않다. 유전자 접합을 통해 선별한 유전자(부모 이외의 존재에서 추출한 것)를 난자에 주입하면, 난자는 여느 때와 다를 바 없는 방식으로 착상된다.(단 『멋진 신세계』의 시험관 아기들이 등장해 인간의 자궁을 완전히 없애버릴 수 있게 될 때까지만이다.) 맥키번은 인간의 유전자가 이렇게 태어나기도 전에 부모에 의해 개선될 경우, 인간이 서로 자웅을 겨루어야 할 필요가 없어지기 때문에 생명의 기쁨과 신비도 사라질 것이라고 말한다. 우리가 이뤄내는 성취도 '우리의' 것이 아니게 될 것이다. 그 성취는 이미 우리 안에 프로그래밍된 결과물이기 때문이다. 우리가 실제로 '우리의' 감정을 느끼고 있는 것인지, 아니면 영화 「블레이드 러너」의 복제 인간들에게 내재된 가짜 기억처럼 기성품 같은 감정을 느끼고 있는 것인지도 결코 알 수 없을 것이다. 우리는 고유한 자아를 가진 존재가 되지도 못하고, 단지 시장의 변덕에 따라 생산된 결과물의 총체에 불과할 것이다. 정말이지 이미 일부 과학자들이 인간을 지칭할 때 사용하는 말마따나, "고깃덩어리 기계"가 되고 말 것이다. 지금 부모들이 아이에게 정해 줄 수 있는 것은 이름뿐인데, 행여 아이와 관련된 모든 것을 정할 수 있게 된다면 (게다가 아이가 어머니의 소파 취향에 동의

할 수 없다면!) 과연 어떻게 될까?

더 끔찍한 부분은 모두가 절대 뒤처지면 안 되는 경쟁 구도에 갇혀버리고, 새로운 세대의 아이들은 뭐든지 최신식에다가 최상의 형태로 갖추어야만 하리라는 점에 있다. 이전 세대보다 더 지능도 높고, 더 아름답고, 더 질병으로부터 자유롭고, 더 장수해야만 하는 것이다.(말할 필요도 없이, 이는 많은 기회를 가진 부잣집 아이들 이야기다.) 그렇게 해서 각각의 신세대들은 독자적인 존재가 될 것이다. 지난해에 출시된 신형 자동차가 구형이 되듯이 21세가 되기도 전에 시대에 뒤떨어진, 고독하고 낙담에 빠진 존재가 될 것이며, 뒷사람이 불과 몇 걸음만 남겨두고 쫓아오는 와중에 계속해서 다음 수련 잎을 밟으며 앞으로 나아가야 할 처지에 놓이게 될 것이다. 게다가 역사에서, 즉 자기 집안의 계보에서 단절된 존재가 될 것이다. 실제 그 아이가 이어갈 계보가 어느 집안의 계보일지 그 누가 알겠는가? 이른바 조상이라는 이들과도 거의 무관한 사이가 될 것이다. 고독감과 단절감은 극단을 향해 치달을 수도 있다.

* * *

맥키번은 이런 상황이 초래할 궁극적인 지옥을 탐험하는 데까지는 나아가지 않는다. 부모들이 카탈로그에서 선택한 아이들의 특성이 (필연적으로) 잘못된 선택이 되는 바람에 사춘기에 접어든 아이들이 징징거리고 토라진다면 어떤 상황이 펼쳐질까. "낳아달라고 한 적 없잖아요!"라는 말은 "파란 눈을 갖게 해달라고 한 적 없잖아요!"라거나 "수학 천재가 되게 해달라고 한 적 없잖아요!"라는 분노로 대체될 것이다. 자, 유전자 광고 책자 따위 불태워 버리도록 하자! 혹시라도 아이가 어째서 자기는 충분히 잘나지 않았냐고 불평하면, 그냥 그럴 만한 경제적 여유가 없었다고 하면 되지 않겠나. (유전자 개량을 옹호하는 사람들은 부모가 아이의 기질도 선택할 수 있으니 사춘기 시절에 징징대거나 토라지는 행동일랑 절대 하지 않을 만한 유형을 택할 것이라 대꾸할지 모른다. 그런 말에는 조금도 신경 쓸 필요 없다. 그들이 말하는 아이들은 살과 피를 가진 인간이 아니라 '스텝포드 키즈'일 테니까.)

다시 말하지만, 맥키번은 시기심과 속임수와 뇌물과 과대망상이 판치는 어둠의 영역까지는 내려가지 않는다. 그런데 당신의 원수가 유전자 전문 의사에게 뇌물을 주어 당신의 아이가 식인을 하는 한니발로 태어나게끔 수를 쓰려고 한다면, 그런 상황은 어떻게 막을 수 있을까?

그건 그렇고, 유전성 질병은 어떻게 해야 할까? 이런 타당한 질문도 던져볼 수 있다. 그도 그럴 것이, 뇌성마비와 자폐, 조현병, 헌팅턴 무도병을 비롯해 유전자로 대물림되는 수많은 질병을 아이들이 감수하며 살아야 하는 이유는 대체 무엇이란 말인가? 치료법이 있다면 그럴 필요도 없을 텐데 말이다. 사실 치료법은 있다. 맥키번은 최후의 수단을 동원하지 않고도 그런 질병을 없앨 수 있다고 지적한다. (『이제 그만』이 출간된 이후 내가 이 비평을 쓰기 이전에 한 캐나다 연구팀이 자폐 발생 유전자를 밝혀냈다. 치료의 길이 열리고 있는 것이다.) 자폐 발생 유전자의 게놈을 분석하면 위험군에 속하는 부모들은 자신이 가진 유전적 결함에 대해 알게 될 것이고, 자폐를 유발할 수도 있는 유전자 없이 체외수정된 수정란을 착상시키는 방법을 택할 수 있을 것이다. 이 '체세포 유전자 치료'에는 타인의 유전자가 필요하지 않다. 그래서 맥키번은 성형수술, 호르몬, 비타민 정제, 체세포 유전자 치료로도 충분하다고, 유전자 접합은 과하다고 말한다.

그다음으로 맥키번이 파고드는 기술은 역시나 현재도 개발 중인 나노기술이다. 나노기술을 적용했다고 할 만한 이야기는 「마법사의 제자」[152]다. 마법을 통해 나노기술을 적용해 버렸는데 자기복제를 하는 나노봇이 달아나 버리고, 그 빌어먹을 마법을 중단할 수 없는 상황이 벌어진다면 어떻게 해야 하나? 나노기술을 활용하면 식량을 생산하는 분자 조립 기계(한쪽에 흙을 넣으면 다른 쪽에서 감자가 나오는 기계)라든가, 인간에게 유해한 생물형태들을 파괴해 주는 무언가를 만들어낼 수도 있을 것이다. 그런데 나노봇이 갑자기 난동을 부리면서 모든 생물형태를 공격하기라도 하면 어떡한단 말인가? 찰스 왕세자가 그레이 구 시나리오를 우려한 이유도 여기에 있었다. 이는 실재하는 공포이고, 맥키번도 이에 대해 논한다.

인간과 기계를 결합하는 기술이 일부 고소득 지성인들을 사로잡고 있다는 점을 고려하면, 사이버네틱스와 인공지능도 승산은 있다. 뇌에 이식된 마이크로칩들의 환영이 머릿속에서 춤을 추겠지만, 뭐, 이미 심장 박동 조율기를 붙이고들 있는 판에 달라지는 게 있을까? 인공지능 어쩌고에 세례를 주면 안 될 이유가 뭘까? 우리와 판박이처럼 닮도록 만들어질 수 있는 존재이니 우리가 생각하는 세례받을 자격에 해당하는 것을 이미 갖고 있을 수도 있다. 이를테면 '영혼'이라고 하자. 안 될 이유도 없지 않은가? 어쩌면 우리는 지금보다 더 향상된 후각 능력과 투시력, 직감, 부품들을 갖게 될 수도 있다. 실제보다 나은 인공 오르가슴도. 그야말로 모든 것이 실제보다 나을 것이다! 눈을 뒤통수에도 달면 안 되려나? 말하며, 먹기며, 휘파람 불기며, 해야 할 일도 많은데 어째서 우리에게 입은 하나뿐인 걸까? 입 구멍이 여러 개면 그 모든 것을 한꺼번에 할 수 있을 텐데! (자, 동의서에 서명을 하자. 당신은 스스로를 위해 그래야 할 의무가 있다. 그걸 누릴 자격이 있으니까.)

인간이 대자연이라는 그 지저분하고 기만적인 작자 때문에 지금껏 참고 견뎌야 했던 결점들에 대해서는 그동안 꽤 많은 논의가 있었다. 그 논의의 내용은 『멋진 신세계』적인 수많은 생각의 저변에, 그다지 영리하게 숨기지는 못한 숨은 의미의 형태로 남아 있다. 그런 논의를 하는 사람들은 자연을 싫어하며, 자연이나 그 일부인 자기 자신에 질색한다. 맥키번은 맥스 모어('모어'라는 성은 맥스 모어 본인이 직접 택했다.)가 엑스트로피안 컨벤션('엔트로피'의 반의어라는 '엑스트로피'에 바탕을 둔다.)에서 했던 굉장한 연설을 인용한다. 모어의 연설은 대자연을 험담하는 형식을 취했고, 근본적으로 전한 메시지는 대자연 따위에 고마울 것 하나 없고 이제는 그만 보자는 말이었다. 자연은 그동안 수많은 과오를 범했고, 그중에서도 주된 잘못은 죽음을 초래한 것이었다. 어째서 인간은 나이를 먹고 죽어야 한단 말인가? 어째서 자기 자신의 죽음을 예견하는 생명체가 굳이 인간이어야 한단 말인가?

많은 종교에("더"를 외치는 산업이 점점 더 무모하게 변두리로 향하도록 추동하는 에너지는 본질적으로 종교적이다.) 두 번째 출생[153]이 있으며 이 두 번째 출생에서는 신체(여자의 신체)에서 빠져나오는 수모를, 뿐만 아니라 자기 자신의 신체를 갖는다는 수모까지 면할 수 있다. 그 온갖 미끌미끌한 분비물과 피와 세포와 죽음을 말이다. 인간은 왜 무언가를 먹어야만 하는 걸까? 그리고 그에 더해 배변을 해야 하는 이유는 뭘까? 너무 지저분하지 않은가. 소화 기관들을 약간 손보면 아주 작은 알갱이 정도만 슬쩍, 예컨대 한 달에 한 번 정도만 내보낼 수 있을지도 모른다. 어쩌면 다시 태어날 수 있을지도 모른다. 이번에는 자연적으로 생성된 신체가 아니라 인공적으로 만든 머리에서 태어난 다음, 뇌에 든 내용물을 기계로 다운로드해 두고 윌리엄 깁슨의 소설에서처럼 사이버 공간을 어슬렁댈 수 있을지도 모른다. 하나 윌리엄 깁슨의 소설을 읽어 봤다면 알고 있겠지만, 그 사이버공간이란 구토를 유발하는 악몽 같은 공간이다.

맥키번이 논하는 모든 발전은 진정으로 중요한 것, 다름 아닌 자연을 향한 최후의 조롱인 불멸로 수렴된다. 신화와 이야기에 등장하는 불멸은 그리 괜찮은 성과를 내지 못한다. 불멸은 얻었으나 영원한 젊음도 요청해야 한다는 사실을 잊은 바람에 몸이 바스러지는 참혹한 경험을 하게 되거나(티토노스[154], 쿠마에의 무녀[155], 스위프트 소설 속의 스트럴드브럭 등), 불멸과 활력 모두 거머쥐었지만 영혼을 잃는 바람에 무고한 사람들의 피를 먹으며 살아가야 하는 처지에 놓이게 된다(방랑자 멜모스[156], 뱀파이어 등). 이 이야기들이 전하는 메시지는 분명하다. 불멸하는 존재는 신이고, 인간은 죽기 마련이며, 이 원칙을 바꾸려 하면 더 끔찍한 상황을 맞닥뜨리게 될 것이라는 뜻이다.

그렇다고 해서 인간이 불멸에 대한 동경을 저버릴 수는 없다. 맥키번은 그런 욕구를 인정한다. 그는 "아주 조금이라도 불멸에 반대한다는 것은"이라고 운을 떼면서, "아이스크림에 반대한다는 것과 유사한 측면이 있다. 불멸의 삶은 인류가 의식적인 존재가 된 순간부터 품어온 원대한 꿈이었으니 말이다."라고 말한다. 그런데 우리는 앞선 세대들과는 달리, 그 꿈을 성취해 낼 수 있을지도 모른다. 그리고 그렇게 되면, 우리는 원래의 모습을 알아보지 못할 만큼 다른 존재가 될 것이다. 우리는 뭐랄까, 천사라든가 초인간적인 존재라든가 하는, 불멸을 지지하는 사람들의 시선에서 보자면 영원한 지복을 누리며 살아가는 완전히 다른 종이 될 것이다. 그리고 이는 분명 이야기의 종말을 의미할 것이다. 삶이 무한하다면, 무엇하러 이야기를 하겠나? 결말이 없으므로 시작도, 과정도, 더는 존재하지 않게 될 것이다. 셰익스피어도, 단테도, 그리고 아마 진짜 예술 같은 것도 없을 것이다. 예술에는 죽음이 들끓고 속세의 악취가 진동할 것이다. 우리가 새롭게 얻게 될 천사로서의 자아는 더 이상 인간의 예술을 필요로 하지도, 이해하지도 못할 것이다. 다른 종류의 예술을 향유할 수도 있겠지만, 그런 예술에는 핏기 하나 없을 것이다.

그런데 완전한 불멸의 존재가 된다면, 온종일 무얼 하게 될까? 그런 무한함, 그런 단조로움, 의미 있는 사건일랑 없는 일상에 권태를 느끼게 되지 않을까? 지루하지는 않을까? 아니, 절대 그럴 일은 없다. 우리는 빈둥거리면서 다음과 같은 문제들에 대해 사색할 테니까. '우주는 어디에서 왔나?', '왜 이 세상은 무(無)가 아닌 유(有)의 상태인가?', '의식을 가진 존재의 의미는 무엇인가?' 가만, 그 온갖 매혹적인 과학기술이 가져올 결과가 고작 이것, 즉 따분하기 그지없는 제1회 철학 세미나란 말인가? 맥키번은 이렇게 묻는다. "무례를 범할 생각은 없지만, 우리가 인간성과 맞바꾸는 것이 정녕 이것이란 말입니까?"

맥키번이 지적한 이것이라는 결과는 불멸의 인간이 마주하게 될 상황 중에서도 괜찮은 쪽에 속한다. 불멸의 인간이 처하게 될 안 좋은 상황은 내가 중학생이던 시절, 한 달에 한 권 책 읽기 모임에서 받았던 어느 페이퍼백 책에 구현되어 있었다. 『도노반의 뇌』라는 소설이었는데, 책에서 문제의 도노반이라는 인물의 뇌는 커다란 수조에 보관된 상태로 뇌 전용 음식을 공급받고 있었다. 이 작업을 수행하는 과학자들이 품고 있던 소망은 뇌의 능력과 강도를 개선하고, '왜 이 세상은 무가 아닌 유의 상태인가?' 같은 문제들을 해결하고, 인류에게 이익을 가져다주는 것이었다. 그러나 도노반은 신체를 가진 인간이 되자 주식 조작자 같은 일을 했고, 새롭게 얻게 된 뇌의 능력을 활용해 자신에게 방해가 되는 사람들을 해치우면서 세계를 정복하려 했다. '크기가 큰 뇌가 반드시 좋은 뇌는 아니다.' 이 사실은 열두 살 때 내 머릿속에 확실히 각인되었고, 『이제 그만』을 통해 더

SF에 관한 비평들

욱더 명확해졌다. 세상에는 인간에게 불멸을 가져다줄 분야에서 일하는 아주 영리한 사람들이 있고, 그런 사람들이 하는 일은 어떤 면에서는 (여태껏 본 적도 없는 가장 커다란 장난감 상자를 가지고 노는 것처럼) 마음을 사로잡지만, 그들이 우리의 미래를 결정해서는 안 된다. 그런 과학자들에게 인간의 본성이 어떤 식으로 개선되어야 하는지를 묻는 것은 개미들에게 우리 집 뒷마당에 무엇을 갖다 놓아야 하겠느냐고 묻는 것과 다름없다. 개미들은 물론 "더 많은 개미"라고 말할 것이다.

말이 나온 김에 묻자면, '우리'란 정확히 누구를 가리키는 걸까? '우리'라 함은, 그 온갖 좋은 것들을 받게 될 것이라고 약속받은 사람들이다. '우리'는 유전자 부유 계층인 '진리치(GenRich)'일 것이다. '우리'는 물론 이미 이 행성에 존재하는 60억 명의 인간도, 2050년에 남아 있을 것으로 예상되는 10억 명의 인간도 아닐 것이다. 그런 인간은 유전자 빈곤 계층인 '진푸어(GenPoor)'일 테니 말이다. 장차 모습을 드러낼 '우리'는 선택된 소수일 것이며, 그 이외의 사람들은 우월한 유전자와 불멸성을 얻으려면 상당한 값을 지불해야 하고 탱크에 깔리는 일이라도 발생하면 살아남지 못할 것이므로, 스스로를 보호할 조치를 취해야 할 것이다. 틀림없이 '우리'는 자먀찐의 소설 『우리들』에서처럼 철통같은 벽을 쌓거나, 성 안에서 살아가면서 성 바깥에서는 '그들' 즉 농노와 소작농과 얼간이들과 필멸의 존재들과 뛰놀 것이다. 우리는 제임스 듀이 왓슨(James Dewey Watson)[157]처럼, "멍청한 사람들과 어울리는 건 그리 즐거운 일이 아니다." 같은 말을 할 것이다. 자신의 신성한 권리에 대해 확신한 옛날 귀족들과 사실상 매우 흡사한 방식으로 행동할 것이다. 농노와 소작농들은 우리를 싫어할 것이다. 찬물을 끼얹고 싶은 생각은 없지만, 농노와 소작농들이 늘 따랐던 방식을 따른다면 그들은 머지않아 쇠갈고리와 횃불을 손에 쥐고 성벽으로 돌진할 것이다. 그리고 우리는 그들을 피해 우주 공간으로 가야 할 것이다. 음, 방금 얘기는 좀 재미있었으려나?

진리치가 된 모습을 상상해 보는 사람들(과거의 무기징역수와 마찬가지로, 미래의 무기징역수들도 자신이 배수로 공사를 하는 모습은 결코 떠올리지 못한다.) 앞에 놓인 과제는 진보와 필연성이라는 마력의 듀오의 미명하에 추진되고 있다. 이 마력의 듀오는 잠재력을 지닌 소수의 주주들이 공기 중에 감도는 돈다발 냄새를 맡을 때 모습을 드러낸다. (맥키번이 지적하듯이 그런 주주들은 늘 '내 거시기가 더 커.'라는 수식어구라든가, 본인의 배짱과 위험을 무릅쓰는 태도를 과시하는 말을 덧붙이기 때문에, 서둘러 유전자 접합과 머리 냉동을 추진하지 않는 사람은 일종의 졸보가 되어버린다.) '진보'는 그동안 수많은 이들을 현혹했지만, 단결을 외치던 선전 문구가 허세에 불

SF에 관한 비평들

과했다는 사실은 이제 확실히 들통나고 말았다. '필연성'은 말하자면 강간범의 주장과 같다. 어차피 일어날 일인데, 그냥 편히 누워서 즐기는 게 어때? 저항해 봤자 소용없어.(이것은 낡아빠진 조언이다. 지금은 소리를 지르고 구토를 하는 등 뭐라도 해보라는 조언이 전해진다. 세상은 변한다.)

맥키번은 진보와 필연성 둘 다와 맞붙으면서도 특히 '필연성'에 주목한다. 그는 우리에게 아직 선택권이 있다고 말한다. 무언가가 발명되었다고 해서 반드시 그것을 사용해야 하는 것은 아니라고 말한다. 그러면서 원자폭탄, 일본 사무라이들의 총에 대한 거부, 중국의 해군력 강화 포기, 그리고 신기술이 생기면 하나하나 검토해 보고 사회적 및 정신적 기준에 따라 수용할지 거절할지를 결정하는 아미시파[158]를 사례로 든다. 또한 우리도 사회적 및 정신적 기준에 따라 무언가를 수용하거나 거절할 수 있다고 말한다. 우리는 그럴 수 있다. 그리고 그래야 한다. 우리는 우리 자신으로서, 이미 우리의 존재인 인간으로서 결정해야 한다. 결함이 있을 수는 있지만 현 인류의 충만함을 기준으로 결정해야 한다. 앞서 말한 대로, 맥키번은 낙관론자다. 나는 우리가 무엇을 해야 하는가와 관련해서는 그의 의견에 동의한다. 그러나 우리가 그렇게 할 것인가에 대해서는 그리 확신하지 않는다.

사실 인류가 완벽해질 수 있다는 주장(이는 맥키번이 공공연하게 내세우는 주장은 아니다.)은 논리적 오류에 기반한다. 인간을 완벽한 존재로 만들고자 하는 사람들은 인간이 본질적으로 완벽하지 않은 존재라고 말한다. 그러나 인간을 완벽한 존재로 만들고자 하는 사람들 역시 스스로 말한 바와 같이 본질적으로 완벽하지 않다. 그리고 완벽하지 않은 존재는 완벽한 결정을 내릴 수 없다. 인간을 완벽하게 만들기 위한 결정은 그 자체로 완벽한 결정이어야 하며, 그렇지 않으면 완벽한 결과가 아닌 완벽하지 않은 결과가 초래될 것이다. 각기 다른 역할을 도맡는 입을 여러 개 갖고 싶다는 욕망이 보여주듯 말이다.

어쩌면 완벽해지고자 하는 인간의 분투는 보다 색다른, 한층 블레이크적인 형식을 취해야 할지도 모른다. 무한함은 모래 한 알에서, 영원은 한 시간 속에서 발견할 수 있을지도 모른다. 행복은 하나의 목표가 아니라 하나의 길일지도 모른다. 행복의 추구가 바로 행복일지도 모른다. 어쩌면 테니슨으로부터 실마리를 얻어 지혜와 지식을 분리하고, 지혜는 복제하거나 지어낼 수 없는 것임을 인정해야 할지도 모른다. 그런 인정이 지혜일지도 모른다. 우리에게 충분함은 이제 충분한지도 모른다. 어쩌면 충분함을 그냥 둬야 할지도 모른다.

조지 오웰

: 그와의 사적인 연결고리

나는 조지 오웰과 함께 자랐다. 나는 1939년에 태어났고, 『동물농장』은 1945년에 출간되었다. 그래서 아홉 살이 되었을 때 그 책을 읽을 수 있었다. 집에 아무렇게나 놓여 있던 『동물농장』을 나는 『버드나무에 부는 바람(The Wind in the Willows)』[159] 같은 동물이 나오는 책인 줄 알고 집어 들었다. 책에 담긴 정치적 의미에 대해서는 전혀 알지 못했다. 전후 시기였던 당시에 아이들이 알고 있는 정치란 '히틀러는 나쁜 놈이지만 죽었습니다.'라는 간단한 개념으로만 존재했다. 그래서 나는 영리하고 탐욕스러우며 신분 상승을 이루어내는 돼지들 나폴레옹과 스노볼의 모험, 대변인 스큅러, 인품은 뛰어나지만 우매한 말 복서, 쉽게 현혹되어 구호를 외치는 양의 이야기를 일련의 역사적 사건들과 조금도 연관 짓지 못한 채 단숨에 읽어 내려갔다.

소름이 끼쳤다는 말만으로는 『동물농장』에 대한 내 감상을 온전히 표현할 수 없을 것이다. 농장 동물들의 운명은

SF에 관한 비평들

너무 암울했고, 돼지들은 너무 비열하고 거짓되고 기만적이었으며, 양들은 너무 멍청했다. 어린아이라 할지라도 불의가 무엇인지는 기민하게 인식하는 법이며, 당시의 어린 나를 분개하게 만들었던 요소도 바로 불의였다. 돼지들의 행동은 이루 말할 수 없이 부당했다. 조용한 풀밭 구석에서 지낼 수 있을 거라는 약속을 받았던 복서가 불의의 사고로 도살장에 팔려 가서는 개 사료가 될 운명에 처했을 때, 나는 눈이 퉁퉁 붓도록 눈물을 쏟았다.

『동물농장』을 읽는 내내 마음은 몹시 불편했지만, 위험을 알리는 신호를 일찍부터 기민하게 감지할 수 있도록 해준 오웰에게 평생 감사하고 있다. 『동물농장』의 세계에서 행해지는 일장 연설과 공적 토론은 헛소리와 선동에 따른 거짓말에 불과하며, 동물들 상당수는 마음씨가 곱고 선의를 지녔지만 실제로 뭔가가 벌어지고 있는 상황에서는 겁을 먹고 못 본 체할 수도 있는 존재들이다. 돼지들은 이념을 무기로 다른 동물들을 협박하며, 그 이념을 자신들의 목적에 따라 왜곡하기도 한다. 돼지들의 말장난은 그 어린 나에게도 뻔히 보였다. 오웰이 가르쳐 주었듯이, 결정적인 것은 특정한 꼬리표(기독교, 사회주의, 이슬람, 민주주의, 두 발로 걸으면 적이고 네 발로 걸으면 동지다, 각종 일)가 아니라 그 꼬리표의 미명하에 행해지는 행동이다.

어린아이였던 나는 억압적인 권력을 무너뜨린 자들이

얼마나 쉽게 그 정권의 과시적인 요소들과 습관들을 이어 받게 되는지도 알 수 있었다. 민주주의는 가장 유지하기 어려운 형태의 통치 체제라는 장 자크 루소의 경고는 정확했다. 오웰은 루소의 경고가 실제로 구현되는 장면을 목격한 사람이었기에 그 사실을 뼛속 깊이 이해하고 있었다. "모든 동물은 평등하다."라는 계명이 "모든 동물은 평등하다. 그러나 어떤 동물은 다른 동물보다 더 평등하다."로 얼마나 순식간에 바뀌었던지. 돼지들이 다른 동물들의 복지에 대해 내보인 우려, 자기들이 조종하고 있는 동물들을 향한 경멸을 숨기는 데 이용한 그 우려는 얼마나 알량했던지. 돼지들이 포악한 인간들을 타도하고는 한때 그토록 경멸했던 그 인간들의 옷을 입고 그 인간들의 채찍을 사용하는 방법을 익히기까지는 얼마나 거리낌이 없었던지. 돼지들이 말재간이 뛰어난 대변인 스퀄러의 달변 덕분에 모든 권력을 자신들의 네 발 밑에 두게 될 때까지, 더는 가식도 없이 노골적으로 힘을 행사하며 통치하게 될 때까지 자신들의 행동을 정당화한 태도는 얼마나 독선적이었던지. 혁명이란 단지 운명의 수레바퀴가 회전할 때 밑에 있던 자들이 권력을 잡았던 자들을 깔아뭉개며 정상에 도달해 결정권을 차지하는 것을 의미할 때가 많다. 우리가 조심해야 할 대상은 자신의 거대한 초상화로 풍경을 뒤덮어 버리는 악랄한 돼지 나폴레옹 같은 자다.

SF에 관한 비평들

『동물농장』은 20세기형 「벌거숭이 임금님」이라고 할 만한 작품들 중에서 단연 압도적이었고, 그로 인해 오웰은 곤경에 처하기도 했다. 당대의 일반적인 통념을 거스르고, 불쾌하지만 명백한 사실을 짚어내는 사람들은 성난 양 떼들이 줄기차게 우짖는 매매 소리를 듣게 될 가능성이 높은 법이다. 물론 내가 이 모든 사실을 아홉 살 때 이해했거나 의식했던 것은 아니다. 그러나 우리는 이야기에 담긴 의미를 배우기에 앞서 패턴을 익히기 마련이며, 『동물농장』에는 아주 또렷한 패턴이 새겨져 있다.

『동물농장』에 이어, 1949년에는 『1984』가 출간되었다. 나는 『1984』가 출간되고 몇 년이 흐른 뒤인 고등학생 시절에 그 책을 읽었다. 그런 다음 다시 읽고, 또다시 읽었다. 그렇게 『1984』는 『폭풍의 언덕』과 더불어 내가 아끼는 책들이 꽂혀 있는 책장에 자리 잡았다. 당시 나는 『1984』의 자매편이라고 볼 수 있을 아스 쾨슬러의 『한낮의 어둠』과 올더스 헉슬리의 『멋진 신세계』도 탐독했다. 나는 이 세 작품에 푹 빠져 있었지만 『한낮의 어둠』은 이미 일어났던 사건들을 다룬 비극으로, 『멋진 신세계』는 풍자적인 희극으로 이해했고, 『멋진 신세계』에 등장하는 사건들의 경우에는 책에 묘사된 방식 그대로 구현될 것 같지는 않다고 생각했다. (특히 "홍겹고도 홍겹구나."[160] 구호를 외치는 대목이 그랬다.) 하지만 『1984』는 보다 현실적으로 다가왔는데, 그건 아마도 지칠 대로 지쳐버렸으나 냉랭한 분위기에서 체조를 해야 하는 처지였던(내가 다녔던 학교에서도 꼭 그랬다.) 깡마른 윈스턴 스미스가, 자신에게 강요된 삶의 계획 및 방식과 말없이 불화해야 했던 그가 마치 나 같아서 그랬던 것 같다.(『1984』가 청소년기에 읽기에 가장 좋은 작품인 이유도 이와 연관되어 있을지 모른다. 대부분의 청소년은 윈스턴과 유사한 감정을 느낀다.) 내가 특히나 공감했던 것은 강렬하게 마음을 사로잡는 비밀 공책에 자신만의 금지된 생각들을 적고자 했던 윈스턴의 욕망이었다. 본격적으로 글을 쓰고 있었던 것은 아니나, 글쓰기의 매력을 이해할 수는 있었다. 또한 그렇게 자신의 생각을 휘갈겨 쓴 행동(사회적 통념에 어긋나는 성행위를 비롯해, 1950년대 십 대들에게는 적잖이 유혹적인 행동이었다.)으로 인해 윈스턴이 곤경에 빠지게 되는 상황을 보면서 글쓰기의 위험도 이해할 수 있었다.

『동물농장』은 자유를 향한 이상주의적인 운동이 포악한 압제자가 군림하는 전체주의적인 독재정권으로 이어지는 과정을 보여주는 반면, 『1984』는 전적으로 전체주의 체제하에 살아가는 삶을 그려낸다. 『1984』의 주인공 윈스턴 스미스는 현재의 끔찍한 정권이 들어서기 이전의 삶에 대해 단편적인 기억만 갖고 있다. 지금의 윈스턴은 그저 한 명의 고아, 공동체의 아이일 뿐이다. 윈스턴의 아버지는 정권의 탄압을 초래한 전쟁에서 사망했고, 어머니는 아들이

SF에 관한 비평들

초콜릿 바 하나에 자신을 배신하자 원망의 눈빛만 남긴 채 사라져버렸다.(윈스턴의 성격에서 핵심적인 부분을 차지하는 사소한 배신이자, 책 전반에 등장하는 다른 여러 배신의 전조가 되는 행동이다.)

윈스턴이 살고 있는 '국가'인 '에어스트립 원'은 잔혹한 정권이다. 끊임없는 감시, 그 누구와도 솔직한 대화가 불가능한 상황, 불길하게 모습을 드러내는 빅 브라더, 대중이 공포에 떨고 증오심으로 결속하도록 만들기 위해 적과 전쟁(둘 다 허구일 수도 있는데)을 필요로 하는 정권, 따분하기 이를 데 없는 구호, 언어의 왜곡, 실제 벌어진 일들에 대한 기억을 '기억 구멍'에 던져 넣음으로써 파괴하는 행위 등은 내게 깊은 인상을 남겼다. 아니, 더 정확하게 표현하자면, 간담이 서늘해질 정도의 공포를 안겨주었다. 오웰은 열네 살 무렵의 나로서는 거의 아는 것이 없었던 스탈린 치하의 소비에트 연방을 풍자하고 있었지만, 글을 어찌나 잘 썼던지 나는 실제로 어디에선가 그런 일이 벌어지는 장면을 상상할 수 있었다.

『동물농장』에는 연인 관계가 전혀 등장하지 않는 데 반해,『1984』에는 있다. 윈스턴이 영혼의 동반자라고 생각하는 줄리아는 겉보기에는 당에 헌신하는 당원이지만, 남몰래 섹스와 화장과 퇴폐적인 장소를 즐기는 여자이기도 하다. 그러나 윈스턴과 줄리아의 관계는 발각되고, 윈스턴은 정권에 내적 충성을 다하지 않은 사상죄로 인해 고문을 당한다. 윈스턴은 줄리아를 향한 내적 정조를 지키기만 하면 자신의 영혼이 구원받을 것이라고 생각한다.(낭만적인 생각이지만, 우리 역시 그랬을지도 모른다.) 하지만 모든 독재주의 정권과 종교가 그러하듯, 당은 개개인이 품는 사적인 충성마저도 전부 당을 위해 희생하고 빅 브라더에 절대적인 충성을 다할 것을 요구한다. 결국 윈스턴은 우리에 갇힌 굶주린 쥐들이 사람 눈을 파먹는 끔찍한 고문 장치가 마련된 101호실로 이송되고, 그곳에서 자신이 가장 공포스러워하는 상황을 맞닥뜨리자 "저에겐 그러지 마세요!"라고 외치며 "줄리아한테 해요!"라고 애원한다. (우리 집에서 "줄리아한테 해요!"라는 말은 성가신 일을 회피할 때 쓰는 줄임말이 되었다. 가엾은 줄리아. 줄리아가 실존 인물이었다면 우리는 그의 삶을 얼마나 더 힘겹게 만들었을지. 줄리아는 이를테면 줄줄이 잡힌 공개 토론회에도 참석해야 했을 것이다.)

줄리아를 배신한 윈스턴은 순응적인 하찮은 존재가 되어버린다. 그는 2 더하기 2는 5라고 진심으로 믿으며, 빅 브라더를 사랑한다. 독자가 목격하게 되는 윈스턴의 마지막 모습은 자신이 산송장이나 다름없는 상태가 되었고 줄리아 역시 자신을 배신했다는 사실을 알게 된 이후, 술에 취한 채 야외 카페에 앉아 "우거진 밤나무 아래에서/나는 그대를 팔고 그대는 나를 팔았다네"라는 낯익은 노래 가사

SF에 관한 비평들

를 듣는 것이다.

오웰은 신랄하고 비관적이라는 이유로, 개인에게 아무런 기회도 주지 않고 모든 것을 통제해 버리는 당이 잔혹한 전체주의의 군홧발로 인간의 얼굴을 가루가 될 때까지 영원히 갈아버릴 것이라는 미래상을 제시했다는 이유로 비난받았다. 그러나 오웰을 향한 이러한 관점은 책의 마지막 장을 이루는 '신어' 즉 정권에서 고안해 낸 '이중사고 (doublethink)'에 관한 에세이를 통해 반박된다. 에어스트립 원의 지도자들은 골치 아픈 문제를 야기할 수도 있는 단어들은 전부 없애버리고('나쁜'은 더 이상 사용할 수 없고 대신 '더욱더 안 좋은'이라고 말해야 한다.) 다른 단어들은 원래 의미와 반대되는 의미를 갖도록 함으로써(사람들이 고문을 당하는 장소는 '애정부'이고, 과거를 말살하는 건물은 '진리부'이다.) 사람들의 이성적인 사고 행위를 그야말로 불가능하게 만들고자 한다. 그러나 신어에 관한 에세이는 표준 영어로, 3인칭 시점으로, 과거 시제로 쓰여 있기 때문에 정권은 몰락했고 언어와 개별성은 살아남게 되었다는 의미로밖에 해석할 수 없다. 신어에 관한 에세이를 작성한 사람이 누구든 간에, 『1984』의 세계는 종말을 맞이한 것이다. 그러므로 나는 오웰이 보통 사람들이 인정하는 것보다는 인간 영혼의 회복력에 상당한 믿음을 품고 있었다고 생각한다.

오웰은 내 삶에서 그로부터 한참 후에, 『1984』와는 다소 다른 디스토피아 소설 『시녀 이야기』를 저술하기 시작했던 진짜 1984년에 직접적인 본보기가 되어주었다. 당시 나는 마흔넷이었고 역사 공부와 여행과 국제앰네스티 활동을 통해 실제 독재정치를 충분히 깨우친 상태였기에 오웰에게만 의지할 필요는 없었다.

오웰의 작품을 포함해 대부분의 디스토피아 소설은 남성 작가의 작품이었고, 관점 또한 남성적이었다. 그런 디스토피아 소설에서 여성 인물이라 함은 무성의 로봇 같은 존재, 혹은 정권의 성 관련 규범에 저항하는 반역자로 등장했다. 이들은 남성 인물을 유혹하는 역할을 수행했고, 당사자인 남자들이 그런 유혹을 얼마나 반기느냐는 상관하지 않았다. 줄리아가 그러했고, 『멋진 신세계』에서 캐미솔 속바지 차림으로 난잡하게 야만인을 유혹한 레니나도 그러했고, 예브게니 자먀찐이 1924년에 발표한 중요한 고전 『우리들』의 불온한 팜 파탈도 그러했다. 나는 여성의 시각에서, 이를테면 줄리아의 시각에서 디스토피아를 그려보고 싶었다. 그러나 그렇다고 해서 『시녀 이야기』가 '페미니즘 디스토피아'인 것은 아니다. 단, 여자들은 목소리와 내면 세계 같은 것을 가져서는 안 된다고 생각하는 사람들 때문에 여자에게 목소리와 내면 세계를 부여하기만 하면 페미니즘이라고 간주될 시엔 그럴 수도 있다.

그밖에 측면에서 볼 때 내가 담아낸 독재정치는 실제

SF에 관한 비평들

독재정치나 흔히들 상상하는 독재정치와 동일하다. 모든 사람을 통제하는(그러려고 시도하는) 소수의 권력 집단이 상위에 존재하고, 수중에 넣을 수 있는 온갖 좋은 것들을 이 집단이 독차지하는 형태다. 『동물농장』의 돼지들은 우유와 사과를, 『시녀 이야기』의 상류층은 가임 여성들을 차지한다. 『시녀 이야기』에 존재하는 압제에 저항하는 힘은 오웰 자신이 (압제에 맞서 싸우려면 정치적 조직이 필요하다고 믿었음에도) 늘 무엇보다도 중요하게 여겼으며 찰스 디킨스에 관한 에세이에서 찬사해 마지않은 그것, 바로 평범한 인간의 품위에 있다. 성경에서 이 가치가 잘 표현된 구절을 찾자면, "네가 적은 일에 충성하였으매 내가 많은 것을 네게 맡기리니"[161]일 것이다. 레닌을 포함한 압제자와 권력자들은 달걀을 깨지 않고서는 오믈렛을 만들 수 없고 목적은 수단을 정당화한다고 믿는다. 그러나 오웰이 더 최악의 상황에 몰려 있었다면 그들과는 반대로 수단이 목적을 규정한다고 믿었을 것이다. 오웰은 "어떤 인간의 죽음이든 나를 소모시킨다."라고 말했던 존 던의 편에 서 있음을 보여주듯이 글을 썼다. 그리고 우리도 마찬가지로 (나의 소망이지만) 모두 그의 편에 설 것이다.

『시녀 이야기』의 마지막 장은 『1984』에 상당 부분 빚지고 있다. 수백 년이 흐른 미래에 열린 심포지엄을 다룬 장인데, 이를 통해 독자들은 소설에 등장했던 억압적인 정권이 미래에는 한낱 학술상의 분석 주제로 전락했음을 알게 된다. 신어에 관한 오웰의 에세이와 명백한 유사성을 갖는 대목인 것이다.

후대 작가들에게 영감을 불어넣어 준 오웰의 중요한 측면은 또 있다. 바로 명확하고 정확한 언어 사용을 고수했다는 점이다. 오웰은 꾸밈음을 구사하기보다는 단선율을 쓰기로 하면서 그런 글을 "창유리 같은 산문"이라고 표현한 바 있다. 완곡한 표현과 편향된 용어가 진실을 흐리는 일은 없어야 할 것이다. 타인의 죽음을 두고 "수백만 구의 썩어가는 시체"가 아닌 "수용 가능한 수준의 대량 사망"이라고 표현한다거나, "대규모 파괴"라고 하지 않고 "지저분한 상태"라고 표현하는 것은 신어의 도입을 알리는 신호다. 『동물농장』의 말 복서를 혼란에 빠뜨리고 양들로 하여금 구호를 외치도록 만든 것은 필요 이상으로 복잡한 사족이었다. 이념적인 편향, 대중적인 합의, 공식적인 부인 등의 상황에 직면했을 때 무엇인가를 강력히 요구하려면 정직성과 두둑한 배짱이 필요하다. 그 사실을 오웰은 알고 있었다. 홀로 겉도는 사람의 처지란 언제나 불안하기 마련이지만, 진정으로 위험한 순간은 주변을 둘러보았더니 대중의 음성 사이로 더는 겉도는 목소리가 들리지 않을 때이다. 그때가 "2분 증오"[162]를 실천할 준비를 마치는, 무조건적인 동조 상태에 처하게 되는 순간이다.

20세기는 인간이 만들어낸 두 가지 지옥, 즉『1984』속 강압적인 전체주의와 그야말로 모든 것이 소비재가 되고 인간은 행복할 수밖에 없도록 설계된『멋진 신세계』속 쾌락 대용품의 천국이 벌이는 경쟁의 현장으로 볼 수도 있다. 1989년에 베를린 장벽이 붕괴했을 때에는『멋진 신세계』에 승전보가 울리는 듯했고, 그 후로는 국가의 통제가 최소화될 것이고 우리가 해야 하는 일이라고는 쇼핑을 하고, 많이 웃고, 쾌락 속에 뒹굴고, 우울이 찾아오면 약을 한두 알 먹는 것이 다일 것 같았다.

그러나 2001년 9월 11일, 세계무역센터와 펜타곤에 공격이 가해진 그 악명 높은 사건과 함께 모든 것이 변하고 말았다. 지금의 우리는 마치 서로 상충하는 두 가지 디스토피아 전망 즉 열린 시장과 폐쇄된 사고방식을 동시에 마주하고 있는 듯하다. 국가의 감시가 맹렬한 기세로 재개되었기 때문이다. 끔찍한 고문이 자행되는 101호실은 지난 수천 년 동안 우리 곁에 있었다. 로마의 지하감옥, 종교재판, 성실청 법원[163], 바스티유 감옥, 피노체트 전 칠레 장군과 아르헨티나 군사정권을 상대로 제기된 소송들 모두 기밀유지와 권력남용 덕분에 가능했다. 이뿐만 아니라 지금까지 수많은 국가들이 자기만의 기밀유지와 권력남용 방법을, 성가신 반대 의견을 잠재워 버릴 방법을 마련해 왔다. 전통적으로 민주주의는 다른 무엇보다도 개방성과 법에 의한 통치로서 규정되었지만, 현재 서구 국가들은 보다 암울했던 인류의 과거 속에서 활용된 방법들을 암묵적으로 합법화하고, 기술적으로 발전시키고, 사리 충족을 위해 정당화하는 행태를 보이고 있다. 자유를 위한다면, 자유를 놓아주어야만 한다. 더 나은 세계(우리가 약속받은 유토피아)로 나아가려면 먼저 디스토피아를 물리쳐야 한다. 디스토피아는 이중사고를 해볼 만한 가치가 있는 개념이다. 게다가 디스토피아적인 사건들은, 그 순서상 이상하게도, 마르크스적인 부분이 있다. 처음에는 프롤레타리아트의 독재가 찾아와 무수히 많은 모가지가 날아간다. 그다음에는 그림의 떡 같은 무계급 사회가 도래해야 하는데, 참 희한하게도 그런 사회는 여태 한 번도 실현된 적이 없다. 그 대신 우리는 그저 채찍을 든 돼지들을 얻어낼 뿐이다.

오웰이라면 작금의 현실에 대해 무슨 말을 할까? 가끔씩 이렇게 자문해 본다.

아니, 실은 꽤 자주 해본다.

H. G. 웰스의

『모로 박사의 섬』을 읽는 열 가지 방법

H. G. 웰스의『모로 박사의 섬』은 일단 한번 읽고 나면 쉽게 잊을 수 없는 부류의 작품이다. 호르헤 루이스 보르헤스는 이 소설을 "잔혹한 기적"이라고 칭하면서 여러 견해를 표명하기도 했다. 보르헤스는『모로 박사의 섬』을 포함한 웰스의 초기작들이 "테세우스나 아하수에로에 관한 우화처럼 인간종의 보편 기억으로 자리 잡을 것이고, 심지어는 창작자의 명성이나 쓰인 언어의 종말마저도 초월할 것이다."라고 했다.

영화도 하나의 독자적인 언어로 간주할 수 있다면, 보르헤스의 말은 사실로 입증되었다고 볼 수 있다.『모로 박사의 섬』으로부터 영감을 받은 영화는 세 편이 있는데(그중 두 작품은 별로였다.), 각 영화가 웰스의 소설을 원작으로 했다는 사실을 알고 있었던 사람은 틀림없이 소수에 불과했을 것이다. 웰스가 창조한 이야기는 메리 셸리의『프랑켄슈타인』이 낳은 피조물처럼 자기만의 생명력을 얻었고, 이

SF에 관한 비평들

와 더불어 원작에는 존재하지 않았던 특성과 의미까지 갖게 되었기 때문이다. 영화 속에서 모로 박사는 세계 정복을 위해 열중하는 미치광이 과학자나 별난 유전공학자, 수련 중인 차기 독재자 같은 유형의 인물에 가깝게 구현된 반면, 웰스의 원작에 등장하는 모로 박사는 분명 미친 것도 아니고 그저 생체실험을 할 뿐이며, 무언가를 장악하겠다는 야심 따위는 조금도 없는 인물이다.

보르헤스가 웰스의 작품에 대해 말할 때 우화라는 단어를 사용했다는 점은 의미심장하다. 『모로 박사의 섬』은 겉보기에는 소설의 세부 요소들을 현실적으로 담아내고 있지만, 눈으로 관찰할 수 있는 사회생활을 다루는 산문으로서의 소설은 분명 아니다. 그 점에서 "우화"라는 말은 웰스의 이 기묘한 작품을 이루는 패턴에 어떤 민속적인 특성이 잠복해 있음을 시사한다. 마치 잎과 꽃으로 표현된 오브리 비어즐리(Aubrey Beardsley)[164]의 디자인에 동물의 얼굴이 숨어 있는 것처럼 말이다. 또한 우화는 거짓말, 즉 명백히 존재하는 무언가가 아닌 전설 속의 무언가나 지어낸 허구라는 뜻을 내포할 수도 있는데 지금까지 동물들을 절단한 다음에 다시 꿰매어 인간으로 변형시켜 본 사람도 없고 그렇게 할 생각을 갖고 있는 사람도 없으리라는 점에서 상당히 적절한 의미이기도 하다. 우화는 가장 흔하게는 일종의 유익한 교훈을 전달하기 위한 이야기(이솝의 이야기 같은 것)로 간주된다. 그런데 그 유익한 교훈이란 과연 무엇일까? 한 가지 분명한 사실은, 웰스 본인이 교훈을 담아내지는 않았다는 것이다.

보르헤스는 "오랜 생명력을 지니는 작품은 늘 무한하고 유연한 모호성을 지닌다. 그런 작품은 귀에 걸면 귀걸이, 코에 걸면 코걸이 같은 것이다."라고 말하면서 "이런 현상은 작가라는 존재가 있음에도 불구하고 거의 속절없이, 암암리에 나타난다. 당사자인 작가는 확실히 그 어떤 상징성도 모르고 있는 듯하다. 웰스도 그런 명료한 천진난만함으로 초창기의 환상적 작품들을 써냈다. 내 생각에는, 그의 훌륭한 작품이 내포하고 있는 내용보다 이런 부분이 더 훌륭한 것 같다."[165]라고 덧붙인다. 주도면밀하게도, 보르헤스는 웰스가 상징성을 동원하지 않았다고는 말하지 않았다. 단지 상징성을 동원했다는 사실을 웰스 본인이 모르고 있었던 것 같다고 했다.

지금부터는 보르헤스가 말한 그 무한하고 가변적인 모호함을 확인해 보고, 웰스가 고의적으로든 비고의적으로든 동원한 상징성을 살펴보고, 유익한 교훈이(그런 것이 있기는 하다면) 무엇인지 찾아보기 위해, 웰스처럼 겸손한 태도로 표면 아래를 탐색해 보고자 한다.

『모로 박사의 섬』을 읽는 열 가지 방법

1. 엘로이와 몰록

『모로 박사의 섬』은 웰스가 고작 30세였던 1896년에 출간되었다. 1896년을 기점으로 1년 전에는 『타임머신』이, 2년 후에는 『우주 전쟁』이 발표되었는데, 웰스는 『우주 전쟁』을 통해 불과 32세의 나이에 결코 무시할 수 없는 작가로서 입지를 다졌다.

문학계에서 한층 신사에 가까웠던 작가들(예컨대, 부를 물려받았기에 글쓰기로 생계를 유지할 필요가 없었던 작가들)이 보기에, 웰스는 잔뜩 바람이 들어간 애송이에 불과하지만 영리하다는 점에서 만만찮은 상대였을 것이다. 웰스는 꾸준한 노력을 통해 출세한 작가였다. 계층화되어 있던 당시 영국 사회에서 웰스는 노동자 계층에도, 상류층에도 속하지 않았다. 상인이었으나 성공하지는 못한 아버지를 둔 웰스는 2년 간 포목상에서 견습사원으로 일하기도 했지만, 나중에는 교생 일로 제 앞가림을 하며 자기 길을 개척하기 시작해 과학사범학교에 장학생으로 입학했다. 입학 후에는 다윈을 지지한 유명한 학자 토머스 헨리 헉슬리 밑에서 수학했다. 웰스는 학교를 수석으로 졸업했지만, 강의를 하다가 한 학생으로부터 자존심에 심각한 타격을 입은 바람에 교수직에는 흥미를 잃고 말았다. 그리고 그때부터 글쓰기에 전념하기 시작했다.

웰스가 『모로 박사의 섬』 직전에 집필한 작품인 『타임머신』에 등장하는 시간여행자는 인류가 미래에 엘로이와 몰록이라는 서로 다른 종으로 분화한다는 사실을 알게 된다. 엘로이들은 나비처럼 아름다운 외양을 갖고 있지만 무가치하다. 반면, 음울하고 추한 생김새로 지하에 사는 몰록들은 모든 것을 생산해 내고 엘로이들이 필요로 하는 것도 제공해 주지만, 밤이 되면 엘로이들을 먹어 치우기 위해 밖으로 나온다. 다시 말해 상류층은 자립할 능력을 잃은 채 지저귀기만 하는 무리로 전락하고, 노동자 계층은 포악한 식인종이 된 것이다.

웰스는 엘로이도, 몰록도 아니었다. 그러므로 웰스는 본인이 자기보다 사회적 계층이 높은 이들의 어리석음과 무능함, 자기보다 사회적 계층이 낮은 이들의 잔인함과 천박함과는 무관하게 오로지 능력만으로 사다리를 타고 올라가는 이성적인 존재를, 일종의 제3의 길을 대표한다고 생각했을 것이다.

그런데 『모로 박사의 섬』의 화자 프렌딕은 어떤 인물이었던가? 독자가 보기에, 프렌딕은 기분전환 삼아 배를 타고 한가롭게 세상을 유영하다가 난파 사건을 겪는 인물이다. 프렌딕이 탄 배의 이름은 오만한 귀족을 지칭하는 표현임이 분명한 레이디베인(Lady Vain)[166]호다. 프렌딕은 먹고 살기 위해 노동을 해야 할 필요가 없는 "고독한 신사"[167]이 며, 웰스처럼 헉슬리 밑에서 생물학을 배운 경험은 있지만 그 동기는 필요가 아닌 예술 애호가의 따분함("편안한 독신 생활의 무료함")이었다. 프렌딕은 부족함 없이 모든 것을 다 갖춘 엘로이들만큼 무력하지는 않지만, 그런 존재가 될 만 한 길을 밟고 있다. 프렌딕이 갖고 있는 히스테리, 무기력, 침울함, 정정당당한 승부를 시도해 보기에는 부족한 능력, 몰상식(그는 살면서 "목수 일은커녕 그 비슷한 일조차" 해본 적이 없어서 뗏목 만드는 방법도 모르며, 이것저것 간신히 짜 맞추긴 했 는데 바다에서 너무 멀리 떨어진 곳에서 한 바람에 물가로 끌고 가 다가 다 부서져버린다.) 같은 특성들이 그 사실을 뒷받침하고 있다. 그의 이야기를 듣는 일이 완전히 시간만 낭비하는 짓까지는 아니라도(그랬다면 우리의 관심을 붙들지 못했을 테 니까), 프렌딕은 웰스의 차기작 『우주 전쟁』에 등장하는 나 약한 목사, 그 무력하고 실없는 소리나 하는 "제멋대로 구 는 어린아이"[168]와 전반적으로 동일한 수준에 속하는 인물 이다.

프렌딕(Prendick)이라는 이름은 '점잔 빼는 사람 (prig)'에 '우둔한(thick)'이라는 의미를 결합한 결과물이 아닐까 싶기도 하다. 특히 '점잔 빼는 사람'이라는 표현은 프렌딕의 이명이나 다름없다. 법률 지식이 풍부한 사람이라면, 아직 부여받지는 않았으나 법적으로 무언가를 취할 권리가 있음을 의미하는 '권한(prender)'을 떠올릴 수도 있을 것이다. 그러나 웰스의 반의식에서도 가장 꼭대기 부근에서 떠다니고 있을 만한, 더 의미심장한 연관성이 있을 만한 표현은 '견습생(prentice)'이다. 웰스 본인이 견습생 시절을 겪지 않았던가. 그리고 이제는 상류층이 견습생 시절을 겪어봐야 할 차례가 온 것이다! 이제 상류층도 약간의 모멸을 겪어가며 이것저것 배워볼 때이다. 그런데 뭘 배워야 하는 걸까?

2. 시대의 징후들

『모로 박사의 섬』이 발표된 때는 웰스의 환상적인 독창성이 가장 비옥한 결실을 맺은 시기이기도 했고, 영국 문학사에 풍요가 찾아온 시기이기도 했다. 1882년 로버트 루이스 스티븐슨이 『보물섬』을 내자 모험로맨스가 부상했고, 1887년 헨리 라이더 해거드가 『그녀』를 출간하면서 이 흐름에 기여했다. 해거드의 『그녀』는 난파 사고가 일어나고, 위험한 늪과 복잡한 관목숲 사이를 터벅터벅 걷고, 피도 눈물도 없는 야만인들을 마주치고, 가파른 골짜기와 어둑한 작은 동굴 속에서 즐거움을 만끽하는 정통 모험담에다 초기 고딕 전통에 뿌리를 둔 기상천외함을 결합하되 이번

SF에 관한 비평들

에는 '비(非)초자연'이라는 문구로 마무리 포장을 한 듯한 작품이었다. '그녀'의 엄청난 힘은 뱀파이어나 신과의 밀접한 조우가 아닌, 휘몰아치는 불기둥 속으로 들어간 사건을 통해 생겨난 것이었는데, 이는 번개가 내리치는 현상보다 더 초자연적이거나 하지는 않았다. '그녀'의 힘의 원천은 자연에 있었다.

웰스가 영감을 얻은 요소는 이 같은 혼합, 그로테스크함과 '자연적인' 요소의 혼합이었다. 이를테면 환상의 괴물들(드래건, 고르곤, 히드라)과 결투를 벌이는 것이 특징인 모험담의 이국적인 정취를 유지하되, 후기 빅토리아 시대의 많은 영국인들이 인류를 위한 눈부시고 새롭고 반짝이는 구원이라고 간주했던 과학을 통해 괴물을 만들어내는 것이다.

독자들이 거부할 수 없는 매력을 지닌 것으로 증명된 또 다른 혼합 방식은 웰스보다 훨씬 앞서 조너선 스위프트가 구현해 낸 바 있다. 스위프트의 독특함을 돋보이게 해준 그 혼합 방식은, 바로 믿기 어려운 일련의 사건들을 꾸밈없이 솔직담백한 문체로 담아내는 것이었다. 기이함(uncanny)의 대가 에드거 앨런 포는 과장된 형용사를 동원해 '분위기'를 형성한 데 반해, 웰스는 스티븐슨의 뒤를 따르되 헤밍웨이의 등장을 예견하듯이 대체로 극단적 리얼리즘 작가들이 특징적으로 활용하는, 신문 기사에 가까운 간결한 문체를 구사한다. 웰스는『우주 전쟁』에서 이 방식의 효과를 최대한 구현해 내고자 하며 그로써 독자는 일련의 뉴스 보도와 목격담을 읽는 듯한 느낌을 받게 되지만, 사실 그는『모로 박사의 섬』에서 이미 그 기술을 연마하고 있었다. 더없이 사실적인 문체로 세부사항을 샅샅이 들여다보는 이야기는 분명 (독자가 느끼기에) 지어낸 이야기나 환각 증세일 수 없기 때문이다.

3. 과학

웰스는 우리가 현재 'SF'라고 알고 있는 장르를 개척한 중요한 작가 중 한 사람으로 인정받는다. 로버트 실버버그가 말했듯, "『타임머신』이후에 쓰인 모든 시간여행 이야기는 본질적으로 웰스에게 빚지고 있다. (……) SF를 이루는 대부분의 대주제를 비롯해, 시간여행이라는 주제에 처음으로 발을 디딘 사람도 웰스였다."[169]

웰스는 SF라는 용어를 알지 못했다. SF라는 용어는 안구 돌출형 괴물들과 황동 브래지어[170]를 입은 소녀들의 황금기였던 1930년대 미국에서 등장했기 때문이다. 웰스는 과학을 바탕으로 집필한 소설들을 "과학로맨스"라고 칭했는데, 과학로맨스는 웰스보다 상대적으로 덜 알려진 작가 찰스 하워드 힌턴이 만든 용어였다.

과학이라는 용어를 해석하는 방식은 다양하다. 과학이 알려진 것과 가능한 것을 의미한다면, 웰스의 과학로맨스는 전혀 과학적이지 않다. 웰스는 그런 부분에는 조금의 관심도 기울이지 않았다. 그 대신 웰스의 과학로맨스에서 '과학'을 담당한 부분은 헉슬리를 통해 배운 다윈의 원칙들에 기반한 세계관에 뿌리를 두고 있으며, 웰스가 작가로 활동하는 내내 꾸준히 매진했던 원대한 연구 주제, 즉 인간의 본성과도 연관되어 있다. 이는 웰스가 극단적 유토피아주의(인간이 신의 창조가 아닌 진화의 결과물이라면, 지금보다 더 진화하는 것도 분명 가능하지 않나?)와 극도의 비관주의(인간이 동물에서 진화했고 천사보다는 동물과 유사한 존재라면, 지금까지 밟아온 길을 역행하는 것도 분명 가능하지 않나?) 사이를 오갔던 이유에 대한 설명이 될 수 있을지도 모른다. 『모로 박사의 섬』은 웰스식 회계장부에서도 차변[171]에 기록되는 작품이다.

다윈의 『종의 기원』과 『인간의 유래』는 빅토리아 시대에 어마어마한 충격을 불러일으켰다. 세상은 7일 만에 창조되었고 인간은 흙으로 빚어졌다고 말씀하신 신은 사라졌으며, 신이 차지하고 있던 자리는 수백 년 동안의 진화론적 변화와 영장류가 포함된 계보가 차지하게 되었다. 19세기 초반을 풍미했던 워즈워스적인 다정한 대자연도 사라졌고, 그 자리는 테니슨의 "험한 산골짜기와/인정사정없이 무자비한 자연"이 대체해 버렸다. 1880년대와 1890년대에 들어 상징성을 갖게 된, 모든 것을 집어삼킬 듯 강렬한 팜 파탈도 다윈에게 큰 빚을 지고 있다. 『모로 박사의 섬』에 구현된 이미지와 우주생성론도 마찬가지다.

4. 로맨스

과학로맨스의 '과학' 부분에 대해서는 충분히 얘기한 것 같다. 그렇다면 '로맨스'는 어떻게 설명해야 할까?

'과학로맨스'와 '과학소설' 둘 다에서 '과학'은 형용사에 불과하다. 명사는 각각 '로맨스'와 '소설'인데, 웰스를 설명하고자 할 때에는 '소설'보다 '로맨스'가 더 유용한 측면이 있다.

오늘날 '로맨스'의 일반적인 용법은 밸런타인데이에 찾아볼 수 있다. 로맨스가 문학 용어로서 갖는 지위는 다소 하락해 버렸지만(이제는 '할리퀸 로맨스' 같은 장르에 사용된다.) 노블(novel)이라는 용어와 반대되는 의미로 사용되던 19세기에는 이렇지 않았다. 노블은 누구나 아는 사회상을 다루었다. 그러나 로맨스는 그보다 더 먼 옛날과 더 먼 장소를 다룰 수 있었다. 또한 플롯 면에서도 더 많은 자유를 누릴 수 있었다. 그렇다 보니 로맨스에서는 흥미진진한 사건들이 재빠른 속도로 연이어 발생했다. 이에 즐거움보다는 가르침에 집중했던 고위 지식인 계층은 로맨스를 현실도피주의자와 저급한 계층을 위한 것으로 간주했고, 그들의 그런 평가는 최소 200년이라는 세월이 흘러서까지 이어지고 있다.

노스럽 프라이는 『세속적 성서』라는 저서에서 로맨스 양식의 구조와 요소들을 철저히 분석한다. 보통 로맨스는 일상적인 의식(意識)에 균열을 내면서 시작하는데, 흔히 (전통적으로) 해적에 의한 납치와 결부될 때가 많은 난파 사건이 그 균열의 신호가 된다. 이국적인 풍토, 특히 이국적인 무인도가 등장하는 것도 하나의 특징이며, 그 무인도에 이상한 생명체들이 살고 있는 것 또한 특징이다.

로맨스에서 불길한 사건이 벌어지면, 주인공은 수감 혹은 감금당하거나, 미궁이나 미로 혹은 그와 비슷한 기능을 하는 장소에 갇히곤 한다. 각 생물체 간의 경계도 사라져서 식물이 동물이 되고, 동물이 유사인간이 되고, 인간이 동물로 전락하기도 한다. 주인공이 여자인 경우에는 그의 정조를 빼앗으려는 시도가 가해지고, 이에 주인공은 기적적으로 정조를 지켜낸다. 얼마나 현실성이 없어 보이든, 주인공은 구원을 통해 이전의 삶을 회복하고 사랑하는 사람과 재회한다. 『타이어의 왕자 페리클레스(Pericles, Prince of Tyre)』[172]도 로맨스다. 말하는 개만 없을 뿐 로맨스의 모든 요소를 갖추고 있다.

『모로 박사의 섬』도 로맨스다. 음울한 로맨스이기는 하지만, 로맨스는 맞다. 난파 사건이 있지 않았던가. 주인공의 의식이 실로 몇 차례나 붕괴되는 일도. 해적도 있었다. 이페카쿠아나호의 비열한 선장과 선원들 말이다. 선박의 명칭이 구토제와 설사약 효능을 가진 식물 '이페카쿠아나'에서 비롯했다는 점은 주인공의 의식이 붕괴되면 물리적 차원에서도 불결한 결과가 나타날 것임을, 어쩌면 치유적인 결과가 나타날 수도 있음을 암시한다. 동물과 인간의 유동적인 경계도 고려 대상이다. 모로 박사의 섬 그 자체도.

5. 마법에 걸린 섬

웰스가 붙인 노블스 아일랜드(Noble's Island)라는 명칭은 계급제도를 슬쩍 조롱하면서 노골적인 아이러니까지 담고 있다. '노블스 아일랜드'를 약간 얼버무리듯 빠르게 발음하면, '노 블레스드 아일랜드'가 된다.

섬은 문학계에서 다양한 선조와 후손을 거느리고 있다. 후손들 중에서도 가장 중요한 섬은 윌리엄 골딩의 『파리대왕』에 등장하는 섬이다.(이 작품은 『산호섬』과 『스위스의 로빈슨 가족』 같은 모험소설과 섬에서의 난파를 다룬 최초의 위대한 고전 『로빈슨 크루소』는 물론이고 『모로 박사의 섬』에도 빚진 부분이 있다.) 이렇게 섬에서의 조난 사건을 다룬 책을 죽 나열해 보면 거기에『모로 박사의 섬』도 포함될 수 있다.

그러나 이 소설들은 전부 가능성의 영역 내에서 펼쳐진다. 반면『모로 박사의 섬』은 판타지의 산물이며, 노블스아일랜드의 직계 조부모들은 다른 작품들에 등장한다. 곧바로 떠올려 볼 수 있는 작품은『템페스트』다.『템페스트』에도 아름다운 섬 하나가 등장하는데, 처음에는 마녀의 소유였다가 나중에는 권위적인 마법사 프로스페로의 차지가 된다. 프로스페로가 특히 강압적으로 대하는 대상은 고통이 가해질 때에만 복종하는, 사악한 동물 같은 캘리밴이다. 모로 박사는 자신이 만들어낸 백여 마리의 캘리밴에게 둘러싸여 있다는 점에서 악한 유형의 프로스페로라고 볼 수도 있을 것이다.

그러나 웰스가 우리를 데려가는 마법에 걸린 섬은 이와 조금 다르다.『모로 박사의 섬』의 프렌딕은 자신이 봤던 동물 인간들이 한때 인간이었다고 착각하면서 이렇게 말한다. "(모로는) 순전히 나를 붙잡아 둘 목적으로 내게 신뢰를 내보이며 나를 엿 먹인 것이다. 그래서 결국 죽음보다 더 무서운 운명을 내게 지우려는 것이다. 신체 고문을 하고, 고문을 한 다음에는 상상만으로도 끔찍한 생물학적 퇴보를 내게 들씌우려는 것이다. 나를 구제불능의 인간, 하나의 짐승으로 만들어 자신들의 코머스 떼거리의 일원으로 편입하려는 것이다."

프렌딕이 언급하는 코머스는 밀턴의 가면극 「코머스 Comus」에 등장하는 인물로, 미로처럼 복잡한 숲을 다스리는 강력한 마법사다. 코머스는 그리스 신화 속 여성 마법사 키르케의 아들이며, 키르케는 아이아이아섬에 사는 태양신의 딸이다. 오뒷세우스가 일행들과 떠돌다가 섬에 당도했을 때 키르케는 그의 일행을 돼지로 만들어버렸다. 키르케에게는 돼지들 말고도 온갖 종류의 야생동물(늑대며 사자며)이 있었는데, 이 동물들도 한때는 오뒷세우스의 일행들처럼 인간이었다. 키르케의 아이아이아섬은 인간이 짐승으로 변하는 (그리고 그 후 오뒷세우스가 주도권을 잡자마자 다시 인간으로 변하는) 동물의 섬이었던 것이다.

코머스는 한때 인간이었으나 마법의 컵에 담긴 음료를 먹고 잡종 괴물이 되어버린 생명체 무리를 이끈다. 이 괴물들은 인간의 신체를 유지하고 있지만, 머리는 온갖 종류의 짐승 머리와 같다. 그런 모습으로 변해 버린 탓에 이들은 쾌락적인 유희를 탐닉한다. 그러고 보면 동물의 형상을 한 고블린들이 입맛을 자극하는 먹을 것들을 미끼로 활용해 순결을 시험하는 크리스티나 로제티의 「고블린 마켓(Goblin Market)」은 「코머스」 이후에 파생되어 나온 작품임이 분명하다.

마법의 섬에 걸맞게 모로의 섬에는 약간은 생기도 감돌고 암컷도 존재하지만, 그다지 쾌적하지는 않다. 모로의 섬은 화산섬인지라 이따금 유황의 악취를 풍긴다. 꽃밭도 있고 갈라진 틈과 험한 산골짜기도 있으며, 길가 양옆에는 길게 갈라진 잎들이 늘어서 있다. 모로가 만들어낸 동물 인간들은 이런 곳에서 산다. 그러나 식사 예절이 그리 좋지 않은 탓에 이들의 서식 공간에서는 음식이 썩고 악취가 난다. 그러다 동물 인간들이 인간성을 잃고 동물적 본능을 되찾기 시작하면, 그 서식 공간은 도덕적 붕괴가, 분명하게는 성적 차원의 붕괴가 일어나는 장소가 되고 만다.

가만, 소설을 읽다 보면 앞으로 프렌딕에게는 절대 여자친구가 생기지 않을 거라고 믿게 되는데, 그 이유는 무엇일까?

6. 불경한 삼위일체

모로 박사에게도 여자친구는 없을 것이다. 섬에는 모로 부인이라 불리는 사람이 없다. 여자인 인간 자체가 전무하다.

이와 유사하게, 구약 성서의 신에게도 아내는 없었다. 웰스는 『모로 박사의 섬』을 "청춘의 신성모독 작품"이라 칭했는데, 이를 고려하면 웰스가 모로라는 인물을 전통 회화에 그려진 신(백발에 하얀 수염이 있는 강인하고 고독한 신사)과 닮은 모습으로 묘사하고자 했음을 명백히 알 수 있다. 웰스는 모로를 준(準)성서적 언어로 둘러매기도 한다. 모로는 섬의 입법자이며, 모로의 뜻을 거스르는 생명체는 처벌과 고문을 당한다. 모로는 변덕과 고통의 신이다. 그러나 모로는 실제로 무언가를 창조할 수는 없기에 진짜 신은 아니다. 모로는 단지 모방할 뿐이고, 그의 모방품은 형편없을 따름이다.

그렇다면 모로가 끈질기게 나아가도록 추동하는 것은 무엇인가? 모로가 저지른 죄는 차디찬 '지적 열정'과 결합된 '자만의 죄'다. 모로는 모든 것을 알고 싶어 한다. 생명의 비밀들을 발견하고 싶어 한다. 모로의 야망은 창조주 하나님 같은 존재가 되는 것이다. 이에 모로는 프랑켄슈타인 박사라든가 호손이 만들어낸 다양한 연금술사처럼 자신과 비슷한 야망을 품었던 여러 존재의 뒤를 따른다. 포스터스 박사의 모습도 어렴풋이 보이기는 하지만 그는 영혼을 팔아넘기는 대가로 젊음과 부와 섹스를 원했던 반면, 모로는 그런 것에 관심이 없다. 모로는 자신이 "물질만능주의"라 칭하는 것들, 쾌락과 고통 같은 것들을 경멸한다. 모로는 신체를 가지고 뭔가를 해보려 하지만 자기 자신의 신체로부터는 벗어나고 싶어 한다.(이런 모로에게도 문학적 형제들이 있다. 셜록 홈즈라면 피도 눈물도 없는 모로의 지적 열망을 이해했을 것이다. 19세기 말을 뒤흔든 오스카 와일드의『도리언 그레이의 초상』에 나오는 헨리 워튼 경도 그랬을 것이다.)

그런데 기독교에서 신은 삼위일체의 존재가 아니던가. 그러고 보면 모로의 섬에 있는 세 존재의 이름도 전부 모로 (Moreau)의 'M'으로 시작한다. 모로라는 이름을 뜯어보면, '모(mor)'라는 음절(분명 라틴어 모르스(mors)와 모르티스(mortis)[173]에서 따왔으리라.)에다가, 가소성의 한계를 탐구하는 사람에게 잘 어울리는 '오(eau)', 즉 프랑스어로 물을 의미하는 단어가 결합되어 있다. 게다가 '모로'는 프랑스어로 '무어인'을 의미하기도 한다. 그러므로 전형적인 백인인 모로는 마법 전승의 '흑인'이자 신의 대적자이기도 한 것이다.

알코올중독자인 모로의 조수 몽고메리(Montgomery)는 양의 얼굴을 하고 있다. 몽고메리는 동물 인간과 모로 사이에서 중재자 역할을 하며, 이 점에서 신의 아들 그리스도의 자리를 대신한다. 몽고메리는 처음 등장한 장면에서 프렌딕에게 피 맛이 나는 붉은 음료와 삶은 양고기 같은 것을 준다. 어린 양의 살점과 붉은 피를 준다는 점에서 성찬식을 아이러니하게 구현하고 있는 부분인 걸까? 프렌딕이 붉은 음료와 고기를 먹으며 참여하는 성찬식은 육식동물의 성찬식이요, 동물 인간에게는 금지된 인간의 성찬식이다. 그리고 무엇이 어떻든, 프렌딕은 이 성찬식의 일부분이었다.

삼위일체를 이루는 세 번째 존재는 성령인데, 일반적으로 비둘기로 묘사된다. 생물이지만, 인간이 아닌 형태다. 그리고 모로의 섬에 존재하는 세 번째 M의 주인공은 몽고메리의 조수로 일하는 수인, 즉 동물 인간 엠링(M'Ling)이다. 엠링도 피의 성찬식에 참석한다. 인간이 먹을 토끼를 준비하면서 자신의 손가락을 핥는 것이다. 그렇다면 엠링은 몸은 기형인 데다 머리는 멍청한 수인으로서의 성령일까? 청춘의 신성모독 작품으로서 『모로 박사의 섬』은 대부분의 평론가들이 깨달은 것보다 훨씬 더 신성모독적이었다.

또 한 가지 놓치지 말아야 할 부분은 웰스가 자신의 이 수상쩍은 정원에 뱀도 풀어놓는다는 점이다. 두말할 나위 없이 사악한 데다가 굉장한 힘을 보유하고 있고, 총신을 알파벳 S 모양으로 구부리는 존재. 사탄 또한 인간이 창조할 수 있는 존재인가? 그렇다면 이 또한 여지없이 신성모독적인 대목이다.

7. 캣우먼이라는 새로운 여자

모로 박사의 섬에 여성인 인간은 하나도 없지만, 모로는 여성 인간을 만들어내기 위해 부지런히 애쓴다. 소설 속에서 모로가 거의 대부분의 시간을 할애하는 실험은 암컷 퓨마를 그와 유사한 외양을 지닌 여성 인간으로 바꾸어놓는 것이다.

브라이언 올디스[174]가 지적했듯이, 웰스는 고양잇과에 지대한 관심을 보인 사람이었다. 웰스가 레베카 웨스트[175]와 연애를 하던 시기에 웨스트는 "검은 표범", 웰스 본인은 "재규어"였다. 그러나 '고양이'에는 또 다른 의미가 함축되어 있다. 고양이가 '매춘부'라는 의미의 비속어로 사용될 때도 있기 때문이다. 이 함의는 퓨마가 수술을 받던 도중 비명을 지르자 몽고메리가 하는, "여기도 고양이들이 앙앙거리는 고어 가(街)와 별반 다를 바 없군."이라는 대사를 통해 은밀히 드러난다. "먹잇감을 찾아 헤매는 여자들이 야옹야옹 나를 뒤따르"는 것을 피해 런던으로 돌아간다는 프렌딕의 말도 명백한 연관성을 갖는다.

모로는 퓨마에 대해 이렇게 말한다. "퓨마의 머리와 뇌에 희망을 좀 걸고 있소. (……) 이성적 객체를 만들고야 말겠다!" 그러나 퓨마는 저항한다. 퓨마는 여성 인간에 가까운 존재(여성 인간처럼 운다.)이며, 모로가 또다시 자신을 고문하기 시작하자 "사나운 여자가 악쓰는 소리" 같은 비명을 내지른다. 그런 다음 벽에 고정된 족쇄를 뜯어내고 도망간다. 피 흘리고 상처 입은, 고통받는 거대한 여성 괴물. 바로 이 괴물이 모로를 죽인다.

웰스는 당대의 뭇 남자들과 마찬가지로 신여성에 사로잡혀 있었다. 그는 표면적으로는 자유연애를 비롯한 성적 해방에 적극 찬성했지만, 여성 해방과 관련된 차원에서는 확실히 겁에 질려 있었다. 해거드의 『그녀』도, 웰스가 만들어낸 기형적인 퓨마도, 당시 페미니즘 운동에 대한 하나의 반응 ─ 여자가 권력을 갖게 되면 남자는 끝장난다. ─ 으로 해석할 수 있다. 자, 그러니 마땅히 가져야 할 고기능 두뇌만 없을 뿐, 미치광이 과학자 덕분에 괴물처럼 거대한 몸과 강력한 힘은 물론 성적 매력까지 갖추게 된 고양이가 자신을 옭아매고 있던 족쇄를 벽에서 떼어내고 달아나 버린다면, 다들 조심하시라.

8. 백색의 모로, 흑색의 엠링

영국적인 사회극을 연출하기 위해 털 달린 생명체를 활용한 19세기 영국 작가는 웰스뿐만이 아니었다. 루이스 캐럴도 그런 기법을 『이상한 나라의 앨리스』에서 기발한 방식으로 활용했고, 키플링은 『정글북』에서 보다 군국주의적인 방식으로 구현해 냈다.

키플링은 『정글북』에서 법칙이라는 것에 숭고함을 부여했다. 그러나 웰스는 아니었다. 모로 박사의 섬에서 인간 동물들이 중얼거리는 법칙은 기독교와 유대교의 예배식에 대한 소름 끼치는 패러디다. 그 법칙은 동물의 언어가 사라지는 순간 완전히 자취를 감춰버린다. 언어를 초월해 영원토록 존재하는 신의 교리 같은 것이 아니라, 단지 언어의 산물인 것이다.

웰스는 대영제국이 여전히 위세를 떨치던 시기에 작가로 활동했지만, 그때에도 이미 균열은 나타나고 있었다. 모로의 섬은 지옥을 연상케 할 만큼 끔찍한 것들을 모아놓은 일종의 소규모 식민지. 대부분의 (전부는 아닐지라도) 동물 인간이 검은색이거나 황색을 띠는 것도, 프렌딕이 그들을 처음 봤을 때 "야만인" 혹은 "원주민"이라고 간주한 것도, 그들이 엉터리 영어를 구사한다고 생각했던 것도 전부 우연은 아니다. 동물 인간들은 채찍과 총으로 유지되는 정권의 하인이자 노예로 이용당하고 있다. 이들은 진짜 "인간"을 두려워하고 그만큼 인간을 은밀히 증오하기도 한다. 그들은 최대한 법칙에 불복종하며, 적절한 때가 되면 망설임 없이 제멋대로 행동한다. 그들은 모로를 죽이고, 몽고메리를 죽이고, 엠링을 죽인다. 프렌딕이 섬에서 탈출하는 데 실패한다면, 그 또한 죽일 것이다. 프렌딕이 처음에는 "원주민처럼 생활"하려고 그들과 함께 살면서 입에 올리고 싶지도 않은 역겨운 일들을 감수하기는 했지만, 그건 상관없다.

실로 '백인의 책무'일 따름이다.

9. 근대의 노수부

프렌딕이 섬에서 탈출하는 방식은 주목할 만하다. 그

는 돛이 달린 작은 배를 발견하고는 불을 지펴 신호를 보낸 다. 배는 프렌딕을 향해 다가오지만, 바람을 타고 움직이는 것이 아니라 한쪽으로 치우쳤다가 갑자기 방향을 바꿨다 가 하는 이상한 방식으로 항해한다. 배에는 두 사람의 형체 가 보이고, 그중 한 사람의 머리색은 붉다. 배가 만에 다다 르자, "갑자기 거대한 흰 새 한 마리가 배에서 날아올랐다. 사내들은 움직이지도 그것에 주목하지도 않았다. 새는 빙 빙 돌다가 갑자기 큰 날개를 펼쳐 내 머리 위 상공을 휙 지 나갔다." 이때 등장한 새는 갈매기일 리는 없다. 갈매기라 고 하기에는 크기도 너무 크고, 혼자서 날고 있기 때문이 다. 보통 '거대하다'라는 수식어가 붙는 하얀 바닷새는 앨 버트로스가 유일하다.

배에 타고 있던 두 사람은 죽은 상태였다. 그러나 바로 이 죽음의 배가, 죽었으나 살아 있는 관 같은 배가 프렌딕 의 구조를 확실히해 준다.

측은한 신세로 전락해 버린 독신 남자, 바람 없이 항해 하는 배, 범상치 않은 머리색을 가진 사람을 포함해 죽은 상태로 발견된 두 사람, 거대한 흰 새. 이 모든 요소가 등장 하는 영국 문학 작품이 또 있었던가? 물론 있었다. 바로, 인 간과 자연의 참된 관계를 주제로 다루면서 이 참된 관계가 사랑이라는 결말로 맺어지는 콜리지의 시 「노수부의 노래 (The Ancient Mariner)」다. 「노수부의 노래」에 등장하는

SF에 관한 비평들

노수부는 앨버트로스를 총으로 쏘는 바람에 저주에 걸렸으나, 바다뱀을 바라보다 찬미를 하게 되는 순간 저주에서 풀려난다.

『모로 박사의 섬』 또한 인간과 자연의 참된 관계를 주제로 하지만, 「노수부의 노래」와는 자연을 바라보는 관점 자체가 다르므로 결말도 판이하다. 자연은 더 이상 워즈워스가 칭송한 자애롭고 어머니 같은 자연이 아니다. 콜리지와 웰스 사이에는 다윈이 있기 때문이다.

「노수부의 노래」의 마지막 부분에는 앨버트로스를 쏜 노수부가 얻은 교훈이 압축적으로 담겨 있다.

> 사람뿐만 아니라 새와 짐승을
> 잘 사랑하는 이가 기도를 잘하는 이라고.
> 크고 작은 모든 것을
> 가장 사랑하는 이가 가장 기도를 잘하는 이라고.
> 우리를 사랑하시는 소중한 하느님,
> 그분이 모든 것을 만드셨고 또 사랑하시기에.

「노수부의 노래」와 비슷한 패턴을 가진 『모로 박사의 섬』의 마지막 대목에서는 앨버트로스가 여전히 살아 있다. 프렌딕은 앨버트로스에게 그 어떤 해도 입히지 않는다. 그러나 프렌딕은 어떻든 저주의 그늘 속에서 살아간다. 프렌딕이 걸린 저주라 함은 살아 있는 모든 존재들, 즉 새도, 동물도, 그 어떤 인간도 사랑하거나 찬미할 수 없게 된 것이다. 그런데 노수부는 또 다른 저주에도 씌어 있었다. 자신의 경험을 말할 수밖에 없는 운명에 처했던 것이다. 그리하여 노수부는 사람들에게 자신의 이야기를 들려주고, 사람들은 그 이야기를 듣고 납득한다. 그러나 프렌딕은 자신이 겪은 일을 말하지 않기로 결정한다. 말한다 한들, 아무도 믿어주지 않을 것이기 때문이다.

10. 공포와 떨림

결국 이 불행한 프렌딕이 얻는 교훈은 무엇일까? 「노수부의 노래」를 참고하면 그 교훈이 무엇인지 제대로 이해할 수 있을 것이다. 모로 박사의 섬을 관장하는 신은 모든 생명체를 창조하고 사랑하는 다정한 신과는 거리가 멀다. 모로 박사가 살아 있는 것들을 '만드는' 창조자 신을 대변한다고 간주할 경우, 프렌딕이 최종적으로 판단하기에 신은 몹시 부적절한 짓을 저지른 존재가 되고 만다. 이와 유사하게 신을 모로 박사와 같은 존재로 간주할 수 있다면, '인간에게는 신이 있듯, 동물들에게는 모로가 있다.'라는 명제가 성립할 수 있다면, 신은 그저 재미를 보고 자신의 호기심과 자부심을 채우기 위해 인간을 창조하고, 인간이 이해할 수

SF에 관한 비평들

없거나 복종할 수 없는 법칙을 만든 다음, 인간을 고문의 삶 속에 내던져 버린다는 잔혹함과 무심함을 이유로 비난받게 된다.

프렌딕은 폭력성과 기형적인 신체를 갖고 모로의 섬에서 살아가는 털 난 동물들을 사랑할 수 없는 사람이다. '문명'으로 회귀하며 만나게 되는 인간들을 사랑하는 것도 프렌딕에게는 마찬가지로 어려운 일이다. 스위프트의 걸리버처럼, 프렌딕은 자신과 동류인 인간들을 바라보는 일조차 간신히 견뎌낼 수 있을 뿐이다. 프렌딕은 불안한 공포의 상태에서 살아가며, 온갖 경계가 와해되는 상황을 지속적으로 경험했던 시간으로부터 영향을 받는다. 섬에 있던 동물들이 때로는 인간처럼 보였듯이, 영국에서 마주치는 인간들은 그에게 동물처럼 보인다. 프렌딕은 근대인답게 "정신과 의사"를 찾아가지만, 정신과 치료는 불완전한 치료에 그치고 만다. 프렌딕은 자신이 "혼자 방황하도록 정해진 한 마리 짐승" 같다고 느낀다.

프렌딕은 생물학에 쏟았던 관심을 거두고 화학과 천문학으로 방향을 튼다. 그리고 "하늘의 반짝이는 별들로부터", "희망"("한없는 평온과 위안")을 얻는다. 그런데 웰스는 이 미약한 희망마저 일그러뜨려버리겠다는 듯이, 『모로 박사의 섬』을 발표한 거의 직후에 『우주 전쟁』을 집필했다. 평화와 보호가 아닌, 기괴하나 우월한 화성인들이 대변하는 악의와 파괴가 하늘에서 내려오는 세계를.

『우주 전쟁』은 다윈에 부치는 추가 해설서로도 읽을 수 있다. 그럼 진화를 거쳐 장차 도래할 세상에서 신체는 소멸되어 버리고, 커다란 뇌와 촉수 같은 손가락이 달린 거대한 무성(無性)의 흡혈 머리가 등장하게 되는 걸까? 잠깐, 『우주 전쟁』은 『모로 박사의 섬』에 부치는 더없이 소름 끼치는 결말로도 해석할 수 있다.

SF에 관한 비평들

가즈오 이시구로의
『나를 보내지 마』

『나를 보내지 마』는 헌신적인 태도로 아첨을 일삼으나 도덕성은 결여된 어느 영국인 집사의 이야기를 서늘하게 담아낸 『남아 있는 나날』로 1989년 부커상을 수상한 작가 가즈오 이시구로의 여섯 번째 작품이다. 『남아 있는 나날』은 비인간화가 인간 군상에 미치는 영향을 사려 깊고 치밀하면서도 종국에는 극도로 동요하는 시선을 통해 바라본 소설이다. 이시구로의 섬세한 손길을 거쳐 구현된 만큼, 소설에서는 비인간화의 영향이 노골적으로 드러나지 않는다. '나쁜 그들', '좋은 우리'를 역설하는 설교도 없다. 다만, 비인간화되어 가는 인간 집단에 품었던 기대가 줄어들고, 그 집단이 틀에 박힌 사고방식에서 벗어날 수 있는 능력도 감퇴되는 것 같다는 느낌을 받게 될 뿐이다. 결말 부근에 다다르면, 독자는 본인이 갇혀 있는 보이지 않는 상자의 벽면이 정확히 어디에서 시작되고 어디에서 끝나는지 의구심을 품게 된다.

SF에 관한 비평들

이시구로는 각기 다른 문학 장르를 혼합해 보는 실험을 해보고, 그중에 자신의 목적에 부합하는 대중적인 양식을 골라서 활용하고, 음울한 역사를 배경으로 소설을 전개해 나가는 작업을 즐기는 작가다. 이를테면, 『우리가 고아였을 때』는 소년의 모험담에 1940년대 탐정 소설을 결합하면서 제2차 세계대전이 지닌 전적으로 새로운 측면을 드러낸 작품이었다. 이시구로의 소설은 결코 무언가를 다루는 척 시늉만 하지 않으며, 이는 『나를 보내지 마』에서도 마찬가지다. 어떤 독자들은 『나를 보내지 마』가 에니드 블라이튼[176]이 여학생을 주인공으로 쓴 이야기에 영화 「블레이드 러너」나 소외된 아이들을 다룬 존 윈덤의 명작 『번데기들(The Chrysalids)』을 결합한 작품인 것 같다고 생각할지도 모른다. 그도 그럴 것이, 『번데기들』에 등장하는 아이들은 『나를 보내지 마』에 나오는 인물들과 마찬가지로 독자에게 섬뜩한 기분을 안겨준다.

『나를 보내지 마』의 화자 캐시 H는 목가적인 분위기를 풍기는 헤일섬이라는 학교에서의 학창 시절을 돌이켜보고 있다. ('헤일섬'의 '섬'은 찰스 디킨스의 소설에서 이해력이 부족한 아이들을 착취하는 '미스 해브셤'의 '셤'과 동일하다.) 독자들은 '캐시 H'라는 이름의 H가 성(姓)을 축약한 이니셜이라고 생각할 수도 있지만, 헤일섬에 다니는 아이들 중에서 진짜 성을 가진 아이는 한 명도 없다. 얼마 지나지 않아 독자들은 헤일셤 학교에 뭔가 굉장히 기묘한 구석이 있다는 사실을 알게 된다. 가령, 축구 실력이 수준급인 토미라는 아이는 미술에 전혀 소질이 없다는 이유로 놀림을 받는다. 보통의 학교에서였다면 다른 대우를 받았을 텐데 말이다.

사실 헤일셤은 복제 인간들의 성장을 위해 세워진 기숙학교로, 이곳에서 생활하는 복제 인간들은 다른 "일반인"들에게 장기를 제공한다는 유일한 목적으로 탄생한 존재다. 이들에게는 부모가 없다. 이들은 아이도 가질 수 없다. 졸업을 하면 이미 장기를 적출당한 다른 복제 인간들을 돌보는 "간병사" 시기를 거치고, 그 후에는 임무를 "완수"할 때까지 최대 네 차례 장기를 "기증"하게 된다.(이시구로가 이 표현들을 그대로 사용한 것은 아니다. 이시구로는 이 표현들을 한 차례 더 비꼰다.) 인간이 미심쩍은 도덕성으로 시행하는 사업들이 대체로 그러하듯이, 이 복제 인간 사업도 완곡어구와 그늘로 둘러싸여 있다. 외부 세계의 인간들은 이들이 제공해 주는 이점을 탐욕스럽게 갈망하므로 복제 인간이 계속 존재하기를 원하지만, 실제로 무슨 일이 벌어지고 있는지를 똑바로 직시하고 싶어 하지는 않는다. 소설 속에는 전혀 언급되어 있지 않지만, 우리는 지금껏 복제 인간 사업에 대해 어떤 반론이 제기되었든 이미 묵살되고 말았으리라고 가정하게 된다. 이제 규칙도 마련되었고, 수혜자와 피해자 모두 (노예제도가 존재했던 때와 같이) 현재의 상

SF에 관한 비평들

황을 당연하게 받아들이고 있으니까.

여기까지가 전부 소설의 배경이다. 이시구로는 복제 기술이나 장기 기증의 실제적인 측면에는 그리 큰 관심을 두지 않았다. (복제 인간들이 기증할 네 가지 장기가 무엇인지 궁금해할 독자들이 있을지도 모르겠다. 간 하나, 콩팥 두 개, 그리고 심장일까? 그런데 두 번째 콩팥도 떼어내고 나면 어차피 죽지 않을까? 아니면, 췌장을 덤으로 얹어주는 걸까?) 그렇다고 해서 『나를 보내지 마』가 미래의 공포를 다룬 소설인 것도 아니다. '영국의 다가올 미래'가 아닌 '영국의 한구석'을 배경으로 하고 있으며, 복제 기술은 이미 1970년대 이전에 도입되었기 때문이다. 1990년대 말에 31세가 된 캐시는 1970년대부터 1980년대 초반에 청소년기를 보내는데, 1955년에 나가사키에서 태어나 5세에 영국으로 이주한 이시구로와 비슷한 시기를 공유한다.(분명 연관성이 존재한다. 어린 시절의 이시구로 또한 자기 잘못도 아닌 이유로 너무 일찍 생을 마감한 많은 젊은이들을 보았을 테니까.) 게다가 소설에 묘사된 세부사항들은 무척이나 현실적이다. 풍경이며, 헤일셤 학교에 있는 체육관의 형태며, "교사" 집단이며, 심지어는 캐시가 CD가 아닌 카세트테이프로 음악을 듣는다는 사실까지도.

캐시는 자신에게 주어진 부당한 운명에 대해 별다른 말을 하지 않는다. 사실 캐시는 보통의 장기 농장이 아닌 헤일셤처럼 우수한 시설에서 지낼 수 있었던 자신은 운이 좋았던 것이라고 생각한다. 대부분의 인간과 마찬가지로 캐시도 인간관계에 관심이 있다. 그중에서도 권위적이고 남을 조종하려 드는 성향을 가진 "절친한 친구" 루스와 자기가 좋아하는 남자아이인 상냥하고 축구를 잘하며 예술에는 소질이 없는 토미, 이 두 사람의 관계에 신경을 쓴다. 이시구로의 묘사에는 빈틈이 없다. 이를테면 캐시는 총명하지만 특별함이라고는 전혀 없는 아이인데, 과거에 나눴던 대화들을 다시 곱씹어 보고 모든 지적과 샐쭉거림과 짝사랑과 면박과 냉대와 집단 괴롭힘과 말싸움을 하나하나 기억하면서 여느 예민한 여자아이들처럼 강박적이다 싶을 만큼 쉴 새 없이 말한다. 십 대 시절에 쓴 일기를 갖고 있는 사람이라면, 캐시와 관련된 것들이 하나같이 섬뜩할 정도로 친숙하고 소름이 끼칠 만큼 흥미진진하다고 느낄 것이다.

그렇게 과거를 되짚어 보던 캐시는 자신을 끈질기게 괴롭혀온 수수께끼 몇 가지를 해결한다. 그 수수께끼란 이런 것이었다. 아이들이 예술 작품을 만드는 것이 어째서 그렇게 중요한 일인가? 아이들이 작품을 만들면 그것들을 모아 가져가 버리는 이유는 무엇인가? 어차피 젊은 나이에 죽게 될 운명이라면 교육을 받는 것에 무슨 의미가 있단 말인가? 복제 인간은 인간인가? 아니면 인간이 아닌 별개의 존재인가? 이 같은 질문은 오싹하게도 테레지엔슈타트에서 예술 작품을 만들어야 했던 아이들[177]과 방사선에 의해 죽어가던 와중에도 종이학을 접은 일본 아이[178]를 떠올리게 한다.

예술의 존재 이유는 무엇인가? 소설 속 인물들이 묻는다. 그들은 자신이 처한 상황에 비추어 이 질문을 던지지만, 분명 예술과 관련된 모두를 대신해 묻고 있는 것이기도 하다. 예술은 무엇을 위해 존재한단 말인가? 예술은 무언가를 위한 것이어야 한다는 생각, 확실한 사회적 목적(신들에게 찬사를 보내고, 사람들의 기운을 북돋고, 도덕적 교훈을 담아내는 등)을 갖고 있어야 한다는 생각은 적어도 플라톤 때부터 존재했고, 19세기에는 강제되기도 했다. 이런 생각은 지금도 남아 있으며, 특히 부모와 교사들이 학교 교과과정을 두고 옥신각신할 때 고개를 든다. 『나를 보내지 마』에서 예술이 어떤 목적을 지니고 있었는지는 밝혀지지 않지만, 인물들이 알고 싶어 했던 것은 사실 예술의 목적이 아니었다.

『나를 보내지 마』의 가장 핵심을 이루는 모티프는 외집단에 대한 대우, 외집단들끼리 각자만의 내집단을 형성하는 방식이다. 소외된 자들이라고 해서, 다른 존재를 소외하는 행동으로부터 자유로운 것은 아니다. 예컨대, 루스와 토미를 비롯한 기증자들은 죽음이 점점 가까워 오는 와중에도 캐시를 배제한 채 오만하고 잔인한 작은 파벌을 형성한다. 자신들과 달리 아직 기증자가 아닌 캐시는 그들의 심정을 제대로 이해할 수 없기 때문이다.

『나를 보내지 마』는 편안한 승차감을 확보하고자 다른 사람을 차에서 쫓아내 버리는 경향에 대해 말하는 책이기도 하다. 어슐러 K. 르 귄의 단편소설 「오멜라스를 떠나는 사람들」에서는 다수의 행복이 전적으로 소수의 인위적인 불행에 달려 있다. 헤일섬의 아이들은 다수의 건강 증진을 위해 제단에 바쳐지는 인간 제물이다. 이미 장기 기증을 목적으로(예컨대 고통에 시달리는 자매 혹은 형제를 돕기 위해) 아이들이 생성되고 있는 상황이기에, 헤일섬 "학생"들이 겪는 딜레마는 시간이 흐를수록 더욱 보편적인 현상이 될 수밖에 없다. 신체를 소유한 자는 누구일까? 신체를 소유하고 있기에 그것을 바칠 권리도 가진 자는 누구일까? 캐시와 친구들은 곧 다가올 상황 즉 고통, 신체의 훼손, 죽음을 진실로 대면하지 못한 채 망설이는데, 이는 캐시가 들려주는 복제 인간의 삶에서 이상하게도 물리적 측면이 누락된 이유를 설명해 줄 수 있을지도 모른다. 『나를 보내지 마』에는 무언가를 먹는 인간도, 냄새를 맡는 인간도 없다. 중심인물들이 어떻게 생겼는지에 대해서도 그다지 알 수 있는 정보가 없다. 성교를 나누는 순간에도 아무런 생기가 돌지 않는다. 그러나 풍경과 건물과 날씨만큼은 강렬하게 현존한다. 마치 캐시가 자신의 자아감의 상당 부분을 이렇게 신체와 멀리 떨어져 있는 대상 안에 투영해 둠으로써 그 자아감이 손상될 가능성을 줄이려 한 것처럼.

　마지막으로, 『나를 보내지 마』는 무언가를 잘하고 싶고 인정을 얻고 싶은 인간의 소망에 대해서도 말한다. 누군가가 자신의 머리를 쓰다듬어 주기를 간절히 바라는 아이들의 소망(자신의 장기를 이식받은 이들이 심한 고통을 느끼지 않도록 "좋은 간병사"가 되고, 네 차례의 장기 "기증"을 모두 해내는 "좋은 기증자"가 되고자 하는 소망)은 마음을 애달프게 한다. 그리고 바로 이 소망으로 말미암아, 아이들은 그들 자신을 가두는 우리에 갇혀버린다. 도망을 친다거나 사회의 "일반인"들에게 복수할 생각을 하는 아이는 한 명도 없다. 루스는 자신에 대해 허황된 거짓말을 하고 (어쩌면 사무직을 맡게 될 수도 있다는) 공상에 잠기는 행위를 통해 위안을 얻는다. 토미는 부당한 일을 당하면 간혹 분노하는 반응을 보이기도 하지만, 자제력을 잃은 행동에 대해 곧바로 사과한다. 이시구로의 세계 속에 존재하는 대부분의 인간들은, 우리가 살고 있는 세계에서와 마찬가지로, 하라는 대로 한다.

　『나를 보내지 마』에는 강력한 울림을 주며 되풀이되는 두 가지 표현이 있다. 예상할 수 있겠지만, 하나는 "일반인"이라는 표현이고 다른 하나는 소설의 마지막 문장들 중에서 "돌아가야 할 곳을 향해 갔을 뿐이다."라는 대목에도 담겨 있는 "해야 할"이라는 표현이다. "일반인"임을 규정하는 자는 누구인가? 우리가 해야 할 것을 말하고 있는 사람은 누구인가? 이런 질문들은 언제나 우리가 난처한 상황에 처해 있을 때 더 시급하게 다가온다. 내가 대단히 착각하고 있는 것이 아니라면, 이 질문들은 향후 몇 년 내에 우리에게 더 가까이 다가올 것이다.

『나를 보내지 마』가 모든 독자의 취향에 맞는 작품은 아닐 것이다. 소설에 등장하는 인물들은 영웅적이지 않다. 위안이 되는 결말을 갖고 있지도 않다. 그렇지만 이 작품은 어렴풋하게나마 우리 자신의 모습을 들여다본다는 어려운 과제를 훌륭하게 완수해 낸 장인의 결과물이다.

마지막 전투 후에

: 브라이어의 『아발론행 비자』

중편소설 『아발론행 비자』는 자칭 브라이어(Bryher)라는 작가가 1965년에 처음 발표한 이후, 2004년 미국 대통령 선거를 앞두고 파리 프레스 출판사를 통해 재출간된 작품이다. 『아발론행 비자』가 미래를 배경으로 하고 있었기에, 출판인 잔 프리먼(Jan Freeman)과 서문을 작성한 수전 매케이브(Susan McCabe)는 이 책이 자유민주주의에 대한 압박, 이를테면 미국의 애국법 같은 엄격한 조치들과 미국 이외의 국가에서 나타나는 경향들을 다룰 것이라고 생각했다.

파리 프레스는 "문단에서 도외시되었거나 제대로 인정받지 못한 여성 작가들의 작품을 출간하는 비영리 출판사"다. 브라이어는 이 출판사의 지향점을 대변할 수 있는 유력한 후보다. 20세기 여자들이 살아낸 삶을 그 시대와 한층 밀접하게 연관시켜 담아냈고 진취적인 용맹함과 지적 호기심을 보여주는 작품을 써냈지만, 오늘날 우리에게는 무명의 작가에 가깝기 때문이다.

브라이어는 1894년 영국에서 태어났다. 그렇다 보니 이십 대에 제1차 세계대전을, 삼십 대에는 지적으로 흥미진진한 사건들이 벌어진 1920년대를, 사십 대에는 제2차 세계대전을 겪어야 했다. 본명은 애니 엘러만(Annie Ellerman)이다. 그러나 자신의 내면 지도에서 고립, 모험, 자유를 상징하는 장소인 실리 제도(Scilly Isles)의 브라이어섬 이름을 따서 개명했다. 어린 시절 그가 갈망했던 삶은 바다로 도망쳐 선실의 사환으로 일하는 소년이 되는 것이었다. 브라이어는 부유한 가정에서 성장했고, 그 덕분에 다양한 분야에서 흥미를 쌓을 수 있었다.

브라이어는 20세에 에즈라 파운드(Ezra Pound)[179]와 이미지즘을 접했고, 이것이 계기가 되어 시인 힐다 둘리틀(Hilda Doolittle)[180] 즉 H. D. 와 평생의 우정을 쌓았다. 두 사람은 동반자 관계를 맺기도 했지만 항상 동거한 것은 아니었다. 브라이어와 H. D. 는 1920년대에 정신분석을 받았고, 프로이트와 그의 가르침은 브라이어에게 평생에 걸쳐 중대한 의미를 남겼다. 브라이어는 시인이었고, 모더니즘 지지자였고, 1920년대와 1930년대의 실험적인 작가와 영화 제작자들에게는 수양어머니 같은 존재였다. 또한 파시즘이 대두하자 끔찍한 일이 불어닥치리라는 사실을 예견했고, 실제로 참사가 발생했을 때에는 스위스에 위치한 자택을 본거지로 활용해 유대인과 지식인들을 구조하는 일에 헌신했다. 1940년대에 들어 스위스 정부가 외국인을 대부분 추방시키자 브라이어는 영국으로 이주했고, 런던 대공습을 겪었다. 전후에는 일련의 역사소설을 출간하면서 당대에 다양한 독자층을 확보했다. 그런데 『아발론행 비자』는 그런 역사소설에서 일탈하는 작품이었다.

* * *

『아발론행 비자』를 출간했을 때 브라이어는 71세였다. 아직 살날이 8년 더 남은 시점이었고(브라이어는 1983년에 사망했다.) 이후에 책을 몇 권 더 집필하기도 했다. 그러나 그 나이대의 작가가 써내는 작품은 별수 없이 회상적인 분위기를 풍기기 마련인데, 『아발론행 비자』는 이에 더해 가을의 정취를 자아내는 무언가도 품고 있다. 죽음의 손이 마지막 노크를 할 채비를 하면, 작가는 더 안간힘을 다해 매진한다. 잠깐! 기다려! 이거 하나는, 이 중대한 메시지만큼은 반드시 남기고 가야 해! 작가가 작품을 집필하는 시점의 나이는 결코 작품과 무관하지 않다. 『템페스트』는 젊은 남성의 작품이 아니고, 『아발론행 비자』도 젊은 여성의 작품이 아니다.

수전 매케이브는 서문에서 『아발론행 비자』를 오웰의

『1984』, 헉슬리의『멋진 신세계』를 포함한 20세기 디스토피아 전통과 연관시켰는데, 이러한 연관성이 전적으로 부적절한 것만은 아니다. 그러나『아발론행 비자』는 작품의 분위기와 작가의 의도(여기 대해 뭐라 말을 얹을 수 있는 사람이 있다고 치면) 측면에서 전통적인 디스토피아와는 상당히 다르다.『아발론행 비자』는 말하자면 유별난 작품이라, 오웰과 헉슬리로 대표되는 틀 안에 넣는 것은 서로에게 누를 끼치는 일이 된다. 독자로서는 오웰과 헉슬리의 작품에 가득한 구체적이고도 반(半)풍자적인 디테일('우리의 포드'를 섬기는 종교나, 애정부나, 시험관 아기나, 신어 사용 등)을 기대할 텐데,『아발론행 비자』에서는 그렇게 냉소를 드러내면서 활짝 펼쳐지는 상상의 날개 같은 것을 찾아볼 수 없다.

그렇다면 브라이어의 작품에서는 무엇을 찾아볼 수 있나?『아발론행 비자』를 알레고리라는 단어로 설명한 사례도 있지만, 인물들과 사건들을 일대일로 해석할 수는 없다는 점에서 알레고리는 아니다. 스펜서의 시「페어리 퀸(The Faerie Queene)」에서는 우나가 참된 믿음을, 두엣사가 거짓된 믿음을, 페어리 퀸이 엘리자베스 1세 여왕을 상징하지만,『아발론행 비자』에서는 파편적인 점들을 연결해 확실한 그림을 완성하는 것이 불가능하다.『아발론행 비자』가 가진 어슴푸레한 매력의 일부는 구체적인 정의를 비껴간다는 점에 있다. 이 소설은 직선적이거나 도식적이기보다는 하나의 푸가처럼 구성되어 있으며, 언뜻 기교라고는 없어 보이는 당김음으로 모티프를 표현함으로써 의도했던 효과를 불러일으킨다.

『아발론행 비자』에 중심인물이 있다고 한다면, 그 인물은 바닷가에서 깨어나는 장면으로 처음 모습을 드러내는, 정년에 다다른 남자 로빈슨(Robinson)일 것이다. 섬과 관련된 이름(어린 시절에 종이에 출력된 글자라면 가리지 않고 죄다 "집어삼켰던" 브라이어는 분명 『로빈슨 크루소』와 『스위스의 로빈슨 가족』을 알고 있었을 것이다.)을 가진 로빈슨은 나중에 또 다른 섬(아발론이라는 섬나라)에 대한 열망을 품게 되기도 한다. 로빈슨은 콘월어처럼 들리는 '트레로니'라는 지명의 마을에서 휴가를 보내는 동안, 남편을 먼저 떠나보내고 혼자 사는 릴리안 블런트(Lilian Blunt) 아주머니의 로즈 코티지에 머문다. (릴리와 로즈. 테니슨의 시 「모드(Maud)」속 정원에 피어 있는, 다가올 참사에 무지한 꽃들 아닌가. 브라이어는 에즈라 파운드를 포함한 동시대의 대부분 작가들처럼 빅토리아 시대 문학을 창문 밖으로 내던지고 있다고 주장했지만, 그러면서도 빅토리아 문학의 이미지와 상투적인 어휘들을 무수히 활용했다. 특히 테니슨의 작품이 이들에게 묵직한 영향력을 발휘했기 때문에 '아발론'의 의미를 고려할 때에는 이를 염두에 두어야 한다. 한편, 실용적인 분위기가 담긴 릴리안의 성(姓) '블런트'[181]는 릴리안이 지닌 보다 낭만적인 면모들과 대조를 이룬다. 달걀 요리를 하고 여타 번잡한 가사를 처리하는 아주머니의 '블런트'적 면모는, 나중에 알게 되겠지만, 어느 정도 변장의 의미를 가진다.)

숨 막히고 따분했을 직장 생활에서 벗어난 로빈슨은 은퇴 후의 삶을 트레로니에서 보내기로 한다. 머무는 동안 종종 알렉스라는 청년과 낚시도 즐긴다. 그러나 이 평화로운 광경은, 녹색 유니폼 차림의 "무브먼트" 청년 집단이 애벌레가 꿈틀거리는 모양새로 마을에 진입하면서 이내 산산조각 난다. 블런트 아주머니는 자신이 애지중지해 온 코티지가 공장 출입 도로 공사로 인해 철거될 것이라는 말을 어느 관료로부터 듣게 되고 심각한 대격변의 상황이 덮쳐오고 있다는 사실이 걷잡을 새 없이 분명해진다. 로즈 코티지에 불어닥친 운명이 보여주듯, 개개인의 권리도 곧 공동의 발전이라는 명목하에 짓밟혀 버리고 말 것이다.

로빈슨과 릴리안은 단지 트레로니에서 벗어나는 것이 아니라, 영국과 유사하나 무명인 섬나라를 아예 떠나기로 결정한다. 그러고는 몹시 혼잡하고 더럽기 그지없는 열차를 타고 무명의 도시로 이동해서, 아발론이라는 신비로운 섬으로 향하는 진귀한 비자 두 건을 발급받으려고 한다. 두 사람은 아발론 영사관에서 일하는 알렉스의 도움을 받아, 폭도 같은 "무브먼트" 집단이 공항을 폐쇄하고 "국제법을 조롱"할 채비를 마치기 직전에 아발론으로 향하는 아주 작은 마지막 비행기에 무사히 탑승한다.

아발론으로 이동하는 동안, 로빈슨과 다른 몇몇 여행자들은 현재 벌어지고 있는 상황에 대해 쉴 새 없이 저마다의 의견을 내놓는다. 대체 무엇 때문에 이렇게 손 쓸 수 없을 만큼 심각한 상황이 초래된 것인가? 인구 과잉 때문인가? 알렉스의 말마따나, "사람들은 너무 늦었다 싶은 때가 되어서야 관심을 보이기" 때문인가? 이런 욕구든 저런 욕구든 어떠한 열정이든 간에 뭔가가 억압되어 있다 보면 결국 폭력적인 방식으로 갑자기 폭발하게 마련이라서? 아니면, 야만의 시대로 회귀하기를 바라는 대부분 사람들의 무의식적 욕망 때문일까? 어떤 이유에서든 간에, 좋게 끝날 일은 없을 것이다. 로빈슨은 생각에 잠긴 채 혼잣말을 한다. "개개인이 자기 공간에 대해 갖고 있는 권리가 존중되지 않는다면, 결국 그게 시발점이 되어 어떤 집단이든 권력을 잡기만 하면 자기 눈에 거슬리는 존재들을 없애버리고 말 거야." 아발론 영사관의 대리인이자, 이름에서 유추할 수 있다시피 고지식한 인물[182]인 로슨(Lawson)은 정신분석적인 관점을 취하면서 이렇게 말한다. "사람들의 내면에 어째서 이토록 강한 파괴적인 충동이 자리하고 있는 걸까요? (……) 인간의 일상에 자동화를 도입하겠다고 그렇게 많은 연구가 이루어지는 동안, 국가라는 집단의 마음속에서 실제로 벌어지고 있는 일에 대해서는 거의 아무런 연구도 진행되지 않았어요."

SF에 관한 비평들

그런데 이런 정치적인 대화들은, 충분히 사실적이기도 하고, 현실도피적인 부정에 일가견이 있는 브라이어 본인의 경험과 정신분석을 반영하고도 있으며, 무자비하고 파괴적인 정치 운동과 억압적인 법치의 광기 어린 난동에 바탕을 두고 있음에도 전부 또 다른 바다의 수면에 표류하는 쓰레기처럼 느껴진다. 과격한 격변의 소용돌이에 갇힌 사람들을 불현듯 덮치곤 하는 '이런 일은 있을 수 없어.'라는 감각을 차치해도 마치 꿈 같은 분위기가 감돌 정도다. 이렇게 이상한 작품을 구상하는 동안, 브라이어는 대체 어떤 심해의 물살을 타고 있었던 것일까? 브라이어는 카프카의 작품을 알고 있었고, 『아발론행 비자』는 카프카의 이름과 함께 언급된 적도 있다. 물론, 카프카가 언급된 데에는 그럴 만한 이유가 있었다. 악의적인 세력의 익명성, 어디에도 존재하지 않는 분명한 목표, 악의적인 세력을 대변하는 관료들의 하찮음 등은 『소송』과 『성』을 상기시킨다고 볼 수도 있을 것이다.

『아발론행 비자』라는 제목도 우연의 산물이 아니다. 더군다나 브라이어는 역사소설을 집필한 작가였으니 그랬을 리 없다. 아서왕 전설에서 아발론은 아서왕이 마지막 전투를 치른 후 작은 배를 타고 당도한 장소다. 수전 매케이브는 몬머스의 제프리(Geoffrey of Monmouth)[183]가 기록한 아서왕의 이야기를 언급하는데, 그 기록에서 아발론은 사과가 가득한 에덴동산 같은 섬이자 아서왕이 치유되는 장소로 그려진다. 또한, 매케이브에 따르면 토머스 맬러리(Thomas Malory)[184]가 쓴 『아서왕의 죽음(Le Morte d'Arthus)』에서는 아서왕이 눈물을 흘리는 여자들에게 둘러싸인 채 아발론에서 생을 마감한다. 그런데 매케이브는 어린 시절 온갖 책을 탐독하며 아버지의 서재까지 장악했던 브라이어에게 가장 막대한 영향을 미쳤을 만한 작품은 언급하지 않는다. 후기 빅토리아 작품을 모아둔 브라이어의 서재에는 장편 서사시 『왕의 목가(Idylls of the King)』를 포함한 테니슨의 작품들도 꽂혀 있었을 텐데 말이다. 사실 브라이어의 소설이 말하고자 하는 바는 테니슨의 『왕의 목가』가 보여주고자 하는 바와 밀접하게 연관되어 있다.

『왕의 목가』의 마지막을 장식하는 「아서왕의 죽음(The Passing of Arthur)」은 "서부에서의 기이한 마지막 전투"로 시작한다. 기이한 전투란 안개가 자욱해 적군을 알아볼 수 없었던 혼란과 곤경을, 브라이어의 소설에 반영된 것과 동일한 혼란과 곤경을 가리킨다. 테니슨과 브라이어의 작품은 둘 다 현실화될지도 모를 죽음을 향해 운명의 여정을 떠나는 한 남자, 문명의 붕괴, 야만적이고 무법적인 길목으로의 후퇴, 인간의 고귀함에 대한 배신, 그리고 (이러한 주제들의 이면에 자리한) 늙어가는 일의 서글픔과 노인이 되기까지 겪어온 일, 혹은 노인이 되어 전해 주는 말조차 이해하지 못하는 젊은이들에게 둘러싸여 있는 심정을 다룬다. 테니슨은 "새로운 사람들, 낯선 얼굴들, 다른 마음들"의 틈바구니에서 살아가는 노인 베디비어 경의 목소리를 통해 「아서왕의 죽음」에 그런 정조를 반복적으로 구현한다.

새로운 사람들, 낯선 얼굴들, 다른 마음들은 녹색 유니폼을 입은 "무브먼트" 집단과는 무관하게 이미 릴리안과 로빈슨 둘 다 직면해 있던 문제다. 릴리안과 로빈슨은 "변화"라든가 "발전"이라든가 "진보"에 대해, 상황이 어째서 예전 같지 않은지에 대해, 젊은이들과 종업원들의 무례한 태도(모퉁이 카페에서 도넛을 나눠 먹는 은퇴자들의 대화에서 결코 빠지지 않는 주제들)에 대해 쉴 새 없이 넋두리를 한다. 게다가 처음부터 로빈슨은 자신이 더 이상 현재를 살아가고 있지 않다고 생각하면서 운명에 스스로를 내맡기는 인물이다. 소설 초반부에 그는 이렇게 말한다. "사실, 저는 해안가로 가서 지구에 대한 기억과 이 순간을 끌어안고 죽고 싶어요."

『아발론행 비자』의 2부는 로빈슨이 파도 옆에서 "마지막 산책"을 하는 장면으로 시작한다. "끝나 버린 것들은 물살에 휩쓸려 사라지고 원자들로부터 새로운 패턴들이 생겨나기 시작했을 때, 파도는 위험천만한 사건이 도사리는 상황으로의 복귀와 죽음에 대한 공포로 가득 차 있었다. (······) 나이는 육체의 피로라기보다는 감정의 소진에 가까웠다.” 혹은 테니슨의 아서왕이 말하듯, “오랜 질서가 변하면서 새로운 질서에 자리를 내어주고……” 있었다. 로빈슨에게 아발론은 죽음의 장소가 될까, 아니면 치유의 장소가 될까? 혹시 치유의 장소란 또 다른 형태의 죽음의 장소일까?

아발론에 당도한 다른 사람들에게 아발론은 어떤 장소일까? 여행자들은 아발론에 대해 각기 다른 소망을 품고 있다. 어떤 소녀는 행복감에 잠겨 사랑을 꿈꾸고, 알렉스는 “진실”을 갈구하고, 아발론 출신의 조종사는 익숙한 삶과 모험적인 삶 사이에서 갈피를 잡지 못한다. 그런데 더 많은 자유가 보장되는 장소라고 알려진 아발론에서도 언뜻 통제 담당 무리처럼 보이는 불가사의한 “그들”의 존재가 입에 오르내린다. 아발론으로 온 사람들이 책에 구체적으로 명시되어 있지는 않은 어떤 시험을 통과했는지를 확인하려는, 적당히 자애롭고 종교적인 감독관들로 구성된 집단이라면 그나마 다행이리라. 아발론이 평화의 땅인 것은 맞지만, 그건 사후 세계도 마찬가지다. 그럼 아발론은 정말로 한번 떠나면 절대 돌아올 수 없는 나라일까? 우리가 가끔 그렇게 믿곤 하는 것처럼? 하지만 알렉스는 아발론을 떠났다가 돌아왔으니, 그 반대가 진실이라고 믿어야 하는 걸까? 브라이어는 몇 가지 문학적, 형이상학적 암시를 여기저기 흩뿌려 놓은 다음 그것들을 즉각 짓밟아 버린다. 이는

SF에 관한 비평들

마치 오랫동안 자리 잡아 온 규칙을 깨부수어 버리는 뱀파이어 소설처럼("마늘을 좋아한다니, 그게 무슨 뜻이야?") 독자들을 분개하게 만든다. 때로는 브라이어 본인이 원래 무얼 하려고 했던 건지 싹 잊어버린 것 같기도 하다.

『아발론행 비자』는 텔레비전과 컴퓨터를 슬쩍 언급하는 방식으로 소설의 배경이 미래라고 주장하지만, 소설의 전경은 품질이 좋고 밝은 리놀륨과 품질이 떨어지고 지저분한 리놀륨을 비롯한 대량의 리놀륨으로, 심지어는 리놀륨으로 만든 모자로 뒤덮여 있다. 바닥재보다 더 효과적으로 소설의 시대적 배경을 드러내 주는 것은 없는데, 『아발론행 비자』가 출간된 1965년은 리놀륨이 아니라 섀그 카펫을 깔던 시대였다. 이렇게 소설의 배경을 구성하는 물리적인 세부사항들을 고려하면, 『아발론행 비자』는 미래가 아닌 과거를, 20년의 세월을 합판처럼 압축한 모습으로 넌지시 보여주는 작품임이 드러난다. 이 시대에는 파시스트들의 잔혹한 유토피아와 1930년대 나치의 이데올로기가, 과거의 제도를 파괴하고 현재를 가속하고자 했던 그들의 충동이 존재한다. 또한, 열차는 칸마다 미어터지고 대기실에는 우울감이 감돌던 전시 영국의 음산함이 존재한다. 『아발론행 비자』의 정서적 기후는 전시의 정서적 기후와 결이 같다. 어디로도 이동할 수 없고, 필수 서류들도 구할 수 없고, 어떤 쓸모 있는 일도 할 수가 없어 밑도 끝도 없는 무료함이 지속되는 와중에 정말로 무슨 일이 벌어지고 있는지조차 알 수 없어 속이 뒤틀릴 정도로 극심한 불안감을 느끼는 상황의 기후.

이러한 요소를 어떻게 관찰했는가의 측면에서, 『아발론행 비자』는 실제 경험의 질감을 간직하고 있는 작품이다. 독자들은 억압적인 정권이나 세력을 키워가는 "무브먼트" 운동에 대해서는 어떤 생각을 가져야 할지(좌파인지, 우파인지? 아니, 그게 중요한 문제이기는 한지?) 알 수 없지만, 최후의 교통체증, 허겁지겁 싼 짐가방, 불쾌한 완장을 찬 요원들, 으스스하게도 텅 빈 거리, 정권 탈취가 벌어지는 상황에 갇혀버린 평범한 사람들이 느꼈을 감정에 대해서는 분명 무엇이든 알게 된다. 사람들이 아드레날린 수치는 솟구치는데 감정을 대놓고 표현할 수단은 없을 때 하는 것처럼, 『아발론행 비자』속 인물들은 마치 환각에 빠진 듯이 녹슨 기름통이라든가, 쪼개진 목재라든가, 케이블이 돌돌 감겨 있는 휠 같은 세부적인 요소들에 온 정신을 집중한다. 그런 장면이 묘사된 대목들은 극도로 사실적이다.

소수의 구조된 자들이 아발론행 비행기에 올라타는 순간, 독자는 그 비행기가 일종의 상징적인 우주로 복귀하고 있음을 알게 된다. 로빈슨은 지금까지 자신이 경험한 일들이 허상이었는지 의아해한다. 로빈슨은 그것들이 사실이었다고 믿기로 하지만, 독자인 우리는 여전히 궁금하다. 머

SF에 관한 비평들

지않아 로빈슨은 은총으로 말미암은 구원의 언어로 이렇게 말한다. "지금껏 어떤 행동을 했기에 구원받을 수 있었던 걸까?"

릴리안은 "모든 일은 결국 끝을 맞이한다."라고 말한다. 그리고 향수에 젖은 채 트레로니에서의 삶을 반추하다가 다음과 같은 놀라운 통찰을 얻는다.

릴리안은 가을의 돌풍에 맞서기 위해 엄청난 의지력과 체력을 끌어올리면서 더듬더듬, "난 칠대양을 항해하고 싶었지, 로즈 코티지에 남고 싶은 마음은 조금도 없었다고!"라고 말했지만 그 소리는 엔진의 거대한 웅웅거림을 뚫지 못했다.

이렇게 되면 릴리안은 (자기도 모르게) 줄곧 바다를 향해 도망치기를 원했던 것 같다. 어린 시절의 브라이어처럼 말이다. 혹시 아발론행 비자는 우리 각자가 지닌 진실을 보여주는 일종의 리트머스 시험지인 것은 아닐까?

릴리안의 이 뜻밖의 진심 어린 호소 직후에 비행기는 안개 속으로 돌진하고, 라디오는 연결이 끊어지고, 소설은 독자들을 죽음에 가까운 경험으로 끌고 가며, 로빈슨은 테니슨적 상태로 돌아온다. "우리는 모두 자기만의 운명을 지니고 있고 (……) 누구도 그 운명을 피할 수 없다." 그러나 로빈슨이 맞이할 운명이 무엇이었든, 바다에 불시착하는 일

만큼은 피한다. 소설 막바지에 아발론의 모습을 잠시나마 엿볼 수 있으니 말이다. "일순간 구름이 걷혔고, 비행기가 완전히 착륙하기 위해 준비하는 동안 로빈슨은 구름 아래로 펼쳐진 가시금작화 덤불과 사과나무가 무성한 골짜기, 길게 뻗은 백사장을 내려다보았다." 어쩌면 로빈슨은 테니슨처럼 다음과 같은 순간을 보냈을지도 모른다.

> 나는 하느님의 시선이 닿은 것들과
> 머나먼 길을 떠나리라 ── 진정 떠난다면
> 온 마음이 확신일랑 없이 온통 탁하기에
> 아발론 섬 계곡으로.
> ……그저
> 깊은 목초지와 과수원 풀밭으로 만족스럽고 고운 그곳
으로……

삶은 대기실일까, 아니면 여정일까? 『아발론행 비자』에서는 대기실이 될 수도 있고 여정이 될 수도 있다. 대기실이라면, 대기가 끝난 후에는 무엇이 기다리고 있을까? 여정이라면, 그 여정의 끝은 무엇일까? 브라이어는 우리에게 답을 제시해 주지 않는데, 그건 한편으로는 (그저 느낌이지만) 아서왕이 살았는지 죽었는지 테니슨이 우리에게 말해 주지 않기 때문이고, 또 한편으로는 브라이어가 사후에 대한

생각을 아직 정리하지 못해서일 것이다. 그러나 또 한편으로는, 브라이어가 『아발론행 비자』 같은 서사 속에서라면 어딘가에 당도하기보다는 여정을 떠나는 편이 훨씬 낫다고 현명하게 판단했기 때문일지도 모른다.

아발론의 정체는 독자가 생각하는 무엇이든 될 수 있다는 암시가 책 곳곳에서 드러나듯이, 『아발론행 비자』 역시 독자가 생각하기 나름일 수 있다. 정치적 억압과 폭도의 지배가 펼쳐지는 악몽으로의 여정으로 볼 수도 있고, 임박해 오는 죽음과의 은밀한 접선으로 볼 수도 있다. '바닷가의 트레로니'에서 길들여지는 인간이 있듯이, 모든 인간은 「제7의 봉인(The Seventh Seal)」[185]의 함의가 저변에 흐르고 「아서왕의 죽음」이 결합된 『천로역정』을 만나게 된다. 『아발론행 비자』를 모든 측면에서 성공적인 작품이라고 칭하는 것은 과장일 수 있지만(실밥이 너무 느슨하게 풀려 있는 탓이다.) 그럼에도 20세기의 가장 흥미롭고 예술적인 작가 중 한 사람인 브라이어가 써낸 은밀하고 매혹적인 작품인 것은 분명하다. 모두가 이 책을 재출간한 파리 프레스에 감사를 표해야 마땅할 것이다.

올더스 헉슬리의
『멋진 신세계』

이런 분들이 존재하다니, 참 멋진 신세계로다!

셰익스피어, 『템페스트』에서

미랜더가 난파선에 탔던 신하들을 처음 본 순간 하는 대사

20세기 후반, 선견지명을 갖춘 두 작품이 우리의 미래에 그림자를 드리운다. 하나는 인간의 정신을 가차 없이 통제하는 전체주의 국가의 끔찍한 모습을 내다본 조지 오웰의 1949년 작 『1984』다. 『1984』는 우리에게 빅 브라더, 사상죄, 신어, 기억 구멍, 애정부라 불리는 고문 장소, 인간의 얼굴이 가루가 될 때까지 영원히 군홧발에 갈리는 좌절스러운 광경을 보여준 작품이다.

다른 하나는 올더스 헉슬리의 1932년 작 『멋진 신세계』로, 오웰이 그린 세계와 다르면서도 보다 온건한 형태의 전체주의를 제시했다. 헉슬리의 전체주의는 유전자 조작을 활용해 시험관 아기를 만들어내고, 잔학 행위가 아닌 최

SF에 관한 비평들

면에 가까운 수법을 통해 순응을 확보하며, 무절제한 소비를 부추겨 생산 라인이 끊임없이 가동되게 하고, 난혼을 공식적으로 장려함으로써 성적 욕구불만을 없애고, 고도의 지능을 가진 관리자 집단인 상위 계급에서부터 자신이 하는 하찮은 일을 사랑하도록 프로그래밍된 우둔한 노예 집단인 하위 계급에까지 이르는 계급 제도를 통해 운명을 정하며, 소마라는 약물을 통해 아무런 부작용 없이 즉각적인 희열을 제공한다.

오웰과 헉슬리가 그려낸 세계 중에서 어느 것이 현실화될까? 독자들은 궁금해했다. 냉전 시기에는 『1984』가 우세한 듯했다. 그러나 1989년에 베를린 장벽이 무너지자 전문가들은 역사의 종말을 선언했고, 소비가 의기양양하게 기세를 떨쳤으며, 수많은 유사 소마 약물들이 사회 곳곳에 스며들었다. 난혼은 사실상 에이즈로 인해 타격을 입었지만, 모든 것을 감안해 보면 인간은 약물의 힘을 빌려 낄낄거리면서 하찮은 것들을 흥청망청 소비하는 상황에 놓여 있는 것 같았다. 『멋진 신세계』가 『1984』를 앞지르고 있었던 것이다.

그런 상황도 2001년 뉴욕 쌍둥이 빌딩에 가해진 공격으로 인해 뒤집히고 말았다. 결국 사상죄와 인간의 얼굴을 가루로 만들어버리는 군홧발은 그리 쉽게 사라질 수 없다. 애정부도 다시 우리의 삶 속으로 들어와 버린 듯하다.

다만, 더 이상 철의 장막 뒤에 있었던 국가들에만 한정되지 않는다. 이제 서구 국가들도 자기만의 애정부를 세워버린 것이다.

그런데 그렇다고 『멋진 신세계』가 사라져버린 것도 아니다. 불도저가 진입할 수 있기만 하면 어디에서든 쇼핑몰을 찾아볼 수 있지 않은가. 유전공학 쪽 공동체들 중에서도 특히 더 열광적인 비주류 집단을 들여다보면 헉슬리의 알파 계급, 엡실론 계급인 진리치와 진푸어를 운운하며 유전자 개선 계획에 부지런히 개입하고 그로써 『멋진 신세계』를 능가해 보려 하는 광신자들이 있다.

이렇게 가혹한 미래와 관대한 미래가 동시에, 그것도 동일한 장소에 존재하는 것이 과연 가능할까? 가능하다면 그런 세계는 어떤 모습일까?

확실히 말할 수 있는 것은 『멋진 신세계』를 다시 살펴보고 소설 속에 구현된 완전히 계획된 사회, 즉 "이제 모두가 행복한" 사회에 관한 찬반 의견을 검토해 볼 때가 되었다는 것이다. 그 사회에서 제공하는 행복이란 무엇이고, 그 행복을 얻기 위해 우리가 치러야 할 대가는 과연 무엇일까?

* * *

나는 열네 살이었던 1950년대 초반에 처음으로 『멋진 신세계』를 읽었다. 읽은 내용 전부를 완벽히 이해할 수는 없었지만, 그 작품은 내게 깊은 인상을 남겼다. 나는 속바지나 캐미솔이 무엇인지 몰랐고 지퍼가 처음 등장했을 때 옷을 너무 쉽게 벗을 수 있게 해준다는 이유로 종교계로부터 악마의 유혹이라는 비난을 받았다는 사실도 알지 못했지만, 앞부분 하단에 지퍼가 하나만 달려 있어 힘들이지 않고 벗을 수 있는 여성용 속옷 즉 "지퍼 달린 속옷"이 책에서 언급되었을 때 그 모양새를 생생하게 떠올릴 수 있었는데 그건 전적으로 헉슬리의 문장력 덕분이었다.

지익! 둥글게 부푼 분홍색 속옷이 두 쪽으로 쪼개지는 사과처럼 갈라졌다. 팔을 꼼지락거리고, 오른발을 먼저 들어 올린 다음 왼발을 들어 올리니, 지퍼 달린 속옷이 마치 바람 빠진 풍선처럼 힘없이 바닥에 흘러내렸다.[186]

대단한 결투를 벌이지 않는 이상 쉽게 벗겨지지 않는 '신축성 있는 팬티 거들'의 시대에 살았던 나에게는 이 대목이 정말이지 자극적이었다.

지퍼 달린 속옷을 벗는 레니나 크라운이라는 여자는 푸른 눈을 갖고 있으며, 이상할 정도로 순진하면서도 마음을 홀리듯 관능적인 매력을, 그를 흠모하는 뭇 남자들의 말로는 "탄력 있는" 매력을 지니고 있다. 레니나는 어째서 기회가 생길 때마다 자신이 좋아하는 사람들과 성교를 나누면 안 되는 것인지 그 이유를 이해하지 못하며, 성교는 그저 예의 바른 행동일 뿐이고 성교를 하지 않는 것은 이기적인 행동이라고 생각한다. 레니나가 속옷을 벗어 던지면서 유혹하는 남자는 "야만인"이라 불리는 존이다. 존은 "문명화된" 지역으로부터 한참 떨어진 곳에서 셰익스피어 작품에 담긴 처녀니 창녀니 하는 말들, 주니족의 언어 숭배, 자기 자신에게 휘두르는 채찍질을 자양분 삼아 성장한 인물로서 종교와 낭만 그리고 사랑하는 사람을 위해 감수해야 할 고통을 믿으며, 레니나가 그렇게까지 수치심도 없이 아무렇지 않다는 듯 속옷을 벗어버리기 전까지는 그를 우상화한다.

그러나 욕망하는 두 성기가 철저히 불화한 적은 결코 없었다. 그리고 거기에는 그럴 만한 이유가 있다.

∗ ∗ ∗

『멋진 신세계』는 어느 관점에서 보느냐에 따라 완벽한 유토피아일 수도 있고, 그와 정반대되는 끔찍한 디스토피아일 수도 있다. 멋진 신세계에 사는 사람들은 아름답고, 안전하고, 질병이나 걱정거리로부터도 자유롭지만, 우리는 어쩐지 그런 세계를 받아들일 수 없으리라고 믿고 싶

SF에 관한 비평들

어 한다. '유토피아'는 그리스어 '무공간(O Topia)'에서 유래한 '어디에도 없는 곳'이라는 의미라고 하나 어떤 이들은 유토피아의 뿌리를 우생학(eugenics)의 '유(eu)'에서 찾음으로써 '건강할 수 있는 곳', '좋은 곳'을 의미한다고 말한다. 16세기에 『유토피아』를 집필한 토머스 모어 경은 말장난을 하고 있었을지도 모른다. 유토피아는 어디에도 없는 좋은 곳이라고 말이다.

문학 작품으로서의 『멋진 신세계』는 수많은 문학적 조상을 갖고 있다. 플라톤의 『국가』, 요한계시록, 아틀란티스 전설은 형식 측면에서 『멋진 신세계』의 고조부모 격이다. 시간상 이보다 가까운 조상들로는 토머스 모어 경의 『유토피아』, 완전한 이성적 사고를 갖추고 말을 하는 말[馬]인 후이늠의 나라가 등장하는 조너선 스위프트의 『걸리버 여행기』, 지능은 모자라지만 예쁘장한 '상류층'은 낮 동안 햇살을 받으며 놀고 추하게 생긴 '하류층'은 지하에서 기계를 가동하다가 밤이 되면 위쪽 사람들을 잡아먹기 위해 모습을 드러내는 H. G. 웰스의 『타임머신』이 있다.

어떤 유토피아 작품이 현재 사회를 비판하면서도 인류의 앞날을 비관적으로 본다면, 그건 풍자에 가까울 수 있다. 반면, 어떤 작품이 인류를 완벽해질 수 있거나 적어도 상당 수준 개선될 수 있는 존재로 바라본다면, 이상화하는 로맨스와 유사해질 것이다. 제1차 세계대전은 문학에 존재하는 낭만적-이상주의적 유토피아를 향한 꿈에 종지부를 찍었다. 몇몇 유토피아 계획이 실제 현실에서 추진되면서 끔찍한 결과를 초래했기 때문이다. 러시아의 공산주의 정권과 나치의 독일 장악 모두 유토피아 비전으로서 시작되었다.

그러나 대부분의 문학적 유토피아들이 이미 알아냈듯이, 완벽함에 대한 지향은 그에 반대하는 암초에 부딪혀 중단되기 마련이다. 누군가가 그 의견을 지지하지 않거나 계획에 방해가 된다면 어떻게 하겠는가? 빅 브라더를 사랑하지 않는다면, 『1984』에서처럼 쥐들이 당신의 두 눈을 파먹을 것이다. (『멋진 신세계』에 존재하는 처벌은 『1984』보다는 덜 무자비하다. 이를테면 부적응자들은 아이슬란드로 쫓겨난다. 그곳에서는 생각이 비슷한 지식인들끼리 '일반인'을 성가시게 하는 일 없이 인간의 최종 목적에 대해 논한다. 일종의 대학인 셈이다.)

플라톤의 『국가』에서는 유토피아에 관한 논의든, 디스토피아에 관한 논의든, 실제 사회를 지탱하고 있는 동일한 기본 전제를 다루어야 했다. 말하자면 유토피아든 디스토피아든, 다음과 같은 질문에 대답해야만 한다. 사람들은 어디에서 살고, 무엇을 먹고, 무엇을 입나? 성교와 양육은 어떤 식으로 다루나? 누가 권력을 쥐고, 누가 노동을 하며, 시민은 자연과 어떤 관계를 맺나? 경제는 어떻게 작동하나? 등등. 모리스의『유토피아에서 온 소식』, W. H. 허드슨의『크리스털 시대』같은 낭만적 유토피아가 제시하는 장면은 라파엘 전파의 그림 같다. 사람들은 하늘하늘한 로브를 즐겨 입고, 미술품과 공예품이 가득한 데다가 스테인드글라스가 덧대어져 있는 영국 시골 저택 같은 집이 자연과 어우러져 있는 그림. 그런 그림이 우리에게 전하는 메시지는 산업주의를 타파하고 다시 자연과 조화를 이루기만 한다면, 그리고 인구 과잉 문제를 해결하기만 한다면…… 전부 괜찮아지리라는 것이다.

그런데『멋진 신세계』를 집필하고 있던 1930년대 초반의 헉슬리는 스스로 표현한 바에 따르면 "즐겁게 피론 회의주의[187]를 탐미하는 사람"이자, 블룸스버리 그룹 주변을 어슬렁거리면서 빅토리아 시대나 에드워드 시대와 관련된 것이라면 모조리 공격하는 데에서 기쁨을 얻었던 영리하고 건방진 청년 집단의 일원이었다. 그리하여『멋진 신세계』는 하늘하늘한 로브라든가 공예품이라든가 나무를 껴안는 장면 같은 것들을 내던져 버렸다.『멋진 신세계』에 존재하는 건축 양식은 전깃불로 반짝이는 탑과 은은한 빛을 내는 핑크색 유리창이 보여주듯 미래지향적이며, 도시 경관을 이루는 모든 요소는 무자비한 산업화를 거친 결과물인 만큼 무자비할 정도로 부자연스럽다. 선택할 수 있는 직물 종류는 비스코스와 아세테이트와 인조 가죽이 유일하고,

주거지는 인공음으로 만든 음악이 흐르고 물과 함께 향기가 흘러나오는 수도꼭지가 완비된 아파트 건물이며, 교통 수단은 개인용 헬리콥터. 아이들은 이제 태어나는 것이 아니라, 인공 부화기에서 다양한 유형으로 대량 생산된다. 일명 "벌집"이라 불리는 본부의 필요에 따라 시험관이 조립 라인을 따라 이동하며, 아이들은 젖이 아닌 "외분비물"을 먹고 자란다. 어머니라는 단어, 빅토리아 시대인들이 전적으로 숭배했던 그 단어는 망측하고 외설적인 것이 되었고, 빅토리아 시대인들에게 망측하고 외설적인 것이었던 난잡한 성교는 이제 필수 관습이 되었다.

"오늘 오후에 소장님이 내 엉덩이를 툭 치더라고."라며 레니나는 패니의 말에 수긍했다.
"그것 봐!" 패니는 의기양양해하며 말했다. "소장이 어떤 사람인지 그것만 보고도 알 수 있어. 관례를 철저히 따지는 사람이지."

『멋진 신세계』에서 불안감을 조성하는 농담의 상당수는 이런 식으로 기존의 농담을 뒤집는 식이다. 독자보다도 농담을 듣는 인물이 더 놀라는 것 같기는 하지만, 비꼬는 기색은 충분히 전달된다. 빅토리아 시대의 근검절약은 소비를 해야 한다는 의무로 바뀌고, '죽음이 우리를 갈라놓

SF에 관한 비평들

을 때까지'로 대변되는 빅토리아 시대의 일부일처제는 "만인은 만인의 공유물"이라는 관념으로 대체되며, 빅토리아 시대의 독실함은 허구의 신 즉 미국의 자동차의 황제이자 조립 라인의 신 헨리 포드의 이름에서 따온 "우리의 포드"에 대한 (공동의 난교를 통한) 숭배로 방향을 튼다. "우리의 포드"를 위해 부르는 노래("흥겹고도 흥겹구나.")마저도, 여자아이에게 키스를 해서 울게 만든다는 가사가 담긴 친숙한 동요[188]를 뒤집은 것이다. 단, 이제는 "야만인"처럼 키스를 안 해준다고 해야 울릴 수 있을 것이다.

성교는 유토피아와 디스토피아를 가리지 않고, 흔히 무대의 정중앙에 등장한다. 누가 무엇을 어떤 생식기로 누구와 하는가는 인류가 몰두해 온 주된 관심사 중 하나다. 성교와 생식이 분리되고 여자가 더 이상 출산을 하지 않게 되자 (『멋진 신세계』 속 인물들은 출산한다는 발상 자체를 역겨워한다.) 성교는 오락 행위가 된다. 아이들은 일찌감치 그 오락 행위를 즐기기 위해 벌거벗은 채 관목 숲속에서 "성희"를 한다. 어떤 여자들은 생식 능력이 없고("불임"이고) 구레나룻이 약간 나 있기는 하지만 더할 나위 없이 괜찮은 사람이다. 불임이 아닌 여자들은 일종의 산아제한 방법인 "맬서스식 훈련"을 받으면서 아이를 갖고 싶은 생각이 들면 호르몬 치료제인 "임신 대용약"을 복용하며, 피임약이 가득 들어 있는 작고 아담한 인조 가죽 벨트를 패션 아이템처럼 허리에 차고 다닌다. 맬서스식 훈련이 실패한 경우에는 언제든지 어여쁜 핑크색 유리창이 빛나는 낙태 본부로 가면 된다. 헉슬리는 피임약이 도래하기 전에 이 소설을 썼지만, 피임약은 헉슬리가 상상한 무분별한 성교가 우리에게 한 발짝 더 가까이 다가오도록 만들었다. (그런데 동성애자들은 어떻게 된 건가? "만인은 만인의 공유물"이라는 말의 "만인"이 진짜 만인을 의미하는 게 아니었나? 이와 관련해서는 아직까지 들은 바가 없다.)

물론 헉슬리 역시 여전히 한 발은 19세기에 걸쳐두고 있던 사람이었다. 그렇다 보니 자신의 도덕성이 무너져버릴지도 모른다는 위협을 느끼지 않았고, 스스로 위협적이라고 느끼지 않는 한 그런 상황을 꿈꿔 볼 수도 없었다. 한편, 헉슬리는 미국을 방문했을 때 그곳의 대량소비와 집단 심리와 저속함에 유독 큰 두려움을 느꼈고, 『멋진 신세계』를 집필하던 당시에도 여전히 그로 말미암은 충격에 빠져 있었다.

바로 앞 문단에서 나는 고심 끝에 꿈꾼다는 단어를 사용했는데, 그 이유는 『멋진 신세계』를 한입에 꿀꺽 집어삼키듯 읽어버리면 통제된 환각과 크게 다르지 않은 효과가 나타나기 때문이다. 모든 것은 표면에 존재하고, 아무런 깊이도 없다. 시력이 손상된 작가가 쓴 작품이라고 생각할 수도 있을 정도로 시각이라는 감각이 지배적이다. 색상도 강렬하고, 명암의 대비도 선명하다. 시각 다음에 중요한 것은 청각인데, 특히 집단 의식이나 난교를 하거나 "촉감영화"(화면의 감각을 느끼며 보는 영화로, 「고릴라의 결혼식」, 「향유고래의 애정생활」 같은 영화 제목이 언급된다.)를 보는 장면에서 두드러진다. 세 번째로 중요한 감각은 후각이다. 향수가 사방에 퍼지고, 이곳저곳에 분사되어 있다. 야만인 존과 매력적인 여자 레니나가 만나는 장면 중에서도 가장 가슴 아픈 순간은 신세계가 도래하지 않은 "야만인 보호구역"의 지독한 실제 악취를 견딜 수 없다며 레니나가 소마를 과다 복용하고 그로 인해 의식을 잃은 채 천진하게 잠자는 동안, 존이 신성한 향기가 나는 레니나의 속옷에 얼굴을 묻을 때이다.

많은 유토피아와 디스토피아 작품들이 음식을 중요하게 간주하는 데 반해(맛이 좋거나 형편없는 음식이 등장하는데, 일례로 스위프트의 작품 속 후이늠들은 귀리를 먹는다.), 『멋진 신세계』에는 이렇다 할 식단이 제시되지 않는다. 레니나와 레니나의 섹스 파트너 헨리는 "최고급 식사"를 하지만 독자로서는 그 음식이 무엇인지 알 수 없다. (개인적인 생각으로는, 외분비물을 제공하는 소들로 가득한 대규모 외양간이 있다고 했으니 소고기가 아니었을까 싶다.) 한편 언제든 성교가 가능함에도 불구하고 인물들의 신체는 이상하다 싶을 만큼 묘사되지 않는데, 이것이 헉슬리의 주장 가운데 하나를 한층 부각시킨다. 바로, 모든 것이 가능한 세상에서는 그 무엇도 의미를 갖지 못한다는 것이다.

사실상 의미는 가능한 한 모조리 제거되고 말았다. 기술 관련 서적을 제외한 모든 책이 금서가 되는 바람에 레이 브래드버리의 1953년 작 『화씨 451』[189]에 앞에 얼굴을 들기도 유감스러워졌고, 박물관을 찾는 사람들이 학살당하는 바람에 "역사는 헛소리다."라는 말을 남긴 헨리 포드에게도 송구하게 되었다. 신은 "마치 존재하지 않는 것처럼 무(無)의 형태를 취하고 있지."라고는 하지만, 보통의 신세계 주민들은 출입할 수 없는 주니족의 "야만인 보호구역"에서 성장한 독실한 야만인 존에게는 물론 예외다. 보호구역에서는 구식이 되어버린 삶이 계속되고 있고 그 삶은 가장 강렬한 형태의 "의미"로 충만하다. 존은 이 소설 속에서 진짜 신체를 갖고 있는 유일한 인물이지만, 그 사실을 기쁨이 아닌 고통을 통해 인지한다. 야만인은 "실험"을 위해 방문하게 된 향기 나는 신세계에 대해 "이곳에는 희생을 치를 만한 가치가 있는 것이 전혀 없습니다."라고 말한다.

신세계에 존재하는 10명의 "총통" 중 한 사람이자 플라톤 『국가』 속 수호자들의 직계 자손 같은 인물인 무스타파 몬드가 제공하는 "안락"은 존에게 충분하지 않다. 존은 구세계가, 지저분한 오물과 질병과 자유의지와 두려움과 괴로움과 피와 땀과 눈물과 그밖에 모든 것이 다시 돌아오기를 바란다. 존은 자신에게 영혼이 있다고 믿으며, 영혼이 있다고 믿은 20세기 초반 문학작품 속 인물들 대부분(서머 싯 몸의 1921년 작 「미스 톰슨」[190]에서 성매매를 하는 여자와 죄를 지은 뒤 목 매달아 자살하는 선교사 등)이 그러했듯이 자신의 믿음에 대한 대가를 지불하게 된다.

제2차 세계대전과 히틀러의 '최종 해결책'이 초래한 참 상 이후 1946년이 되었을 때, 헉슬리는 『멋진 신세계』에 부치는 서문을 작성하면서 앞서 1932년 출간 당시 유토피 아와 디스토피아의 모습을 오로지 두 가지 형태로만("유 토피아에서의 미친 생활"이 아니면 "어떤 측면에서는 보다 인간적 이지만 어떤 측면에서는 어쩐지 기묘하고 비정상적인 모습에 가 까운 원주민 마을에서의 야만적인 생활") 제시했던 자신을 질 책한다. (사실 헉슬리는 제3의 삶, 즉 부적응자로서 아이슬란드 에 추방되어 살아가는 지식인 공동체의 삶을 제시했지만 가엾은 야만인 존은 아이슬란드에 가지도 못하는데, 어차피 거기에는 공 개 채찍질이 없으니 존은 달가워하지 않았을 것이다.) 헉슬리가 1946년 서문을 통해 제시한 또 다른 종류의 유토피아에서 는 "제정신"이 유지된다. 그 유토피아란 인간이 "의식적이 고 합리적인" 방식으로 "최종 목적"을 좇는 "고차원적 공 리주의" 같은 것으로, 편재하는 "도(道) 혹은 로고스, 초월 적인 신격(神格) 혹은 브라만"과의 일종의 합일을 의미했 다. 그 후 헉슬리는 메스칼린[191]에 심취해 『인식의 문(The Doors of Perception)』을 집필하고 이를 통해 1960년대 마약 중독자 및 음악가들로 하여금 변형된 뇌 화학을 통해 신을 찾도록 고무했는데, 이 점도 그리 놀랍지는 않다. 헉슬리가 소마에 보인 관심도 난데없이 등장한 것은 아니었던 듯하다.

한편, 여전히 세속적인 차원에서 비틀거리고 있는 (그리하여 여전히 책을 읽을 수 있는) 우리 곁에는 『멋진 신세계』가 남아 있다. 『멋진 신세계』는 출간 시점으로부터 75년이 지난 오늘날에도 여전히 유효한 작품일까? 그리고 현실 속에서 살아가는 우리는 활기를 잃은 소비자, 나태한 쾌락주의자, 내적 세계를 떠도는 여행자로 구성된 사회와 그런 사회를 위해 프로그래밍된 순응주의자의 모습에 그동안 얼마나 가까워졌을까?

첫 번째 질문에 대해 내 나름의 대답을 해보자면, 『멋진 신세계』는 지금까지도 무척이나 굳건히 존재감을 발휘하고 있다. 『멋진 신세계』는 내가 처음 읽었던 시절에 그랬던 것처럼 여전히 생동감 넘치고, 신선하며, 왠지 모르게 충격적인 작품이다.

두 번째 질문에 대한 대답은 바로 여러분, 친애하는 독자 여러분에게 달려 있다. 거울을 들여다보면 뒤를 돌아보고 있는 레니나 크라운과 눈이 마주치게 될까, 아니면 야만인 존의 얼굴이 보일까? 인간이라면, 레니나와 야만인 둘 다 보게 될 것이다. 우리 인간은 언제나 그 두 가지 삶의 방식을 전부 원하기 때문이다. 우리는 무심한 신처럼 올림퍼스에 드러누워 있기를, 영원히 아름답기를, 성교를 맺고 타인의 괴로움을 지켜보며 즐거워할 수 있기를 바란다. 또한 그와 동시에, 우리는 삶에는 감각적 유희를 초월하는 의미가 있으며 즉각적인 만족은 결코 충족되지 않으리라고 믿기 때문에 존과 더불어 괴로움에 잠겨 있는 그 타인이 되고 싶어 한다.

헉슬리가 인간이 갖고 있는 모든 중의성을 보여줄 수 있었던 것은 그의 천재성 덕분이었다. 인간은 미래완료 시제로 인해 고통받는 유일한 동물이다. '로버'[192]들은 모든 벼룩이 사라지고 마침내 개라는 종(種)이 개만의 잠재력을 온전하고도 장엄하게 실현하는 미래 세계를 상상할 수 없다. 그러나 인간은 독특한 구조로 형성된 언어 덕분에 지금보다 개선된 상태를 상상할 수 있다. 비록 그 언어를 통해 자신이 만들어낸 과대망상적인 의미에 의문을 제기할 수도 있지만 말이다. 『멋진 신세계』 같은 걸작 사변소설을 창조해 낼 수 있는 것도 인간이 지닌 이 양날의 검 같은 능력 덕분이다.

『멋진 신세계』 제목의 기원이 되는 『템페스트』를 인용하자면, "우리는 꿈과 같은 존재"다. 하지만 꿈 옆에 악몽을 덧붙였어도 괜찮았을 것이다.

조너선 스위프트의 학술원

: 미치광이 과학자의 광기에 대하여

내가 대학생이었던 1950년대 말에도 B급 영화들이 있었다. 저비용으로 제작된 무척이나 노골적인 영화로, 마티네[193] 시간을 이용하면 저렴한 값에 두 편을 연속 상영해 주는 극장에서 시간을 보내며 학업에서 도피할 수 있었다. B급 영화에는 대체로 외계인의 침략, 환각 작용을 일으키는 약물, 엉망이 되어버린 과학실험이 등장했다.

미치광이 과학자들은 연속 상영되는 B급 영화의 주요 등장인물이었다. 새하얀 가운을 입고 시험관을 든 과학자들 한 무리가 나오면, 그 시대가 낳은 우리 세대들은 그중 적어도 한 사람은 교활한 과대망상증 환자로 판명되리라는 것을, 그리고 그자는 금발 여자들을 무시무시한 실험 상황에 던져 넣을 것이고 오직 남자 주역만이 그들을 구출할 수 있을 것이라는 사실을 단번에 알아차렸다. 물론 구출이 있기 전 우선 그 미치광이 과학자가 횡설수설하고 미쳐 날뛰면서 실체를 드러내야 할 테고 말이다. 가끔은 과학자들이 주인공으로서 전염병에 맞서 싸우거나 그들을 박살내 버림으로써 진실에 맞서겠다고 열을 올리는 미신 신봉자들과 충돌하기도 했지만, 미치광이 쪽이 더 일반적이었다. 미치광이가 아닌 과학자들은 망상에 빠져 있었다. 그들이 선의로 만들어낸 발명품은 결국 통제 범위를 벗어나 대참사, 소란, 더러운 쓰레기 더미를 유발하다가 영화가 끝나기 직전에 총에 맞아 처리되거나 폭발했다.

미치광이 과학자라는 이 판에 박힌 이미지는 대체 어디에서 유래한 걸까? (상상 속의) 과학자들은 어떻게 해서 극심한 망상에 빠지거나, 미쳐버리거나, 아니면 둘 다인 상태가 되었을까?

항상 그랬던 건 아니다. 옛날 옛적에는 극에서도, 소설에서도 그런 과학자는 전혀 찾아볼 수 없었다. 애당초 과학이라는 것이, 혹은 우리가 오늘날 알고 있는 과학이 존재하지 않았기 때문이다. 연금술사와 흑마술 애호가들은 있었는데, 그들은 미치광이는 아니었고 납을 금으로 바꿔주겠다고 약속하면서 순진한 사람들에게 바가지를 씌우려고 작정한 협잡꾼이나, (포스터스 박사처럼) 영혼을 파는 대가로 속세의 부와 지식과 권력을 얻게 되기를 바라 악마와 거래하는 음흉한 계약 체결자로 그려졌다. 그런 인물들의 특징이던 과도한 교활함은 플라톤의 아틀란티스인들이나 바벨탑 건축자들(보통 신들이 인간을 위해 설정해 둔 경계를 야심

차게 위반해 버리거나 주제넘은 행동을 통해 무너뜨려버리는 사람들)로부터 물려받은 것일지도 모른다. 연금술사와 파우스트적인 마법사들은 분명 미치광이 과학자의 조상과 동일한 혈통을 공유하지만, 그들은 미쳐버렸거나 망상에 빠져 있는 것이 아니라 단지 대담하고 비도덕적일 뿐이다.

이런 인물들의 행태가 무모한 B급 영화 속 과학자들의 만행으로 이어지며 일어난 변화는 상당한 도약이다. 분명히 변화 과정 속에는 최근에 발견된 걸어 다니는 바다표범의 존재 같은 어떤 잃어버린 연결고리가 존재할 것이다. 비록 걸어 다니는 갯과 동물과 수영을 하는 바다표범 사이의 연관성은 일찍이 찰스 다윈이 가정했던 바일지라도 말이다. 미치광이 과학자들을 낳은 잃어버린 연결고리와 관련해, 나는 런던 왕립학회와 시너지 효과를 내며 활동했던 조너선 스위프트를 유력한 인물 중 하나로 제안하고자 한다. 런던 왕립학회가 없었다면 『걸리버 여행기』도 없었을 것이고, 『걸리버 여행기』의 과학자 같은 인물이 등장하는 소설도 없었을 것이다. 『걸리버 여행기』가 없었다면, 각종 책과 영화에서도 미치광이 과학자를 찾아볼 수 없었을 것이다. 이것이 나의 추측이다.

$$* * *$$

나는 조너선 스위프트의 『걸리버 여행기』를 어린 시절
에 읽었고, 그때는 B급 영화 과학자들에 대해 아는 것이 전
혀 없었다. 그 누구도 나에게 『걸리버 여행기』를 읽으라고
하지 않았지만, 읽지 말라고 한 사람도 없었다. 그때 내가
읽었던 판본은 귀엽고 아기자기한 사람들과 우습게 생긴
거인들과 말하는 말[馬]들에 대해서는 길게 설명하면서 젖
꼭지나 배뇨에 대해서는 일언반구도 없고 대변은 하찮은
것처럼 경시해 버리는 어린이용 책이 아니었다. 그렇게 여
기저기가 잘려 나간 판본에는 어린이들의 지적 능력으로
는 이해할 수 없을 거라며 3부의 내용(날아다니는 섬 라퓨타,
500가지의 과학 실험이 진행되는 라가도의 학술원, 루그나그에 사
는 불멸의 존재인 스트럴드브럭들)도 상당수 생략되어 있었다.
내가 읽은 판본은 무삭제판이었고, 나는 3부는 물론 어떤
부분도 건너뛰지 않았다. 처음부터 끝까지 다 읽었다.

정말 훌륭한 책이라고 생각했다. 그때는 『걸리버 여행
기』가 풍자소설이라는 사실도, 스위프트가 책을 집필하
던 당시에 비꼬는 느낌을 구현해 내기 위해 무척이나 심혈
을 기울였다는 사실도, 잘 속아 넘어간다는 의미의 단어
'걸러블(gullible)'과 '걸리버(Gulliver)'라는 이름이 너무
나 유사하다는 사실도 모르는 상태였다. 나는 책의 머리말

에 삽입된 편지들이 진짜라고 믿었다. 하나는 걸리버가 자신이 쓴 여행기가 부정확한 내용으로 출판되었다며 사촌 심슨에게 불평하는 편지고, 다른 하나는 나중에 알고 보니 이름이 '얼간이(simpleton)'라는 단어와 너무나 유사했던 사촌 심슨(Sympson)이 걸리버의 정직성을 입증하며 독자에게 보내는 편지였는데 말이다. 스위프트라는 작가가 이 책과 관련되어 있다는 사실은 알았지만, 책 속의 이야기를 전부 지어냈을 거라고는 생각지도 못했다. 18세기 초반 용어를 빌리자면 『걸리버 여행기』는 일종의 "미끼" ─ 독자를 감쪽같이 속이기 위해 웃음기 하나 없이 진실을 전하듯이 써낸 허풍 ─ 였고, 나는 그 미끼를 덥석 물어버렸던 것이다.

그래서 처음에는 『걸리버 여행기』가 현실적이고 직설적인 이야기라고 생각하면서 책에 전개되는 내용을 그대로 따라가며 읽었다. 예컨대 걸리버가 릴리퍼트 궁궐의 불을 끄기 위해 소변을 봤을 때, 그런 행동이 왕족의 허세와 법원의 편파성을 비꼬며 저항하는 행위일 수도 있다거나 우스꽝스럽고 저급한 행위일 수도 있다고는 생각하지 못했다. 오히려 나는 산지기들로부터 모닥불을 끄는 전통적인 방식을 습득한 사람이었기 때문에 걸리버가 존경스러울 정도로 침착한 사람이라고 생각했다.

소인과 거인의 존재가 어쩌면 이것이 전부 꾸며낸 이야

SF에 관한 비평들

기일지도 모른다는 암시를 주기는 했지만, 3부의 내용 즉 날아다니는 섬과 과학 시설의 존재는 내게 조금도 터무니없지 않았다. 1940년대 후반이었던 그때는 여전히 SF의 황금기(랄까 안구 돌출형 괴물의 황금기)였던 터라, 나는 우주선을 당연하게 받아들일 수 있었다. 화성에는 지적 생명체가 존재하지 않는다는 실망스러운 소식이 들려오기 전이었고, 우주선을 제작해 지구로 올 정도로 지적인 생명체라면 인간보다 훨씬 영리할 테니 그들이 보기에 인간은 보행이 가능한 케밥에 불과할 것이라고 말하는 H. G. 웰스의 『우주 전쟁』을 읽기도 전이었다. 그래서 나는 『걸리버 여행기』가 전적으로 실현 가능한 이야기라고 믿었고, 성인이 되기만 하면 우주에서 비행도 하고, 당시로서는 대머리에다가 엄청나게 커다란 눈과 머리를 가진 것으로 여겨지던 지구 밖 생명체들을 만날 수도 있을 거라고 생각했다.

그리고 그런 것이 가능하다면, 라퓨타처럼 날아다니는 섬도 존재할 수 있지 않겠는가? 자석을 이용해 무언가를 공중에 계속 띄워놓는 방식은 약간 번거롭다고 생각했지만(스위프트는 제트 추진에 대해 들어본 적이 없었던 걸까?), 꼴보기도 싫은 어떤 나라의 상공에 떠올라 영토 전체를 그늘로 덮어버리고 그로써 곡식도 자라지 않게 만들어버린다는 생각은 꽤 영리해 보였다. 그 아래로 돌멩이를 떨어뜨린다는 발상도 완벽하다고 생각했다. 전후 세대의 아이들은 공중에서 우위를 점하는 것이 현명한 조치임을 확실히 알고 있었고, 폭격기에 대해서도 박식했다.

날아다니는 섬에 사는 사람들이 어째서 악기 모양으로 잘린 음식을 먹어야 하는지는 이해가 되지 않았지만, 그 사람들이 자기만의 생각에 푹 빠져 있지 않도록 "때리기꾼"들이 불룩한 주머니로 그들을 때리게 만든다는 설정은 전혀 엉뚱해 보이지 않았다. 당시 토론토 대학교 동물학과에서 강의를 하시던 아버지 덕분에 과학자들 틈에서 성장한 나는 그분들이 일하는 모습을 지켜볼 수 있었고, 그분들도 그런 상태에 빠져들 수 있다는 사실을 깨달은 터였다. 그때 토론토 대학교 동물학과의 학과장은 불씨가 채 꺼지지 않은 파이프를 주머니에 넣었다가 몸에 불이 붙었던 일로 유명했는데, 그분에게도 때리기꾼이 있었다면 아주 흡족해할 도움을 받을 수 있었을 것이다.

라가도의 학술원이 등장하는 대목에 다다랐을 때는 마음이 편안했다. 1940년대 후반은 눈이 튀어나온 괴물들의 황금기이기도 했지만, 아이들에게는 위험한 화학실험 용품(지금은 금지되었는데, 확실히 현명한 조치다.)의 황금기이기도 했고, 내 오빠도 그런 용품을 하나 갖고 있었다. "물을 피로 바꿔서 친구들이 화들짝 놀라게 만들어보세요!" 광고에서는 그렇게 외쳐댔고, 그런 말이 떨어지기가 무섭게 (지금 기억하기로는) 과망가니즈산칼륨이라는 이름의 아

SF에 관한 비평들

주 매력적인 결정(結晶) 하나를 통해 현실화되었다. 친구들을 깜짝 놀라게 만드는 방법은 그것 말고도 다양했고, 다들 그랬겠지만 독극물을 먹이는 것만 제외하면 다 가능했다. 어릴 적 어머니께서 친구분들과 모임을 갖는 날을 노리고 있다가 황화수소를 만들었던("썩은 계란 냄새를 풍겨서 친구들이 화들짝 놀라게 만들어보세요!") 아이들이 나와 내 친구들뿐이었을 것 같지는 않다. 우리는 그런 실험을 통해서 과학적 방법의 기본을 배웠다. 어떤 절차든 똑같은 재료를 가지고 똑같은 방식으로 수행하면 똑같은 결과가 나온다는 것을. 우리의 실험도 항상 똑같은 결과를 냈다. 과망가니즈산칼륨이 다 떨어지기 전까지는.

나와 친구들이 했던 실험은 그게 다가 아니었다. 사망사고도 있었던 다른 과학 모험담까지 전부 나열하지는 않을 생각이지만 (올챙이가 들어 있는 병을 실수로 햇살 아래에 두었다가 올챙이가 죽은 적도 있고 애벌레가 비참한 최후를 맞은 적도 있다.) 곰팡이 실험에 대해서는 간단히 언급해 보려 한다. 곰팡이 실험이란 병에 보관된 다양한 식품을 실험 재료로 활용해서 거기 곰팡이 같은 게 생기는지 지켜보는 것이었다. 저장식품이 가득했던 우리 집에는 유용한 병들이 많았다. 결과적으로 나타난 것은 수염 같은 털과 다양한 색상으로의 변색이었는데, 지금 여기에서 이 실험을 언급하는 유일한 목적은 학술원의 "프로젝터"가 개의 생식기 구멍에 공기를 넣어 부풀리면 복통을 치료할 수 있을지도 모른다며 기대에 찼을 때 내가 눈살을 찌푸리지 못했던 이유를 해명하기 위해서다. 유감스럽게도 개의 몸은 터져버리고 말았지만 그건 분명 발상 자체에 결함이 있었다기보다는 실험 방법에 오류가 있어서였다. 아니, 그때 내 생각이 그랬다는 말이다.

사실 내게 일종의 기억 흔적으로 남아 있던 그 대목은, 생애 처음 결장 내시경을 받으면서 꼭 그런 식으로 몸이 부풀어 오르는 느낌을 받고 다시금 활성화되기도 했다. 그때 나는 곰곰이 생각했다. 스위프트 선생님, 선생님 생각이 맞았어요. 하지만 적용을 잘못 하셨던 거예요. 게다가 선생님 본인이 그런 발상은 터무니없다고 생각하셨잖아요. 선생님이 그렇게 재미있게 여기신, 개의 몸을 부풀린다는 발상이 250년 후 지구상에 실제 나타나리란 걸 아셨더라면. 의사들이 내장 속에 작은 카메라를 넣어서 그 안에서 무슨 일이 벌어지고 있는지 볼 수 있게 되리라는 걸 알았더라면 선생님은 무슨 말씀을 하셨을까요?

『걸리버 여행기』에서 학술원이 나오는 장들에 묘사된 실험들은 대부분 이런 식이다. 스위프트는 그런 실험을 장난삼아 고안해 냈지만, 그중 상당수는 후대에 비록 조금 다른 방식으로이기는 해도 진지하게 완수되었다. 예컨대, 걸리버가 처음으로 만나는 "프로젝터"는 스위프트가 떠올린

SF에 관한 비평들

'달빛을 좇는 미친 교수'라는 발상에 걸맞은 사람이 되려다가 가난에 빠지고 만다. 그 프로젝터는 오이에서 햇빛을 추출한 다음 병에 보관해 두었다가 햇빛의 양이 제한되는 겨울에 사용하고 싶어 했다. 스위프트는 이 장면을 쓰면서 틀림없이 킥킥 웃었을 테지만, 어린 독자로서 나는 그 발상이 조금도 기상천외하다고 생각하지 않았다. 당시 나는 아침마다 비타민 D, 일명 "햇빛 비타민"이 풍부한 대구 간유를 한 숟갈씩 먹어야 했기 때문이다. 그 프로젝터의 실수는 단지 잘못된 식품, 즉 대구 대신 오이를 사용했다는 점에 있었다.

프로젝터들이 수행한 실험 중에는 스위프트가 선견지명을 갖추고 있었다는 평판에 기여하기는 했으나 나에게는 그리 흥미롭지 않았던 것들도 있었다. 연구소에서 어떤 시각장애인이 다른 시각장애인들에게 촉감으로 색깔을 구별하는 방법을 가르치는 장면은 십중팔구 자칭 천재들의 별수 없는 어리석음을 보여주고자 스위프트가 의도적으로 넣은 부분이었겠지만 지금은 시각장애인들이 혀를 이용해 대상을 '볼' 수 있도록 해주는 브레인포트(BrainPort) 장치와 관련해 여러 실험이 진행되고 있다. 수많은 손잡이가 달려 있고 그 손잡이를 돌리면 중국어처럼 생긴 일련의 이상한 단어들이 끝없는 단어의 조합을 만들어내는 — 무한히 많은 원숭이들이 타자기를 치는 상황을 가정한 유명한 정리(定理)에서처럼 결국에는 걸작을 써내는 ─ 기계는 현재 일부 사람들에게는 컴퓨터의 전신으로 간주된다.

그러나 미래를 예측하고 새롭고도 편리한 장치의 발명을 제안하는 것은 스위프트의 의도와 매우 거리가 멀었다. 스위프트의 "프로젝터"(프로젝트에 몰두해 있기에 그렇게 불렸다.)들은 실험과학자와 사업가를 결합해 놓은 인물들이다. 이들은 『걸리버 여행기』 속에서 스위프트가 인간의 어리석음과 타락으로 길게 이어놓은 줄에 진주처럼 엮여 있다. 한쪽에는 릴리퍼트들과 그들의 사소한 싸움과 하찮은 음모가 있고, 다른 한쪽에는 4부에 등장하는 잔인하고 고약하고 냄새나고 못생기고 사악한 야후들이 있다고 한다면, 프로젝터들은 이들 사이에 존재한다. 폭풍우에 고스란히 노출된 홉스적인 자연 상태에서 인간성을 대표하는 존재인 셈이다.

그런데 스위프트의 프로젝터들은 사악하지도 않고, 딱히 미쳐버린 상태도 아니다. 심지어는 선의를 갖고 있다. 그들이 만드는 발명품들은 인류의 발전을 목표로 한다. 그들에게 더 많은 돈과 더 많은 시간을 제공하고 마음대로 하도록 내버려 두기만 하면, 모든 것이 순식간에 훨씬 나아질 것이다. 이는 참 있음직한 일일 뿐만 아니라, 응용과학이 도래한 이래로 모두가 수없이 들어본 이야기이기도 하다.

SF에 관한 비평들

간혹가다 이런 이야기는 좋은 결실을 맺기도 한다. 적어도 한동안은. 이를테면 과학은 인간의 사망률을 낮추었고, 자동차는 신속한 이동을 가능케 했고, 에어컨은 여름을 시원하게 보낼 수 있게 해주었으며, '녹색 혁명'은 식량 공급을 확대해 주었다는 식으로 말이다. 그러나 과학 '발전'으로 말미암은 결과물에 '의도치 않은 피해'라는 원칙이 적용되는 경우는 상당히 빈번하다. 농업이 폭발적인 인구 증가를 감당할 수 없어지자 수백만 명의 사람들이 가난하고 비참한 삶으로 내몰렸고, 에어컨은 지구온난화에 힘을 실어주고 있으며, 자유를 약속했던 자동차는 머나먼 통근 거리, 꽉 막힌 도로, 환경오염 악화로 인해 운전자를 노예 상태로 몰아가는 데까지 이르고 있다. 스위프트는 일찍이 프로젝터들을 통해 우리에게 알려주었다. 프로젝터들이 약속하는 목가적인 풍경의 미래는 한 사람이 열 사람의 일을 하고 언제든 모든 종류의 과일을 먹을 수 있는 세계이지만(생산 자동화와 수퍼마켓에게는 실례), "유일한 문제라고 한다면 그런 프로젝트 중에서 아직 어느 하나 성공한 것이 없고, 그러는 동안 나라 전체가 초라하게 황폐해지고 집은 폐허 상태가 되고 사람들은 먹을 것도 입을 것도 없는 처지가 된다."라고. 프로젝터들이 영향력을 행사하고 있을 때 하늘을 올려다보면 유토피아라는 그림의 떡이 보이지만, 그 그림의 떡은 하늘에만 머문다.

앞서 이미 말했듯이, 프로젝터들은 의도적으로 악한 행동을 하는 존재가 아니다. 다만 왜 소아마비를 일으키는 폴리오 바이러스를 만들었느냐는 질문에 폴리오 바이러스가 간단해서 만들어본 것이고 다음번에는 더 복잡한 바이러스를 만들 것이라고 대답했다는 현대의 한 과학자처럼, 시야가 좁을 뿐이다. 대부분의 사람들은 "위험한 상황을 야기할 수도 있는 일을 왜 했던 거죠?"라고 이해했을 목적에 대한 질문을 그 과학자는 수단에 대한 질문으로 받아들였던 것이다. 스위프트의 프로젝터들도 그 과학자와 마찬가지로 보통의 인간이 갖는 욕망과 두려움을 이해하는 부분에서 혼란을 겪는다. 그들이 저지르는 최대의 범법 행위는 도덕을 어기는 행위가 아니라, (스위프트라면 그저 "양식"이라 칭했을) 일반의 상식을 거스르는 행위다. 해를 입힐 의도를 갖고 있지는 않았지만, 그들은 자신의 행동이 불러올 수 있는 부정적인 결과를 인정하지 않는 바람에 결국 해를 입히고 만다.

독자들은 라가도의 학술원을, 스위프트가 살았던 시절에도 위엄 있고 명성 있는 조직이었던 런던 왕립학회에 대한 풍자로 인식했다. 경험적 사실을 좇는 영국인들의 모임은 1640년대부터 지속되었지만 찰스 2세 때 왕립학회로 공식화되었고, 1663년 이후로는 '자연과학 진흥을 위한 런던 왕립학회'라는 명칭으로 불렸다. 이때 자연이라는 단어는 관찰과 측정이 가능한 대상 및 '과학적 방법'을 바탕으로 한 자연과학적 지식이, 관찰과 측정이 불가능하며 고차원적이라고 간주된 '신성한' 지식과 다르다는 사실을 보여준다.

이렇게 각기 다른 체계에 기반한 두 지식은 원래 서로 충돌하게 될 것이라고 예상되지 않았지만 실제로는 자주 충돌했으며, 동일한 문제를 다루게 되어도 서로 다른 결과를 도출해 냈다. 특히 전염병 발생 시기에는 더 그랬다. 가령, 전염병 피해자와 그들의 가족이 기댄 대상은 기도와 설사약 둘 다였다. 둘 중에 무엇이 더 효과가 있을지 누가 알았겠는가? 하지만 왕립학회가 50주년을 맞이하자 '자연과학 지식'이 훨씬 더 입지를 넓히게 되었고, 왕립학회는 시간이 갈수록 실험이라든가 자료 수집, 각종 시연과 관련해 동료 전문가들이 서로의 작업을 평가하는 조직으로서의 역할을 수행했다.

스위프트가 『걸리버 여행기』 집필을 시작한 해로 간주되는 1721년은 공교롭게도 런던과 매사추세츠주 보스턴 모두에서 치명적인 천연두 유행이 발생한 해였다. 전염병이 발생한 적은 많았지만, 당시의 천연두 유행은 예방접종 시행을 둘러싸고 뜨거운 논쟁을 불러일으켰다. 신성한 지식에 바탕을 둔 관점도 예방접종이 신으로부터 부여받은 선물인지, 아니면 천연두 자체가 신이 내린 천벌이자 잘못된 행동에 대한 처벌이므로 전염병을 저지하려는 시도 자체가 불경한 행위인지를 두고 다양하게 나타났다. 그러나 신학에 기반한 논쟁보다도 실질적인 결과가 점점 더 신뢰를 얻게 되었다.

런던에서는 남편이 터키에 대사로 부임한 동안 예방접종 기술을 습득한 레이디 메리 워틀리 몬태규(Lady Mary Wortley Montagu)가 예방접종을 옹호했다. 보스턴에서 예방접종 지지에 가장 힘썼던 사람은 정말 기묘하게도 세일럼 마녀재판이 한창 진행 중이던 시기에 『보이지 않는 세계의 경이(The Wonders of the Invisible World)』를 저술한 코튼 매더(Cotton Mather)[194]였는데, 그는 예방접종을 받은 아프리카 출신 노예로부터 예방접종에 관한 지식을 습득했다. 레이디 메리와 매더 모두 처음에는 비난에 직면했지만, 예방접종의 정당성을 입증하려 했던 그들의 노력은 궁극적으로 성공적인 결과를 이끌어냈다. 또한 그들은 의사와 협력하기도 했다. 매더는 자신이 1726년 왕립학회에 제출했던 예방접종 임상 및 연구 결과에 관한 논문을 읽은 의사 자브디엘 보일스턴(Zabdiel Boylston)과, 메리는 의사 존 아버스닛(John Arbuthnot)와 손을 맞잡았다.

스위프트라면 예방접종에 반대했을 것이라고 생각하는 사람이 있을지도 모르겠다. 어쨌거나 실제 예방접종은 감염자의 곪아가는 피부에서 채취한 고름을 건강한 사람

SF에 관한 비평들

의 조직에 주입하는 과정을 수반했기에 혐오스럽고 직관에 반하는 방식으로 행해졌다. 라가도의 학술원에서 개의 몸을 폭파시킨 실험이나 그밖에 라가도 사람들이 저지른 어리석은 행동과 아주 유사하다고 느껴지는 부분도 있다. 사실 스위프트는 예방접종을 지지하는 쪽이었다. 스위프트는 의사 아버스넛과 오랜 친구 사이였고, 아버스넛과 마찬가지로 배움의 남용을 부지런히 풍자했던 1714년 마르티누스 스크리블레루스 클럽(Martinus Scriblerus Club)[195]의 회원이었다. 또한 프로젝터들이 진행한 터무니없는 실험들(스위프트가 아버스넛으로부터 힌트를 얻어 발명해 낸 실험들이었겠지만)과 달리 예방접종은 실제로, 대부분의 경우 효과를 발휘한 듯하다.

『걸리버 여행기』 3부에서 다루는 대상은 실험 그 자체가 아니라, 역효과를 불러일으킨 실험들이다. 또한, 프로젝터들의 집착적인 성향도 중심에 있다. 예컨대, 프로젝터들은 얼마나 많은 개들이 희생되든 신경 쓰지 않고 실험을 계속하며, 다음번에 다른 개의 몸에 공기를 주입해 보면 예상했던 결과를 얻게 되리라고 확신한다. 그들은 과학적 방법에 따라 실험을 진행하는 것처럼 보이지만 실험을 하면 할수록 퇴보하고 만다. 또한 자기들만의 논리적인 추론에 따르면 실험은 성공할 수밖에 없기 때문에 올바른 길로 잘 가고 있다고 생각하며, 그렇다 보니 직접 경험을 통해 목격한 사실은 무시해 버린다. 비록 20세기 중반의 진짜 미치광이 과학자들이 갖고 있는 광기를 완전히 갖추고 있지는 않지만, 분명 그들과 같은 길을 밟아 나가고 있다. 라가도의 학술원은 B급 영화에 새하얀 가운 차림의 광기 어린 과학자들이 등장하게 만든 문학계의 돌연변이였다.

＊＊＊

『걸리버 여행기』와 B급 영화의 중간지대에도 다양한 작품이 존재했다. 물론 그중에서도 가장 두드러진 작품은 괴물을 만들어낸 창조자이자, 시체를 가지고 완벽한 인간을 만들어보겠다는 이론을 입증하는 데에만 심취해 다른 요소들은 전부 간과했던 강박적인 과학자의 본보기를 보여준 메리 셸리의 『프랑켄슈타인』이었다. 프랑켄슈타인 박사의 맹목적인 태도와 외골수적인 집착이 피해를 입힌 첫 번째 대상은 그의 약혼자였다. 프랑켄슈타인이 만든 피조물이 창조자로부터 살아 있는 존재로서 인정받고 사랑받지 못한 데 대한 복수로 박사의 결혼식 날 밤에 약혼자를 살해한 것이다. 메리 셸리 이후에는 너새니얼 호손이 강박적인 실험자를 여럿 창조해 냈다. 그중에서 라파치니 박사는 소량의 독극물을 딸에게 먹여서 독극물에 대한 면역성을 길러주려고 하는데, 그로 인해 딸은 타인에게 독을 옮길 수 있는 존재가 되고 결국 삶과 사랑으로부터 단절된다. 호손의 「모반(The Birthmark)」이라는 작품에는 아름다운 아내의 몸에 새겨진, 혈색이 감도는 손바닥 모양의 모반에 집착하는 '과학 지식인(man of science)'[196]이 등장한다. 그는 자신이 알고 있는 과학을 동원해 그 모반을 없애버리고자(그리하여 아내를 완벽한 존재로 만들고자) 아내를 기묘한 실험실로 데려가는데, 그곳에서 영혼과 육체의 결합을 해체하는 약물을 주입해 아내를 죽이고 만다.

이 두 남자는 프랑켄슈타인 박사와 마찬가지로 사랑하고 소중히 아껴야 할 상대방의 안전과 행복보다도 자기만의 난해한 지식과 힘을 증명해 보이는 작업을 우선시한다. 그들은 얼마나 큰 파멸과 고통이 초래되든 상관하지 않고 자신의 이론만 고집하는 라가도의 프로젝터들처럼 이기적이고 냉담하다. 또한 프랑켄슈타인 박사도 그렇지만, 인간이 넘어서는 안 될 경계를 침범하여 (a) 신에게 맡기는 것이 나은 문제, 혹은 (b) 자신과 무관한 문제에 함부로 손을 댄다.

라가도의 프로젝터들은 우스꽝스러운 동시에 파괴적인 면모까지 모두 갖고 있었지만, 19세기 중반에만 해도 미치광이 과학자는 두 부류로 분리되어 있었다. 하나는 우스꽝스러움을 담당하는 부류로 제리 루이스(Jerry Lewis)가 제작한 코미디 영화 「괴짜 교수(The Nutty Professor)」로

계보가 이어졌고, 다른 하나는 파괴를 담당하는 부류로 보다 비극적인 방향으로 나아갔다. 포스터스 박사의 이야기를 비롯해 '연금술사'가 등장하는 이야기에도 코미디적 요소는 존재하지만(극장 무대에 오른 포스터스 박사는 대단히 짓궂은 재담꾼이었다.) 『프랑켄슈타인』처럼 좀 더 음울한 소설에는 코미디적 요소가 개입하지 않는다.

근대를 기준으로 "괴짜 교수"라는 비유적 표현의 뿌리를 찾아본다면, 범상치 않은 인기를 끌었던 토머스 휴즈의 1857년 작 『톰 브라운의 학창시절(Tom Brown's School Days)』을 꼽을 수 있다. 『톰 브라운의 학창시절』에 등장하는 소년 마틴은 "미치광이"라는 별명을 갖고 있다. 이 미치광이는 라틴어 문장보다는 화학 실험과 생물학을 분석하고 싶어 하는데, 작가 휴즈는 미치광이 소년이 성년이 되어가는 과정을 지켜보면서 그의 그런 성향을 호의적으로 받아들인다.

우리가 이 소년들의 쓸모를 제대로 활용하는 방법을 알았더라면, 마틴을 붙잡고 그를 자연철학자[197]로 만드는 교육을 시켰을 것이다. 마틴에게는 새와 짐승과 곤충을 향한 열정이 있었고, 럭비에 사는 그 어떤 학생보다도 그런 생명체들과 각각이 지닌 습성에 박식했다. (……) 또한 대단한 수준까지는 아니더라도 실험적인 화학자였고, 혼자 힘으로 전기 기계를 만들어내어 자기 연구를 함부로 기웃거리는 꼬마들에게 약한 전기 충격을 가하면서 크나큰 기쁨과 자부심을 느꼈다. 게다가 마틴에게 그런 행동은 조금의 흥분도 없이 감행해 보는 모험이 결코 아니었다. 뱀 한 마리가 머리 위로 떨어지거나 다리를 정성껏 휘감을 가능성, 쥐 한 마리가 먹을 것을 찾아 반바지 주머니로 파고들 가능성도 있었고, 실험실에는 피할 수 없는 동물의 악취와 화학물질의 냄새가 늘 감돌았으며, 평범한 남자아이들이라면 결코 접해 보지 못했을 만한 폭발음이나 냄새와 함께 경이로운 결과가 나타나기를 기대하면서 그 수많은 실험을 진행하다 보면 난장판이 초래될 수도 있었다.

전반적으로 관대한 분위기가 느껴지기는 하지만, 라가도 사람들이 갖고 있던 희극적인 측면들, 즉 폭발을 일으키며 망해 버리는 화학 실험과 악취를 풍기는 물질들, 엉망진창인 환경, 동물의 배설물, 그리고 강박까지도 선명하게 담겨 있다.

비극적인 혹은 사악한 미치광이 과학자의 진화적 계보는 R. L. 스티븐슨이 1886년에 발표한 소설 『지킬 박사와 하이드』에도 흐르고 있다. 금지된 선을 넘는 부류에도 속하고 기묘한 실험실을 가진 부류에도 속하는 인물인 지킬 박사 역시 영혼과 신체의 결합을 해체하는 약물을 우연히 발견하는, 아니 어쩌면 호손으로부터 물려받는 인물이다. 그런데 지킬 박사가 사용한 약물은 그것을 복용한 사람을 죽이지는 않는다. 정확하게 말하자면, 처음부터 죽이지는 않는다. 지킬 박사의 약물은 먼저 피부가 녹아내리게 한다음, 신체와 영혼이 변해 다른 모습으로 재구성되게 만든다. 그에 따른 결과로, 오로지 기억과 집 열쇠만 공유하는 두 개의 자아가 생성된다. 이렇게 지킬의 약물을 통해 탄생한 두 번째 자아 하이드는 지킬 박사보다 훨씬 비도덕적이지만 신체는 더 강인하며, 더 '본능'에 따라 행동한다. 게다가 다윈 이후의 이야기라는 점에서 하이드는 지킬 박사보다 털도 더 수북하다.

그 후 지킬 박사는 다름 아닌 자신이 믿었던 과학적 방법으로부터 배신을 당한다. 지킬 박사가 약물을 제조해서 마실 때마다 나타나는 결과는 언제나 동일한데, 그 결과는 어느 시점까지는 무난한 효과를 발휘한다. 그러나 화학 약품의 원재료가 다 떨어져 새로운 방식으로 제조하자 제대로 된 효과가 나타나지 않는다. 두 자아의 경계를 녹이는 성분이 사라진 것이다. 그리하여 지킬 박사는 털은 많고 이마는 좁고 살의를 품은 두 번째 자아에 갇혀버리는 치명적인 상황에 처하고 만다. 이전에도 '사악한 두 번째 자아'를 다룬 이야기는 있었지만, 내가 아는 한은 『지킬 박사와 하이드』가 '과학적' 화학 촉매제로 인해 형성된 이중인격을

SF에 관한 비평들

그린 첫 작품이다. 다른 많은 작품과 마찬가지로, 이 작품에서 나타나는 종류의 변성도 여러 만화책과 영화에서 빈번히 활용되었다. (예컨대 내성적인 물리학자 브루스 배너가 가진 사납고 난폭한 제2의 자아 헐크는 배너 박사 본인이 '감마 폭탄' 제작 실험을 하다가 감마선에 노출되면서 괴력의 녹색 거인으로 변해 버린 결과물이다.)

미치광이 과학자의 계보를 잇는 다음 인물은 H. G. 웰스의 1896년 작품에 나오는 모로 박사다. 모로 박사는 섬에서 잔인한 생체 해부 실험을 통해 동물을 인간의 형상으로 바꾸려고 시도하다가 처참하고 치명적인 결과를 초래하고 만다. 모로는 의도는 좋으나 실험의 특성을 잘못 이해한 부류의 과학자가 아니다. 그는 '연구에 대한 열정' 그 자체에 사로잡힌 사람이고, 그저 생리학의 비밀을 탐구하고 싶다는 자기만의 욕망을 충족하려 한다. 그는 프랑켄슈타인 박사와 마찬가지로 신처럼 행동하며, 결과적으로 터무니없이 기괴한 상황을 야기한다. 또한 자신의 뒤를 잇는 수많은 불순한 과학자들처럼 "무책임하고, 극도로 무심했다! 박사는 호기심에 미쳐 맹목적인 연구에 빠졌다."[198]

모로 박사가 등장하고, 뒤이어 미치광이 과학자들의 황금기가 도래하기까지는 그리 오랜 시간이 걸리지 않았다. 더군다나 20세기 중반이 되었을 즈음에는 수많은 소설과 영화에서 모로 박사 같은 인물을 찾아볼 수 있었기 때문에 어떤 인물이 정형화된 이미지로 구현되면 다들 어떤 유형인지 단번에 알아맞혔다.

B급 영화 중에서도 가장 밑바닥에 자리해 있는 작품을 꼽자면, 분명 「죽지 않는 머리」, 「죽지 않는 뇌」 등 다양한 제목으로 불리는 바로 그 작품일 것이다. 그 영화에 나오는 과학자는 보통의 과학자들보다 훨씬 더 심각한 수준으로 타락해 있다. 제목에도 언급되는 문제의 머리는 과학자의 여자친구의 머리, 교통사고로 인해 몸통에서 떨어져 나간 머리를 가리킨다. 영화를 본 남자 관객들은 대부분 그 교통사고 장면에서 눈물을 흘렸을 것이다. 그런데 이 미치광이 과학자는 병원에서 여자친구의 신체 부위들을 몰래 빼돌린 다음 프랑켄슈타인처럼 자기만의 괴물을 만들기 시작하는데, 역시나 괴물의 옷 사이즈를 너무 작게 계산하는 바람에(어째서 이런 괴물들의 옷소매 길이는 항상 팔꿈치에 머무는 걸까?) 여자친구의 머리만 자기 코트로 감싼 채 들판을 가로질러 달아난다. 그러다가 프랑켄슈타인 신부의 목과 머리카락에 부착돼 있던 전선이 어떤 유리로 된 종 아래에서 지지직 소리를 내며 타버린 순간, 잘려 있던 머리는 과학자가 머리에 접합할 완벽한 신체를 찾으러 스트립 클럽에 가 있는 동안 복수를 해야겠다는 생각을 품는다.

SF에 관한 비평들

＊＊＊

　『걸리버 여행기』 3부와 관련해 언급해야 할 요소가 한 가지 더 있다. 바로 연금술사나 미치광이 과학자를 다루는 이야기와 빈번하게 결합되는 불멸이라는 주제다. 걸리버는 스위프트가 창조한 알파벳 L로 시작하는 세 군데 섬[199] 중 세 번째로 등장하는 루그나그(Luggnagg)에서 불멸의 존재들, 이마에 불멸을 상징하는 점이 찍힌 아이들과 마주친다. 처음에 걸리버는 이 "스트럴드브럭"들을 만나고 싶어 한다. 걸리버의 상상 속에서 스트럴드브럭들은 축복받은 존재였기 때문이다. 스트럴드브럭들이 분명 지식과 지혜의 보고(寶庫) 같은 존재이기는 할 것이다. 그러나 걸리버는 머지않아 스트럴드브럭들이 티토노스와 쿠마에의 무녀 같은 신화 속 선조들처럼 불멸의 생명은 얻었으나 영원한 젊음은 누리지 못하는, 일반인들과 정반대되는 저주에 걸려 있다는 사실을 알게 된다. 스트럴드브럭들은 단지 계속해서 살아 있고, 계속해서 늙어가고, "막무가내이고, 까다로우며, 탐욕스럽고, 무뚝뚝하며, 허영이 많고 (……) 모든 본능적인 사랑의 감정은 죽어"[200] 있을 뿐이었다. 선망은커녕 경멸과 혐오를 받는 대상이었고, 죽음을 갈망하나 죽을 수 없는 존재였다.

　불멸은 인간이 끈질기게 갈망해 온 대상 중 하나이다.

불멸을 얻는 방식은 각기 다를 수 있다. 루그나그 섬에 사는 사람들처럼 자연스럽게 얻게 될 수도 있고, 신으로부터 부여받을 수도 있고, 불로장생의 약을 먹는다거나 헨리 라이더 해거드의 소설 『그녀』에서처럼 신비로운 불덩이를 통과한다거나 뱀파이어의 피를 마신다거나 해서 얻을 수도 있지만, 불멸에는 언제나 어둠이 도사리고 있다.

루그나그 섬은 3부에서 걸리버가 방문하는 장소 중에서도 특히 주목할 만한 곳이다. 스트럴드브럭과의 만남을 통해 스위프트가 염두에 둔 문제의 핵심에, 즉 인간이 된다는 것의 의미는 무엇인가 하는 질문에 가까워지기 때문이다. 그리고 4부에서 걸리버는 그 질문을 향해 곧장 뛰어든다. 마지막 항해를 통해 걸리버는 이성적이고 도덕적이며 말을 하는 말[馬]인 후이늠의 나라에 당도하고, 그곳에서 인간성의 본질에 관한 다원주의적 관점을 접하고 놀라고 만다. 후이늠들은 추잡하고 유인원 같이 생긴 야후라는 동물을 짐승으로 간주하고 짐승처럼 취급하고 있었는데, 걸리버는 옷차림이나 언어 같은 몇 가지 피상적인 차이점을 제외한다면 자신도 야후라는 사실을 뒤늦게야, 별수 없이, 경악하며 인정하게 된다.

스위프트의 친구였던 알렉산더 포프가 『걸리버 여행기』 출간 직후에 썼듯이, "인류가 응당 연구해야 할 대상은 인간이다." 지금 우리가 살아가는 시대에서 인간에 관한

SF에 관한 비평들

연구는 마땅히 완수해야 할 의무일 뿐만 아니라 그 어느 때보다도 필요한 과업이다. 스위프트의 프로젝터들이 수행한 엉망진창 실험들, 그리고 인간의 활동을 통해 기하급수적으로 늘어난 성공적인 과학적 발견 및 발명의 동력은 모두 동일하다. 그 동력은 인간의 호기심과 인간의 두려움과 인간의 욕구다. 우리가 무엇을 상상하든, 시간이 흐르면 실제로 구현하는 것도 가능해지므로 무엇이 우리를 추동하는지를 반드시 이해해야 한다. 미치광이 과학자의 모습은, 오스카 와일드의 말을 달리 표현하자면, 거울에 비친 우리 내면의 캘리밴의 얼굴이다. 우리는 단지 대단히 영리한 야후일까? 그렇다면 우리는 결국, 우리가 발명해 낸 것들을 통해 우리 자신은 물론이고 다른 수많은 존재도 파괴해 버리게 될까?

스위프트가 활동했던 시대의 과학은 막 태동하는 단계에 있었다. 이제 과학은 완전한 형태를 갖추게 되었지만, 우리는 여전히 과학을 두려워한다. 그 두려움 중 일부는 모로 박사의 냉담함에 대한 두려움에 기인하는데, 그런 냉담함은 사실 실재한다. 엄밀한 의미의 과학에는 감정도 없고 도덕 체계가 내재되어 있지도 않아 토스터와 다를 바 없다. 과학은 (우리가 욕망하는 것을 실현하고 우리가 두려워하는 것을 막아내기 위한) 도구이며, 다른 도구들과 마찬가지로 좋은 일에 쓰일 수도, 나쁜 일에 쓰일 수도 있다. 망치 하나로 집을 지을 수도 있고, 똑같은 망치로 이웃을 살해할 수도 있는 것처럼.

도구 제작자로서의 인간은 언제나 자신이 욕망하는 것을 얻는 데에 도움이 될 만한 도구를 만드는데, 지난 수천 년이라는 세월 동안 인간을 이루는 기본 틀이 변하지 않았다면 인간이 욕망하는 대상 역시 변하지 않았다고 말할 수 있다. 지금도 우리는 항상 금으로 가득 차는 지갑과 청춘의 샘을 원한다. 명령만 하면 식탁 위에 맛있는 음식이 가득 차려지고, 식사를 마치고 나면 눈에 보이지 않는 하인들이 식탁을 말끔히 치워주기를 원한다. 축지법을 써서 빛의 속도로 움직이고, 어둠의 모자를 써서 정체를 감춘 다음 사람들을 염탐하고 싶어 한다. 빗맞을 확률이 0인 무기와 우리를 안전하게 지켜줄 성도 갖고 싶어 한다. 설렘과 모험을, 일상과 안전을 원한다. 성적으로 매력적인 파트너가 여러 명이었으면 하고 바라는 동시에 내가 사랑하는 사람도 나를 사랑해 주기를, 그것도 전적으로 나에게만 충실하기를 원한다. 나를 충분히 존경해 주는 사랑스럽고 똑똑한 아이를 갖기를 원한다. 향기에 취하고 시각적으로 매력적인 대상을 감상하면서 음악에 둘러싸여 있기를 원한다. 너무 덥지도, 춥지도 않기를 원한다. 춤도 추고 싶어 한다. 동물과 대화도 나누고 싶어 한다. 누군가에게 선망의 대상이 되고 싶어 한다. 불멸의 존재가 되기를 원한다. 신과 같은 존재가

SF에 관한 비평들

되기를 원한다.

그러나 여기에 그치지 않고, 지혜와 정의도 바란다. 희망을 바란다. 스스로 좋은 사람이 되기를 바란다. 그래서 우리의 욕망에 드리운 어두운 그림자에 경고를 보내는 이야기를 되뇐다. 스위프트가 창조한 학술원과 그곳의 프로젝터들과 그들의 후손들과 미치광이 과학자들은 그런 그림자들 사이에 자리해 있다.

＊＊＊

지난주 예술품과 과학 실험을 결합한 어떤 '프로젝트'를 우연히 접했다. 그 프로젝트에서 선보인 작품에는 여러 개의 철사가 붙어 있는 유리 공 하나(1950년대 B급 영화에서 갓 현실로 빠져나온 물건 같다고 생각할 수도 있겠다.)에 희한하게도 18세기 릴리퍼트들이 입을 법한 외투가 걸려 있었다. 그 외투는 기질(基質)[201]에서 배양된 동물 세포들로 만든, 일명 "희생 없는 가죽"으로 제작된 옷이었다. '희생 없는' 가죽이라는 명칭이 붙은 이유는 살아 있는 동물의 가죽에서 채취한 것이 아니어서다. 그럼에도, 릴리퍼트나 입을 수 있는 작은 그 외투는 살아 있었다. 아니, 살아 있었을까? '살아 있다'라는 건 어떤 의미일까? 과연 아무런 '죽음'도 초래하지 않고 실험을 마친다는 것이 가능하기는 할까? 현재이 주제를 둘러싼 열띤 토론이 확산하는 공간은 인터넷이다.

그런데 그런 토론을 진행하기에 최적인 장소는 스위프트의 학술원일 것이다. 기발하지만 터무니없는 주제를, 한편으로는 농담이기도 한 주제를 거침없이 던지는 곳. 그러나 완전히 농담인 것은 아니다. 생물학적 생명의 본질에 관한 우리의 선입견을 자세히 살펴보도록 이끄는 주제이니 말이다. 무엇보다도 희생 없는 가죽으로 제작된 옷은, 스위프트가 개의 몸이 터져버리게 만들고 오이에서 햇빛을 추출하자고 제안했던 것처럼 일종의 복잡하고 창의적인 활동의 산물이다. "인간이 된다는 것의 의미는 무엇인가?"라는 것이 『걸리버 여행기』의 핵심 질문이라고 한다면, 그런 책을 써내는 능력 자체가 그 대답의 일부를 구성한다. 우리의 존재는 무엇을 하는가뿐만 아니라, 무엇을 상상하는가에 의해서도 규정된다. 짐작해 보건대, 우리는 미치광이 과학자들의 존재를 상상하고 그들이 소설의 경계 안에서 최악의 실수를 저지르도록 내버려 둠으로써 실제 과학자들이 제정신을 유지하기를 바라고 있는 것인지도 모른다.

SF에 관한 비평들

다섯 편의

헌정 단편소설

들어가며

SF는 내가 쓰는 글의 장르이기도 하지만, 내가 쓰는 글 그 자체이기도 하다. 본격적으로 유스토피아를 다룬 장편소설 세 작품은 「살벌한 지도 제작」 장에서 이미 다루었으나, 그 이외의 작품들 곳곳에도 다양한 SF 형식에 바치는 소소한 헌사들이 마치 복잡한 숲길에 떨어뜨려 놓은 빵 부스러기들처럼 흩뿌려져 있다.

이번에는 그 빵 부스러기들 중에서 다섯 작품을 골라 보았다. 「극저온학」은 저녁 식탁에 둘러앉아 머리 냉동을 주제로 대화를 나누는 이야기인데, 신체 부위를 냉동시킨다는 모티프는 빌 맥키번의 『이제 그만』에 부친 서평에서뿐만 아니라 (참 희한하게도) 맥키번의 책과 동일한 시기에 출간된 『오릭스와 크레이크』에도 등장한 바 있다. 「냉혈한」에서는 거대한 곤충의 외양을 한 외계 생명체들이 지구를 방문한다. 「홈랜딩」에서는 어떤 외계 생명체들이 다른 외계 생명체들의 공간을 방문해 안내를 받는데, 안내를 해

다섯 편의 헌정 단편소설

주는 외계 생명체들의 존재가 후에 우리 인간이었던 것으로 밝혀진다. 「죽은 행성에서 발견된 타임캡슐」은 고전 SF 마니아들에게는 무척이나 친숙할 타임캡슐을 주제로 한 작품이다. 마지막으로, 「아어아의 복숭아 여자들」은 『눈 먼 암살자』에서 발췌한 부분으로, 여자가 해피엔딩을 요구하자 그의 연인이 즉흥적으로 이것저것을 섞어 이야기를 만들어낸다.

이 밖에도 「지노어의 도마뱀 인간」, 거대한 스펀지의 공격, 세계 지도자들을 위해 마련된 노래 경연대회, 사스콰치와 인간과 두 안드로이드 로봇에 관한 이야기 등 여기에 소개할 만한 다른 선택지가 많았지만…… 빵 부스러기 중 일부는 항상 숲에 남아 있어야 하는 법이다.

「극저온학: 심포지엄」

A. 예순다섯이 되면 머리를 잘라서 급속 냉동해 버릴 거야. 이미 기술도 마련돼 있고, 급속냉동 서비스를 제공하는 기업들도 있어……. 머리가 냉동 상태를 유지하고 있는 동안 기술자들이 단세포로 내 몸의 나머지 부분을 복제하는 방법을 알아내면, 얼어 있던 머리를 녹여서 다시 몸에 붙여줄 거야. 그렇게 될 때쯤이면 환경이든 뭐든 위기를 넘기게 될 거고, 모든 게 바로잡혀 있을 거야.

D. 피노 그리지오를 실컷 마실 수 있게 된다는 거야? 올리브랑?

A. 어, 그래. 어떤 사람들은 몸 전체를 냉동하기도 하는데, 지금 내 형편으로는 머리밖에 못 맡겨.

C. 아, 시장의 힘을 무시할 순 없지.

다섯 편의 헌정 단편소설

B. 그럼 너는 머리가 급속냉동되는 동안 정신이 살아남을 수 있을 거라고 생각하는 거야? 기억 손상도 전혀 없이?

A. 생각해 봐야 할 부분이기는 해. 기억을 저장해 둔 다음에 나중에 되찾거나…….

B. 정신에? 아니면 뇌에? 정신이랑 뇌는 동일한 시공간에 존재할 수 없다고 생각하는 사람들도 있던데. 말하자면 네 뇌는 잿빛이 감도는 테이스티 프리즈[202] 같은 거고, 네 정신은…….

C. 냉동고가 타버리면 어떡해? 냉동 눈알 본 적 있어? 난 본 적 있는데 눈알 색깔이…….

D. 그럼 네가 갖게 될 새로운 몸도 예순다섯 노인의 몸이려나?

E. 이 칠레산 농어 정말 맛있다!

B. 농어 먹으면 안 돼. 멸종되고 있거든. 사람들이 무슨 노천 채굴을 하는 양 바다 전체를 갈아엎고 있어. 해저에 대규모 골프장을 세우겠대.

D. 아, 맞아. 나도 알고 있었는데 까먹어 버렸네. 어쨌든 이미 요리한 거니까 먹는 게 낫지.

B. 나는 한 스물셋 청년의 몸을 생각하고 있었는데.

C. 그러면 근육질 청년의 몸에다가 이 주름살투성이인 노인 머리를 접합하는 거야? 딱히 매력적일 것 같진 않네.

D. 그런 놈이랑은 진짜 하기 싫을 거 같아!

A. 자기는 그때쯤이면 살아 있지도 않을 거야. 어쨌든, 성형수술도 해준대. 인물이 훤해지겠지. 하지만 내가 노인이 될 때까지 쌓은 지혜는 계속 간직하고 있을 거야.

E. 너 정말 대단한 몽상가구나! 하나같이 다 너어어무 해괴망측해!

A. 새로운 과학적 발상도 일반 대중에게는 늘 해괴망측해 보이는 법이지.

E. 난 그런 대중에 속하지 않아! 그건 그렇고, 그놈들이 네 돈을 가로채지 못하게 막을 방법은 있어? 네 머리를 냉

© Margaret Atwood

동고에 넣어두고 몇 년이 지난 후에 파산을 선언하면서 냉동고 플러그를 뽑아버리고, 네 머리는 쓰레기통에 던져버리면 어떡해? 그놈들은 그러고도 남을 놈들이야!

A. 그렇게까지 못되게 굴 필요는 없잖아. 난 잘 진행될 거라고 믿어.

C. 더 끔찍한 시나리오가 떠올랐어! 그 사람들이 네 머리를 해동해서 모니터랑 연결한 다음에 네 머릿속에 있는 가장 끔찍한 기억들을 저급한 오락물처럼 틀어놓는 거야. 너의 일생이 기괴한 곁다리 쇼 같은 게 되는 거지!

E. 아니면, 지진이나 토네이도처럼 어마어마한 천재지변이 일어나서 전기 공급이 끊기는 바람에 머리가 썩어버릴 수도…… . 거기, 노예 노동자들이 독약을 살포해서 인위적으로 익힌 포도 좀 건네줄래? 아, 그런 포도 사 먹으면 안 되는 건 나도 알고 있어. 아무튼 씻긴 씻었으니까 걱정 마.

A. 나도 그런 생각은 해봤어. 하지만 태양 전지판이 있을 거고, 전선은 충격에도 잘 견디는 지하 동굴에 연결되어 있을 거야.

B. 있잖아, 현실을 좀 직시해 봐. 환경오염이며 오존층 파괴며 유전공학 작물 때문에 난장판이 될 거야. 빙산은 다 녹아버리고, 해안가의 평야 지대에는 시도 때도 없이 홍수가 들이닥치고, 전염병이 돌면서 문명도 말살될 거야. 생존자는 극소수에 불과할 거고, 그마저도 여기저기 돌아다니면서 죽은 동물의 시체를 무자비하게 먹어 치우는 존재로 전락해 버릴 거야. 생명을 위협하는 햇살을 피하려고 밤에만 돌아다닐 거고. 게다가 몸집이 커다란 육지 포유류들이 모조리 멸종해 버린 상태라서 쥐며, 바퀴벌레며, 식물뿌리는 물론이고, 서로를 잡아먹기까지 할 거야.

A. 그런 일이 벌어지고 있을 때 나는 잠들어 있을 거야. 무슨 말인지 알지?

B. 잠깐 더 들어봐. 그 생존자들은 방랑하다가 지하 동굴을 발견하게 될 거야. 그런데 지하 동굴에는 더 이상 경호원도 없고, 경첩은 녹슬어서 문에서 떨어져 나가 있겠지. 그러면 동굴 안으로 들어가서 냉동고를 슬쩍 열어볼 텐데, 과연 거기에서 뭘 보게 될까?

D. 남은 브리 치즈 한 조각이랑 반 토막 난 셀러리 잎사귀랑 유통기한이 한참 지난 요거트 같은 걸 보겠지. 이제

커피 마시자. 그늘에서 기른 커피콩으로 내린 거니까 그런 눈으로 쳐다보지 마. 아 맞다, 그 생존자들은 네가 작년에 잡은 강꼬치고기도 발견하게 될 거야. 냉동고 전체에 악취가 진동하겠지. 그건 그렇고, 그 강꼬치고기는 대체 어떻게 할 생각인 거야?

B. 쓸데없는 소리 좀 그만해. 머리가 달린 문제잖아. 생존자들이 냉동고 안에서 무엇을 보게 되느냐 하면 말이지……

C. 난 지금 이 이야기가 어떻게 끝날지 알 것 같아.

B. 바로 단백질이야! 그럼 그들은 이렇게 말할 거야. 냄비 좀 가져와 보라고. 그러면서 "축제다!" 하고 외치겠지.

A. 넌 정말 한심하고, 역겨운 데다가, 정신적으로 문제가 있는 사람이야.

B. 난 현실주의자일 뿐이야.

C. 나도 마찬가지야.

다섯 편의 헌정 단편소설

「냉혈한」

내 자매들에게. 무지갯빛 자매들과 난자 운반 자매들과 다면체 자매들에게 나방 행성에서 이렇게 안부를 보낸다.

마침내 우리는 이곳 생명체들과 접촉하는 데 성공했어. 의사소통 능력을 갖추고 있고, 집단을 이루어 살아가고, 기술을 만들어내고, 우리와 가장 닮았으면서도, 하나하나 따져보면 미발육된 상태에서 조금도 나아지지 못한 그들과 말이야.

그들의 몸속에는 그들이 가진 시와 전쟁과 종교적 의식에서 상당한 의미를 가지는 것처럼 보이는 다양한 채도의 붉은 액체가 있었고, 우리는 그 점을 고려해서 그들을 '피의 생명체'라고 부르고 있어. 그리고 발화에 필요한 신체 기관을 전혀 갖고 있지 않아서 말을 할 수 없는 생명체라고 추정하고 있단다. 찌르르 우는 소리를 내는 데 필요한 날개 모양의 외피도 없는, 사실 날개 자체가 없는 생명체인데 딱딱 소리가 나는 부리도 없는 데다가 더듬이가 달려 있지도

다섯 편의 헌정 단편소설

않아서 화학적 소통 방법에도 반응하지 않더구나. 그들에게 '냄새'는 단지 형식적인 것이어서 머리 앞쪽에 달린 납작하고 무감각한 부속물에 갇혀 있을 뿐이었고 말이야. 하지만 시간이 어느 정도 지나고 나서, 그들이 우리로서는 알아듣기 힘든 끽끽 소리와 꿀꿀 소리를 낸다는 사실을 알게 되었어. 특히 우리가 꼬집으면 그런 소리를 냈는데 그 소리는 사실상 일종의 언어였고, 그 뒤로 우리의 연구는 급속도로 진전되었단다.

우리는 이곳에서 번식력이 가장 좋고 눈에 띄는 생물인 나방을 보고 이 행성을 나방 행성이라고 부르고 있었는데, 머지않아 그 생명체들이 부르는 명칭은 지구였다는 사실을 알게 되었어. 그들은 자신의 조상들이 이 지구를 통해 창조되었다고 생각하고 있단다. 그들이 믿는, 그럴싸하기는 하지만 비합리적인 설화들 상당수가 그렇게 주장하기도 하고.

우리는 서로의 공통점을 찾아보려고 몇 가지 질문을 해봤어. 먼저, 수컷과 교미를 나누고 나서 그 수컷을 먹어치워 버리는 계절이 언제냐고 물어봤지. 그런데 어찌나 난처하던지, 우리와 대화를 나누고 있던 그들이 바로 수컷이었단다! (암컷과 수컷을 구별하기가 정말 힘들어. 그쪽 수컷들은 우리 수컷들처럼 크기가 아주 작기는커녕, 오히려 더 크단다. 게다가 타고난 자연미 같은 것이 없어서, 생식기 부위를 가려주는 다양하고 다채로운 휘장을 몸에 두르면서 우리를 모방하려 하고 있더구나.)

우리는 무례를 범한 것에 대해 사과하고, 성행위는 어떤 식으로 하는지 물어봤어. 그런데 어찌나 구역질이 나고 역겹던지, 그들이 가장 귀하게 여기는 집단은 난자를 운반하는 암컷이 아니라 수컷이었단다. 자매들아, 너희들에게는 비정상적인 일처럼 들리겠지만, 그들 세계에서는 지도자들도 대부분 수컷이란다. 다른 곳보다 야만적인 상태가 유지되는 이유가 그 때문일지도 모르겠어. 너희들에게 전해 주어야 할 또 다른 이상한 점은 수컷이 암컷을 온갖 방식으로, 그것도 걸핏하면 죽이는데, 출산을 한 암컷을 잡아먹는 경우는 드물다는 거야. 정말이지 단백질 낭비가 아닐 수 없어. 하지만 그러고 보면, 그들은 존재 자체가 낭비이기는 해.

그런 얘기를 듣는 것이 괴로웠던 우리는 황급히 다른 주제로 넘어갔단다.

그다음에는 언제 번데기가 되는지 물어봤어. 앞에서 언급했던 휘장도 그랬지만, 우리는 그들이 '의복'과 관련된 부분에서 우리를 어설프게 모방하려 했다는 사실을 알게 되었단다. 그들은 삶의 주기 가운데 딱히 정해지지 않은 시점에 인공 바위나 목재 고치, 혹은 허물 속에 들어가서 자리를 잡는대. 언젠가는 변형된 모습으로, 날개 달린 조각품 같은 모습으로 그곳에서 벗어나게 될 거라고 생각하면서 말이야. 하지만 실제로 그렇게 변한 생명체를 우리가 목격한 적은 한 번도 없어.

이쯤에서 언급해 두는 편이 좋을 것 같은데, 나방 행성에는 우리가 익히 알고 있는 다양한 종류의 나방뿐만 아니라, 우리의 먼 조상을 닮은 수천 가지 종류의 다른 생명체들도 무수히 많았단다. 너무도 오래전 일이라 지금은 기록도 남아 있지 않은 언젠가 우리 조상들이 그곳을 식민지로 만들기 위해 한 시도가 결실을 맺었나 봐. 하지만 나방 행성에 사는 생명체들은 숫자도 많고 독창적이기는 해도, 사회 조직 측면에서 보면 규모도 작고 원시적인 데다가 그들과 의사소통을 해보려고 했던 우리의 시도는, 적어도 지금까지는 그다지 성공적이지 않았어. 피의 생명체들은 다른 생명체들을 적대적으로 대하고, 갖가지 유독 물질과 올가미뿐만 아니라 '파리채'라고 불리는 사악한 수동 무기로 공격하기까지 하더구나. 그렇게 거대하고 광적인 생명체들이 작고 무력한 생명체들을 향해 고문과 살인의 도구를 휘두르는 장면을 보는 건 참으로 괴로운 일이었어. (다행히 피의 생명체들은 우리가 우리의 언어로 우리끼리 나누는 대화를 이해하지 못한단다.)

나방 행성에 살아가는 우리의 먼 친척들은 피의 생명체들이 그 온갖 파괴적인 도구를 휘두르는 와중에도 꿋꿋이

© Margaret Atwood

견뎌내고 있단다. 그들은 작물과 가축, 심지어는 피의 생명체들의 살갗도 먹으며 살아가고 있어. 피의 생명체들의 집 안에 서식하면서 그들의 옷을 갉아 먹고, 그 집의 마룻바닥에 나 있는 틈 속에 숨어서 쑥쑥 성장하기도 하지. 피의 생명체들이 그들의 의도에 따라 행동한다 해도, 그러니까 기어이 대량 생식을 해내거나 서로를 몰살하는 데 성공한다 해도, 우리 종은 수적으로는 물론 적응력 차원에서도 이미 그들보다 우월한 데다가 우리의 지당한 권리를 행사해 주도권을 확보할 준비가 되어 있으니 안심해도 돼.

당장 내일 그런 일이 벌어지지는 않겠지만, 언젠가는 일어날 일이지. 내 자매들, 너희들도 알고 있다시피, 우리 종은 오랫동안 인내하며 살아왔잖니.

「홈랜딩」

1

어디에서부터 시작해야 할까요? 어차피 당신은 그곳에 가본 적이 없거나, 가보았다 하더라도 당신이 목격한 것이나 목격했다고 생각한 것의 중요성을 이해하지는 못했을 거예요. 창문은 그저 창문일 뿐이지만, 창문에는 내다보는 방향과 들여다보는 방향이 있죠. 당신이 얼핏 봤던 모습, 커튼 뒤로, 수풀 속으로, 혹은 번화가의 맨홀 구멍 속으로 사라지던 그곳 생명체의 모습(저희는 수줍음이 많답니다.)은 그저 유리에 비친 당신 모습이었을지도 모릅니다. 저희는 그런 착각을 불러일으키는 데에 능하거든요.

2

저는 저희를 대표하는 전형적인 모습을 갖고 있어요. 두 다리로 직립보행을 하고, 두 팔이 달려 있고, 팔에는 총열 개, 한 팔마다 다섯 개씩 부속물이 달려 있죠. 머리에서

다섯 편의 헌정 단편소설

는 앞쪽이 아닌 위쪽에서만 해조류 같은 이상한 것이 자란답니다. 누구는 그것이 일종의 털이라고 말하고, 누구는 그것이 도마뱀의 비늘 같은 것에서 진화했을지도 모르는 일종의 변형된 깃털이라고 생각해요. 뭐가 됐든 어떤 기능적 차원의 목적은 없고, 그저 장식용으로 존재하는 것 같아요.

제 눈은 머리에 붙어 있고, 머리에는 겉으로 보이지 않는 액체와 공기가 출입하는 작은 구멍도 두 개 있어요. 또 다른 어떤 커다란 구멍에는 치아라고 불리는 돌출형 뼈대가 있는데, 저희는 이 치아를 통해 주변에 있는 것들 중 일부를 부수고 흡수해서 저희 것으로 만들어버린답니다. 이 과정을 저희는 섭취라고 불러요. 제가 섭취하는 것들은 뿌리, 열매, 과일, 이파리, 각종 동물과 생선의 근육 조직이에요. 가끔은 동물과 생선의 뇌와 분비샘도 섭취하고요. 하지만 저는 다른 나라에서 즐겨 먹는다는 곤충이나 유충, 눈알, 돼지의 코는 대체로 먹지 않아요.

3

저희 중에는 신체의 앞부분에, 그러니까 배꼽이나 신체의 중심 아래쪽에 뾰족하지만 뼈는 없는 어떤 외부 부속물을 매달고 있는 부류도 있답니다. 그들 말고는 이런 외부 부속물을 갖고 있는 경우가 없어요. 그런 부속물을 갖고 있는 것이 장점인지 단점인지에 관한 논쟁은 여전히 진행 중이고요. 외부 부속물이 달려 있지 않고, 대신 그 자리에 저희 공동체의 새로운 구성원을 성장시켜 주는 주머니나 내부 동굴이 자리해 있는 경우도 있는데, 그 사실을 낯선 존재들 앞에서 거리낌 없이 말하는 건 무례한 행동으로 받아들여져요. 이걸 말해주는 이유는 방문자들 대부분이 그런 식의 결례를 범하기 때문이랍니다.

보다 사적인 모임 자리에서는 누군가가 그런 뾰족한 부속물이나 내부 동굴을 갖고 있지 않아도 다들 점잖게 모르는 척해 줘요. 발이 안쪽으로 굽어 있거나 앞이 보이지 않는 이들처럼 대해 주는 거죠. 하지만 때로는 뾰족한 부속물과 내부 동굴이 거울과 물을 이용해 함께 춤을 추거나 환각에 빠지기도 하는데, 당사자로서는 푹 빠져들 수 있는 행위일지 몰라도 그것을 지켜보는 관찰자들 눈에는 기괴해 보일 때가 많답니다. 그러고 보니 당신들도 그런 비슷한 관습을 갖고 있더군요.

최근에는 이와 관련해 상당한 논의가 이루어지고 있어요. 부속물이 달린 이들은 내부 동굴을 가진 이들이 애초에 인간도 아니고 실제로는 개나 감자에 가까운 존재라고 말하고, 내부 동굴을 가진 이들은 부속물이 달린 이들이 건드리고, 들이밀고, 캐묻고, 찌르는 행위에 집착한다고 욕하고 있죠. 부속물이 달린 이들이건, 내부 동굴을 가진 이들이건, 한쪽 구멍에서 온갖 발사체들이 튀어나오는 기다

다섯 편의 헌정 단편소설

란 물체만 있으면 즐거워한답니다.

저는 내부 동굴을 가진 인간입니다만, 철조망이 쳐진 담을 넘거나 지퍼에 끼어버리는 상황을 걱정하지 않아도 되어 다행이라고 생각하고 있어요.

하지만 신체 형태에 대해 말해 줄 수 있는 건 이게 다네요.

4

저희 나라에 관해 말해 드리자면, 오랫동안 지속되고, 붉은빛을 띠고, 공명을 불러일으키고, 화려하면서도 울적하고, 교향곡을 연상시키는 그것을 먼저 설명해야겠네요. 이쯤이면 당신도 무엇인지 알아맞혔을, 바로 일몰이랍니다. 저희의 일몰은 조명의 깜박임을 바라보는 것보다도 재미없는 다른 나라의 짧고 지루한 일몰과는 달라요. 저희는 이곳의 일몰을 자랑스러워해요. "이리 와서 일몰 좀 봐요." 저희는 서로에게 그렇게 말하죠. 그러면 다들 야외나 창문으로 서둘러 달려가고요.

저희 나라는 규모는 크지만 인구수는 적은데, 빈 공간을 두려워하면서도 빈 공간을 필요로 하는 저희의 습성이 이것 때문인지도 모르겠네요. 국토는 대부분 물에 잠겨 있어서, 저희는 반사되는 현상과 갑작스러운 사라짐과 어떤 것이 다른 것으로 녹아버리는 현상에 흥미를 느껴요. 하지만 국토의 대부분은 암석으로 이루어져 있기도 해서, 저희는 운명을 믿는답니다.

여름이 되면 저희는 지방으로 둘러싸인 몸을 붉게 만들기 위해서 거의 벌거벗은 상태로 이글거리는 태양 아래에 누워 있어요. 하지만 하늘에 태양이 낮고 희미하게 뜨는 시간이 찾아오면, 저희가 그렇게나 좋아하는 물은 한낮에도 단단하고 하얗고 차가운 무언가로 변해 지표면을 뒤덮어 버려요. 그러면 저희는 몸을 움츠리고 무기력해진 상태로 바위 틈바구니에 숨어 대부분의 시간을 보내죠. 입이 오그라들어서 말도 거의 하지 않고요.

그런 시간이 찾아오기 전에는 대부분의 나뭇잎이 핏빛 같은 붉은색이나 타오르는 듯한 노란색으로 바뀌고, 정글을 뒤덮은 끝없이 이어진 초록보다도 훨씬 눈부시고 이국적인 정취를 뿜낸답니다. 저희는 그런 변화가 아름답다고 생각해요. "이리 와서 나뭇잎 좀 봐요." 저희는 그렇게 말하고 곧바로 탈것에 올라타서는, 두 눈을 유리창에 바짝 갖다 대고 피비린내가 나는 듯한 숲을 굽이굽이 따라가요.

저희 나라는 변신하는 것들의 나라예요.

붉은 것이라면 무엇이든 저희를 고양시키지요.

5

때로 저희는 가만히 누워서 꼼짝도 하지 않아요. 그때

머리에 붙은 공기구멍으로 공기가 드나들고 있다면, 저희는 그 상태를 수면이라고 불러요. 그렇지 않다면, 죽음이라고 하고요. 인간이 죽음에 다다르면, 음악과 꽃과 음식이 있는 일종의 소풍이 열려요. 소풍에서 특별대우를 받는 주인공이 온전한 상태라면, 혹은 폭발했거나 오랫동안 물에 잠겨있을 때처럼 너덜너덜하거나 허물어져 가는 상태라면, 각자에게 맞는 의상을 입혀서 지표면에 난 구멍 속에 넣거나 태워버려요.

이건 이방인들에게 설명하기가 특히 어려운 관습이에요. 저희 나라를 찾는 방문자 중에서 특히 어린 존재들은 죽음에 대해 전혀 들어본 적이 없어서 어리둥절해하고요. 그들은 죽음이 단순히 저희가 만들어낸 일종의 착각이라거나 교묘한 속임수라고 생각해요. 그렇게 많은 음식과 음악을 두고도 다들 그토록 슬퍼하는 이유를 이해하지 못하거든요.

하지만 당신은 이해할 거예요. 당신 안에도 죽음이 자리하고 있을 테니까요. 당신의 눈을 들여다보면 그렇다는 걸 알 수 있어요.

6

저는 당신의 눈을 통해 그 사실을 알 수 있어요. 그렇지 않았다면 이렇게 불완전하고 곤란한 언어로 당신과 소통하려는 시도를, 저희의 목구멍을 메마르게 만들고 입안에 모래가 가득 차게 만드는 이 시도를 일찌감치 그만두었을 거예요. 그렇지 않았다면 저희는 사라져버렸을 거예요. 돌아가 버렸을 거예요. 당신과 제가 공유하고 있는 것, 우리가 서로 포개질 수 있도록 하는 것이 바로 죽음에 대한 앎이에요. 죽음은 우리가 갖고 있는 공통점이에요. 우리는 이 죽음을 딛고 함께 앞으로 나아갈 수 있어요.

지금쯤 당신은 제가 다른 행성에서 왔을 거라고 생각하고 있겠죠. 하지만 제가 당신에게 "당신의 지도자들이 있는 곳으로 데려가 줘요."라고 말하는 일은 없을 거예요. 당신들의 방식이 낯선, 그러나 사실상 익숙해 있는 저 같은 사람도 그런 실수는 절대 저지르지 않을 거예요. 저희들 중에도 톱니라든가 종잇조각, 반짝이는 작은 금속 원판, 염색된 천 조각들로 만들어진 존재들이 있으니까요. 그런 존재들을 더 만나볼 필요도 없고요.

대신 저는 당신에게 이렇게 말할 거예요. "나무가 있는 곳으로 데려가 줘요. 아침 식사가 차려진 식탁과 일몰과 악몽과 신발과 명사(名辭)가 있는 곳으로 데려가 줘요. 당신의 손가락으로 데려가 줘요. 당신의 죽음으로 나를 데려가 줘요."

가치 있는 것은 이런 것들이에요. 내가 찾아온 이유는 이런 것들 때문이에요.

「죽은 행성에서 발견된 타임캡슐」

1) 제1기에 우리는 신들을 창조했다. 나무로 조각해서 만들었다. 당시만 해도 나무 같은 것이 남아 있었다. 우리는 반짝이는 금속을 벼려 신들을 만들고, 사원 벽에 신들을 그렸다. 그 신들은 온갖 것들의 여신이자 남신이었다. 신들은 때로 잔인했고 우리의 피를 마셨지만, 우리에게 비와 햇살, 순풍, 풍작, 생식력을 갖춘 동물들, 그리고 많은 아이들을 선사했다. 당시에는 새 수백 마리가 우리들 머리 위로 날아다녔고, 물고기 수백 마리가 바닷속에서 헤엄을 쳤다.

우리의 신들은 머리에 뿔을, 혹은 위성이나, 물개가 가진 지느러미나, 독수리의 부리를 갖고 있었다. 우리는 신들을 전지(All-Knowing)한 존재라고 불렀다. 우리는 신들을 발광하는 유일한 존재라고 불렀다. 우리는 우리가 고아가 아님을 알고 있었다. 우리는 지구의 냄새를 맡았고 지구 속에서 굴렀다. 지구에서 분비되는 액체는 우리의 턱 아래로

다섯 편의 헌정 단편소설

흘러내렸다.

2) 제2기에 우리는 돈을 창조했다. 돈의 재료도 반짝이는 금속이었다. 돈의 얼굴은 양면으로 되어 있었다. 한쪽 얼굴에는 왕이나 어떤 주목할 만한 인물의 동강 난 머리가 있었고, 다른 쪽 얼굴에는 다른 무언가가, 우리에게 안정감을 줄 만한 새라든가 물고기라든가 털 난 동물 같은 것이 있었다. 이전 신들이 남기고 간 것은 그게 전부였다. 돈은 크기가 작았고, 우리는 매일매일 어느 정도의 돈을 가능한 피부에 밀착시키면서 갖고 다녔다. 돈은 먹을 수도, 입을 수도, 온기를 얻기 위해 태울 수도 없었지만, 신기하게도 그런 쓸모를 위해 변형될 수는 있었다. 돈은 신비로웠고, 우리는 돈을 경외했다. 돈을 충분히 갖고 있으면 하늘을 날 수 있다는 말도 있었다.

3) 제3기에는 돈이 신이 되었다. 돈은 전능하고 통제불능인 존재였다. 말도 하기 시작했다. 혼자서도 무언가를 창조하기 시작했다. 잔치와 기근을, 환희의 찬가를, 애가를 창조했다. 돈은 탐욕과 허기를 창조했고, 그 탐욕과 허기는 양면으로 된 돈의 얼굴이 되었다. 유리로 만들어진 탑들이 돈에 의해 세워졌다가, 무너졌다가, 다시 세워졌다. 돈은 무언가를 먹기 시작했다. 모든 숲과 농경지와 아이들의 삶을

먹었다. 군대와 선박과 도시도 먹었다. 아무도 막을 수 없었다. 돈을 소유한다는 것은 은총의 징표였다.

4) 제4기에 우리는 사막을 창조했다. 사막은 종류가 다양했지만, 한 가지 공통점이 있었다. 그곳에서는 아무것도 자라지 않는다는 점이었다. 어떤 사막은 시멘트로, 어떤 사막은 각양각색의 독약으로, 어떤 사막은 바싹 마른 땅으로 만들어져 있었다. 우리는 더 많은 돈을 얻고자 하는 욕망과 돈의 부족으로 말미암은 절망으로 그 사막들을 만들었다. 전쟁과 전염병과 기근이 덮쳐왔지만, 우리는 부지런히 사막을 만드는 일을 멈추지 않았다. 결국 모든 우물은 독으로 오염되었고, 모든 강물에는 오물이 흘렀고, 모든 바다는 죽고 말았다. 식량을 재배할 땅도 전무했다.

우리 중에서도 일부 현명한 이들은 사막에 대해 명상을 하기 시작했다. 석양이 비추는 사막의 돌멩이가 무척이나 아름다울 수 있다고 그들은 말했다. 사막에는 잡초 한 포기도, 기어 다니는 것도 전혀 없었기에 말끔히 정돈되어 있었다. 사막에 충분히 오래 머물면 '절대'가 무엇인지도 이해할 수 있었다. 숫자 0은 신성했다.

5) 어느 머나먼 세상에서 이 메마른 호숫가로, 이 돌무더기로, 돈으로 만들어진 이 황동 원기둥으로 온 그대에게,

다섯 편의 헌정 단편소설

기록으로 남을 우리의 마지막 날에 최후의 말을 남깁니다.

한때 하늘을 날 수도 있다고 생각했던 우리를 위해 기도해 주옵소서.

『눈먼 암살자』 중

「아어아의 복숭아 여자들」[203]

밤마다 무도회가 열린다. 미끈거리는 바닥에서 펼쳐지는 부드럽고 화려한 움직임의 춤. 유도된 유쾌함. 여자는 그것을 거부할 수 없다. 주변의 모든 곳에서 플래시 전구가 뻥하고 터진다. 그들이 어디를 찍고 있는지, 머리를 젖히고 이를 다 드러낸 사진이 언제 신문에 나올지 전혀 알 수 없다.

아침이면 발이 욱신거린다.

오후가 되면 여자는 갑판 의자에 누워 선글라스 뒤에서 추억 속으로 피한다. 수영장, 고리 던지기, 배드민턴은 거부한다. 끝없고 무의미한 게임들. 여가는 시간을 보내기 위한 것이고 여자에게는 자기만의 여가 방법이 있다.

개들이 목줄을 달고 갑판 주변을 빙빙 돌고 있다. 개들 뒤로 최고의 개 산책 전문가가 따라다닌다. 여자는 책을 읽는 척한다.

어떤 이들은 도서실에서 편지를 쓴다. 편지를 쓰는 건 여자에게는 부질없는 짓이다. 편지를 보낸다고 해도 그는

다섯 편의 헌정 단편소설

이사를 너무 많이 다녀서 절대 받지 못할 것이다. 그러나 다른 누군가가 받을 수도 있다.

잔잔한 날이면 파도는 마땅히 제값을 한다. 파도는 잔잔하게 위로해 준다. 이 바다 공기, 사람들은 말한다. 이건 정말 건강에 좋은 공기야. 그냥 깊게 숨을 들이켜 봐. 긴장 풀고. 다 잊어버려.

* * *

왜 나한테 이렇게 슬픈 얘기를 해주는 거야? 몇 달 전, 여자는 그렇게 묻는다. 둘은 남자의 요청에 따라 여자의 코트에서 털이 달린 부분이 바깥으로 가도록 한 채 몸을 감싸고 누워 있다. 유리창 틈으로 차가운 공기가 들어오고, 전차가 챙챙 소리를 내며 지나간다. 잠깐만, 하고 여자가 말한다. 단추가 등에 배겨.

내가 아는 이야기들은 다 이런 종류야. 슬픈 이야기들. 어쨌거나 논리적인 결말에 다다르면 모든 이야기는 슬픈 이야기야. 결국에는 모두가 죽고 마니까. 출생, 성교, 그리고 죽음. 예외는 없어. 성교 부분이 빠질 수는 있어도, 그밖엔 예외가 없지. 어떤 사람들은 거기까지 가지도 못해. 불쌍한 녀석들.

하지만 그 중간에 행복한 부분도 있을 수 있잖아. 출생과 죽음 사이에. 그렇지 않아? 천국이 존재한다고 믿는다면 그것도 일종의 행복한 이야기가 되겠네. 그러니까, 죽는 거 말이야. 안식에 들 수 있도록 천사들 무리가 노래를 불러 주고 하는 거.

그렇지. 죽으면 있는 그림의 떡. 하지만 난 사양하겠어.

그래도 뭔가 행복한 부분이 있을 거야. 적어도 당신이 말한 것보다는 많을 거야. 당신은 그런 부분을 조금밖에 넣지 않았잖아. 여자가 말한다.

뭐, 우리가 결혼하고 작은 단층집에 정착해서 아이 둘을 가지는 거? 그런 부분?

점점 짓궂어지네.

알겠어, 행복한 얘기를 원한다 이거지. 그런 얘기를 해주기 전까지는 가만히 안 있을 것 같군. 그럼 시작해 볼까.

* * *

후일 100년 전쟁, 혹은 지노어의 전쟁이라고 알려진 전쟁이 99년 째 되던 해였어. 우주의 다른 차원에 위치한 지노어 행성에는 엄청난 지력과 엄청난 잔인함을 갖춘 도마뱀 인간이라는 존재들이 살고 있었는데, 그들 스스로 도마뱀 인간이라고 자칭한 건 아니었어. 외모를 보자면, 키는 210센티미터에 몸은 비늘로 덮여 있고 회색이었지. 고양이

다섯 편의 헌정 단편소설

나 뱀의 눈처럼 눈에는 세로로 긴 선 모양이 나 있었고. 피부는 너무 억세서 보통은 아무것도 걸칠 필요가 없었어. 다만 지구에는 알려지지 않은 유연한 붉은색 금속인 코치닐로 제작된 반바지만 입고 다녔지. 바지는 그들의 중요 부위를 보호해 주었는데, 그 부위 또한 비늘로 덮여 있었어. 참, 아주 거대했다는 사실도 덧붙여야겠군. 하지만 그런 동시에 약하기도 했어.

약했다니 천만다행이네, 하고 여자는 웃으며 말한다.

당신이 그 부분 좋아할 줄 알았어, 하고 그는 말한다. 어쨌든, 도마뱀 인간들의 계획은 지구 여자를 대거 잡아 와서 반은 인간이고 반은 지노어의 도마뱀 인간인 초인 종족을 번식시키는 것이었어. 거주가 가능한 우주의 다른 다양한 행성에서 살아가기에 현존 종족보다 더 적합한 조건을 갖춘 종족을 말이야. 초인 종족은 낯선 대기에도 적응하고, 다양한 음식도 먹고, 알 수 없는 질병에도 저항력을 갖추는 등 여러 능력을 갖추게 될 거야. 게다가 지노어인들의 힘과 외계 지능도 겸비하게 되겠지. 이 초인 종족은 우주 전체로 퍼져나가서 우주를 정복하고, 그 과정에서 다른 행성의 거주민들도 먹어 치워버릴 거야. 도마뱀 인간들에게는 확장에 필요한 공간과 새로운 단백질 공급원이 필요하니까.

지노어 도마뱀 인간의 우주 비행대는 1967년에 지구

에 대한 첫 공격을 개시했어. 주요 도시에 압도적인 공격을 감행해 수백만 사람이 죽었지. 공포가 퍼져 나가는 가운데 도마뱀 인간들은 유라시아 대륙의 일부와 남아메리카를 노예 식민지로 삼았고, 젊은 여자들은 지옥 같은 교배 실험에 사용하고, 남자들의 몸에서는 자신들이 좋아하는 부위를 먹어 치운 후 시체만 거대한 구덩이에 묻어버렸어. 도마뱀 인간들은 뇌와 심장을 특히 좋아했고, 살짝 구운 콩팥도 즐겨 먹었어.

하지만 지구의 숨겨진 설비에서 발사된 로켓 포화로 인해 지노어의 공급 항로가 끊겨버렸고, 그래서 도마뱀 인간들은 살상 무기인 조르크 광선총의 필수 재료를 구할 수 없게 돼버렸어. 그리고 지구인들은 다시 회복해서 반격을 가했지. 원래 보유하고 있던 전투 세력뿐만 아니라, 한때 얼린스의 나크로드족이 화살 끝에 발랐던 희귀한 이리디스 호르츠 개구리 독으로 만든 가스 구름까지 동원해서 말이야. 지노어인들이 이 독에 특히 약하다는 사실을 지구 과학자들이 발견했거든. 그래서 승산이 비슷해졌어.

또한 도마뱀 인간들이 입는 코치닐 반바지는 충분히 달군 미사일로 강타하면 쉽게 불타올랐어. 장거리용 탄환총으로 명중시킬 수 있는 지구의 사격수들은 당대의 영웅이었지. 비록 그들은 그전에는 알려지지도 않았던 방법이자 엄청난 고통을 야기하는 전기 고문 등을 통해 가혹한

다섯 편의 헌정 단편소설

「지노어의 도마뱀 인간」
© Margaret Atwood

보복을 받았지만 말이야. 도마뱀 인간들은 자신들의 은밀한 부위가 불타 버린 사실에 격노했어. 물론 그럴 만한 일이었지.

그리고 2066년까지 외계의 도마뱀 인간들은 우주의 다른 차원으로 격퇴당했어. 작고 재빠른 공격용 2인 비행선을 탄 지구의 전투 파일럿들은 그곳까지 도마뱀 인간들을 추격하고 있었고. 지구인들의 최종 목표는 지노어인들을 완전히 제거해 버리되, 깨지지 않는 특별 강화 유리로 된 동물원에 전시할 수 있도록 몇십 명 정도만 살려두는 거였어. 하지만 지노어인들은 죽을힘을 다해 싸워보기 전에는 절대 포기하지 않았어. 그들에게는 아직 전투가 가능한 비행단이 있었고, 소맷부리 속에 몰래 감춰 둔 전략 몇 가지가 남아 있었거든.

소매가 있었어? 상반신은 다 벗고 있는 줄 알았는데.

아, 이거 참. 그렇게 까다롭게 굴지 마. 무슨 말인지 알잖아.

윌과 보이드는 오래된 친구 사이였어. 상처와 전투로 단련된 3년 경력의 공격용 비행선 베테랑들이었고. 목숨을 잃는 경우가 많은 공격용 비행선 업종에서 3년은 상당히 긴 경력이었지. 지휘관들은 그들이 분별력보다 용맹함이 더 뛰어나다고 평가했어. 그때까지는 수차례에 걸친 대담한 공격에서 보여준 무모한 행동에도 다행히 별일 없이 살아남은 상태이기도 했고.

하지만 우리의 이야기가 시작될 무렵 지노어의 조르크 비행선이 이들에게 접근했고, 잠시 후 그들은 맹렬한 폭격을 받아 몸도 제대로 가누지 못하는 상태가 되어버렸어. 조르크 광선은 그들의 연료 탱크에 구멍을 내고, 지구에서 그들에게 보내는 통제 연결망도 끊어버리고, 조종 장치도 녹여버렸어. 그 과정에서 보이드는 머리에 심한 부상을 입었고, 윌은 몸 중간쯤 알 수 없는 부분을 다쳐 우주복 안으로 피를 흘리고 있었지.

끝장난 거 같은데, 하고 보이드가 말했어. 완전 끝장났어. 온몸이 병들었고 상처투성이야. 이 비행선도 이제 곧 폭발해 버릴 거야. 내가 바라는 건 우리가 그 비늘투성이 개새끼들 수백 명을 폭파시켜 저 하늘나라로 보내버렸더라면 하는 거, 그게 전부야.

그래, 나도 이하동문이야. 보이드, 네 눈에 진흙이 묻었어, 하고 윌이 말했어. 눈에서 뭔가가 흘러내리는 거 같아. 붉은 진흙이. 하하.

하하. 보이드도 고통으로 눈을 찡그리면서 말했어. 농담하고는. 네 유머 감각은 항상 형편없어.

윌이 채 대답하기도 전, 비행선이 통제할 수 없이 돌기 시작하더니 현기증이 날 정도로 나선을 그렸어. 중력권에 붙잡혔던 거야. 그런데 무슨 행성의 중력권이었을까? 윌과 보이드는 자신들이 어디에 있는 건지 전혀 알 수 없었어. 그들의 인공 중력 체계는 고장나 버렸고, 그래서 두 사람은 의식을 잃었지.

깨어났을 때 그들은 자신의 눈을 의심했어. 더 이상 전투 비행기를 타고 있지도 않았고, 꼭 끼는 금속성 우주복도 입고 있지 않았어. 그 대신 반짝이는 재료로 된 헐렁한 녹색 긴 옷을 입고, 잎이 무성한 덩굴의 그늘에 놓여 있는 부드러운 금색 소파에 기대어 누워 있었어. 상처는 치유된 상태였고, 이전 공격에서 날아가 버렸던 윌의 왼손 셋째 손가락은 다시 자라나고 있었어. 건강함과 행복감으로 충만한 느낌이었지.

'충만한'이라니, 하고 여자는 중얼거린다. 이런, 이런.

그래, 우리 남자들도 때로는 멋진 단어를 좋아해. 남자는 영화에 나오는 폭력단 일원처럼 입을 한쪽만 벌리고 말한다. 그런 단어를 쓰면 품위가 약간 살거든.

그런 것 같네.

이야기를 계속하지. 이해할 수 없어, 하고 보이드는 말했어. 넌 우리가 죽었다고 생각해?

우리가 죽은 거라면 죽은 상태에 만족할래, 하고 윌은 말했어. 이거 괜찮은데. 아주 괜찮아.

나도 그렇게 생각해.

바로 그때 윌이 낮게 휘파람을 불었어. 윌과 보이드가

다섯 편의 헌정 단편소설

그때까지 본 사람들 중에서 가장 어여쁜 여자 둘이 그들을 향해 걸어오고 있었어. 두 여자 모두 버드나무를 쪼개 만든 바구니 색깔의 머리칼을 갖고 있었지. 자주빛이 도는 푸른 긴 옷을 입고 있었는데, 아래쪽에 작은 주름이 져 있고 움직일 때마다 살랑거리는 소리가 났어. 윌은 그걸 보면서 콧대 높은 최상급 식료품점에서 과일 둘레에 씌워 두는 작은 종이 장식을 떠올렸지. 여자들은 팔다리에는 아무것도 걸치지 않았고, 섬세한 붉은 그물로 된 기이한 머리 장식을 하고 있었어. 피부는 윤기가 흐르는, 금빛 도는 분홍색이었고. 그들은 마치 시럽에 담겼다가 나온 사람처럼 물결이 치는 듯한 동작을 하며 걸었어.

지구에서 오신 분들이죠, 인사드립니다. 첫 번째 여자가 말했어.

저도 인사드립니다. 두 번째 여자도 말했지. 오랫동안 당신들을 기다려 왔어요. 행성 간 텔레카메라로 당신들의 출현을 추적해 왔죠.

우리는 지금 어디에 있는 겁니까? 윌이 물었어.

아어아 행성에 계신 거예요. 첫 번째 여자가 대답했어. 아어아라는 단어는 마치 포식한 후에 내쉬는 한숨 소리에다가, 아기들이 잠자다가 뒤척일 때 내는 듯한 작은 숨소리가 중간에 삽입된 것처럼 들렸어. 죽기 전에 마지막으로 내쉬는 숨소리처럼 들리기도 했지.

「아어아의 복숭아 여자들」
© Margaret Atwood

우리가 어떻게 여기로 오게 된 거죠? 윌이 물었어. 보이
드는 아무 말도 할 수 없었어. 눈앞에 펼쳐진 관능적이고
무르익은 곡선들을 눈으로 훑고 있었거든. 한번 깨물어 보
고 싶군. 보이드는 그런 생각을 하고 있었어.

비행선을 타고 하늘에서 떨어지신 거예요. 첫 번째 여
자가 말했어. 유감스럽게도 비행선은 파괴되었어요. 당신
들은 이곳에서 저희와 함께 지내야 해요.

그런 거야 어려울 리 없죠, 윌이 말했어.

당신들은 귀한 대접을 받을 거예요. 보상받을 공로를
세웠으니까요. 지노어인들로부터 당신들의 세계를 보호하
면서, 우리 세계 또한 보호해 주었거든요.

정숙함을 지키려면 그다음에 무슨 일이 있었는지는 생
략해야겠는걸.

꼭 그래야 해?

곧 설명해 줄게. 간단히 말하자면 윌과 보이드는 아어
아 행성에 있는 유일한 남자였고, 그렇다 보니 여자들은 당
연히 처녀였어. 하지만 독심술을 쓸 수 있었기 때문에 윌과
보이드가 무엇을 원할지 미리 알고 있었지. 그래서 두 사람
이 품고 있던 터무니없는 환상은 곧 실현되었어.

그다음에 윌과 보이드는 과일즙으로 요리된 맛있는 식
사를 대접받았어. 노화와 죽음을 예방해 주는 음식이라고
했지. 그런 다음, 상상할 수도 없을 만큼 아름다운 꽃으로

가득 찬 훌륭한 정원을 거닐었어. 그다음에는 파이프로 가득 찬 커다란 방으로 안내를 받았고, 거기에서 둘은 각자가 원하는 파이프를 아무거나 선택할 수 있었어.

파이프라고? 담배 피우는 파이프?

그다음엔 파이프와 어울리는 실내화를 받았으니 그렇겠지.

당연한 걸 내가 못 알아들었네.

그러게 말이야. 그는 미소를 지으며 말했다.

점점 더 좋은 일이 일어났어. 한 여자는 성적 매력이 넘쳤던 반면, 다른 여자는 보다 진지했고 신학은 말할 것도 없고 예술, 문학, 철학에 대해서도 논할 수 있었어. 여자들은 시간이 주어질 때마다 무엇을 해야 하는지 알고 있는 것 같았고, 윌과 보이드의 기분과 의향에 맞게 태도를 바꾸곤 했어.

그렇게 해서 조화로운 시간이 흘러갔어. 완벽한 나날이 이어지면서 두 남자는 아어아 행성에 대해 더 많은 것을 알게 되었어. 첫째, 그곳에서는 육식을 하지 않았고, 육식 동물도 없었어. 나비와 노래하는 새는 많았지만 말이야. 참, 아어아 행성에서 섬기는 신이 거대한 호박 형상을 하고 있다는 내용도 덧붙여야 하려나?

둘째, 출생이라는 것이 존재하지 않았어. 여자들은 머리 위쪽이 가지 끝과 연결된 상태로 나무에서 자랐고, 무르

다섯 편의 헌정 단편소설

익으면 조상들에 의해 수확되었어. 셋째, 죽음이란 것도 없었어. 때가 되면, 월과 보이드가 머지않아 여자들에게 붙인 이름으로 부르자면 그 '복숭아 여자들'은 각각 그저 자신의 분자를 해체했고 그러면 분자들은 곧 나무를 통해 새롭고 신선한 여자들로 재조합되었어. 그래서 가장 최근에 생겨난 여자는 형태뿐만 아니라 구성 물질 측면에서도 가장 처음에 생겨난 여자와 동일했지.

때가 되었는지는 어떻게 알지? 분자를 해체할 때 말이야.

먼저, 지나치게 무르익으면 벨벳과 같은 피부에 주름이 생기는 걸 보고 알 수 있었어. 두 번째로는 파리를 보고 알 수 있었고.

파리?

붉은 그물로 된 머리 장식 주변을 구름같이 떼 지어 날아다니는 초파리들 말이야.

당신은 이게 행복한 이야기라고 생각하는 거야?

기다려봐. 아직 얘기 안 끝났어.

***

어느 정도 시간이 지나자 이런 생활은 보이드와 월에게 비록 경탄할 만한 것이기는 했지만 시시하게 느껴지기 시작했어. 그중 한 가지 이유를 들자면, 여자들이 그들이 행복한지 확인하기 위해 계속해서 상태를 살펴서였어. 남자들은 그런 것에 싫증나기 쉽지. 게다가 이 여자들은 빼는 일이 없었어. 전혀 부끄러워하지도 않았고. 아니면 아예 수치심이 없었거나, 하여간 그랬어. 약간의 신호만 보내면 아주 음탕한 짓을 해 보이곤 했어. 방종한 여자라는 표현도 약할 정도였지. 그러면서 수줍어하기도 하고, 내숭도 떨고, 민망해하고, 정숙하게 굴 수도 있었어. 흐느끼거나 비명을 지르기도 했는데, 그것 또한 주문하면 나오는 행동이었어.

월과 보이드는 처음에는 정말 신나는 일이라고 생각했지만, 나중에는 짜증을 느끼기 시작했어.

여자를 때리면 피는 나지 않고 즙만 나왔어. 더 세게 때리면 달콤하고 흐물흐물한 과육으로 녹아버렸다가, 이내 다른 복숭아 여자로 변했어. 복숭아 여자들은 진정한 의미의 고통은 경험하지 않는 것 같았고, 월과 보이드는 여자들이 쾌락을 경험할 수 있기는 한 건지 의구심이 들기 시작했어. 그동안의 모든 황홀경이 다 가짜 쇼였단 말인가?

이에 대해 질문을 하니, 여자들은 미소를 지으며 답변을 회피했어. 여자들의 진심은 결코 알아낼 수 없었지.

지금 내가 원하는 게 뭔지 알아? 어느 화창한 날 월이 말했어.

분명 내가 원하는 것과 똑같을 거야. 보이드가 말했어.

다섯 편의 헌정 단편소설

피가 뚝뚝 떨어질 정도로 살짝만 익힌 먹음직스럽고 큼지막한 스테이크. 가득 쌓인 감자튀김. 그리고 차가운 맥주까지.

이하동문이야. 그걸 먹고 난 다음에는 지노어에서 온 그 비늘투성이 개새끼들과 한바탕 난투를 벌이는 거지.

바로 그거야.

윌과 보이드는 탐사를 해보기로 결정했어. 아어아 행성은 어디로 가든 똑같을 것이고, 결국 더 많은 나무와 더 많은 나무 그늘과 더 많은 새와 나비, 그리고 더 많은 관능적인 여자들과 마주치게 될 뿐이라는 말을 듣기는 했지만 일단 서쪽을 향해 떠났어. 둘은 오랫동안 아무 사건도 겪지 않고 걸어가다가 보이지 않는 벽에 부딪혔어. 벽은 유리처럼 매끄러웠지만 밀면 부드럽고 유연하게 구부러졌어. 그런 다음에는 원래 모양으로 되돌아왔고. 손을 뻗어서 꼭대기에 닿거나 올라타기에는 너무 높은 벽이었어. 마치 수정 거품 같았지.

거대하고 투명한 유방 안에 갇힌 것 같아. 보이드가 말했어.

둘은 깊은 절망감에 휩싸여 벽 아래쪽에 주저앉았어.

여기는 평화롭고 풍요로운 곳이야. 윌이 말했어. 밤의 부드러운 침대와 감미로운 꿈이자, 햇살 비추는 아침 식탁 위의 튤립이자, 커피를 끓여주는 아가씨 같은 곳이지. 우리가 지금까지 꿈꿨던 온갖 모양과 형태의 사랑이 여기에 있어. 여기에는 저 바깥, 그러니까 우주의 다른 차원에서 전투를 하는 남자들이 원하는 게 다 있어. 다른 남자들이라면 이걸 위해 목숨을 바쳤을 거고. 그렇지?

백번 옳은 말이야. 보이드가 말했어.

그런데 사실이라고 믿기에는 너무 좋잖아. 윌이 말했어. 분명 속임수일 거야. 우리를 전투에서 몰아내기 위한 지노어인들의 사악한 심리 전략인지도 몰라. 여기는 낙원이지만, 우린 여기서 벗어날 수가 없잖아. 그리고 벗어날 수 없는 곳은 전부 지옥이야.

하지만 이건 지옥이 아니에요. 행복이에요. 인근 나무의 가지에서 익어가고 있는 한 복숭아 여자가 말했어. 여기서는 갈 곳이 아무 데도 없어요. 긴장 푸세요. 마음껏 즐기세요. 익숙해질 거예요.

자, 이야기는 이렇게 끝나.

이게 끝이라고? 두 사람을 영원히 그곳에 가둬둘 거야? 여자는 말한다.

나는 당신이 원하는 것을 했을 뿐이야. 당신은 행복을 원했잖아. 하지만 당신이 원한다면 두 사람을 가두어둘 수도, 내보낼 수도 있어.

그럼 내보내 줘.

밖으로 나간다는 건 죽음을 의미해, 기억하지?

다섯 편의 헌정 단편소설

아, 알겠어. 여자는 옆으로 돌아누운 다음 모피 코트를 잡아당겨서 몸을 덮고 팔로 남자를 감싼다. 하지만 복숭아 여자들에 대한 당신 설명은 틀렸어. 그 여자들은 당신이 생각하는 것 같은 존재가 아니야.

어떻게 틀렸는데?

그냥 틀렸어.

부록

마거릿 애트우드가
저드슨 학군[204]에 보내는
공개 서한

먼저, 제 소설 『시녀 이야기』가 금서로 지정될 수 있도록 열성적으로 나서 주신 분들께 감사의 말씀 드립니다. 활자가 아직도 이토록 진지하게 받아들여진다니, 격려가 되는 일입니다.

여담은 이쯤에서 접고, AP 교육 과정에 제 책이 포함될 수 있도록 지지해 주신 학생 여러분과 학부모님들, 교사분들께 축하의 말씀도 전하고 싶습니다. 책을 검열하고, 금지하고, 불태우는 집단에 맞서 노소를 불문하고 단결해 주신 그분들은 개방적인 토론과 자유로운 의사 표현 지키기에 힘써 주셨습니다. 제가 마지막으로 목격했을 때만 해도 미국적인 방식을 따르고 있던 자유로운 의사 표현이 이제는 외부의 압박 속에 놓이게 되었지만 말입니다.

이 지면을 빌려, 『시녀 이야기』에 가해진 항의에 대해서도 몇 가지 말씀드리고 싶습니다. 참 놀랍게도, "기독교인들에 대한 모욕"이라는 평가가 있었습니다. 어째서 일부 기독교인들은 이렇게나 신속하게 제 책을 거울삼아 본인의 모습을 발견해 내는 걸까요? 『시녀 이야기』 속 정권이 기독교와 동일시되는 부분은 하나도 없습니다. 성경의 일부 구절을 문학적으로 구현하고는 있지만, 그 구절들은 신약 성서에서 발췌한 것이 아닙니다. 사실, 『시녀 이야기』의 정권은 볼셰비키들이 멘셰비키들을 없애버렸던 방식 그대로 수녀와 침례교도와 퀘이커교도 등을 몰살해 버리기 위해 분주히 움직입니다. 기독교적인 발언을 하는 인물은 여성 화자가 유일합니다. 『시녀 이야기』 30장 끝부분을 펼쳐 보면 화자가 자기만의 주기도문을 외우는 장면을 찾으실 수 있을 겁니다.

성적으로 노골적이라는 견해에 대해서 말하자면, 『시녀 이야기』는 성경 속 상당수 구절들에 비해 성(性)에 갖는 관심이 확연히 덜합니다. 솔로몬의 「아가(雅歌)」를 차치한다 하더라도, 성서에는 강간이며, 별의별 근친상간, 성적 유혹, 욕정, 성매매, 옥상이라는 공개적 장소에서 부친의 첩들과 갖는 성교 등 성과 관련된 내용이 상당히 많습니다. 성서가 인간에게 필요한 서적일 수 있는 이유 중 하나는 그러한 행동이 벌어질 때 레이스 식탁보를 던져주기를 거부하기 때문입니다.

『시녀 이야기』에 담긴 성적인 요소라 한다면, 모든 전체주의 체제는 어떻게 해서든 인간의 성과 생식을 통제하려 한다는 설정일 듯합니다. 지금까지 많은 전체주의 정권이 서로 다른 인종 간, 계급 간의 혼인을 금지했습니다. 어떤 정권에서는 산아를 제한했고, 어떤 정권에서는 출산을 강요했습니다. 노예 소유주들이 단순히 더 많은 노예를 만들어내겠다는 목적으로 자신의 노예를 강간하는 일도 흔했습니다. 그 밖에도 많은 일이 있었고요.

또 다른 중요한 사실을 말씀드리자면, 사랑하는 사람을 자유롭게 선택하는 행위는 정권 혹은 문화에 의해 허용되지 않을 때처럼 과감하고 위험한 일이 될 수밖에 없는 상황에서도 어떻게든 벌어집니다. 『로미오와 줄리엣』처럼 말입니다. 또한, 결혼이라는 행위 자체가 희화화되어 버리면, 결혼이라는 유대 관계 속에서 성에 관해 나누는 대화도 그저 어리석은 헛소리가 되어버리고 맙니다.

마지막으로 두 가지만 덧붙이겠습니다. 우선, 저는 소설을 쓸 때 인간이 이미 해본 적이 없는 일은 하나도 넣지 않습니다. 보기 좋은 그림은 아닐지 몰라도, 우리의 모습 혹은 우리의 일부를 보여주는 그림을 그린다는 의미입니다. 그다음으로는, 여러분께 묻고 싶습니다. 땅바닥에 커다란 구멍 하나가 파여 있는데 어떤 사람이 그쪽으로 가고 있다면, 거기에 구멍이 있다고 알려주는 것이 친절 아닐까요?

다시 한번 축하의 말씀 드리며, 건투를 기원합니다. 여

러분의 사려 깊은 태도와 용기는 마땅히 본받아야 할 귀감
이 되고 있습니다.

감사합니다.

마거릿 애트우드 드림

1930년대 《이상한 이야기》의
표지에 대하여

"3000년 전에 죽은 일단의 여자들에 대해 이야기할 수 있겠지. 각선미를 갖춘 유연한 몸매에 루비처럼 붉은 입술, 포말처럼 풍성한 푸른 곱슬머리, 그리고 뱀들이 도사리고 있는 심연 같은 눈을 가진 여자들에 대해서 말이야. (……) 금속 흉갑과 은제 발찌를 착용하고 속살이 비치는 예복을 입은 희생 제물 처녀들에 대한 이야기도 가능해. 굶주린 채 먹이를 찾아다니는 늑대 떼들도 좀 넣어줄 수 있고. (……) 잡지 표지로 인기가 좋기는 해. 여자들이 어떤 사내 위에서 고통스러운 전율을 느끼고, 소총 개머리판으로 얻어맞는 거지."

위 내용은 내가 2000년에 발표한 소설 『눈먼 암살자』에서 알렉스 토머스라는 인물이 하는 대사 중 일부다. 극중에서 알렉스는 1930년대 펄프 잡지의 픽션 작가로 등장한다. 비록 위 장면에서는 글을 쓰지 않고 공원에서 한 여자를 꼬드기고 있지만 말이다. 알렉스가 여자를 꼬드기기 위해 가장 먼저 동원하는 수법은 스토리텔링이다. 스토리텔링은 그 이야기 속에서 자기 자신에게 어떤 역할을 부여하든, 무언가에 대해 알아갈 수 있는 좋은 방법이다. 여자를 꼬드기는 일을 전문적으로 하는 사람이라면 괜찮은 이야기 한두 편 정도는 알아두는 것이 좋을 테고, 꼬드김의 대상이 되는 사람이라면 지금 듣고 있는 이야기를 들어본 적이 있는지 판단할 줄 알아야 한다.

소설에서 알렉스가 묘사하는 아름다운 '뱀프'[205]들과 그들이 착용하는 장신구는 그가 본인의 작품을 싣고 싶어 했을 만한 잡지 《이상한 이야기》의 전형적인 표지 이미지를 보여준다. 1930~1940년대에 펄프 잡지 《이상한 이야기》는 판타지, 호러, 눈이 튀어나온 괴물이 등장하는 SF 등 그야말로 다종다양한 이상한 이야기를 출간했다. 《이상한 이야기》의 표지는 강렬한 색상이 특징적이며, 패션 디자이너와 일러스트레이터로 활동하다가 새로운 경력을 쌓기 시작했던 마거릿 브런디지(당대의 펄프 잡지 표지 작가 가운데 유일한 여성 작가)가 파스텔로 정성껏 그린 그림으로 구성되어 있다.

브런디지는 주로 악랄해 보이거나 위험에 처한 젊은 여자들을 그렸다. 그런 여자들은 완전한 나체 상태일 때도 있고 나체가 아닌 경우 금속 브래지어, 속살이 비치는 예복,

장식성과 기능성을 모두 갖춘 은제 팔찌 등 갖가지 노출 심한 복장을 했으며, 채찍과 족쇄를 장신구 삼아 들고 있을 때도 많았다. 송곳니를 가진 거대한 짐승도 브런디지의 그림에 반복적으로 등장했는데, 여자들은 늑대뿐만 아니라 카리스마가 느껴지는 그런 여타 육식동물들과도 애매모호한 관계에 있는 것처럼 그려졌다. 여자들이 그런 위협적인 동물 친구들을 보고 겁먹은 듯이 그려진 그림도 있지만, 실제로는 강인한 '알파걸'로서 무리를 이끌며 성큼성큼 전진하는 장면을 담아냈던 것일 수도 있다.

1933년부터 1940년대 초반까지 《이상한 이야기》를 장식한 브런디지의 표지 그림은 내가 알렉스 토머스라는 인물을 창조하는 데 있어서 완벽한 참고 자료가 되어주었다. 그래서 알렉스의 이야기를 들어보면, 그가 가진 진부한 생각들이 어디에서 왔는지가 분명히 드러난다. 그런데 지금에 와서 알렉스의 그런 진부한 생각들을 되짚어 보니, 나 자신은 그런 것들을 어디에서 습득했던 것인지 의문이 든다. 브런디지가 표지 그림 작가로서 왕성한 활동을 하고 있던 시기에 나는 태어나지도 않은 상태였건만, 그가 다룬 소재들은 내게 무척이나 친숙하다. 어린이들은 어떤 이미지를 보면 그것을 스펀지처럼 흡수해 버린다. 이미지의 출처가 무엇인지는 중요하지 않다. 그리고 유아기에서부터 이를테면 7세 무렵까지는 시간을 초월한 시기라 모든 것이 항상 그대로 유지된다. 이를 통해 아이들은 신화의 세계에 머물기도 한다.

1940년대의 나는 만화 잡지를 애독하는 여느 어린이 중 한 명이었고, 그때는 다들 몇몇 특정 생각들을 기정사실로 받아들였다. 아이들은 늑대 무리와 친구가 될 수 있고 심지어는 늑대의 품에서 성장할 수도 있으며, 아이들에게 위험한 순간이 닥치면 늑대 무리가 도움을 주러 한달음에 달려온다는 것이었다. 나 또한 나만의 늑대 무리 같은 존재를 머릿속으로 상상해 보았던 터라, 앨 캡(Al Capp)의 1940년대 연재 만화 「릴 애브너(L'il Abner)」 시리즈에서 「늑대 아가씨(Wolf Gal)」를 읽었을 때에도 놀라지 않았다. '늑대 아가씨'는 분명 내가 처음 접해 본 브런디지 풍의 식인 '핀업걸'이었을 것이다. 새하얀 눈썹에 옷차림은 나체에 가까웠던 그 백발의 늑대 아가씨는, 모르긴 몰라도 남자 인간을 잡아먹었을 것이다. 캡이 그린 다른 농염하고 별난 아가씨들(넋을 빼놓는 존스, 정열적인 폰 클라이맥스, 진흙에 뒤덮인 돼지 애호가인 문빔 맥스와인을 비롯한 굉장한 미인들)과 마찬가지로, 늑대 아가씨에게도 한때 "타고난 풍만함"이라는 수식어가 따라다녔다. 당시 남자들은 "허바 허바(hubba hubba)"라는 말을 쓰기도 했는데, 그 용어의 유래는 불분명하지만 '아름다운'을 의미하는 독일어 휩셔(hübsche)의 변형어일 가능성이 가장 높다.

책과 책 속 등장인물, 사진과 사진 속 요소들도 인간처럼 각자만의 가족과 조상을 갖고 있다. 그렇다면 늑대 아가씨의 조상은 어떤 존재였을까? 아마도 앨 캡이 직접 읽고 영감을 얻었을(그랬으리라고 나는 확신한다.) 브런디지풍《이상한 이야기》표지의 늑대 아가씨였을 것이다. 그렇다면 브런디지와 캡의 조부모는 늑대에 의해 길러진 아이, 정확하게는 남자아이가 등장하는 키플링의 『정글북』이었을까? 아니면 이 늑대 아가씨의 계보는 흔히 팜 파탈과 동물을 같이 그려 넣었던, 그럼으로써 인간 내면에 자리한 동물적인 면모를 보여주고자 했던 19세기 후반 고급 예술로부터 이어지는 것일까? 혹은 동물화 망상[206]을 다룬 설화와 이야기나, 동물들이 자유자재로 인간의 탈을 쓸 수 있는 존재로 간주되었던 시절로까지 거슬러 올라가는 걸까?

늑대 아가씨 이야기가 꾸준한 인기를 얻게 된 것에는 분명 그럴 만한 이유가 있을 터인데, 그 이유는 일종의 소망에 가까웠을 수도 있다. 혹시 브런디지는 본인도 의식하지 못하는 사이에 여성의 자유를, 늑대들을 이끌고 달려 나가는 여자들을 비유적으로 표현하기 시작한 초창기 작가였던 건 아닐까?『드라큘라』의 작가 브램 스토커가 유혹적인 여자에게 송곳니를, 그것도 보통 여자친구라는 존재에게 기대하는 수준보다 커다란 송곳니를 심어주기는 했지만, 그는 그런 작업을 해낸 최초의 작가도, 최후의 작가도 아니었다. (늑대 아가씨는 있어도 늑대 아가씨의 남편은 없다는 사실도 언급해야겠다. 그 이유와 관련해서는, 늑대 아가씨가 털로 뒤덮인 투란도트나 암컷 거미처럼 자신의 손 혹은 앞발로 구애자들을 깡그리 죽여 버렸을 것이라는 강한 의구심이 우리 모두에게 있다.)

한편, 브런디지의 작품 곳곳에 등장하는 또 다른 존재는 맥주 두 캔, 즉 정교한 연결장치로 상체에 고정된 반짝거리는 컵 두 개를 찬 여자들이다. 리처드 올린스키가 녹음한 「황동 브래지어를 입은 여자: 1920~1950년 SF에 관한 구술 역사」라는 다큐멘터리 제목은 20세기 초반 SF와 판타지 전반에 황동 브래지어라는 표현이 보편적으로 활용되었음을 보여준다. 그러나 그림으로 표현되는 모든 것이 그러하듯, 황동 브래지어라는 의상 분야에도 시각적 전임자가 존재한다.

황동 브래지어의 '딱딱하지만 보드라운 정면'은 복합적인 메시지를 담고 있다. 그중 한 가지 요소는 오리엔탈리즘에 바탕을 둔다. 브런디지는 《이상한 이야기》의 표지 작가로 전향하기 이전에 《오리엔탈 스토리(Oriental Stories)》라는 또 다른 펄프 잡지의 표지를 그렸다. 그때 브런디지는 19세기 빅토리아 시대 오리엔탈 회화를 참고 양식으로 삼아 이국적인 아가씨들의 모습을 그렸는데, 일부 그림은 첩과 노예 소녀들을 거래하는 시장 등을 묘사하는 수준이었지만 다른 그림들은 『천일야화』로부터 받은 막대한 영감과 순수한 상상력으로 창작한 결과물이었다. 기능성도 없고 노출은 심하고 보석으로 잔뜩 치장된 금속 브래지어는 여기저기 반복적으로 등장하다 못해 노예 상태나 기타 악행이 저질러지는 상황에까지 동원되고 있다. 한편, 《이상한 이야기》에 자주 실린 「야만인 코난(Conan the Barbarian)」 시리즈로 명성을 쌓은 로버트 E. 하워드는 노예 소녀와 온갖 악행에 각별한 관심을 보였고, 브런디지풍의 드레스 코드도 활용했다. 나는 『눈먼 암살자』의 알렉스가 뱀들이 도사리는 심연을 연상케 하는 눈을 하고 고통에 몸부림치는 여자들을 묘사하는 장면에서, 순진무구한 코난이 타락하고 쇠락해 가는 도시들을 습격하다가 기묘하고 유혹적인 여자들을 만나는 장면을 염두에 두기도 했다.

1940년대와 1950년대의 브래지어 광고를 살펴보면, 오리엔탈리즘에 이어 맥주 두 캔의 계보를 잇는 두 번째 요소를 발견할 수 있다. 바로 '불침투성이'다. 수많은 속옷 브랜드 중 하나인 메이든폼(Maidenform)은 눈부시게 하얀 브래지어에 갑옷을 연상시키는 동심원이 박음질 되어 있는 것이 특징이다. 옷을 벗은 상태와 사회 활동을 결합한 메이든폼의 광고("저는 메이든폼 브래지어를 입는 사설탐정이 되기를 꿈꿨어요.", "저는 메이든폼 브래지어를 입는 여성 편집자가 되기를 꿈꿨어요.")는 브래지어를 유혹을 위한 도구보다는 안전에 대한 보장 내지 브랜드 명칭[207]에도 걸맞은 순결에 대한 보장으로 제시했다. 방패와 창과 헬멧을 착용한 메이든이었던 아테네 신도 어쩌면 메이든폼 광고 속 여자들과 먼 친척 관계일지 모른다.

아테네 신보다 가까운 친척을 찾자면, 북유럽 신화에 등장하는 반인반신이자 '처녀'로서 전장에서 숨진 영웅들을 주신 오딘의 궁전으로 한꺼번에 운반한 발키리(Valkyrie)를 들 수 있다. 리하르트 바그너는 발키리를 「니벨룽의 반지」 오페라 무대에 올리기도 했지만, 1940년대와 1950년대 관객들이 보기에, 커다란 금속 브래지어나 코르셋을 착용하고 바이킹 판타지에나 나올 법한 날개로 장식된 헬멧을 쓴 채 머리는 길게 땋은 모습의 발키리는 마치 바그너의 소프라노가 마땅히 갖춰야 할 외양을 패러디한 버전에 가까웠다. 아니나 다를까, 1957년 만화영화 「오페라가 뭐예요, 선생님?(What's Opera, Doc?)」[208]에서 벅스 버니는 분홍 날개가 달린 헬멧을 쓰고 가슴에는 두 개의 작은 금속 컵을 붙이는 식으로 자신과 성별이 다른 발키리 브륀힐데[209]의 복장을 모방한다.

1941년에 처음 등장한 만화책 속 여성 영웅 원더우먼의 경우, 소재가 전부 금속으로 된 금속 재킷을 입지는 않지만 몸통 앞쪽에 부착된 온갖 반짝이는 것들로 자신의 계보를 보여준다. 원더우먼 역시 '처녀'였던 신들과, 특히 순결한 달의 신 아르테미스와 연관되어 있었던 것이다. 모든 '슈퍼걸'은 성품이 좋든 나쁘든, 대체로 비혼이다. 원더 사커 맘[210] 같은 사람이 실제로 존재한다면 놀랍기는 하겠지만, 어쩐지 원더우먼의 이미지에 그리 잘 맞을 것 같지는 않다.

금속 브래지어라는 의상은 서로 상반되는 두 가지 함의를 동시에 품을 수 있었다. 하나는 취약성으로, 겁에 질린 커다란 눈을 가진 소녀들이 금속 브래지어를 금방이라도 벗겨질 것처럼 엉성하게 입고 있을 때 두드러졌다. 다른 하나는 강인하고 단호한 저항으로, 펄프 잡지에서 사용한 "흉갑"이라는 말마따나 금속 브래지어 자체가 더 튼튼하고 그것을 입고 있는 여자가 결연해 보일 때 드러났다. 브런디지도 이 두 가지 함의를 한꺼번에 담아내려고 했던 적이 가끔 있었다. 겁에 질린 커다란 눈을 가진 소녀가 금속 브래지어 말고는 딱히 몸에 걸친 것도 없이, 두려움에 떨면서도 결의를 품은 채로, 짤랑거리는 발찌를 차고 발끝으로 살금살금 걸어가서 어떤 잘생긴 남자를 우리에서 풀어주는 식으로 말이다.

어떤 시대의 '저급 예술'은 그보다 앞선 시대의 '고급 예술'을 표절하는 경우가 많고, '고급 예술'은 흔히 당대에 존재하는 가장 저속한 요소들을 차용한다. 영화 「레이디 채털리(Lady Chatterley)」[211]가 포르노인가 아닌가를 둘러싸고 벌어진 설전은 매일매일 보는 화장실 벽에 아무렇게나 휘갈겨 있는 단어들도 '문학'이라는 자격을 갖춘 글에 쓰일 수 있는가에 관한 것이었다. 1930년대 《이상한 이야기》의 표지는 문화적 밈(meme)이 전파되는 방식을 보여주는 한 가지 사례일 뿐이며, 《이상한 이야기》의 표지가 갖는 의미는 어느 정도는 맥락을 통해, 또 어느 정도는 우리가 갖고 있는 지식을 통해 형성된다. 그리고 그런 맥락과 지식의 범위는 극도의 진지함을 보여주는 바그너의 발키리 신들에서부터 브런디지의 애매모호한 황동 브래지어, 순진함을 가장하는 메이든폼 브랜드의 속옷, 노출이 심한 의상을 희화화하는 벅스 버니, 그리고 이 모든 전통을 재치 있게 무대에서 구현해 내는 마돈나까지 아우른다. 또한, 신화와 설화에 등장하는 늑대 여자들과 브런디지의 늑대 아가씨들, 앨 캡이 「릴 애브너」에서 더욱 보기 좋게 구현해 낸 늑대 아가씨, 그리고 어린이 독자로서의 나 자신과 마지막으로는 내가 만들어낸 알렉스 토머스도 함께 계보를 이루고 있다.

소설 속 알렉스는 《이상한 이야기》라는 싸구려 펄프 잡지를 전희로 활용하고 있다. 알렉스는 자기가 하고 있는 행동이 전희라는 사실을 알고 있고, 알렉스가 꾀어내고 있는 여자 또한 그 사실을 알지만, 그런 행동은 알렉스에게뿐만 아니라 여자에게도 상대방을 매혹하는 과정의 일부다. 도덕적으로 타락한 여자들과 성적으로 위험한 상황에 놓인 아가씨들에 대한 이야기를 지어내던 알렉스는 "이따위 얘기로는 당신을 꾀어낼 수 있을 것 같지 않군."이라고 한다. "노골적인 건 당신 취향이 아니잖아."

"모르지." 여자는 이렇게 대답한다. "혹시 내가 좋아할지도."

그리고 정말로 그렇게 된다.

감사의 말

리처드 엘먼 강연에서 즐거운 시간을 보낼 수 있게 해주신 다음 분들께 깊은 감사의 말씀 드립니다.

먼저, '리처드 엘먼 강연: 현대문학'의 책임자 조셉 스키벨, 바버라 프리어 스키벨, 토론토 대학교 근동 및 중동 문명 학과 부교수 샤론 하트그린, 바르일란 대학교 영어과 교수 마이클 K. 크라머, 프린스턴 대학교 영어과 교수 에스더 쇼어 모두 감사드립니다. 에모리 대학교의 행정처 직원분들과 총장 제임스 W. 와그너, 교무처장 겸 학사 담당 수석 부총장 얼 루이스, 부총장 겸 비서 로즈메리 M. 매기, 인문과학대학 학장 로빈 포먼, 알리시아 프랭크와 톰 젠킨스, 베키 헤링, 니콜라스 서베이, 레빈 아른스퍼거를 비롯해, 도움을 주신 에모리 대학교의 수많은 교직원분들에게도 감사의 말씀 전합니다.

또한 제 대리인인 피비 라모어와 비비엔 슈스터, 캐나다 맥클렐랜드 스튜어트 출판사의 엘렌 셀리그먼, 미국 난 A. 털리스 출판사의 난 털리스, 영국 비라고 출판사의 레니 구딩스 등 편집자분들에게도 감사의 말씀 전하고 싶습니다. 제 원고를 먼저 읽고 조언을 해주는 제스 애트우드 깁슨과 교열 편집자 헤더 생스터, 토머스 피셔 레어 북 도서관의 존 슈스미스와 제니퍼 토우스에게도 감사드립니다. 토론토 공공 도서관에 비치된 주디스 메릴의 작품 모음집과 하버스 대학교의 와이드너 도서관도 저에게 많은 도움이 되었습니다. 오래전에 발표했던 글을 이 책에 실을 수 있도록 허가해 준 모든 출판사 관계자분들과 지난 수년간 함께 일해 온 많은 신문 및 잡지 편집자분들도 감사합니다. 마지막으로, 제 작업실에서 근무하는 동료인 사라 웹스터, 앤 졸더스마, 로라 스텐버그, 페니 카바너에게도 감사를 표합니다. 그리고 이 책에 언급한 수많은 작가분들도 감사합니다. 덕분에 지난 60여 년 동안 즐거운 시간을 보낼 수 있었습니다.

일러두기

이 책에 실린 모든 그림은 마거릿 애트우드 본인이 직접 그렸다.

이전에 다른 지면에 수록된 적 있었던 글은 관계자의 허가를 받아 다시 수록했다.

1부 「다른 세상에서」의 1~3장

본문 내용은 2010년 10월 24~26일 조지아주 애틀랜타 에모리 대학교에서 진행된 '리처드 엘먼 강연: 현대문학'에 바탕을 두었음.

마지 피어시의 『시간의 경계에 선 여자』

원본은 1976년 12월 4일 《더 네이션(The Nation)》, pp. 601-2에 「인기 없는 감수성(An Unfashionable Sensibility)」으로 수록. 마거릿 애트우드, 『두 번째 말: 비평 선집 1960~1982(Second Words: Selected Critical Prose 1960-1982)』(토론토: 하우스 오브 아난시 출판사, 1982), pp. 272-78에 수록.

헨리 라이더 해거드의 『그녀』

헨리 라이더 해거드, 『그녀(She)』(뉴욕: 랜덤하우스, 2002), pp. xvii-xxiv. 마거릿 애트우드, 『움직이는 표적들: 의도적인 글쓰기 1982~2004(Moving Targets: Writing with Intent, 1982–2004)』(토론토: 하우스 오브 아난시 출판사, 2004), pp. 234-41. 마거릿 애트우드, 『호기심을 좇는 일(Curious Pursuits)』(런던: 비라고 출판사, 2005), pp. 249-56. 마거릿 애트우드, 『의도적인 글쓰기: 에세이, 비평, 산문 1983~2005(Writing with Intent: Essays, Reviews, Personal Prose 1983–2005)』(뉴욕: 캐럴 앤드 그라프 출판사/페르세우스 북스, 2005), pp. 198-204.

퀸크덤의 퀸: 어슐러 르 귄의 단편집 『세상의 생일』

《뉴욕 리뷰 오브 북스(The New York Review of Books)》, 2002년 9월 26일, 제49권 제14호. 마거릿 애트우드, 『호기심을 좇는 일』, pp. 297-308. 마거릿 애트우드, 『움직이는 표적들: 의도적인 글쓰기 1982~2004』, pp. 281-92. 마거릿 애트우드, 『의도적인 글쓰기: 에세이, 비평, 산문 1983~2005』, pp. 243-53.

아이스크림 반대론: 빌 맥키번의 『이제 그만: 생명공학 시대에 인간으로 살아남기』

2003년 6월 12일 《뉴욕 리뷰 오브 북스》. 마거릿 애트우드, 『움직이는 표적들: 의도적인 글쓰기 1982~2004』, pp. 339-50. 마거릿 애트우드, 『의도적인 글쓰기: 에세이, 비평, 산문

1983~2005』, pp. 294-304.

조지 오웰: 그와의 사적인 연결고리

2003년 6월 13일 BBC 라디오 3에서 송출. 2003년 6월 16일 《가
디언》에 「오웰과 나(Orwell and Me)」로 재수록. 마거릿 애
트우드, 『움직이는 표적들: 의도적인 글쓰기 1982~2004』,
pp. 331-38. 마거릿 애트우드, 『호기심을 좇는 일』, pp. 333-
40. 『의도적인 글쓰기: 에세이, 비평, 산문 1983~2005』, pp.
287-93.

H. G. 웰스의 『모로 박사의 섬』을 읽는 열 가지 방법

H. G. 웰스, 『모로 박사의 섬(The Island of Doctor Moreau)』
(런던: 펭귄, 2005). 마거릿 애트우드, 『호기심을 좇는
일』, pp. 383-96. 『의도적인 글쓰기: 에세이, 비평, 산문
1983~2005』, pp. 386-98.

가즈오 이시구로의 『나를 보내지 마』

원본은 2005년 4월 1일 《슬레이트》(www.slate.com)에 「멋진 신
세계: 가즈오 이시구로의 오싹한 소설(Brave New World:
Kazuo Ishiguro's novel really is chilling)」로 수록.

마지막 전투 후에: 브라이어의 『아발론행 비자』

《뉴욕 리뷰 오브 북스》, 2005년 4월 7일, 제52권 제6호.

올더스 헉슬리의『멋진 신세계』

올더스 헉슬리,『멋진 신세계(Brave New World)』(토론토: 빈티
지 캐나다, 2007). 2009년 11월 17일,《가디언》에「이제 모
두가 행복하다(Everyone Is Happy Now)」로 재수록.

조너선 스위프트의 학술원: 미치광이 과학자의 광기에 대하여

빌 브라이슨 엮음,『거인들의 생각과 힘(Seeing Further: The
Story of Science & The Royal Society)』(런던: 하퍼프
레스, 2010), pp. 37-48.

「극저온학: 심포지엄」

원본은 데이비드 스즈키 엮음,『야생이 솟구쳐 오를 때: 자연과
의 사적인 만남(When the Wild Comes Leaping Up:
Personal Encounters with Nature)』(밴쿠버: 그레이스
톤 북스, 2002), pp. 143-47에 수록.

「냉혈한」

마거릿 애트우드,『좋은 뼈(Good Bones)』(토론토: 코치하우스
프레스, 1992), pp. 65-70. (런던: 비라고 출판사, 1993),
pp. 65-70. (토론토: 뉴캐내디언 라이브러리/맥클랜드 앤드
스튜어트, 1997), pp. 53-56. 마거릿 애트우드,『좋은 뼈와
단순한 살인(Good Bones and Simple Murders)』(토론토:
맥클랜드 앤드 스튜어트, 1994), pp. 79-83. (뉴욕: 난 A. 털
리스/더블데이, 1994), pp. 79-83. 마거릿 애트우드,『좋은
뼈와 단순한 살인』(런던: 비라고 출판사, 1995), pp. 85-90.

「홈랜딩」

마거릿 애트우드, 『좋은 뼈』(토론토: 코치하우스 프레스, 1992),
　　pp. 121-28. (런던: 비라고 출판사, 1993), pp. 121-28. (토
　　론토: 뉴캐내디언 라이브러리/맥클랜드 앤드 스튜어트,
　　1997), pp. 91-96. 마거릿 애트우드, 『좋은 뼈와 단순한 살
　　인』(토론토: 맥클랜드 앤드 스튜어트, 1994), pp. 132-38.
　　(뉴욕: 난 A. 털리스/더블데이, 1994), pp. 132-38. 마거릿
　　애트우드, 『좋은 뼈와 단순한 살인』(런던: 비라고 출판사,
　　1995), pp. 141-47.

「죽은 행성에서 발견된 타임캡슐」

2009년 9월 26일 《가디언》에 게재.

「아어아의 복숭아 여자들」

마거릿 애트우드, 『눈먼 암살자』(토론토: 맥클랜드 앤드 스튜어트,
　　2000), pp. 349-56. (런던: 블룸스버리 출판사, 2000), pp.
　　349-56. (뉴욕: 더블데이, 2000), pp. 349-56.

마거릿 애트우드가 저드슨 학군에 보내는 공개 서한

원본은 2006년 4월 12일, 《샌안토니오 익스프레스 뉴스(San
　　Antonio Express-News)》에 게재.

1930년대 《이상한 이야기》의 표지에 대하여

원본은 2011년 9월 《플레이보이》에 게재.

$$주(註)$$

1   옥타비아 버틀러의 『씨 뿌리는 사람의 우화(Parable of the Sower)』 뒷부분에 실린 작가 소개에서 인용했다.

2   『딕과 제인』은 1940년대 필독 도서 시리즈에 포함되어 있었다.

3   (옮긴이) 『딕과 제인』에 나오는 강아지 스폿과 고양이 퍼프를 가리킨다.

4   (옮긴이) 네덜란드의 화가 히에로니무스 보스(약 1940~1516)는 기괴함의 거장으로 평가받는다. 「세속적인 쾌락의 정원」을 비롯해 수수께끼 같고 독특하며 기괴한 작품들을 다수 남겼다.

5   2008년 11월 18일에 발행된 《뉴 사이언티스트》에 「장르의 미래(The future of a genre)」라는 표제로 실렸다.

6   (옮긴이) 잭 피니(Jack Finney)의 소설 『바디 스내처(The Body Snatchers)』에 등장하는 외계 생물을 가리킨다. 식물의 꼬투리(포드)에서 성장해 지구로 날아온 이 외계 생물은 인간의 감정을 제외한 신체와 지식, 기억 등을 완벽하게 복제해 기존 인간을 대체하는 일종의 복제 인간이다.

7   베를린 장벽을 가리킨다.

8   (옮긴이) 속물적이고 외설적이며 겉만 번지르르하게 치장하
     고 다니는 사람이나 그러한 부류의 콘텐츠 등을 가리키는 속
     어. 영국에서는 선정적이고 저속한 코너들로 구성된 동명의
     시리즈가 방영되기도 했다.

9   '지노어의 도마뱀 인간'은 『눈먼 암살자』의 「지노어의 도마뱀
     인간」이라는 장에 등장한다.

10   어슐러 K. 르 귄의 서평은 2009년 8월 29일 《가디언》에 실
     렸다.

11   어슐러 K. 르 귄과의 공개 토론은 2010년 9월 23일 '포틀랜
     드 예술과 강연 시리즈'의 일환으로 오리건주 포틀랜드에서
     진행되었다.

12   브루스 스털링의 에세이 「슬립스트림」은 1989년 7월 SF 비
     평 잡지 《SF의 눈》 5권에 먼저 게재되었다.

13   (옮긴이) 프로펠러가 회전할 때, 그 회전면의 뒤쪽에 프로펠
     러의 전진 속도보다 큰 유속의 기류가 생기는데, 이 기류를 슬
     립스트림이라고 한다.

14   『어린이의 이상한 뿔피리』는 1805년부터 1808년까지 출간
     된 독일 민중시 모음집이다.

15   (옮긴이) 1896년부터 1950년대 후반까지 출간된 저렴한 통
     속 잡지를 가리킨다. 저렴한 목재 펄프 종이로 제작되어 '펄
     프' 잡지로 불리게 되었다.

16   팅커토이는 레고가 등장하기 이전에 출시되었던 조립식 장난
     감이다.

17   에드워드 불워 리턴(Edward Bulwer-Lytton)의 1871년

작 『차세대 종』에는 거대한 지하 동굴에서 살아가는 우월한 인간종이 등장하는데, 이들은 몸 안에서 전기 작용을 통해 생성되는 생명력 브릴(vril)을 에너지원으로 활용한다. (브릴에서 파생된 단어 '보브릴(Bovril)'은 소의 브릴, 즉 소고기 추출물을 의미한다.) 브릴야(Vril-ya)라고 불리는 이 종족은 브릴을 에너지원으로 삼아 움직이는 날개로 하늘을 날며 초지능(superintelligence)을 발휘한다. 브릴야 종족의 여자들은 남자들보다 훨씬 크고 힘이 세며, 남자들이 날아가 버리지 않도록 하려면 여자들이 잘 대해 주어야 한다.

18 칼 융의 이 문구는 아브람스(Abrams)와 츠바이크(Zweig)의 1991년 작 『그림자와의 조우: 인간 본성의 어두운 이면에 숨겨진 힘(Meeting the Shadow: The Hidden Power of the Dark Side of Human Nature)』에서 인용했다.

19 (옮긴이) 고아 소녀 애니는 붉은 대걸레 자루 같은 머리카락과 눈꺼풀도 없이 텅 비어 있는 눈이 특징적인 캐릭터다.

20 마술사 맨드레이크는 만화 속 최초의 슈퍼히어로라고 알려져 있지만, 맨드레이크가 보여주는 최면을 거는 듯한 동작은 영화 「칼리가리 박사의 밀실(The Cabinet of Dr. Caligari)」과 「마부제 박사(Doctor Mabuse)」에서 악랄한 최면술을 쓰는 칼리가리 박사와 마부제 박사가 먼저 보여준 바 있다.

21 눈꽃 공주는 연재 만화 「스티브 캐니언(Steve Canyon)」에 등장했다.

22 현재 토론토 대학교의 피셔 도서관에 소장되어 있다.

23 (옮긴이) 미스치프(mischief)는 아이들이 즐기는, 그리 심각하지 않지만 얄궂은 장난을 의미한다.

24   라이먼 프랭크 바움(Lyman Frank Baum), 『오즈의 마법사(The Wonderful Wizard of Oz)』(1990).

25   (옮긴이) 포셋(Fawcett) 코믹스 회사가 소유했던 캐릭터로, 캡틴 마블로 변신하기 이전의 소년을 가리킨다. 이 캡틴 마블은 2019년 DC 코믹스에서 제작한 「샤잠!」이라는 영화를 통해 '샤잠'이라는 히어로로로 재탄생했고, 현재의 캡틴 마블은 마블 코믹스의 「캡틴 마블」에 등장하는 슈퍼히어로로, 여성 전투기 조종사 캐럴 댄버스를 가리킨다.

26   "빨간 치즈 덩이"는 캡틴 마블의 별명이다.

27   사냥의 신 디아나, 즉 아르테미스는 그리스 로마 신화에 달의 신으로 등장하며, 순결, 궁술, 야생동물과의 친화력을 상징한다.

28   (옮긴이) 원더우먼의 본명은 아마존 데미스키라의 다이애나 공주이며, 다이애나 프린스는 위장용 이름이다.

29   (옮긴이) 1920~1930년대에 유행했던 장식 미술의 한 양식으로, 현대 도시와 어울리는 실용적이고 단순한 디자인, 기하학적 무늬가 특징적이다.

30   프란스 드 발, 『공감의 시대(Age of Empathy: Nature's Lesson for a Kinder Society)』(2010).

31   셰익스피어 『리어왕』 4막 1장에서 인용.

32   「스타트렉」은 장기 방영되고 있는 우주 시리즈물이다.

33   수선화밭은 그리스 지하 세계에 있다. 크립톤 행성은 슈퍼맨이 떠나온 고향이다.

34   (옮긴이) 『걸리버 여행기』에 나오는 말[馬]의 나라를 가리킨다. 후이늠국(國)에서는 말이 통치자의 역할을 수행하며 짐

승 같은 인간 위에 군림한다.

35   (옮긴이) 어슐러 K. 르 귄이 창조한 행성의 명칭이다. 게센 행
     성에 사는 게센인들은 성별이 구별되지 않는 양성의 존재다.

36   (옮긴이) 영국 작가 제임스 P. 호건의 1982년 발표작 『지난날
     로부터의 항해(Voyage from Yesteryear)』에 나오는 행성
     이다. 극중 치론은 지구와 닮았으나 자연 그대로의 모습을 유
     지하고 있는 풍요로운 행성으로, 미국인들의 식민지화 목표
     물이 된다.

37   광채를 발하는 뱀파이어들은 스테파니 메이어(Stephenie
     Meyer)의 소설 『트와일라잇』에서 볼 수 있다.

38   투명 망토는 설화에 나타나는 특징 중 하나다. 이와 관련해
     『그림 형제 동화집』을 참고할 수 있다.

39   (옮긴이) 16세기부터 18세기에 걸쳐 이탈리아에서 유행했던
     가면 희극이다.

40   (옮긴이) 스콧 월터 경의 소설 『아이반호』에 등장하는 인물
     아이반호는 아버지에 의해 추방되었다가 순례자로 변장하여
     귀국한다.

41   (옮긴이) 군주의 권력과 위엄을 나타내는, 손에 드는 상징물
     을 가리킨다. 보통 꼭대기에 화려한 장식이 붙어 있다.

42   (옮긴이) 유대교 경전 『탈무드』에서 율법학자들이 지구의 모
     든 먼지를 긁어모아 반죽해서 만든 진흙 인간이다.

43   (옮긴이) 에드거 앨런 포의 단편소설 「윌리엄 윌슨(William
     Wilson)」에 등장하는 인물을 가리킨다.

44   내가 조너선 와일드의 이중성을 처음 발견한 것은 해리슨
     에인즈워스(Harrison Ainsworth)의 『잭 셰퍼드(Jack

Sheppard)』에서였다.

45 (옮긴이) 디컨 브로디(Deacon Brodie)는 실존 인물로, 한 편으로는 존경받는 시의원으로서의 삶을, 다른 한편으로는 도박이나 사기를 비롯해 저급한 소일거리를 일삼는 삶을 살아간 지킬 박사 같은 사람이었다. 1788년 무장강도 행각으로 체포되어 교수형당했다.

46 스칼렛 핌퍼넬은 오르치 남작부인(Baroness Orczy)의 1903년 희곡이자 후에 소설로 발간된 『스칼렛 핌퍼넬』 속 영웅이다.

47 「호프만의 이야기」는 작곡가 오펜바흐(Offenbach)가 1881년에 창작한 오페라로, 전통적인 방식에 따라 한 명의 오페라 가수가 모든 악당을 연기한다.

48 (옮긴이) 아니마(anima)는 남자의 무의식 속에 존재하는 여성적 요소를 가리킨다.

49 (옮긴이) 기적의 소년(Boy Wonder)은 로빈의 별명이다.

50 (옮긴이) 셰익스피어 『한여름 밤의 꿈』에 등장하는 요정이다.

51 (옮긴이) 셰익스피어 『템페스트』에 등장하는 요정이다.

52 (옮긴이) 자크 오펜바흐의 오페라 「호프만의 이야기」에 나오는 마법의 안경은 상대방이 원래 모습보다 매력적으로 보이도록 해준다.

53 (옮긴이) 각 종의 개체 발생(배아의 발달) 과정에서 나타나는 형태적 변화는 각 종이 진화해 온 계통 발생(진화적 발달)을 되풀이한다는 독일 생물학자 에른스트 헤켈(Ernst Haeckel)의 가설.

54 (옮긴이) 미국의 피아니스트이자 싱어송라이터인 패츠 도

미노(Fats Domino)의 노래 「수감자의 노래(Prisoner's Song)」 가사 중 일부.

55 날렵하게 날아다니는 니케는 승리를 결정하는 신일까, 아니면 단지 승리를 알리는 신일까? 사람들마다 의견은 다르지만, 사실이 어떻든 운동화 브랜드명으로 쓰기에 좋은 이름이기는 하다(나이키).

56 희극작가 조르주 페도(Georges Feydeau)는 작품이 시작되고 끝나는 시점을 완벽하게 구성한 많은 소극(笑劇)을 썼다.

57 (옮긴이) 아킬레우스의 어머니 테티스는 아들을 불사신으로 만들고자 저승에 흐르는 스틱스 강물에 그를 거꾸로 담갔다가 빼냈는데, 그때 테티스가 잡고 있어 물에 잠기지 않았던 발뒤꿈치가 아킬레우스의 유일한 약점이 되었다고 한다.

58 (옮긴이) 폴란드 작가 스타니스와프 렘은 냉전 시대의 첩보전을 풍자한 블랙 코미디 SF 소설 『욕조에서 발견한 회고록』에서 미국을 '아메르-카(Ammer-Ka)'라고 지칭했다.

59 스타니스와프 렘(Stanislaw Lem)의 『욕조에서 발견된 회고록』 초판은 1971년 폴란드 크라쿠프에서 출간되었고, 마이클 캔들(Michael Kandel), 크리스틴 로즈(Christine Rose)의 번역으로 아본 출판사에서 영문판이 출간되었다. 인용문은 p. 10에서 발췌했다.

60 노스럽 프라이(Northrop Frye), 『비평의 해부』(1957, 프린스턴 대학 출판부). p. 49.

61 M.R. 제임스의 『골동품 수집가 이야기(Tales of an Antiquary)』를 참고해 볼 수 있다.

62 (옮긴이) 탐정소설의 거장이라 불리는 대실 해밋은 사립탐정

일을 하다가 소설가로 전향했고, 샘 스페이드(Sam Spade)
며 닉과 노라 찰스(Nick and Nora Charles) 부부 등 개성
있는 인물들을 창조했다.

63　『도노반의 뇌』는 커트 쇼드맥(Curt Siodmak)의 작품이고,
『크라켄의 각성』은 존 윈덤의 작품이다.

64　(옮긴이) 1958년에 개봉한 이 영화에서는 한 과학자가 순간
이동 장치 개발 실험을 하던 중 장치 내부로 들어온 파리 한
마리와 섞이는 바람에 서로 머리가 뒤바뀐 존재가 되고 만다.

65　(옮긴이) 원서에서는 영화 제목을 'The Attack of the 60-
Foot Woman'으로 명시하고 있지만, 저자가 회상하는 시기
를 고려했을 때 1995년 리메이크작 「섹시한 60피트 여인의
습격(Attack of the 60-Foot Centerfold)」이 아닌 1958년
원작 「50피트 여인의 습격」을 가리키는 것으로 보인다.

66　(옮긴이) 누벨바그(nouvelle vague)는 프랑스어로 '새로운
물결'이라는 의미이다. 기존 영화와 할리우드 영화가 갖고 있
는 한계와 촬영방식 등에 저항하며 1950년대에 시작된 누벨
바그 영화는 작가주의 영화 발전에 기여했다.

67　(옮긴이) 베오울프(Beowulf)라는 영웅의 일대기를 그린 작
자 미상의 대서사시.

68　그래서 제인 오스틴의 작품을 바탕으로 한 「오만과 편견 그리
고 좀비들(Pride and Prejudice and Zombies)」 같은 영
화 제목을 보면 전율이 일었다.

69　데니스 더튼, 『예술 본능: 아름다움, 즐거움, 인간의 감정
에 대하여(The Art Instinct: Beauty, Pleasure, and
Human Evolution)』(2009, 옥스퍼드 대학 출판부).

70 　(옮긴이) 약 258만 년 전부터 1만 년 전까지의 지질시대를 일
　　컫는다.

71 　(옮긴이)「출애굽기」3장 14절에 나오는 표현이다. 영어 성경
　　에서는 "I am that I am." 또는 "I will be what I will be."
　　와 같이 번역된다.

72 　(옮긴이) 앤 래드클리프(1764~1823)는 영국의 대표적인 고
　　딕 소설가 중 한 사람으로, 국내에는『이탈리아인』이 번역 출
　　간되어 있다.

73 　이야기의 순환이 계절과 연관되어 있는 작품 가운데 후기 빅
　　토리아 시대에 쓰인 훌륭한 사례로는 윌리엄 모리스의『지상
　　낙원(The Earthly Paradise)』을 들 수 있다.

74 　(옮긴이) 찰스 디킨스『크리스마스 캐럴』에 나오는 조 영감을
　　가리킨다.

75 　(옮긴이)「창세기」1장 3절.

76 　(옮긴이) 그리스 신화에서 용의 이를 땅에 심자 거기서 용아
　　병들이 무수히 튀어나오는 일화를 가리킨다.

77 　(옮긴이) 고대 로마의 시조로 추앙받는 인물 아이네이아스의
　　일대기를 담은『아이네이스』는 단테의『신곡』, 밀턴의『실낙
　　원』과 더불어 서양 최고의 서사시 중 하나로 손꼽힌다.

78 　(옮긴이) A라는 주제를 말하고자, B라는 다른 주제를 활용하
　　고 둘 사이의 유사성을 적절히 암시하면서 궁극적으로 A를
　　드러내는 수사법을 가리킨다.

79 　(옮긴이) 이성과 진리의 언어인 로고스와 달리, 아득한 과거
　　에 대한 집단적 기억을 전해 주는 신화의 언어.

80 　「보브와 캐럴과 테드와 앨리스(Bob & Carol & Ted &

Alice)」라는 영화를 바탕으로 한 표현이다.

81 (옮긴이) 메니피아식 풍자(Menippean satire)는 환상, 상
    징, 꿈, 신비적 요소를 통해 기존의 관습적인 규범을 위반하거
    나, 억압되었던 실상을 폭로하는 것을 의미한다.

82 (옮긴이) 프랑스어로 콩테는 '이야기', '설화', '동화'라는 의미
    를, 누벨은 '소식', '정보', '뉴스'라는 의미를 갖고 있다. 한편 콩
    테는 단편소설보다 짧은 엽편소설을, 누벨은 장편소설보다
    짧은 중편소설을 지칭하기도 한다.

83 예이츠의 나이팅게일은 그의 시 「비잔티움으로의 항해
    (Sailing to Byzantium)」에 등장한다.

84 (옮긴이) 예이츠는 시 「비잔티움으로의 항해」에서, 언젠가 자
    연에서 벗어나고 나면 그리스의 금공들이 황금 유약으로 만
    들어 썩지도 않고 영원히 살 수 있는 새, 황금 가지 위에 앉아
    비잔티움의 귀족과 귀부인에게 과거와 현재와 미래를 노래해
    주는 황금 나이팅게일로 다시 태어나고 싶다는 소망을 내비
    친다.

85 (옮긴이) 제목의 'R. U. R.'은 '로섬의 유니버설 로봇(Rossum's
    Universal Robots)'의 약자다. 차페크의 이 작품을 통해 로
    봇이라는 말이 탄생했다.

86 (옮긴이) 미국 작가 아이라 레빈(Ira Levin)이 1972년에 발
    표한 소설『스텝포드 아내들(The Stepford Wives)』에 나
    오는 로봇들이다. 뉴욕에서 스텝포드로 이사를 간 인물 조애
    너는 그곳 여자들이 순종적이고 온순하며 자유의지라고는
    없는 것처럼 남편에게 복종하는 모습을 목격한 후, 남자들의
    모임 '맨스클럽'이 여자들을 살해한 다음 로봇으로 교체해 버

렸을지도 모른다는 의심을 품는다.

87 (옮긴이) 이 중편소설의 제목은 「잠언」6장 6절 "게으른 자여 개미에게 가서 그가 하는 것을 보고 지혜를 얻으라."에서 따온 것이다.

88 (옮긴이) 주디스 메릴(1923~1997)은 SF 작가, 편집자, 정치운동가로서 당대에 광범위한 영향력을 발휘했다. 1960년대 후반, 베트남전 반대 운동에 대한 미정부의 비민주적인 탄압을 비판하며 캐나다로 이주했다. 국내에 번역된 작품으로는 'SF 명예의 전당'에 포함된 단편소설 「오로지 엄마만이(That Only a Mother)」가 있다.

89 주디스 메릴이 언급한 바 있다.

90 (옮긴이) 러시아 출생의 미국 작가 아이작 아시모프 (Isaac Asimov)의 1996년 작 『환상여행(Fantastic Voyage)』에서는 현미경으로만 볼 수 있을 정도로 몸이 작아진 의사들이 초소형 잠수정을 타고 환자의 경동맥을 따라 몸속으로 들어가 의료 시술을 한다. 이 『환상여행』은 1996년 8월에 개봉한 영화 「마이크로 결사대(Fantastic Voyage)」의 시나리오를 소설화한 작품인데, 원작인 영화보다 소설이 6개월 앞서 발표되었다.

91 존 가드너, 『그렌델(Grendel)』(1971).

92 (옮긴이) '바보의 낙원(a fools' paradise)'이라는 표현은 덧없는 행복, 거짓된 행복, 환상의 세계 등의 의미를 갖고 있다.

93 『템페스트』에서 황금시대에 관한 이야기는 2막 1장에 나온다.

94 땅속 요정의 나라 혹은 또 다른 세계는 무수히 많이 존재한다. 그중 두 가지만 언급하자면, 조지 맥도널드의 『공주와 커

디』(1883)과 오브리 비어즐리의 『언덕 아래(Under the Hill)』(1896)를 들 수 있다.

95 스티븐슨은 『보물섬』의 서문에서 이 과정을 흥미롭게 기술한다.

96 동물을 따라 동굴에서 빠져나가는 모티프는 유서가 깊다. 『천일야화』도 그러한 사례에 해당한다.

97 (옮긴이) 그리스 신화에 나오는 미노스 남왕의 딸 아리아드네는 미궁으로 들어가는 테세우스가 그곳에서 무사히 빠져나올 수 있도록 붉은색 실뭉치를 건네준다. 그러면서 미궁으로 들어갈 때에는 실을 풀어두고, 나올 때에는 그 실을 따라오라고 한다.

98 (옮긴이) 미랜더, 프로스페로, 캘리밴은 셰익스피어 『템페스트』에 나오는 인물들이다.

99 "구리 원통"은 제임스 드 밀(James de Mille)의 『구리 원통에서 발견된 이상한 원고(A Strange Manuscript Found in a Copper Cylinder)』(1888)에서 참고할 수 있다.

100 (옮긴이) 크리스토퍼 말로, 『포스터스 박사의 비극』, 이성일 옮김, 소명출판, 2015, 80~81쪽.

101 발췌문에서 "지옥은 한계가 없을 뿐만 아니라"라는 구절은 『포스터스 박사(Doctor Faustus)』 5장, pp. 120-135에, "낙원"은 『실낙원』 585~587행에 언급되어 있다.

102 (옮긴이) 같은 책, 120~122쪽.

103 (옮긴이) 존 밀턴, 『실낙원』, 조신권 옮김, 문학동네, 2010, 587~589쪽.

104 고급 영문학(Honours English)은 현재 토론토 대학교에

는 존재하지 않는 과목으로, 고대 영문학에서부터 T.S. 엘리엇까지 아울렀다.

105 (옮긴이) 코튼 매더(1663~1728)는 미국 회중파 교회의 목사이자 역사가로, 뉴잉글랜드의 청교도 사회를 지배한 '매더 왕가' 중에서도 활발한 활동을 한 것으로 알려져 있다.

106 (옮긴이) 존 윈스럽(1588~1649)은 잉글랜드에서 태어났지만 17세기에 청교도인들을 이끌고 미국 신대륙으로 건너가 매사추세츠 주지사가 되었다.

107 (옮긴이) 마이클 위글스워스(1631~1705)는 뉴잉글랜드 식민지 시인 가운데 손꼽히는 주목할 만한 인물로, 청교도 성직자이자 의사이기도 했다. 그의 시 「운명의 날」은 청교도적인 주제를 다룬 유명한 장시(長詩)다.

108 (옮긴이) 영적 증거(spectral evidence)는 세일럼 마녀재판 당시에 법정에서 인정했던 증거로, 피고인의 영혼(마녀의 유령)이 증인의 꿈 혹은 환영 속에 나타났다는 증언이다. 꿈 혹은 환영을 증거로 인정한 사례였고, 이에 피고인은 물어뜯기, 목조르기 등의 행위가 벌어진 장소에 없었음에도 그에 대한 책임을 덮어썼다.

109 (옮긴이) 하버드 대학교의 라몬트 도서관(Lamont Library)은 1967년까지 여자의 출입을 금했다.

110 조지 맥도널드의 『북풍의 뒤편에서』에는 놀라울 정도로 머리숱이 많고 공중을 나는 거대한 여성 인물(북풍)이 등장한다.

111 스콧 시먼스(Scott Symons)와의 대화 도중에 들은 말이다.

112 (옮긴이) 셰익스피어의 『한여름 밤의 꿈』에 나오는 요정의 여왕.

113 19세기와 20세기 초반의 판타지 동화에는 흔히 성적 이형성(sexual dimorphism)이 나타났고, 대체로 거대하고 머리칼이 긴 여자와 체구가 작은 소년이 등장했다.(가령, 진 잉겔로의 1910년 작『모프사 요정Mopsa the Fairy』을 참고해 볼 수 있다.) 이후에는『그녀』와『반지의 제왕』등을 통해 재현되었고, 크기 대신 권력이 주요 특징으로 제시되었다.

114 '빅토리아 시대의 요정 회화'는 1997년 런던 왕립예술원에서 열린 전시회의 카탈로그다.

115 (옮긴이) 19세기에 짝을 이루어 활동했던 극작가 W.S. 걸리버와 작곡가 아서 설리번을 가리킨다.

116 테니슨과 기차 선로에 관한 내용은「록슬리 홀」(1853)을 참고했다.

117 조지 W. 부시 전 미국 대통령은 2000년과 2001년, 두 차례 걸쳐 "언덕 위의 도시" 구절을 인용했다.

118 그렉 그랜딘의『포드랜디아』는 2010년 작이고, 에두아르도 스기글리아의『포드랜디아』는 2000년 작이다.

119 (옮긴이) 맥주와 사과주를 절반씩 혼합한 칵테일을 가리킨다.

120 (옮긴이) '잡아 늘이는 자'라는 뜻의 이름을 가진 그리스 로마 신화 속 인물로, 집에 손님이 방문하면 침대에 눕힌 다음 그 손님의 키가 침대보다 크면 다리나 머리를 자르고, 침대보다 작으면 사지를 잡아 늘여서 죽였다.

121 (옮긴이) 셰익스피어『햄릿』3막 4장에서 햄릿이 아버지의 초상화 그림과 삼촌이자 어머니의 현 남편인 클로디어스의 초상화 그림을 비교하면서 어머니를 질책하는 대목이다.

122 (옮긴이) 이 책이 출간된 이후인 2013년에 '미친 아담 3부작'

의 세 번째 장편소설 『미친 아담』이 출간되었고, 국내에는 2019년에 번역 출간되었다.

123 에밀 졸라, 『제르미날(Germinal)』(1885).

124 (옮긴이) 소설 속 어느 작은 시골 마을에서는 매년 6월 27일 연례행사로 제비뽑기를 한다. 집마다 가장이 대표로 제비를 뽑는 방식으로 진행되는데, 당첨자가 나오면 마을 사람들은 그 당첨자와 가족들에게 돌을 던져 살해한다.

125 (옮긴이) "하나 나로 말하자면 지금껏 여러 해를 헛되고 쓸모없고 공상적인 생각을 하느라 넌더리가 난 끝에 마침내 성공이란 건 철저히 포기하게 되었지만 다행스럽게도 이런 제안을 내놓기에 이르렀다." 마거릿 애트우드, 『시녀 이야기』, 김선형 옮김, 황금가지, 2018.

126 (옮긴이) 2001년 9·11 테러 후 6주 만에 제정된 미국의 법률. 이 법률에 따르면 테러에 대비한다는 명목 하에 각종 감시와 감청이 허용되며, 국가가 국가 안보 유지와 범죄 수사의 편의를 위해 시민의 자유권을 제약할 수 있다.

127 (옮긴이) 테크노크라시(technocracy)는 그리스어 테크네(techne, 기술)와 크라토스(kratos, 권력)의 합성어로, 과학 기술 분야의 전문가들이 상당한 권력을 행사하는 정치 및 사회 체제를 일컫는다.

128 (옮긴이) 로마 클럽(Club of Rome)은 1968년부터 활동을 시작한 비영리 비정부 연구기관으로, 전 세계의 저명한 학자, 기업가, 정치인 등이 모여 인류와 지구의 미래에 대해 연구한다. 1972년에는 열두 개의 세계 모형을 바탕으로 100년의 미래를 예측한 보고서 「인류 위기에 관한 프로젝트 보고서」를

발표했다.

129 마거릿 애트우드, 「능치처참 당한 슈퍼우먼: '그녀'의 초기 형태들」, 1965년 7월 《알파벳(Alphabet)》 제10호.

130 (옮긴이) 체스터 굴드(Chester Gould)가 1931년에 연재를 시작한 만화 「딕 트레이시(Dick Tracy)」에 등장하는 주인공 형사를 가리킨다. 딕 트레이시는 오늘날 스마트워치와 유사한 '손목시계형 통신 단말기(two-way wristwatch radio)'를 사용한다.

131 (옮긴이) 대영제국이 광범위한 영토를 차지하면서 영연방 국가들은 19세기부터 지도에 분홍색으로 표시되었다. 이에 대해 영국의 역사학자 린다 콜리(Linda Colley)는 대영제국이 전 세계에 미치는 영향력을 부각함으로써 영토권의 취약성을 감추고자 분홍색을 사용한 것이라고 주장하기도 했다.

132 (옮긴이) 헨리 밀러(1891~1980)는 『북회귀선』 등의 작품을 집필한 미국 작가로, 청소년기에 해거드, 콜리지, 쿠퍼, 마크 트웨인의 작품을 애독하고 휘트먼, 랭보 등의 영향을 받은 것으로 알려져 있다.

133 (옮긴이) 조지 맥도널드의 아동문학 『공주와 난쟁이(The Princess and the Goblin)』와 이 작품의 속편인 『공주와 커디(The Princess and Curdie)』에 등장하는 소년의 이름이다.

134 (옮긴이) 앨저넌 스윈번(Algernon Swinburne, 1837~1909)은 영국 시인이자 평론가로, 영국 속물주의에 대한 반항을 표현한 『시와 발라드』를 비롯해 각종 비평과 시론, 소설론을 남겼다. 도미나트릭스(dominatrix)는 가학피학적 성

행위를 할 때 가학적인 역할을 맡는 여자를 가리킨다.

135 (옮긴이) 아마레(amare)를 가리킨다.

136 노스럽 프라이, 『세속적 성서: 로맨스의 구조 연구』(1976, 하버드 대학교 출판부: 매사추세츠주 케임브리지).

137 산드라 길버트와 수전 구바 공동저작 『노 맨스 랜드: 20세기 여성 작가의 위치 제2권 성전환(No Man's Land: The Place of the Woman Writer in the Twentieth Century, vol. 2, Sexchanges)』(1989, 예일대학교 출판부: 뉴헤이븐).

138 (옮긴이) 제임스 힐턴의 1933년 작 『잃어버린 지평선』에 나오는 지명으로, 영원한 행복과 평화를 누릴 수 있는 유토피아로 묘사되어 있다.

139 헨리 라이더 해거드 『그녀』(1991, 옥스퍼드 출판부: 옥스퍼드)에 실린 대니얼 칼린(Daniel Karlin)의 서문 참조.

140 (옮긴이) 1978년 4월부터 1992년 12월까지 방영된 영국의 법정 드라마.

141 (옮긴이) 1958년 영화 「괴인 드라큘라」와 1966년 영화 「드라큘라 ─ 어둠의 왕자」에서 드라큘라 백작 역할을 맡았다. 영화 「반지의 제왕」에서 사루만 역을 맡기도 했다.

142 (옮긴이) 본명은 얼스턴의 토머스 경(Sir Thomas de Ercildoun, 1220~1298)이지만, 토머스 라이머(Thomas the Rhymer)를 포함한 다양한 필명을 갖고 있다. 알렉산더 3세의 죽음을 비롯해 스코틀랜드의 역사적 사건들을 예언하여 명성을 얻게 된 스코틀랜드 출신의 예언가다. 토머스 라이머에 관한 전설은 존 키츠의 시 「무자비한 미녀(La Belle Dame

Sans Merci)」에 영감을 준 것으로 알려져 있기도 하다.

143 (옮긴이)『어둠의 왼손』을 가리킨다.

144 (옮긴이) 오스틴 헨리 레어드(Autsten Henry Layard)라는 영국 고고학자가 현재의 이라크 모술 지방에서 아시리아 제국의 수도인 니네베를 발견했다.

145 (옮긴이) 마거릿 미드(Margaret Mead, 1901~1978)는 미국의 문화인류학자로, 사모아, 뉴기니, 발리섬 등의 원주민들과 함께 생활하면서 그들을 관찰했다. 이를 바탕으로 청소년기의 행동과 성역할에 관한 새로운 시각을 제시해, 미국 사회의 육아 및 교육 방식과 여성운동에 커다란 영향을 끼쳤다.

146 (옮긴이) 미국의 역사가이자 라틴 아메리카 전문 학자인 윌리엄 H. 프레스콧(William Hickling Prescott, 1796~1859)의 저작. 1847년에 출간된『페루 정복』은 아메리카 원주민들이 유럽 정복자들에 의해 희생당하던 시기에도 부를 유지하며 살아남은 잉카 문명의 역사를 다룬 책으로, 많은 이들의 호평을 받으며 높은 판매고를 올렸다.

147 (옮긴이) 찰스 아틀라스(Charles Atlas, 1892~1972)는 이탈리아계 미국인 보디빌더로, 근육을 단련하는 방법과 운동법을 개발한 사람으로 잘 알려져 있다.

148 (옮긴이) 자기복제가 가능한 나노기계가 무한증식해 지구 전체를 뒤덮게 된다는 지구 종말 시나리오를 가리킨다. '그레이(grey)'는 '잿빛'을, '구(goo)'는 '식별할 수 없을 정도로 작은 것들'을 가리킨다.

149 (옮긴이) 찰스 디킨스『크리스마스 캐럴』에 나오는 스크루지의 동업자.

150 (옮긴이) "Enough is as good as a feast."라는 이 속담은 "배부름은 진수성찬이나 마찬가지다."라고도 알려져 있다.

151 (옮긴이) 스칸디나비아에서 시작된 '뷔페'의 어원이다.

152 (옮긴이) 괴테가 1797년에 지은 발라드 양식의 이야기 시. 애트우드가 나노기술과 관련해 언급하는 부분은 마법사가 자리를 비운 사이 빗자루에 주문을 걸어 자기 대신 물을 길어 오게 만든 제자가 마법 중단 주문을 미처 숙지하지 못한 탓에 곤란을 겪는 대목이다.

153 (옮긴이) 첫 번째 출생은 부모의 자녀로 태어나는 것을, 두 번째 출생은 하나님의 자녀로 태어나는 '거듭남'을 가리킨다.

154 (옮긴이) 그리스 신화에 등장하는 트로이의 왕자 티토노스 (Tithonus)는 새벽의 신이자 아내인 에오스가 제우스에게 한 부탁 덕분에 불사의 몸을 갖게 되었다. 그러나 에오스가 불로의 몸도 함께 요구하지 않은 탓에 주름이 자글자글한 늙은이가 되었다가 결국에는 매미로 변했다.

155 (옮긴이) 그리스의 식민도시 쿠마에(Cumae)에서 아폴로 신탁을 수행한 무녀(Sibyl)를 가리킨다. 그 무녀는 아폴로 신덕분에 영생을 누릴 수 있었지만 젊음은 요구하지 않았고, 그로 인해 세월의 흐름에 따라 육체가 쪼그라들면서 결국에는 목소리로만 남게 되었다.

156 (옮긴이) 영국 작가 찰스 로버트 매튜린(Charles Robert Maturin)의 소설 『방랑자 멜모스(Melmoth the Wanderer)』에 나오는 주인공 멜모스는 악마에게 영혼을 판 대가로 불사의 생명을 얻었다. 그러나 타인을 희생양으로 삼아 그 불멸의 운명에서 벗어나고자 한다.

157 (옮긴이) DNA 이중나선 구조를 발견해 1962년 노벨 생리의학상을 수상한 미국의 생물학자. 인종과 지능에 대해 인종차별적인 발언을 해 과학계에서 퇴출당했다.

158 (옮긴이) 개신교 종파 중 하나로 현대 문명을 거부하고 외부 세계와 격리된 생활을 한다. 종교적 이유로 병역도 거부하며, 아이들의 교육은 자신들이 설립한 마을 내 학교에서만 진행한다.

159 (옮긴이) 영국 작가 케네스 그레이엄(Kenneth Grahame, 1859~1932)의 1908년 작품으로, 출간된 지 100여 년이 지난 후에도 여전히 사랑받는 어린이 책의 고전 중 하나다. 두더지, 물쥐, 두꺼비, 오소리 등 숲속 동물들의 우정과 모험을 배경으로 평화와 자유의 가치를 전한다.

160 (옮긴이) 올더스 헉슬리,『멋진 신세계』, 안정효 옮김, 소담출판사, 2015.

161 (옮긴이)「마태복음」25장 21절.

162 (옮긴이)『1984』속 전체주의 정권이 고안한 프로그램으로, 모든 인민이 임마누엘 골드스타인이라는 인민의 적을 향해 분노를 표출하게 만든다.

163 (옮긴이) 16세기 영국의 형사법원으로 영국 왕실을 변호하고 대중의 입을 막기 위해 배심원을 두지 않은 채 불공평한 판결을 내렸고, 1641년에 폐지되었다.

164 (옮긴이) 영국의 삽화가로, 흑백의 강렬한 대조로 단순하고 평면적인 형태를 묘사하는 것으로 잘 알려져 있다.

165 호르헤 루이스 보르헤스,『만리장성과 책들(Other Inquisitions)』.

166 (옮긴이) 허영심 있는 숙녀라는 의미다.

167 (옮긴이) 본 장에 수록된 『모로 박사의 섬』 발췌 표현은 다음
한국어판을 참고했다. 허버트 조지 웰스, 『모로 박사의 섬』,
김봉구 옮김, 문예출판사, 2010.

168 『우주 전쟁(The War of Worlds)』, p. 117.

169 실버버그(Silverberg), 『시간여행자들(Voyagers in
Time)』, p. x.

170 "황동 브래지어"는 리처드 올린스키(Richard Wolinsky)
가 버클리 KPFA-FM 라디오에서 SF의 역사를 구두로 설명
하면서 사용한 표현이다.

171 (옮긴이) 회계 용어 중 하나로, 자산의 증가액, 부채와 자본의
감소액을 적는 구간을 가리킨다. 이에 상응하는 대변에는 자
산의 감소액, 부채와 자본의 증가액을 기록한다.

172 (옮긴이) 셰익스피어가 1608년에 집필한 첫 로맨스극. 타이
어의 왕자 페리클레스가 바다에서 모험과 방랑을 하다가 난
파, 아내와 딸과의 이별 등 비극적인 사건과 초자연적인 경험
을 한 끝에 결국 행복한 결말을 맺는 이야기로 구성되어 있다.

173 (옮긴이) '모르스'는 죽음을 의미하는 라틴어이고, '모르티스'
는 '모르스'의 소유격이다.

174 (옮긴이) 브라이언 올디스(Brian Aldiss, 1925~2017)는
영국 SF 작가로, 휴고상, 네뷸러상, 영국 SF 작가협회상 등을
수상했으며 『온실』, 『일식의 순간』, 『모로라고 불리는 섬』 등
을 집필했다.

175 (옮긴이) 레베카 웨스트(Rebecca West, 1892~1983)는 영
국의 작가이자 문학비평가로, 『병사의 귀환』, 『재판관』, 『생

각하는 갈대』 등의 작품을 남겼고, 각종 시사지에 비평을 게재했다. 웰스의 소설에 대해 신랄한 비평을 쓴 것을 계기로 웰스와 연인 관계로 발전했고, 두 사람은 혼인을 하지는 않았으나 슬하에 아들 한 명을 두었다.

176 (옮긴이) 에니드 블라이튼(Enid Blyton, 1897~1968)은 영국의 아동 문학 작가로, 700권이 넘는 동화책을 남겼다. 영국에서는 매년 6월 10일 그의 작품을 함께 기념하는 '에니드 블라이튼 데이'가 열리기도 한다.

177 (옮긴이) 제2차 세계대전 당시 테레지엔슈타트 수용소에 수감된 유대인 약 14만 명 가운데 어린이는 약 15,000명이었다. 보호자들은 아이들이 공포스러운 상황 속에 충격을 받지 않도록 자유시간이 생길 때마다 그림 그리기와 게임, 교육을 시켰다. 아이들이 그때 그린 그림은 추후에 세상에 알려졌다.

178 (옮긴이) 1945년 히로시마에서 태어나 방사선에 노출된 지 약 10년 후 백혈병으로 병원에 입원한 사사키 사다코라는 소녀는 종이학을 1,000개 접으면 완쾌될 수 있다는 희망을 품고 종이학을 접었다. 소녀는 8개월 만에 사망하고 말았지만, 이 이야기가 전해지면서 히로시마 기념 공원에 '어린이 평화 기념비'가 세워졌고 세계 평화를 바라며 종이학을 바치는 것이 문화로 자리 잡았다.

179 (옮긴이) 에즈라 파운드(1885~1972)는 미국 시인으로, 시각적이고 명료한 표현을 옹호하는 '이미지즘'이라는 새로운 시 운동의 선봉에 섰다. 윌리엄 카를로스 윌리엄스, 힐다 둘리틀, 에이미 로웰 등의 작가들이 쓴 이미지즘 시를 모은 선집 『이미지즘 시인들(Des Imagistes)』을 편집하기도 했다.

180 (옮긴이) 힐다 둘리틀(1886~1961)은 미국 시인으로, 필명은
H. D. 이다. 에즈라 파운드를 통해 이미지즘 운동에 가담했
고, 이미지즘에 가장 충실한 시인으로 간주되고 있다.

181 (옮긴이) 영어 단어 '블런트(blunt)'는 '직설적인', '단도직입
적인', '무딘' 등의 뜻이다.

182 (옮긴이) '로슨'은 부계 성씨 중 하나로, '로렌스의 아들
(son of Laurence/Lawrence)'을 의미한다. '로렌스
(Laurence/Lawrence)'는 중세 시절에 '법'을 의미하는 '로
(Law)'라는 약칭으로 불렸다.

183 (옮긴이) 몬머스의 제프리(1095~1155)는 영국의 수도승이
자 연대기 작가로, 아서왕의 이야기를 비롯한 브리타니 열왕
사를 저술했다.

184 (옮긴이) 토머스 맬러리(1415~1471)는 영국 작가로, 아서왕
과 원탁의 기사들의 성공과 몰락을 최초로 영어로 집필한 산
문『아서왕의 죽음』으로 널리 알려져 있다. 이 산문은 맬러리
의 창작이라기보다는, 아서왕이라는 인물을 중심으로 체계
적으로 엮어낸 각색에 가깝다.

185 (옮긴이) 잉마르 베리만이 1957년에 연출한 스웨덴 영화로,
페스트가 휩쓸고 간 지역을 지나가던 한 중세 기사가 자신의
목숨을 노리는 죽음의 사자를 만나게 되어 삶의 시간을 걸고
체스 게임을 두는 이야기로 구성되어 있다. 「제7의 봉인」이라
는 제목은 「요한계시록」 8장 1절의 "그리고 그 양이 일곱 개
의 봉인을 여니, 약 30분의 시간 동안 천상의 침묵이 있었노
라."에서 따온 것이다.

186 (옮긴이) 본 장에 수록된 『멋진 신세계』 인용문은 다음 한국

어판을 참고했다. 올더스 헉슬리, 『멋진 신세계』, 이덕형 옮김, 문예출판사, 1998.

187 (옮긴이) 기원전 1세기에 아이네시데모스(Ainesidemos)에 의해 설립된 회의주의 학파로, 철학자 피론(Pyrrhon, 기원전 360~270년)의 이름에서 명칭을 따 '피론주의'라고도 불린다. 피론주의는 독단에 빠지지 않으면서도 진리를 발견할 수 있는 가능성을 모색한다. 피론주의자들은 외부 대상들의 참모습을 정확히 알 수 없기에, 그런 대상에 대한 판단을 일체 유보해야 한다고 본다. 외부 대상의 본성을 정확히 안다는 식의 독단을 거부하는 것이다.

188 (옮긴이) 「조지 포지(Georgie Porgie)」라는 제목의 영어 동요를 가리킨다. 이 동요의 가사는 조지 포지가 여자아이들에게 키스를 해서 울려놓고는 남자아이들이 놀러 나오자 도망쳤다는 내용이다.

189 (옮긴이) 책이 금지된 디스토피아를 배경으로 한 SF 소설로, 소설의 제목인 화씨 451은 책이 불타기 시작하는 온도를 의미한다.

190 (옮긴이) 원래 「미스 톰슨(Miss Thompson)」으로 발표되었으나 후에 「비(Rain)」로 제목이 바뀌었다.

191 (옮긴이) 선인장에서 추출한 약물로, 환각물질이 들어 있어 중독되면 이상 정신상태가 초래된다.

192 (옮긴이) '진돌이'라는 이름을 들으면 개(특히 진돗개)를 떠올리게 되듯, 영어로 '피도(Fido)', '스폿(Spot)', '로버(Rover)'는 누구나 듣는 즉시 개 이름일 것이라고 확신하는 일종의 고유 명사로 기능한다. 이 중에서도 '로버'는 '돌아다니다', '배

화하다'라는 뜻을 가지고 있어 주로 사냥견 등 사역견들에
게 붙여졌다가, 1905년 개봉 영화「로버에 의해 구출되다
(Rescued by Rover)」에 로버라는 영웅적인 개가 등장한
이후로 보편화되기 시작했다.

193 (옮긴이) 아침을 가리키는 프랑스어 마탱(matin)에서 나온
말로, 영화나 연극, 오페라 등 공연 티켓을 할인된 가격에 구
입할 수 있는 낮 시간을 가리킨다.

194 (옮긴이) 코튼 매더(1663~1728)의『보이지 않는 세계의 경
이』(1693)는 마녀재판을 옹호하고 재판 내용을 기록한 책
이다.

195 (옮긴이) 존 아버스넛의 자택에서 결성된 클럽으로, '마르티
누스 스크리블레루스'라는 가공의 인물의 입을 빌려 모든 예
술과 과학을 탐식하면서 속물적이고 부패한 영국 사회를 풍
자하고 비판했다. 스위프트, 아버스넛, 알렉산더 포프 등은
이를 바탕으로『마르티누스 스크리블레루스의 회고록』을 집
필하기도 했다.

196 (옮긴이) 1883년 윌리엄 휴얼(William Whewell)이 '과학
자(scientist)'라는 용어를 발명하기 이전에 주로 사용된 명
칭. 휴얼은 자연과학을 연구하는 학자들이 다른 분야의 학자
들은 이해할 수 없는 전문 용어를 사용하고 편협한 태도를 보
이고 있음을 풍자하기 위해 자연과학 탐구에만 몰두하는 연
구자를 '과학자'로 칭했다. '과학자'는 순수 연구에만 몰두하
는 연구자, '과학 지식인'은 과학적 지식을 활용해 이득을 얻
는 전문가에 가까웠다. '과학자'의 의미를 간파한 헉슬리 등은
자신을 일부러 '과학 지식인'이라고 칭했다.

197 (옮긴이) 17세기까지 과학자들은 자연을 탐구하는 '자연철학자(natural philosopher)'라고 불렸다.

198 (옮긴이) 허버트 조지 웰스, 『모로 박사의 섬』, 김봉구 옮김, 문예출판사, 2010, 139쪽.

199 (옮긴이) 릴리퍼트(Lilliput), 라퓨타(Laputa), 루그나그(Luggnagg) 섬을 가리킨다.

200 (옮긴이) 조너선 스위프트, 『걸리버 여행기』, 이혜수 옮김, 을유문화사, 2018, 307쪽.

201 (옮긴이) 결합 조직의 세포가 분비한 기본 물질을 가리킨다.

202 (옮긴이) 미국 캘리포니아에 본사를 둔 아이스크림 프랜차이즈 브랜드.

203 (옮긴이) 이 책에 실린 부분은 『눈먼 암살자』 속에서 화자 아이리스가 쓰고 아이리스의 동생 로라의 이름으로 발표된 작중 동명 소설 「눈먼 암살자」의 일부다.

204 (옮긴이) 미국 텍사스주 라이브오크 도시의 학군.

205 (옮긴이) 남자를 유혹해 파멸시키는 여자를 지칭하는 뱀프(vamp)는 1915년 영화 「한 바보가 있었네(A Fool There Was)」에서 배우 테다 바라(Theda Bara)가 분한 인물 '뱀파이어(Vampire)'에 기원을 두고 있다. 뱀프는 실제 뱀파이어가 아닌 일종의 팜 파탈로, 1910~1920년대 무성영화에서 빅토리아 시대의 전통적인 착한 여성상과 대비되는 사악하고 요염한 여성상으로 그려졌다.

206 (옮긴이) 인간이 자신이 이리나 야수 등으로 변했다고 생각하는 망상을 가리킨다.

207 (옮긴이) '메이든폼'의 '메이든'은 결혼하지 않은 여자를 가리

키는 말이다.

208 (옮긴이) 「오페라가 뭐예요, 선생님?」은 미국 워너 브라더스에서 1930~1969년까지 제작한 코미디 단편 애니메이션 영화 「루니 툰(Looney Tunes)」의 에피소드 중 하나다. 이 에피소드는 벅스 버니를 주연으로 하여, 오페라 「니벨룽의 반지」 줄거리를 「루니 툰」의 전개에 어긋나지 않는 방식으로 풀어냈다.

209 (옮긴이) 브륀힐데(Brünnhilde)는 오페라 「니벨룽의 반지」의 등장인물로, 소프라노가 맡아 연기한다.

210 (옮긴이) 방과 후 아이의 축구 연습을 지켜볼 정도로 교육에 열성적인 미국 중산층 기혼 여성을 가리킨다.

211 (옮긴이) D. H. 로렌스의 『채털리 부인의 사랑』을 원작으로 한 2007년 개봉 영화.

나는 왜 SF를 쓰는가?

디스토피아와 유토피아 사이에서

1판 1쇄 찍음 2021년 6월 11일
1판 1쇄 펴냄 2021년 6월 18일

지은이 마거릿 애트우드
옮긴이 양미래
발행인 박근섭, 박상준
펴낸곳 (주)민음사

출판등록 1966. 5. 19. (제 16-490호)
서울특별시 강남구 도산대로1길 62(신사동)
강남출판문화센터 5층 (우편번호 06027)
대표전화 02-515-2000 팩시밀리 02-515-2007
www.minumsa.com

한국어 판 ⓒ (주)민음사, 2021. Printed in Seoul, Korea

ISBN 978-89-374-1326-1 03800